◇ 문학과지성사에서 펴낸 지은이의 책

바람과 강(장편소설, 1985)
마당깊은 집(장편소설, 1988)
늘푸른소나무 1~9(장편소설, 1993)
아우라지로 가는 길 1~2(장편소설, 1996)
불의 제전 1~7(장편소설, 1997)

오늘 부는 바람(소설집, 1976)

노 을

김원일

문학과지성사

1997

문학과지성 소설 명작선 7

노을

초판   1쇄 발행__1987년 11월 14일
초판 29쇄 발행__1996년 9월 10일
재판   1쇄 발행__1997년 12월 5일
재판 10쇄 발행__2023년 12월 1일

지 은 이__김원일
펴 낸 이__이광호
펴 낸 곳__㈜문학과지성사

등록번호__제1993-000098호
주   소__04034 서울 마포구 잔다리로7길 18(서교동 377-20)
전   화__02)338-7224
팩   스__02)323-4180(편집) 02)338-7221(영업)
전자우편__moonji@moonji.com
홈페이지__www.moonji.com

ⓒ 김원일, 1997. Printed in Seoul, Korea

ISBN 978-89-320-1881-7 04810

이 책의 판권은 지은이와 ㈜문학과지성사에 있습니다.
양측의 서면 동의 없는 무단 전재 및 복제를 금합니다.

노 을

노 을

차 례

제 1 장

버스 안은 서 있는 사람이 더 많다. 창문마다 열렸는데 환기가 잘되지 않는다. 승객 모두 너나없이 겉옷까지 땀이 배어나왔다. 나는 낙성대 입구 정류장에서 증기탕을 빠져나오듯 버스에서 내린다. 집까지는 걸어서 오 분 남짓한 거리로, 야산 언덕바지를 택지로 만든 새 동네다. 대지 마흔네댓 평에 이십 평 건평으로 집장수가 닮은꼴로 지었는데, 쉰여 동 집이 야산 남쪽 비탈을 덮었다. 사당동 서문여고 앞에서 전셋방을 살던 작년만 해도 이곳은 다복솔이 우거진 야산이어서 개울물이 맑았고 뭇새가 지저귀었다. 이제 주택이 들어차버리자, 푸른 동산은 자취도 없어졌다.

내가 초인종을 누르자, 아내가 문을 열어준다.

"저 땀 좀 봐."

"삼복이라더니, 정말 찌는군."

"비가 와얄 텐데, 오늘도 수돗물이 안 나왔지 뭐예요." 내가 마루 앞까지 가자, "참, 내 정신 봐. 이것 좀 보셔요" 하고 아내가 접은 종이를 내민다.

보나마나 세금 고지서겠거니 하고 나는 지레짐작한다. 나이 마흔셋에 셋방살이를 면하니 돈 내라는 쪽지가 왜 그렇게 자주 날아드는지, 그런 청구서에 짜증내지 않을 월급쟁이는 없을 터이다.

"숨돌릴 틈도 없이 왜 이래?"

"당신이 직접 보세요." 아내가 내민 손을 거두지 않는다. 나는 마지못해 종이를 받는다. 전보다. 나는 닿소리와 홀소리로 풀어 쓴 글자를 맞춰 읽는다.

　──금일삼촌별세급하향

나는 잠시 망연해진다. 불현듯, 이제 고향 땅에 핏줄로선 내 손윗분이 아무도 남지 않게 되었다는 엉뚱한 생각부터 든다. 고향을 지켜온 삼촌마저 끝내 돌아가셨다. 애통한 느낌까지는 들지 않는데, 묵은 괴로움이 삭아지는 쓸쓸함이 목울대를 채운다. 한 줄기 시원한 소나기라도 맞은, 마음 개운함도 작용한다. 첫 느낌은 분명 그랬다. 나는 마루에 앉아 담배를 피워 문다. 삼촌 연세가 올해로 예순서넛은 된 듯하다. 우리나라 수명으로 그 정도면 수를 누렸다기엔 무엇 하나, 별부족함 없이 산 연세다. 일제말의 징병, 해방에 이어 터진 전쟁을 청소년기에 겪은 그 세대가 얼추 그렇다.

"아버님 제사도 제사지만, 한 분 삼촌이신데 내려가셔야죠?" 아내가 조심스럽게 말하며, 내 손에서 구겨지는 전보를 본다.

"어무이한테는?"

"말씀은 드렸죠. 못 알아들으시는 것 같아요."

"며칠 후부터 휴가긴 한데……" 나는 혼잣말로 중얼거린다.

나와 얽힌 삼촌의 살았을 적 여러 일이 떠오른다. 즐거운 추억은 아니다. 고향 땅을 배경으로 세상을 눈치껏 살아온 성실했던 삼촌의 생전 여러 모습이다. 죽음이 다른 사람에게 알려질 때 그는 눈을 떠, 몇 초 또는는 몇 분을 살다 다시 죽는가 하는 그런 생각을 한다. 입 안이 마르다.

"냉수 한 그릇 줘."

아내가 부엌으로 들어가자, 방에서 놀던 애들이 아버지가 온 걸 안 모양이다. 현구와 그 아래 남매가 마루로 뛰어나온다. 애들이 등뒤에서 회사 잘 다녀오셨냐며 내게 인사한다. 나는 여느 날처럼 웃어주며 대답할 마음이 아니다. 앞을 막아선 산에 눈을 준다. 관악산은 이미 그늘져 침침한 회청색을 띠고 있다. 그 뒤로 아직도 끓는 더위와 어울려 자줏빛 노을이 가라앉는 참이다. 그 핏빛 노을이 먼 기억의 실마리를 집어내어, 잊으려 지워온 깊은 상처를 새로이 긁는다. 어느 사이 땀에 젖은 러닝 셔츠가 차갑게 살에 닿는다. 그 찬 기운 탓이 아닌데, 나는 한차례 어깨를 떤다. 비로소 강한 통증이 뒷골을 친다. 눈앞이 뿌옇게 흐려 보인다.

나는 냉수를 마시자, 마루를 거쳐 부엌방으로 들어간다. 허드레 물건 넣어두는 방으로 만들어진, 두 평 못 되는 골방에 어머니가 누워 계신다. 어머니는 삼베 홑이불 밖으로 팔다리를 내놓고 된숨을 몰아쉰다. 끈끈하게 달라붙는 더위가 어머니의 고랑진 얼굴에 땀을 자아낸다. 헐렁한 면 내의 사이로 쭈그러진 젖가슴과 앙상한 갈비뼈가 엿보인다. 고쟁이가 반쯤 말려 올라간 여윈 다리도 기름땀이 찐득하다.

"어무이, 삼촌이 돌아가셨대요." 내가 큰 소리로 말한다.

천장에 두던 초점 없는 어머니의 멍한 눈길이 느리게 내 얼굴로 옮아온다. 그 망막에 내 얼굴이 비칠 것 같다. 어머니는 입술을 옴지락거린다. 무슨 말을 하고 있는데 그 말이 소리가 되지 못한다.

"물 드실 모양 같아요." 언제 들어왔는지 내 뒤에 섰던 아내가 말한다. 아내는 들고 있던 물에 축인 수건을 내게 건네주곤 부엌으로 나간다.

나는 찬 수건으로 물러터진 고깃덩이와 다를 바 없는 어머니의 풀기 없는 얼굴과 팔을 닦는다. 삼촌과 연관되어 떠오르는 어머니의 과거를 생각하자 목이 메인다. 어머니의 한평생은 끝없는 노동과 굶주림, 세상으로부터 학대받음의 세월이었다. 지난 늦봄, 봉천 7동 내가 처음 마련한 이 집으로 이사를 앞두고, 어머니는 내 장가들던 날만큼 기뻐하서 며칠을 음식과 잠조차 때를 걸렀다. 예순다섯 해, 정말 육십오 년 만에 어머니는 비록 아들 집이긴 했지만 남의 간섭 받지 않는 집을 처음 가지게 된 셈이었다. 최저 혈압이 일백을 넘고 최고 혈압은 이백을 웃돌았으나 몇 해를 용케 잘 넘기셨는데, 이사를 하루 앞둔 날 큰 독의 간장을 작은 독에 나누어 담다 쓰러진 게 끝내 말문조차 닫으셨다. 이삿날은 엉망이 될 수밖에 없었다. 아내와 나는 어머니가 입원한 병실을 번갈아 지키며 이사 뒤치다꺼리를 하지 않으면 안 되었다. 장롱 같은 큰 짐은 삼륜차로 옮겼지만, 경비를 절약하느라 아이들은 삯꾼이 끄는 손수레 뒤를 밀며 사당동에서 봉천동 고개 넘어 3킬로 길을 세 차례나 왕복해야 했다.

삼촌 별세 전보를 받은 그날 밤이다. 나는 모처럼 그 악몽을 꾼다. 근래에 없던 꿈이다. 느닷없이 그 시절 사건이 꿈을 통해 내침해온 셈이다. 이틀 앞둔 아버지 기일(忌日)과 삼촌 별세 소식이 그 기억을 꿈으로 회상시켜주었다. 장면은 달랐으나 역시 1948년 여름 일이었다.

"여보, 당신 또 그런 꿈 꾼 게 아녜요?" 아내가 졸음 섞인 목소리로 묻는다.

나는 누운 자리에 엎드려 담배를 피워 문다. 몇 시인지 알 수 없으나 짐작건대 자정은 지난 시간이다. 방충망친 창문을 열어놓았으나 바람 한 점 없다. 방안은 눅눅한 더위와 정적이 채운다. 하늘에는 달이 걸렸는지 열어놓은 창으로 뿌연 빛살이 밀려들어 머리맡을 조금 밝혀준다. 아내가 누비이불을 당겨 덮으며 내 쪽으로 돌아눕는다.

"내려가서도 말조심해요. 미군이 철수한다 어쩐다 하는 비상시국에 묵은 얘기라구 취중에 떠들면 큰일나요. 당신 같은 사람은 어디 가나 말조심해야 돼요." 훈계조로 말하는 아내 목소리가 금방 잠에서 깨어났는데도 또렷하다.

"누가 뭐랬나. 이미 삼십 년 다된 얘기 아냐. 내려간대도 고향엔 이제 아는 사람이 별 없어. 나 같은 놈한테 무슨 고향이 있다구. 임자도 쓸데없는 걱정하다 늙겠어."

"왜 아는 사람이 없어요? 우리가 답십리 살 때 당신이 경찰에 불려갔더랬잖아요. 배 누구라는 사람 때문에 말예요. 그 사람이 고향분이라 했잖아요?"

"기억력은 좋군."

"당신 홀몸이 아니잖아요. 당신 뒤에 줄줄이 엮인 가족을 위해 하는 소리예요. 고향 가더래두 그 배씨는 만나시 마세요. 나두 말조심……" 아내는 말을 끊는다. 아내에게도 말조심이란 말이 떠올려주는 괴로운 기억이 있기에, 뒷말이 덫에 걸린 꼴이다.

　아내의 고향은 황해도 금천군 금천읍이었다. 초등학교 이학년 때 송도 삼절로 유명한 박연폭포에 소풍을 갔다니, 금천읍 위치가 개성에서 북쪽으로 16킬로 남짓했다. 아내는 그곳 중놈 집안의 외동딸로 태어나 육이오전쟁 때 장모와 두 처남과 함께 피란 나온 삼팔따라지였다. 피란 나오기 전, 해방 뒤 몇 년은 고향 땅 인공 치하에서 보냈다. 아내는 그때 겪은 여러 일을 기억하고 있었는데 그 중 한 가지는, 지주 집안으로 으레 겪게 마련인 재산 몰수에 따른 곤욕이 아니었다. 아내는 철부지 열한 살 때 한 가지 아픈 기억을 간직하고 있었다. 아내가 자기 또래 동네 애들 앞에서 자랑삼아, 우리 아버지가 이사가려 금덩어리를 모은다는 말을 무심코 뱉었다. 그 말이 씨가 되어 아버지가 내무서로 잡혀갔다는 것이다. 그즈음 장인 될 사람은 가족을 데리고 서울로 내려오려 비밀리 가산을 정리중이었다. 내가 그 이야기를 듣기가 결혼 직전이었다. 그즈음 아내는 사범고등학교를 나와 시내 초등학교에 선생으로 근무하며 스물여섯 살 늦은 나이로 야간 대학을 다니던 참이었다. 나 역시 대입 검정 시험에 합격하여 지금 근무하는 회사의 편집 사원으로, 스물아홉 살로 야간 대학에 적을 두었다. 우리는 직장인 겸 대학생이란 어정쩡한 밤공부를 통해 알게 되었고, 그 점이 우리로 하여금 막연하나마 인생살이의 상대로 서로를 점찍었다. 아내가 나에게 어릴 적 그 과실을 털어놓던 그날은, 내가 아내에게 내 출신이 백정 자식임을 처음 고백한 날이기도 했다. 이미 우리는 결혼이란 절차를 통해 맺어지기로, 서로가 서로를 원함을 확인한 뒤여서, 아내의 고백보다 내 고백이 미안할 수밖에 없었다. 나로서는 그 말을 꺼낼 기회가 여러 차례 있었으나 내 성격의 소심증보다, 사실 그 말의 후유증이 두려웠다. 내가 꺼낸 집안 이야기에 아내가 입을 벙긋 벌린 것으로 보아 충격을 받았음이 분명했다. 아내는 나를 그저 가난한 농사꾼 자식 정도로 짐작하고 있었다. 내 고백에 아내가 새삼 결혼 상대를 고려해야 한다는 입장은 아니었다. 아내는 나의 정직성, 근면함, 안정된 직장을 신뢰하고 있었다. 무엇보다 우리는 결혼 적령기였다. 새삼 상대를 바꾸기엔 이미 지친 나이기도 했다. 그래서인지 아내도 내 고백에 뒤질세라 고향 얘기 끝에 아버지 임종 경위를 털어놓았다. "아버지가 의식 불명으루 내무서에서 가마니 들것에 실려나왔어요. 집에 뉘어놓자 하룻밤을 넘기구 숨을 거두셨어요. 한 번 잠시 깨어나 하신 소리가, 모두 가라, 이남으로 내려가라고 헛소리 같은 고함을 지르시더군요. 아버지가 돌아가시구, 우리 가족은 이태를 더 견뎠지요. 지긋지긋한 세월이었어요. 알거지가 어디 따루 있나요. 우리 가족은 이웃 마을 영실이란 소작네 헛간방에서 네 식구가 옥수수죽으루 살았으니깐요. 전쟁이 터지자 그게 기회였지요……" 아내는 맺힌 과거를 쏟으며 울먹였다. 그 울먹임에서 나는 그 시절 전후 서로의 가족이 당한 불행이 결코 먼 거리가 아님을 알았다. 서로의 그런 고백은 둘의 마음을 다숩게 싸안았다.

"잠이나 자. 내일 하루 차에서 시달릴 생각하니……"

나는 피우던 담배를 끈다. 잠을 청했지만 쉬 잠이 오지 않는다. 머리맡 선풍기를 켜고 삼십 분 뒤에 저절로 멎도록 시간을 조절한다.

"내려가실 때 현구 데리고 가면 어때요? 방학이 되어두 애들이 친가나 외가, 어디 갈 만한 데가 있어야지요. 여행두 공부라잖아요. 이런 기회에 시골 제 아버지 고향 구경시켜주면 좀 좋아요."

아내가 말한다.

"고향이라도 자랑할 만한 게 있어야지. 죽은 제 할아비가 백정이었담 그 녀석도 기 죽을 거야."

"또 자학이시네. 거기에 할아버지 얘긴 왜 끼여들어요. 돌아가신 삼촌댁은 어물전 하잖아요?"

"그래, 어물전 한다. 그게 어쨌단 말야?"

따지는 아내의 말에 내가 화를 낸다. 아내는 그런 정도의 내 화쯤 만성이 되었다.

"내려가셔도 옛날 할아버지 얘기야 현구 앞에서 안 할 수두 있잖아요. 필요없는 그 얘기까진 왜 해요?"

"뱀에 물린 놈 새끼 봐도 놀란다더니, 당신은 백정 얘기만 나오면 왜 그렇게 펄쩍 뛰나? 요즘이야 돈 없는 놈이 천민이지, 어디 씨종이 따로 있나."

"세상 사람이 어디 그렇게 생각해요? 애들두 커가니 그런 말은 조심해요. 일본서 나왔다는 배씨만은 절대 만나지 말구 상경하세요."

나는 입을 다문다. 나는 아내에 눌려 기 못 펴는 꽁생원은 아닌데 화제가 백정 쪽으로 돌면 늘 할말이 없다. 입싸움을 해봐야 상처받기는 내 쪽이다. 내가 입을 다물고 참기는 아내의 말에 열등 의식을 느껴서라기보다, 우선 내 마음부터 내뱉은 말의 곤욕을 치뤄내지 않으면 안 되었다.

고향을 등진 지 스물아홉 해, 삼촌댁을 잠시 들른 지도 벌써 다섯 해가 지났다. 그 지난날, 여래천 옆에 아버지가 일하던 도수장이 있었다. 여래천을 끼고 섰던 미루나무들이 지금도 그대로 있는지 알 수 없다. 나는 조금 전 꿈속에서 그 미루나무를 만났다. 꿈속에서 미루나무는 콩넝쿨같이 자라올랐다. 동화 속의 이야기처럼 몸통을 늘려, 마침내 높은 가지가 하늘에 구멍을 뚫었다. 하늘에 구멍이 뚫리자 회오리바람이 일고, 비가 아닌 피가 쏟아졌다. 피는 여래천으로 모여져 붉은 내를 이루어 흘러내렸다. 미루나무는 밑동까지 강풍에 휘둘기며 나뭇잎을 흩뿌렸다. 강풍에 피의 빗줄기가 퍼부었고, 내 눈물이 베개를 적셨다. 나는 꿈에서도 가위눌린 신음을 쏟아냈다.

간밤은 꿈자리에 시달린 데다 제대로 잠을 이루지 못해 뒤척였으나, 나는 아침에 일찍 눈을 떴다. 나는 오늘 고향으로 내려가려 한다. 혼인과 장례는 제때를 놓치면 방문의 뜻이 감한다. 나는 다락에서 작은 가방을 꺼내고, 땀을 적셔낼 속옷과 세면 도구를 챙긴다. 나는 아내의 말을 좇아 현구를 데리고 가기로 한다. 현구는 맏이로 초등학교 오학년이다.
"야, 신난다. 이건 진짜 왕창이군."
현구가 마룻장 울리게 뛰며 좋아한다. 현희와 그 아래 현우는 아버지 고향길에 끼이지 못해 상대적으로 풀이 죽는다. 현희는 삼학년, 현우는 일학년이다.
"얘, 현구야, 작은할아버지 돌아가셔서 내려가는데 그렇게 까불면 못써."
아내가 나무라지만 현구의 흥분은 진정되지 않는다. 녀석은 아침밥을 뜨는 둥 마는 둥하더니 숟가락을 놓는다. 아래 두 애는 숟가락을 들지 않은 채 훌쩍거리기만 한다. 두 애가 건넌방으로 가더니 제법 설움에 받친 울음을 운다. 나는 아내에게 열두시까지 현구를 데리고 강남 고속버스 터미널로 나오라 이르고, 표 두

장도 미리 사두라 당부한다. 서울에서 모시는 아버님 기제사엔 현우에게 절을 시키고 간출하게 지내라 이른다.

가사 상태와 다를 바 없는 어머니지만 시골을 다녀오겠다고 인사한 뒤, 나는 출근길에 오른다. 내 직장은 을지로 3가에 있는 출판사다. 우민출판사는 해방 이듬해 창업했으니 개업과 폐업이 빈번한 열악한 출판계에선 연조가 긴 셈이다. 널리 알려진 큰 출판사는 아니나 일천여 종 단행본 지형이 있고 지식층에 좋은 책을 만든다는 평판을 얻었다. 그 동안 우민출판사는 법률 · 정치 계통의 대학 교재, 철학 · 사회과학 · 문학류의 단행본을 꾸준히 발행해왔다. 나는 출판사 편집부장직을 맡고 있다. 교정지를 들고 인쇄소로 심부름을 다닐 스물 초반부터 일해왔으니, 한 직장에서 이십 년을 넘겼다.

나는 출근을 하자 전무에게 삼촌 별세 소식부터 알린다. 내가 전보를 쥐고 있으나 사장 맏아들인 전무는 전보를 직접 확인하지 않는다. 전무는 나와 동갑이다.

"한 분 삼촌이랬지요? 김부장은 아버님이 안 계시니 부모님 별세와 마찬가지겠군요." 전무가 위로의 말을 한다. "김부장, 그럼 여름 휴가 겸해 일주일 쉬도록 하세요. 사무 지시는 서과장에게 인계하구요."

전무는 내 휴가를 청원하러 사장실로 들어간다. 이미 책정해둔 듯, 전무는 여름 휴가비 오만 원과 조의금 일만 원을 내놓는다.

대구에 사는 갑득이한테 장거리 전화를 걸까 하다 나는 그만두기로 한다. 아우는 나보다 삼촌 별세 소식을 먼저 전갈받았을 터이다. 그렇지 않다면 아버님 기일을 맞아 어머님도 문병할 겸

오늘 오후쯤 대구에서 상경할 것이다. 아우는 대구에서 식료품점과 양곡 직매점을 내고 있는데, 장사꾼 티가 몸에 배어 나보다 일찍 안정된 생활 터전을 마련했다. 아우는 고향을 잊고 사는 나와 달랐다. 경남 김해와 대구 사이라 거리가 서울보다 훨씬 가까워 그는 고향에도 자주 내려가고 삼촌집과 내왕도 잦다. 아우가 객지에서 제대로 자리잡게 되기까지 삼촌 도움이 적잖았다. 나는 열네 살로 타관 생활을 시작했지만 아우는 군에 입대할 때까지 줄곧 삼촌댁에서 살았다. 삼촌은 아우를 시골 학교지만 고등학교까지 졸업시켜주었고, 아우는 삼촌 어물전에서 장사 요령을 터득했다. 아우는 군대 삼 년을 대구에서 보냈다. 그때 살림 규모가 반반한 목욕탕집 딸을 사귀어 대구에서 결혼했으니, 그게 벌써 십여 년이다. 아우는 처가 덕으로 대구에서 연탄 가게를 벌여 터를 잡자, 양곡 직매점을 차렸고 연탄 가게를 처분한 뒤 식료품점을 열었다. 아우는 고향에 이제 논밭도 이천여 평 정도 사두었다. 그 관리는 여태껏 삼촌이 맡아왔고, 아우는 양식을 삼촌댁에서 가져다 먹었다. 어느 해인가, 아우는 내게도 햅쌀 두 가마를 보내준 적이 있었다.

나는 가을 신간용으로 걸린 앙드레 말로의 작품 교정을 서과장에게 인계한다. 프랑스 작가 말로는 지난해 초겨울에 사망했다. 우민출판사는 그의 회상록 한국판 간행을 서둘러, 원고 검토가 진행중이다.

"서과장, 칠십이년 중공 방문 있잖아요. 그때 말로와 모택동과의 면담 부분을 살 섬토해봐요. 원문에 충실한다고 마르크시즘이니, 모사상이니, 계급 투쟁이니 하는 대목을 원문대로 살렸담 빼버리도록 합시다. 검열이 까다로워서…… 역자한텐 시골 갔다

온 후 제가 양해를 구할 테니깐요."

"지난번에 역자 만났을 때, 천구백이십년 상해 혁명 회상기와 천구백칠십년 중공 방문 부분엔 약간 손질했답디다."

"영리한 사람이니깐 알아서 했겠죠. 설령 그 부분이 회상록의 압권이래도 시국이 그러니……" 아버지 탓에 주눅들어 살아온 나로서는 그런 부분에는 늘 신경이 쓰인다. 성장하며 터득한 어쩔 수 없는 피해 의식이다.

나는 신교수에게 전화를 건다. 그는 연구실에 나와 있다. 가을 학기용으로 그의 『한국헌법개론』을 우민출판사에서 펴내게 되어 있다. 아직도 원고 마지막 삼분의 일이 넘어오지 않은 상태이다.

"날씨가 이렇게 무더워서야 어디 진척이 돼야지. 얼음물을 날마다 두 주전자씩 비워내고 있다니깐요."

신교수 말에 나는 더 독촉할 수 없다. 이 삼복에 집필이란 무리다.

"어쨌든 수고 많으십니다. 박사님 노고가 평판 있는 책으로 보상되겠지요."

신교수는 재작년에 마지막 구제(舊制) 박사 학위를 땄다. 그는 교수 호칭보다 박사 존칭을 좋아한다.

"이제 통일주체국민회의법 부분만 종결지으면 다 끝난 거나 마찬가지지요."

"지위 및 권한 부분은 끝냈다 하셨죠? 그럼 권리와 의무, 그렇지요, 의사 절차로서의 활동편만 쓰시면 되겠군요."

"줄줄 외는 걸 보니 김부장이 강단에 서서 가르치슈. 나 이거 죽여주누만. 또 배탈이 났나, 어제 수박을 먹었더니 그게 주사 놓은 수박이었나봐요. 오늘 변소 다니느라 원고지 한 장 제대로

20

안 넘어가니. 참, 색인은 그쪽서 뽑도록 합시다. 난 정말 바빠서. 조교조차 고향에 가버리고 없으니, 어디 이거 해먹겠어요. 글피는 속리산 관광호텔에서 세미나가 있어요. 이 삼복에 무슨 놈의 세미난지. 전국 정치학자가 다 모이는데 안 갈 수 있어야지. 세미나 내용이야 뭐 친정(親政) 쪽…… 그런 거겠지만……”

나는 손목시계를 본다. 벌써 열한시가 가까워 나는 말을 서두른다.

“피서 겸한 친목회 아니겠어요? 박사님, 그럼 내주말까진 원고를 넘겨주실 수 있겠군요?”

“그렇게 하도록 해야지요. 초교는 거기서 보고, 재교 삼교는 제가 한번 훑어봐야겠어요. 정치학 용어란 게 어 다르고 아 다르니깐요. 시국이 이런 판에…… 특히 법률 용어는 도깨비라니깐.”

“사실 그래요. 교정을 보다보면 활자가 살아 움직여요. 분명히 오자(誤字)를 잡아낸 게, 책이 나오고 보면 제자리 그대로 점잖게 박혀 있으니……”

“참, 김부장. 거기 편집부에 생각 삐딱한 친구 없지요? 오케이 교정 때 엉뚱한 쪽으로 원고 고쳐 생사람 잡을 녀석 말이오.”

“박사님도, 괜한 걱정은. 그 점은 제게 맡기세요. 다른 책임은 몰라도 그 책임은 제가 지겠습니다.”

“아니, 뭐 꼭 그런 걱정 때문은 아니지만, 이번 책은 특히 중요하니깐 노파심에 해보는 소리지 뭘.”

우리는 전화 통화를 끝낸다. 나는 서둘러 회사를 나선다.

강남 고속버스 터미널에 도착하자 엄청난 사람 떼거리에 나는 놀란다. 마치 축제가 벌어진 듯하다. 울긋불긋한 모자, 원색의 요란한 옷차림, 선글라스와 슬리퍼를 신은 사람도 있다. 이미 해

수욕장에 도착한 기분을 내고 있다. 여름 휴가객은 터미널 안은
물론, 논바닥을 밀어붙인 넓은 공터까지 차지하여 북새통을 떤
다. 그들은 활달히 지껄이며 웃고, 빙과류나 빵을 먹는다. 시동
걸린 버스는 털털거리고, 완장 두른 배차원이 호루라기를 불며
찻길을 티운다. 장사치들은 고함을 질러댄다. 인파를 정리하는
순경과 안내원도 바쁘다.

　나는 그들 속에 끼여든다. 내 식구를 어떻게 찾아야 할는지 몰
라 나는 우선 매표구에 가보기로 한다. 이런 곳에 오면 세금과
물가고 투정이 거짓말 같다. 지엔피의 경이적 상승과 비례로 소
득의 극심한 편중 현상, 중산층이 형성되지 않는 사회의 구조적
모순을 지적하는 진보적 소장학자의 주장이 탁상공론으로 여겨
진다. 장거리 피서객은 중산층으로 편입시켜야 한다. 아니라면,
높아진 소비 성향에 끌려다니는 서울 시민 중 괜찮게 사는 층,
그 중의 일부일 것이다. 어쨌든 놀이에 나선 많은 사람에 나는
압도당한다. 나는 매표구로 가며 주위를 두리번거린다. 이런 줄
알았다면 차라리 기차를 탈 걸 하고 후회하지만 이제 그 이유를
붙일 수 없다.

　나는 매표구 앞에서 가족과 만난다. 아내와 현구는 많은 사람
틈바구니에 겁먹은 표정으로 끼여 있다. 모두 즐거운데 유독 두
사람만 노란 얼굴로 멍하니 섰는 꼴이, 나와 현구가 장례식에 내
려가는 조객임을 불현듯 떠올려준다.

"얼마나 밀렸는지 겨우 세시 차표를 끊었어요. 시골엔 밤 깊어
도착하겠어요." 아내가 말하며 손수건으로 이마의 땀을 찍는다.

"그럼 아직 시간이 멀었군. 어디 가서 점심이나 먹읍시다."

"이 벌판에 점심 먹을 곳이 어딨나요?"

"그럼 저기 파라솔 밑에서 사이다라도 한잔 마시지."

나는 식구를 뒤에 달고 사람을 헤쳐나간다. 현구는 많은 피서객 속에서 기가 죽어 말이 없다. 나는 현구의 얼굴에서 문득 나의 소년 시절을 본다.

노천 간이 휴게소에도 자리가 없어 우리는 한참을 기다린다. 일어서는 젊은이들이 있어 겨우 그 자리를 차지한다. 나는 아내에게 사흘 예정으로 고향을 다녀오겠다고 말한다. 회사에서 받은 휴가비 중 삼만 원을 아내에게 건네준다.

"저한테 이렇게 주고두 내려가서 쓸 돈 있나요?" 아내가 흥감해하며 묻는다.

"부조나 내면 다른 데 쓸 데가 있겠나."

"어떤 돈인데, 혹시 소매치기라도 당할라" 하며 아내는 주위를 훔쳐보곤 손수건에 돈을 싼다.

정각 세시에 버스는 터미널을 떠난다. 버스는 시원히 뚫린 고속도로로 달려나간다. 차 안은 냉방이 잘되었다. 창밖을 내다보던 현구의 표정이 차츰 밝아진다.

"아버지, 팔십년대엔 국민 소득이 일천 불을 훨씬 넘어선대요. 선생님이 그렇게 말했어요." 현구는 다음 세대 역군답게 자랑스러운 얼굴이다.

"일천 불이 우리나라 돈으로 얼마니?"

"들었는데 까먹었어요."

국민 소득을 미국 화폐 단위인 달러로 가르치는 무국적 교육에 나는 실소를 흘린다.

"그래. 정부 말처럼 전쟁 불안만 없담 우리나라도 선진국이 될 수 있다?” 나는 마치 아들의 대변인처럼 지껄인다. 현구처럼 자신 있는 목소리가 아니다. 일천 불을 넘어선다, 그것이 구체적으로 내 생활을 어떻게 변화시킬까에 대해서는 현실감이 느껴지지 않는다.

부산 고속버스 터미널에 도착하자, 칠월 하순의 긴 여름낮도 끝난 뒤다. 어스름이 활기찬 항도의 가로를 덮어온다. 끝에서 끝으로 왔지만 좁은 땅덩이라 서울과 별다른 점이 없다. 건물도, 붐비는 사람도 마찬가지다. 이곳도 서울처럼 공기는 이미 깨끗하지 못하다. 녹진한 소금기 속에 매연이 스며 흐른다.

“아버지, 부산 사람들 사투리 한번 심하네요.”

현구는 분답시끌한 정류장 주위를 둘러본다. 그는 뱃고동 소리를 듣고 싶다 하고, 바닷가에 정박한 큰 배를 보고 싶어한다. 한술 더 떠서 메이드 인 코리아 글씨가 새겨진 수출용 컨테이너를 구경하고 싶다고 말한다. 그것이 부두에 운동장만큼 넓게, 고층 건물처럼 높게 쌓인 장관을 상상하는 눈치다. 나는 저 나이에 어떠했던가? 그리움처럼 돛단배 한 척 떠 있고, 갈매기 두어 마리 외로이 날고, 낮인데도 등대가 깜박이는 바다를 그려온 내 소년 시절과 현구의 생각 사이에는 거리가 멀다.

우리는 시간이 급하여 빵으로 허기를 때우고, 마산행 버스로 갈아탄다. 김해·진영·창원에만 정류하는 직행이다. 우리가 군청 소재지가 못 되는 진영읍(進永邑)에 도착하기는 밤 열시 남짓한 시간이다.

버스 정류장 공지 주변은 오 년 전에 비해 탈바꿈되었으나, 여관 안내를 맡는 스물 안쪽 머슴애들은 예전 그대로다. 오 년 전에도 나는 해진 뒤 버스 편으로 고향에 도착했다. 그때는 호적상

생존해 있는 아버지 실종 신고건으로 고향에 왔다. 아무도 만나지 않고 삼촌댁에서 하룻밤을 자고 상경한 바쁜 일정이었다.

"회계나 오추골 갑니껴? 자고 아침에 넘어가이소. 방이 조오심더. 선풍기도 있고예, 나일롱 모기장도 쳐났심더." 장발의 머슴애가 억센 사투리로 내 팔을 잡는다. 마치 싸움이라도 걸어오는 투다.

"저쪽 장터다." 어느 사이 내 억양도 사투리를 좇는다.

고향을 떠난 지 스물아홉 해, 고향은 내 마음에 늘 짙은 그늘로 남아왔다. 고향을 등진 뒤 나는 고향을 떠올리지 않기로 했고, 심지어 고향을 증오했다. 공포가 무엇임을 너무 일찍 가르쳐준 고향이 두려웠다.

"두 사람만 타모 발차, 수산 삼백 원!" 서너 대 택시가 있는 저쪽에서 운전사가 소리친다. 택시 합승은 이곳에도 이미 상습화되었다. 비슷한 시간에 정류장에 멈춘 버스는 우리가 내린 차 외도 두 대가 더 있다.

진영읍은 김해읍과, 몇 년 전 읍으로 승격된 대저읍과 함께 김해군에 있는 세 읍 중 하나이다. 진영읍이 군청 소재지는 아니지만 교통 요충지로 경전남부선 주요 역이고 국도와 지방도가 발달해 있다. 북으로 넓은 진영평야를 내다보고 산비탈에 자리잡은 읍 중심부 주변으로, 여러 마을이 흩어져 있다. 이백 호 넘는 마을만도 낙동강 쪽으로 가술·본산·유등·일동·가동이 있고, 동으로 설창리·삼거리·신룡·내룡이 있다. 서로는 주산·월점이 덕산 가는 길목에 널렸고, 남으로 화계·방동·오추골의 산촌이 있다. 그곳으로부터 읍내로 농산물이 모여든다. 북쪽 넓은 벌을 가르고 굽이도는 낙동강에는 잉어·메기·가물치·쏘

가리가 잡힌다. 진영에는 닷새마다 큰 장이 서고 단감은 전국적
으로 알려진 이곳 특산품이다.

이제 대부분 전등 대신 형광등을 건 여러 상점들, 무질서하게
나붙은 다방과 여관 간판, 남도란 이름의 다방 이층 당구장도 오
년 전 그대로다. 전에 없던 생맥주와 통닭 파는 술집이 눈에 띤
다. 입구에 붉은 등을 건 바도 하나 보인다. 그 앞의 대형 확성기
는 신명난 유행가를 쏟아낸다. 네온사인으로 상호를 장식한 대
형 음식점이 새로 선을 보였다. 그곳은 오 년 전만도 자전거 수
리점이 있었다. 수리점 옆은 함석 지붕의 철물점이었으나, 그런
낡은 집들이 없어지고 이제 주유소가 들어섰다. 주위가 한결 정
리된 느낌이다. 차에서 내렸는데도 바람기가 없다.

"배고프지?"

현구는 대답이 없다. 배는 고프지만 구경할 게 많은지 녀석은
이곳저곳을 기웃거린다. 수박과 참외를 길바닥에 늘어놓은 노점
앞을 지난다. 단감 파는 잡상인이 있다. 아직 익지 않은 푸른 감
이다. 금세 설탕맛의 질감이 내 혀에 닿는다. 어릴 적 배주사네
과수원 울타리로 기어들어 머슴 몰래 따먹던 기억이 되살아난
다. 노점에 널린 과일의 농한 단내를 좇아 파리떼와 하루살이가
윙윙댄다.

현구와 나는 장터 쪽 언덕길로 접어든다. 눈에 익은 컴컴한 예
전 길목이 나를 맞는다. 역으로 내려가는 삼거리목에 목조 건물
우체국은 시멘트 건물로 바뀌었다. 스물아홉 해 전, 우체국 앞에
섰던 히말라야시더는 없어졌고 전지 잘된 사철나무 두 그루가
있다. 그 시절, 우체국 앞 신작로는 포장이 되지 않았다. 빨간 우
체통과 함께 히말라야시더는 사철 뿌연 흙먼지를 뒤집어쓰고 있

었다. 이제 빨간 우체통은 없어졌다. 우체국 옆 육중한 단층 석조 건물의 금융조합은 옛모습대로다. 간판만이 농업협동조합으로 바뀌었다.

쇠전걸(우시장)로 내려가는 어귀에서 나는 걸음을 멈춘다. 거기, 옛날 술도가 자리에는 큰 상점이 있다. 술도가 옆 방앗간은 블록 담장으로 변했고, 그 옆 수초가 허리만큼 자라던 개골창은 복개가 되어 말끔하다. 예전에는 쥐와 오리떼가 그 개골창에서 놀았다. 형광등이 여러 개 켜진 상점은 의류에서 과자에 이르기까지 웬만한 일용품은 두루 갖춘 읍내 백화점 격이다. 나는 상점 안으로 들어간다. 선풍기 아래 텔레비전을 보며 웃던 아주머니가, 화면과 헤어진 연속극의 주인공을 보듯 벙긋한 표정으로 나를 맞는다. 나와 비슷한 나이인데 낯선 얼굴이다. 그럴 수밖에 없다. 상점 아주머니가 초등학교 시절 나와 한반이었다 해도 스물아홉 해가 흐른 지금 서로 알아볼 수 없음이 당연하다. 나는 정종 한 병과 과자 상자를 사자 상점을 나선다.

나는 무심결에 쇠전걸 뒤 어두운 들녘에 눈을 준다. 철하(철길 아랫쪽) 저쪽, 변전소에는 철탑마다 불이 환하게 켜졌다. 내 눈길이 그 변전소 오른쪽을 더듬는다. 여래천도, 아무것도 눈에 들어오지 않는다. 거기, 끓는 더위가 어둠에 묻혀 있을 뿐이다. 그곳이다. 바로 거기, 스물아홉 해 전에 도수장이 있었다. 그해 여름, 꼭 이맘때쯤, 거기에서 아버지와 삼촌과 추서방이 소를 잡았다.

"아버지, 빨리 가잖고 뭘 그렇게 보세요?"

현구가 내 팔을 끈다. 나는 잠시 동안 그 어둠 속에서 무엇인가를 찾는다. 아니, 내 눈길이 무엇을 찾아내어 그 내용물을 헤쳐본다.

"아버진 배 안 고파요? 저녁도 굶었는데." 현구가 기어코 배 고
프다는 말을 꺼낸다.

나 역시 고향의 어둠과 무더위 속에 허기에 지친 두려움을 만
나고 있다.

제 2 장

　정오 햇살이 도수장 함석 지붕을 달구었다. 주위는 정적에 묻
혔고, 황소의 비명만 도수장 둘레를 무겁게 울렸다. 나는 도수장
마당 나무 그늘에 앉아 있었다. 그늘 아래지만 더위가 끓기는 마
찬가지였다. 가슴패기로 땀이 흘러내렸고 숨쉬기조차 답답했다.
워엉워엉 우는 황소 비명마저 갑갑하게 들렸다. 움직이는 거라
곤 아무것도 없었다. 눈에 띄는 건 하얗게 퍼부어내리는 햇살뿐
이었다. 도수장 함석 지붕 위로 증기가 올랐다. 가물거리는 증기
를 보자 내 눈이 저절로 감겨졌다. 어지러운 머릿속에 굴렁쇠가
굴러다녔다. 나는 눈을 감고 더위와 허기에 지친 몸을 나뭇등걸
에 기댔다. 졸음이 와서 하품을 했다. 배가 고프다, 하고 나는 입
속말로 중얼거렸다. 정말 배가 몹시 고팠다. 아버지는 도수장에
서 아직 나오지 않았다. 쇠파리까지 윙윙대며 달려들고, 그 중
몇 마리는 머리 정수리 부스럼에 붙었다. 부스럼에는 고름이 배
어나왔다. 나는 기운이 없어 그놈들 쫓기를 포기하고 이따금 머
리만 흔들었다. 어쩌면 나는 그놈들의 혀침을, 그 간지럼을 즐기

고 있었다.

　동네 쪽에서 수탉의 한가한 울음이 쨍쨍한 하늘로 솟다 사라졌다. 이어, 다시 도수장 안에서 황소가 우웡우웡 울었다. 도수장 옆을 지날 때면 자주 듣던 울음인데, 그 울부짖음이 천 근의 무게로 땅을 흔들었다.

　퉁, 황소 이맛전을 내리치는 메 소리가 들렸다. 골통이 빠개지는 소리 같았다. 아버지 말처럼 으깨진 골로 봇물처럼 피가 쏟아져 들어갈 것이다. 이제쯤 그 큰 머리를 못 가누어 앞발을 꿇었을지 몰랐다. 내 눈앞에 이마빼기며 코뚜레로 피를 쏟는 황소가 떠올랐다. 황소는 마지막 된숨을 내쉬었다. 관절이 꺾이자 앞발의 후들거림도 무너져버리는 황소. 입께에 달린 거품이 피에 얼버무려지고 꼬리마저 새끼처럼 힘이 빠졌다. 이제 다시 못 뜰 눈을 지그시 감은 황소가 내 눈앞에 확대되어 떠올랐다. 아버지 얼굴이 보였다. 아버지는 메를 팽개치며 흐물쩍 웃었다. 삼촌이 도살용 메가 뚫은 소 이마빼기 구멍에 참대꼬챙이를 쑤셔박았다. 추서방은 날이 선 칼로 황소 멱을 따기 시작했다. 소 목에서 피가 쏟아지자, 아버지가 그 피를 양동이에 받았다. 온몸을 떨던 황소의 경련도 멎고, 차츰 모든 게 얼룩져 바래졌다. 이윽고 나는 혼곤한 낮잠에 취했다. 쇠파리떼가 머리 부스럼에 엉겨 앉았다.

　"일마, 여게 자빠져 자구나. 고개방아 찧는 조 꼬라지 바라. 야, 갑수야. 이 자슥아!" 아버지가 고함질렀다.

　나는 찌뿌드드히 눈을 떴다. 아버지가 내 앞에 서 있었다. 아버지는 목덜미의 땀을 훔쳤다. 나도 그렇지만 아버지도 윗몸은 벗고 있었다. 아버지의 빤질머리와 근육질의 윗몸이 땀으로 번

질거렸다. 한쪽 어깨에는 풀 죽은 삼베 등거리를 걸쳤다. 아버지
는 삼베 고쟁이 배꼽으로 흘러드는 땀을 훑어 뿌렸다. 손에 묻은
피가 땀에 채인 뱃가죽에 옮아 곱슬털과 엉겨 금세 잡은 소 살점
같았다.
"언제 왔노?"
"갑득이가 배고푸다 짜사서 버얼써 왔어예. 그 자슥은 하도 배
가 고프이께 장바닥서 줏은 외 껍데기까지 묵습디더. 나는 더버
서 찬물만 마셨고예."
"알았다, 일나거라. 강새이(강아지) 같은 자슥, 말하는 꼬라지
보이께, 쯔쯔."
"심(힘)이 있어야 일나지예."
"요노무 자슥, 굶어죽기가 정승하기보다 심들단다. 자, 일나라.
여래천서 목깐(목욕)하고 집에 가서 국밥 묵구로. 퍼뜩 몬 일어
나나?"
  나는 녹작지근한 잠에서 풀려났다. 아버지 옆에 놓인 피 묻은
양동이를 곁눈질했다. 양동이에는 선지피가 가득했고 조롱박이
엎어져 있었다. 그 피는 모기할머니 술집 국밥 네댓 그릇과 바뀌
어질 터였다.
"이래도 몬 일어나나?"
  아버지는 맨발로 내 엉덩이를 찼다. 아버지 발길이 스쳐가자
옆에 놓인 양동이가 출렁거렸다. 선지피가 몇 방울 땅바닥에 튀
었다. 금세 잡은 황소 목을 따고 받은 피라 김이 올랐다.
  도수장 안의 삼촌 웃음 소리가 바깥까지 들려왔다. 추서방이
읊는 「방아타령」도 들렸다. 그들은 이제 예리한 칼로 황소 정강
이 관절을 도려내고 있을 터이다. 여름이면 소 잡는 일이 뜸한

데, 삼복 들고 모처럼 잡는 황소여서 신바람이 나는 모양이었다.

나는 구겨진 상판으로 겨우 일어났다. 눈앞이 핑글 돌고 다리가 휘청거렸다. 나는 앞서 걷는 아버지 뒤를 따라붙었다. 허물이 서너 차례 벗겨졌는데도 등줄기가 쓰라렸다. 햇살이 등줄기를 들쑤셨다. 아버지는 여래천으로 걸었다. 아버지 어깨는 무쇠같이 튼튼했다. 어깨에 새겨진 푸른 문신을 햇살이 따갑게 단근질했다.

"조 개신거리는 꼬라지 바라." 아버지가 돌아보며 혀를 찼다. "또출이할망구는 집에 읐나?"

"보리 이삭 줍는다고 선달바우산에 올라갔심더. 할무이가 식은 밥이라도 쪼매 남가두고 갔으모 얼매나 좋았겠노. 갑득이하고 내가 학교 갔다 와도 머 묵을 끼 있어야제."

"주디(주둥이) 놀리는 기사 차돌멩이 같네. 니 에미년이 도망질 가뿌렸으이 그년 가랭이서 나온 너그사 굶어도 싸다. 모가지 빼서 똥장군 마개를 해도 시원찮을 문디(문둥이) 같은 년."

아버지는 도망간 엄마를 입에 올렸다. 나는 그 말이 듣기 싫었다. 왜 아부지가 어무이 욕해요, 하고 쏘아주려다 나는 입을 다물었다. 아버지 큰 주먹이 머리통에 떨어질까봐 겁이 났다. 고름 괸 정수리에 꿀밤이 떨어지면 너무 아플 것 같았다.

"아부지, 요새는 소 사로 안 댕깄는데 누구 소 잡았는교?"

"배주사 영감댁 황소 잡아줬제. 도찬이가 모레 장개간데이."

"도찬이, 도찬이가 누군교?"

"아, 그 배주사 영감탕구 셋째아들 안 있나. 중핵교 선생 하는 팔빙신 말이다. 갑수야, 인자 바라. 소 잡아줬다고 볼살(보리쌀) 한 가마는 생길 끼데이. 오늘 지녁에 내가 짊어지고 집에 들어가꾸마."

"증말이지예? 배주사댁 방앗간서 바로 나온 볼살 말이지예?"

"엇따, 고 자슥. 몬 믿기는. 이 애비가 어데 거짓말하는 거 봤나. 두말하모 잔소리다."

"치. 아부지 거짓말이사 읍내가 다 압니더. 온 시상이 다 알고 남을 거로."

아버지는 말이 없었다. 내 놀림에 아랑곳하지 않고 여래천으로 묵묵히 걸었다. 스무 그루 남짓한 미루나무가 여래천 둑을 따라 늘어서 있었다.

"참말로 덥데이." 한참을 걷다 아버지가 혼잣말로 중얼거렸다. "이 더부에 젠장맞을 장개 시집은. 배주사도 고랑고랑 숨 끊길라 카이께 정신나갔지러. 어데 이런 날씨에 음석이 하루를 옳게 배기내겠나. 내일 되모 괴기고 머고 폭삭 썩을 낀데. 두고 보라지, 마실 사람이 시어빠진 음석으로 배때기 채울 테이까. 니넘(너나)읾이 설사깨나 뺀다고 통시(변소) 출입 바쁠 끼데이."

정말 더운 날씨였다. 나도 초가 되어 녹아버릴 것만 같았다. 걷는다기보다 다리를 조금씩 앞으로 흔든다고 생각될 정도였다. 여래못을 헤엄쳐 건널 때처럼 더위는 물살만큼 센 힘으로 나를 막아섰다.

퍼부어내리는 햇살에 바래진 옥당목 같은 하늘, 그 하늘을 받치듯 미루나무는 높게 서 있었다. 미루나무가 잎새 하나 움직이지 않는 것으로 보아 바람 한 점 없는 날씨였다. 미루나무 뒤쪽 야트막한 젖봉 하늘에 솔개 한 마리가 날고 있었다. 들짐승도 더위에 맥을 못 춰 기동 않고 자빠졌을 텐테 솔개 눈에 먹이가 쉬 뜨일 리 없었다. 쇠전걸 쪽에서 엿장수의 잘강대는 가위질 소리가 여리게 들렸다. 재갈재갈 웅성웅성, 사람들 말소리가 들리는 것 같기도 했다.

여래천에 닿자, 나는 고쟁이를 까내렸다. 여름 석 달을 걸치고 다니는 겉옷이었다. 그 삼베 고쟁이도 엉덩이는 또출이할머니가 손바닥만한 무명을 대어 기웠는데, 덜렁거리는 불알이 비쳐 보이는 옷이었다.

"야, 갑수야."

"와예?"

"요거 쪼매 묵고 물에 드가거라."

아버지가 조롱박으로 양동이 쇠피를 떠내었다. 나는 얼굴부터 찡그렸다. 여태껏 나는 생피를 마셔본 적이 없었다. 말만 들어도 속이 느글거려 토할 것만 같았다. 아버지는 내가 먹지 못하는 걸 잊고 그 걸쭉한 생피를 권하곤 했다. "다른 자슥들은 몬 묵어도 백정 새끼는 소피쯤 비윗살 좋게 마시야 된데이. 뱀이나 개구리도 산 채로 오독오독 씹어 묵고." 언젠가 아버지가 말했다. 나는 아버지 말이 옳다 생각지 않았고 생피를 먹은 적이 없었다.

작년 늦가을, 사흘이 멀다 하고 매질하는 아버지의 손찌검에 견디다 못해 엄마가 천옥이누나를 데리고 집을 떠났다. 엄마가 집에 있던 작년 여름 어느 날이 생각났다. 그날 아버지가 소 생피 한 표주박을 들고 집으로 들어왔다. 아버지는 낮술에 취해 얼굴이 불콰했다. 마침 나는 마루에 엎드려 방학 숙제를 하고 있었다. 엄마는 축담에 앉아 작은 돌절구에 귀밀을 빻았다. 아버지는 나를 보자, 용케 잘 걸렸다는 듯 내 팔목을 잡았다. 다짜고짜 내 뺨을 눌러 아가리가 저절로 벌어지게 만들었다. "요늠, 오늘은 묵나 안 묵나, 니가 이기나 내가 이기나 어데 한분 해보자." 아버지는 생피 담긴 표주박을 내 입에 들이대어 우격다짐으로 생피를 목구멍에 퍼넘기려 했다. 나는 입술을 앙다물고 도리질하며 한사코 표주박을 뿌리쳤다. 뱃속에서 생목이 돌아 입으로 넘어오려 했다. 엄마가 찧던 공이를 놓으며 아버지에게 말했다. "보자 카이 너무하네. 마 치우소. 댁이 생피 묵는다고 자슥늠도 생피 묵어야 되는가. 임자사 소 잡다보이 생피에 밥 말아 묵어도 오장육부가 멀쩡한지 모르지마는 갑수사 아아 아인교. 지 묵기 싫타는 거 억지로 믹이지 마소." "허허, 이 문디년, 주디 놀리는 거 바라. 생피는 어데 백정만 묵는 기가? 폐병쟁이도 잘만 묵더라. 지집년이 남자 하는 일에 어데 촉새 같은 주디 나불거리노. 모가지 칵 비틀어뿔라." 아버지의 역정에 엄마는 잠잠해졌다. 아버지가 다시 내 입을 억지로 벌렸다. 나는 딸꾹질을 시작했고 앙다문 입술을 비집고 맹물이 턱으로 흘러내렸다. 공이질 하던 엄마가 아버지와 나를 곁눈질했다. 차마 달려들어 말릴 용기는 없는지, 종알종알 말을 흘렸다. "그래 자슥 섬기고 싶으모 노루 피나 좀 구해다 믹일 일이제." 그 말에 아버지 울화가 치솟고 말았다. 아버지는 생피가 담긴 표주박을 마루에 놓더니, 엄마 홑적삼 동정을 틀어쥐었다. 피 묻은 손으로 엄마의 얼굴을 후려쳤다. 비명이 터지고 엄마 코에서 코피가 터졌다. 엄마 옆에 놓인 소쿠리에 담긴 강태가 축담에 쏟아졌다. "쥑이라, 쥑이도고. 죽는 기 차라리 낫지, 증말로 니하고 몬 살겠데이. 빼골 쑤시고 허기져더 살도 몬할 팔짜에, 오늘 니 손에 죽고 말자……" 엄마는 정말 아버지에게 맞아죽기로 결심한 듯 헐떡거리며 말했다. 아버지의 매운 손길을 피할 생각도 않았다. "오냐, 니 같은 문디년은 내 손에 쥑이주꾸마. 다른 거사 몰라도 백정이 그 소원이사 몬 풀어

주겠나.” 애젊은 나이에 큰외삼촌이 문둥병에 걸려 전라도 땅 소록도로 간 걸 흠잡아 아버지는 엄마를 두고 말끝마다 문둥이란 말을 붙였다. “그래, 문디다, 우얄래? 쥑이라, 쥑이도고.” 엄마는 아버지 다리를 잡고 늘어졌다. “오냐. 증말로 오늘은 내가 니를 아주 쥑이뿌리지!” 아버지가 절굿공이를 집어들었다. 엄마가 아버지의 성질을 알면서 말대꾸한 게 잘못이었다. 걸핏하면 복날 개 잡듯 엄마에게 매질하는 아버지를 나는 보고만 있을 수 없었다. “아부지, 증말 와 이캅니껴. 이라다가 어무이 죽으모 우얄라캐예?” 나는 아버지와 엄마 사이에 달려들었다. “씹할, 밸일 있겠나. 내 감옥소 한분 더 가모 될 거 아이가.” 공이가 엄마의 등줄기를 내리쳤다. 컥, 외마디로 숨을 끊으며 엄마가 축담에서 마당으로 굴러떨어졌다. 그런데 아버지가, 아이쿠 하며 공이를 떨구고 엉덩방아를 찧었다. 어느 사이 달려왔는지 갑득이가 개처럼 아버지 장딴지를 물어버린 것이다. “벼룩 같은 요노무 새끼, 너그가 몽지리 한통속이구나.” 아버지가 갑득이 어깻죽지를 잡아 내팽개쳤다. 갑득이는 패대기친 개구리처럼 저만큼 나가떨어졌다. “와, 와 자슥 때리노. 머를 잘몬했다고 어린 자슥까지 쳐!” 엄마가 갑득이 쪽으로 엉금엉금 기어갔다. 홑적삼은 등판 솔기가 찢어졌고 엄마의 마른 등줄기는 멍이 부풀었다. 갑득이가 몸을 일으켰다. “그노무 쇠피, 그 생피 내가 묵어뿔모 안 되는교. 아부지, 내가 묵지예. 지발 어무이 패지 마이소.” 갑득이가 애원했다. 그는 축담에 오르더니 표주박의 생피를 마시기 시작했다. 그의 턱주가리로 핏물이 흘러내렸다.

“아부지는 내가 몬 묵는 줄 알민서 와 그 피 마시라 캅니껴. 배가 골골하는 판에 생피 마시모 미친갱이 된다는 말도 몬 들었습니껴?" 작년 여름, 그 일이 있은 뒤부터 아버지는 내게 생피를 억지로 먹이려 들지 않았기에 내가 말했다.

"언 늠이 그따위 소리 씨부리더노? 몸이 부지깽이 같을수록 피를 마시야제. 그래야 심이 생겨. 내가 니한테 다른 보약이사 믹이겠나. 내가 소 잡으이 이거나따나 믹일라 카는 기제." 아버지가 방울눈을 감으며 헤벌죽이 웃었다.

나는 물 속으로 첨벙 뛰어들었다. 개구리밥에 앉아 수면에 꼬리를 털던 왕잠자리가 물장구에 놀라 날라갔다. 미루나무 물그림자가 흔들려 깨어졌다.

여래천은 젖봉을 끼고 변전소 앞을 빠져서 질펀한 읍내 들판을 감돌았다. 가슴을 지나 수산 쪽으로 폭을 넓혀 흐르다 낙동강 본류와 합쳐졌다. 보름 넘게 가뭄이 계속되어 개울물이 말랐다. 깊은 곳이래야 배꼽을 가릴 정도였다. 나는 물에 쪼그려앉아 머리에 물을 끼얹었다. 정신이 들고 가슴속까지 시원했다. 진작 여기에서 아버지를 기다릴 걸 하는 생각이 들었다.

아버지는 조롱박으로 쇠피를 떠내어 막걸리 마시듯 마셨다. 맛이 좋다는 얼굴로 나를 보았다. 아버지의 피 묻은 입술이 무덤에서 나온 귀신 같아 섬뜩했다.

"빗자루구신 닮았네. 아부지 주디가 똑 빗자루구신 같심더."

"꼬솜한 기 참말로 깨소곰 맛이데이." 아버지는 쇠피 흘러내리는 수염 듬성한 턱주가리를 닦았다.

"그라모 누가 달랑 마실 줄 알고예? 나는 안 속아넘어갑니더. 그걸 묵으모 미친갱이 돼서 피똥 싸이께예."

"요노무 자슥, 마 불알을 까뿔라." 아부지가 방울눈을 부릅뜨고 킬킬거리며 웃었다.

  엄마와 누나가 집을 나간 뒤부터 아버지는 우리 형제에게 손
찌검은 하지 않았다. 술에 취해 들어온 날, 너그 성제만 없으모
내가 소도둑질까지 할 끼다, 하며 운 적이 있었다. 너그 에미를
찾아내서 쥑이뿔고 강도질하고 싶다, 하고 말하기도 했기에, 우
리 형제가 아버지 눈에 불쌍하게 비친 적도 있었나보다.
  아버지가 주위를 둘러보았다. 눈에 띄는 사람이 없었다. 아버
지는 담배쌈지 달린 허리띠를 풀고 삼베 고쟁이를 재빨리 벗더
니 물 속으로 들어왔다. 어, 살맛나게 시원타 하며 아버지는 사
추리에 물을 끼얹었다. 늘어진 불알을 마치 소 천엽 씻듯 두 손
으로 비벼댔다. 아버지와 나는 윗몸에 물을 끼얹으며 더위를 식
혔다.
  "갑수야, 애비 등 좀 밀어도고."
  "배고파 심이 있어야 밀지예."
  "쪼매 있으모 내가 소괴기 국밥 한 그륵 믹인다 캤잖나."
  "그라모 스무 분마 밀어주까예?"
  "엇따, 자슥. 억시 따지네. 그라모 서른 분만 밀거라."
  나는 아버지 등에 붙어섰다. 아버지 등판에는 용이 문신으로
새겨져 있었다. 나는 물 속에서 아버지의 넓은 등판을 밀었다.
미끄러워 손끝이 곁놀았으나 나는 기분이 좋았다. 이럴 때야 나
는 겨우 피붙이로 아버지를 확인하는 셈이었다. 엄마가 없는 지
금은 이 등판이 갑득이와 내가 기댈 수 있는 유일한 살임을 믿을
수밖에 없었다. 자식으로부터 기림받는 아버지 되기가 얼마나
힘든가를 나는 알고 있었다. 그런데 나는 한번도 아버지를 우러
러본 적이 없었다. 갑득이와 나를 자식 없는 부잣집에 주어버렸
으면 싶을 정도였다. 밥만 세 끼 잘 먹여준다면 나는 어디로 팔

려가도 좋을 것 같았다. 아버지는 우리 형제를 굶기면서도 내 자식새끼라며 끼고 돌았다. 아버지의 그런 고집을 나는 미워했다. 나는 아버지를 두고, 지랄빙 하네, 미친갱이 아부지 하는 욕지거리를 예사로 입에 올렸다. 아버지는 자식에게 욕을 들어도 이웃 사람들로부터 늘 듣는 욕설에 만성이 된 탓인지 아무렇지 않게 대했다. "이 자슥아, 핵교서 욕도 배아주나?" 그 정도의 힐책으로 넘길 적이 많았다. "아부지, 학교는 꼭 나가야 되는교? 내 동무는 작년에 졸업했는데 나는 안죽 오학년이고, 배도 고푸고, 공책 살 돈도 읎고, 백정 자슥이라 놀리대는데 와 학교 꼭 나가야 됩니껴?" 아버지 기분이 좋은 날, 내가 물은 말이었다. 학교에 간다고 집을 나서서 학교에는 가지 않고 갑득이를 꾀어 다른 짓거리도 했다. 선달바우산이나 젖봉으로 올라가 너구리집을 뒤져 불을 놓거나, 개바자 들고 쥐나리 뒤 수로로 나가 고기잡이를 하며 놀았다. 아버지는 우리가 그렇게 학교 공부를 빼먹은 사실을 알면 그때만은 거친 성정이 폭발했다. "조슨이 독립돼서 핵교서 글 갈쳐주는데 와 안 댕겨? 이 자슥아, 굶어도 핵교 나가 굶거라. 감옥소서 콩밥 묵으이깨 서러운 기 까막눈이더라. 몬 배아내가 이 꼴인데 니늠도 칼잽이 될라 카나? 좋다, 내가 소 대가리가 아이라 니늠 골통부터 빠사뿔고 말겠다!" 아버지는 분김에 나를 매질했다. 그뒤부터 나는 아버지 매질이 두려워 학교 안 가는 짓거리는 차마 할 수 없었다. 장터마당 주변 사람들은 아버지의 그런 교육열을 두고 돌아서서 빈정거렸다. "승어가 뛰이 망둥이도 뛴다더이, 새끼들 배는 쫄쫄 굶기민서 공부가 다 머꼬. 개발에 대갈이지." "개삼조[犬三祚]가 감옥소 행차하고 오더이 자슥새끼 풍월 읊으라 카네" 하고 말했다. 아버지는 감옥소에서 세상살이에 공부가 중요함을 깨닫고 나온 게 분명했다. 해방되기 전해, 아버지는 노름판 시비가 화근이 되어 비누장수 실강이를 낫으로 쳐 오른팔을 끊은 상해 사건을 저질렀다. 그 잔혹 행위로 아버지는 재판에서 오 년형을 선고받고 부산형무소에 갇혔다. 운이 대통해서 한 해 옥살이를 하자 이듬해 팔월, 해방이 되었다. 아버지는 독립 투사가 아닌데도 그런 지사처럼 당당하게 석방되었다. 실강이가 왜놈 헌병 앞잡이여서 해방된 뒤 읍내에서 자취를 감춰버린 것과 우연히 맞아 떨어져, 아버지는 금의환향하듯 고향으로 돌아왔다. "머 독립 운동이란 기 따로 있나. 판돈 훑어가는 핑계를 트집잡아 왜늠 앞잽이를 작살내뿌린 기제." 그 이야기만 나오면 아버지가 자랑스레 하는 말이었다. 읍내 알 만한 사람은 개삼조가 어쩌다 쇠꼬리로 파리 잡은 격이라고, 그 일을 대단찮게 여기면서도, 아버지를 두려워했다. 누구에게나 굽신거리는 아버지지만, 술에 취해 방울눈에 쌍심지 켜, "이노무 자슥, 니도 팔 하나 몬 끊기서 소원이가!" 하며 화를 낼 적이면, 누구나 혼겁 먹고 몸을 사렸다. 앓는 어금니, 읍내에서 아버지는 그런 사람으로 취급받았다.

　나는 인심 좋게 아버지 등판을 오십 번이나 밀어주고 물러났다.

"방학 언제 하노?"

"모렙니더. 숙제 잔뜩 내준다 캅니더. 그라모 공책하고 연필도 사야됩니더."

"알았데이. 내가 우째 돈을 맨들어보꾸마. 그라고 참, 갑수야, 내 한 가지 물어보자. 그 여선상 있제? 풍금 치는 처자 선상 말이데이."

아버지 물음에, 나는 어리벙벙해졌다. 날 선 칼로 소 뱃가죽이나 가르는 아버지가 주신례 선생 말을 꺼낸 게 산에서 멍게를 땄다는 얘기 같아, 내가 잘못 듣지 않았나 생각될 정도였다.

"와요? 음악 선생님이 우째서예?" 나는 주선생을 아버지께 빼앗기지 않겠다는 듯 앙칼지게 물었다.

읍내 어느 누구도 아버지한테 나이에 따른 대접을 하지 않았다. 손윗사람은 심심찮게 아버지를, 개삼조 좀 보게 하고 불렀다. 내 또래 아이들은 개삼조란 말에 한술 더 떠 개씹조란 욕지거리까지 썼다. 아버지는 그런 욕을 들을 만했다. 아버지가 백정이기 때문만은 아니었다. 아버지의 거칠은 성정과 난잡한 행실은 나도 알고 있었다. 아버지는 행실 탓으로 깜깜한 밤중에 만취되어 돌아오다 몰매질을 당하기도 여러 차례였다. 누구 짓인지 모르지만 갈짓자 걸음을 걷는 아버지를 뒤에서 반쯤 죽도록 타작매를 놓고 도망쳤다. 아버지는 몇 차례 읍내에서 쫓겨날 뻔했으나 여태껏 용케 넘겨온 셈이었다. 활터 아래 버려진 외진 움집에서 눌러사는 게 감지덕분이었다. 그 정도의 개차반인 아버지가 예쁘고 얌전한 처녀 선생을 입에 올렸다는 게 내게는 이상하다 못해 신기했다.

"자슥, 토깽이처럼 놀래기는. 내가 어데 그 여선상 잡아묵을까 바서 그카나?"

"혹시 압니꺼. 아부지가 여선생을 소 잡드키 잡을라는지."

"요노무 자슥은 몬 하는 말이 읎어." 아버지는 내 머리에 꿀밤 한 대를 먹였다.

"그라모 음악 선생이 아부지한테 머신가 부탁한 모양이네예? 약에 쓸라고 소 꼬랑지나 지라를 달라고 말임더."

"엇쭈, 지랄빙 떠네. 그 여선상 집이 어데 있노?"
"여래리에 있심더."
"알았다. 내가 그저 물어봤다."
"그런데 아부지는 그 소문 몬 들은 모양이네예? 갑득이 담임인 장선생하고 주선생하고 시집 장개갈 끼라는 소문 말임더."

나는 장태문 선생과 주신례 선생이 정말 혼례를 올릴까 궁금했다. 그렇게 되면 아이들 말로 그들이 '빠구리'란 걸 하게 되고, 빠구리 하면 애를 낳게 되는 게 믿어지지 않았다. 다른 사람은 몰라도 주선생의 빠구리란 상상조차 불쾌했다.
"누가 그카더노?"
"학교 아아들은 다 압니더."
"하여간 장선상은 난인물인 기라. 내가 몇 달 전부터 그 사람한테 무신 공부를 쪼매 배우는데 우째 그래 하는 말마다 이치에 맞는 말인지, 내가 연방 무릎을 안 치나. 참말로 당달봉사가 훤한 시상 보는 기분이다 카인께. 그건 그렇고, 그래, 두 선상님이 언제쯤 예식을 올린다 카더노?" 아버지는 그 얘기쯤이라면 무엇인가 알고 있다는 듯 히물쩍 웃었다.
"그거는 몰라예. 연애한다 카는 소문만 장터에 쫙 깔렸심더. 음악 선생이 장선생 집에 드가는 거는 나도 봤고예."
"쪼매는 자슥이 하라 카는 공부는 안 하고 그런 소문만 듣고 댕기나. 니는 연애란 기 머신가 알기나 하나?"
"나도 열네 살이라예." 나는 얼굴을 붉히며 멋쩍게 웃었다. 연애가 어떤 짓거리임은 아는데, 설명하기가 힘들었다.
"꼬치에 털도 안 난 자슥이" 하며 아버지는 물 속에 잠긴 내 사추리를 내려다보았다.

아버지의 장난기 섞인 손이 사추리께로 달려들 것만 같아 나는 샅을 가렸다. 지난 음력 대목 밑 겨울밤이 떠올랐다. 잠결에 무슨 소리가 들려 눈을 뜨니 어둠 속에 여자가 코맹맹이로 말했다. "인자 마 잠 좀 잡시더. 우째 거푸 세 분씩이나……" 엄마 목소리가 아니었다. 아버지와 한 차례 싸운 뒤 이빨 두 개가 부러진 엄마는 천옥이누나를 데리고 살 길 찾아 부산으로 떠나버린 뒤였다. "한 분만 더 하자 카인께. 꼭 한 분만." 아버지의 말에 여자가 코웃음을 쳤다. "증말로 이 양반은 쇠좆만 묵었는가베. 아아들 깨모 우얄라고 그래예?" "니년도 억시기 좋아하민서 그라네." "이거 안 좋아하는 기집도 있습니껴." 나는 저 여자가 누굴까 궁금해하며 머리를 그쪽으로 돌렸다. 뒷봉창에 걸린 나뭇가지가 달빛에 떨었고, 희미하게 스며든 빛 속에 발가벗은 두 몸뚱이가 드러났다. 아버지 알몸이 여자 몸 위로 올라갔다. 여자 팔은 아버지 등을 감았고 두 다리는 넝쿨처럼 아버지 허리를 깍지꼈다. 아버지 숨결이 거칠어지고, 여자도 겨울밤 마루 밑에서 떠는 강아지 울음 소리를 내었다. 갑득이는 한잠에 들었다. 그들 숨길이 높아가자 내 숨길도 덩달아 가빠졌다. 내 고추가 막대처럼 꼿꼿해진 게 그때였다. 나는 한 손으로 달아오르는 자지를 쥐었다. 아버지가 나뭇등걸 구르듯 여자 몸에서 떨어질 때까지 나 역시 나른하고 혼곤한 기분에 취해 있었다. 오줌이 아닌 끈끈한 물이 자지에서 나옴을 나는 그때 처음 알았다. 이튿날 아침, 눈을 뜨니 여자는 간데없었다. 역전 어느 술집 작부가 아니면 뜨내기 과수댁 장사꾼인지 몰랐다. 늦잠을 자는 아버지의 개기름 흐르는 얼굴을 보자 어젯밤의 혼란한 장면이 떠올랐고, 집 나간 엄마의 피멍이 든 얼굴이 겹쳐져 내 콧등이 시큰했다.

"자, 그라모 나가보까. 니는 갑득이 찾아 먼첨 집에 가 있거라. 내가 퍼뜩 모기할망구 집에 댕기오꾸마." 아버지는 하늘을 올려다보았다. "소내기나 한 줄기 퍼질렀으모 좋겠구마는. 참말로 날씨 하나 사람 삶구만."

아버지는 삼베 등거리를 입자 미루나무 쪽으로 걸어갔다. 미루나무에서 매미가 울어댔다. 나는 배가 고파 허리가 절로 접혔다. 아버지는 양동이를 들고 역 쪽으로 걸었다. 나는 아버지 뒤를 따랐다. 아버지는 맨발이라도 아무렇지 않겠지만, 나는 불에 달군 모래를 딛듯 발바닥이 따가워 길섶 풀을 골라 디뎠다. 발바닥에 닿는 풀의 감촉이 좋았다. 걸으며 나는 음악 선생을 생각했다.

주신례 선생은 고향이 마산이었다. 일본에서 무슨 음악 학교를 다니다 해방이 되자 고국으로 나왔다 했다. 작년에는 수산 대산면 대산초등학교에 근무했다. 읍내 우리 학교로 부임해오기는 금년 봄이었다. 늘 옥양목 저고리에 무명 검정 치마를 입었다. 동그란 이마와 발그스레한 뺨이 고왔다. 흰 살결에 오똑한 콧날하며, 읍내에서 빠지지 않는 인물이었다. 말씨가 조용하고 몸가짐이 얌전했다. 등교길이나 하교길에 학생들은 선생을 자주 만났다. 주선생은 학생들에게 인기가 있어 주선생만 보면 그쪽으로 달려가 먼저 인사하려 다투곤 했다. 그럴 때마다 주선생은, 몸 건강하고 공부 열심히 해요 하고 존대말을 썼다. 웃을 때 가지런한 이빨이 보기 좋았다. 그런 주선생에게 아버지가 관심을 보인 게 내게는 놀라웠다.

갑득이와 내가 언덕 아래 외길을 한 시간을 넘게 내려다보며 기다려서야, 아버지가 돌아왔다. 아버지는 자배기에 서너 그릇

될 양의 국밥을 담아왔다. 모기할머니 술집에서 나와 어디에 들러 왔는지 국밥에는 굳기름이 끼어 있었다.

"아까 그 피로 국을 끼리 묵어도 벌써 똥이 돼서 나왔겠심더." 아버지 기다리기에 지쳐 내가 눈을 흘겼다.

"할무이는 아직 안 왔나보제?" 아버지는 자배기를 쪽마루에 놓으며 물었다.

"안죽 안 왔어예."

"그라모 할무이 묵을 거 쪼매 남가놓고 묵거라."

갑득이가 자배기 속의 국밥을 게염스런 눈으로 넘겨다보더니 먼저 한술을 떠냈다. 이를 신호로 우리 형제는 자배기에 머리통을 박고 선짓국밥을 게걸스럽게 퍼먹는다.

"개벼룩 씹듯 한 꼴 좀 바라. 꼭 걸구신 들린 돼지 새끼 같해. 불쌍한 종자들." 아버지가 우리의 먹성을 보며 혀를 찼다.

"인자 그만 묵자. 할무이도 묵어야제." 내 말에 갑득이가 머리를 들었다. 건더기는 모두 퍼먹었고 자배기에는 국물만 남았다. 또출이할머니 양으로 너무 적게 남긴 게 미안하여 나는 숟갈을 놓았다.

"인자 배때기에 쪼매 기별이 오네." 갑득이가 느긋하게 말했다.

"쪼매마 기다리바라. 너그들 실컨 배 채아줄 날이 올 테이께. 개삼조도 한분 광땡 잡을 날이 올 끼데이." 아버지가 허풍을 떨며 우리가 보라는 듯 등거리 주머니에서 '무궁화' 담뱃갑을 꺼냈다. 담뱃갑과 함께 반으로 접은 편지 봉투가 축담에 떨어졌다.

"아차차, 이 요긴한 거를……" 하며, 아비지는 누가 볼세라 얼른 편지 봉투를 집어들었다.

"아부지도 마구초 피울 때 있네예." 갑득이가 아버지를 쳐다보왔다. 정말 누구한테 얻었는지 궐련 피우는 아버지를 보기도 오랜만이었다.

"일마 자슥들, 이 애비 무시하지 마라. 내가 어데 씨빗(훔쳤)는 줄 아나. 내 돈 주고 산 기데이." 아버지는 담배 한 개비를 뽑아 물더니, 담뱃불을 붙이려 부엌으로 들어갔다. 부엌 아궁이에는 또출이할머니가 다독거려놓은 불씨가 있었다. 부엌에서 아버지가 말했다. "갑수야, 니만 여게 좀 온나 보자."

"머 할라꼬예?" 나는 부엌으로 들어갔다.

"니 내 심부름 좀 해라." 아궁이에 불씨가 없었던지 아버지는 꺼낸 담배 개비를 담뱃갑에 담곤 일어섰다. 나를 데리고 부엌 뒷문으로 빠져 채마밭으로 갔다. 아버지는 주위를 둘러보고 아무도 없음을 알자, 조금 전에 떨어뜨린 피봉된 편지 봉투를 꺼내더니 낮은 목소리로 말했다. "내가 돈 십 원 주꾸마. 이 편지 물통걸 수리조합 허서기한테 갖다주고 온나."

물통걸은 읍내에서 수산 쪽으로 2킬로쯤 떨어진 진영평야 가운데 자리한 마을이었다. 장터마당에서 보면 들 건너 버즘나무(플라타너스)가 띠처럼 늘어선 곳이 물통걸이었다. 일제 때 일본인이 김해평야와 진영평야에 대규모 관개(灌漑) 사업을 일으킨 뒤, 천수답을 수리답으로 바꾸고 물세를 받기 위해 벌 한가운데인 물통걸에 수리조합을 설치했다.

"허서기가 우예 생긴 사람입니껴?" 나는 돈 십 원에 귀가 틔었다.

"보통키에 작고 얼굴이 백새같이 하얀 사람이데이. 아매도 지금 가모 핀지가 올 줄 알고 기다릴 끼라. 그런데, 내 말을 잘 들거라. 이 핀지는 절대 다른 사람한테 주모 안 된데이. 수리조합에 들어가서 허서기 찾다가 자리 비았으모 쪼매 기다리거라. 아무한테나 매껴놓고 오모 안 된다 말이다."

"알았심더. 갑득이하고 같이 가모 안 됩니껴?"

"안 된다. 니 호문차(혼자) 퍼떡 갔다온나."

나는 아버지로부터 편지와 돈 십 원을 받았다. 나는 물통걸에 갔다 돌아오는 길에 유등 외갓집에 들러보기로 마음먹었다. 혹시 엄마 소식이 그쪽으로 와 있을는지 몰랐다. 외할아버지는 일본 홋카이도로 징용 떠나 거기서 죽었고, 외할머니는 둘째외삼촌과 유등에서 살고 있었다. 외삼촌은 유등 뒤 낙동강변의 배주사댁 논 열 마지기를 소작했다. 달린 아이들이 여섯이나 되어 그 궁색함이 우리집과 피장파장이었다. 외할머니는 우리 형제가 놀러 가면 늘 반겨주었다. 나는 저토록 마음씨 고운 외할머니를 하나님이 왜 곰보로 만들었을까 하고 서운해했다. 할머니의 얼굴은 얽어도 너무 얽었다. 코가 문드러지고 입조차 제자리에 터를 잡지 못할 정도였다. 지난 장날에도 외할머니는 닭 두 마리를 팔러 장터에 나온 길에 우리가 사는 움집에 들렀다. 아버지를 만나 치도곤 당할까봐 싸리울 밖에서 얼쩡거리다 아버지가 없음을 알자 집으로 들어왔다. 외할머니는 우리 형제에게 싸온 호박떡을 내어놓곤 한참을 머물다 돌아갔다. "미친갱이 서방을 만내서 너거 에미 고생하는 기사 팔자 소관이지마는, 에미 읋이 크는 너그 성제간 생각마 하모 내가 밤잠을 몬 잔데이. 정한수 떠놓고 신새북에 신령님한테 안 비나. 신령님요, 제발 그 못땐 짐(김)서방 지옥에 끌고 가고 우리 딸 돌리주어 알라들 보살피게 하소, 하고 안 비나. 짐서방이 가막소 있을 때사 그래도 니들 에미가 남으 집 품을 팔아도 풀죽 세 끼사 굶지 않았제. 그런데 지금은 끼니를 부잣집 밥 묵드키 거른다 카인께······” 외할머니는 우리 형제 손을 잡고 울다 돌아갔다. 얽은 얼굴의 그 많은 작은 웅덩이에 괴는 눈물이 서러워 나는 외할머니 무릎에 얼굴을 묻고 응석부리며 훌쩍거렸다.

나는 맨발인 채 편지를 들고 물통걸로 떠났다. 아직도 해는 정수리에서 더위를 퍼부었다. 내 심부름은 아버지가 누구한테 부탁을 받고 그 일을 나에게 시켰다고 생각했다. 아버지는 글을 쓰거나 읽을 줄을 몰랐다. 아버지는 편지 심부름으로 돈 십 원과 담배 한 갑을 받았겠거니 여겨졌다. 아버지가 주선생에 관심을 보인 점이나 수리조합 서기한테 편지를 보내는 짓거리가 수수께끼였다.

아버지 말대로 허서기는 사무실에서 사무를 보고 있었다. 사무실에는 허서기 외 삼베 셔츠짜리가 서넛 더 있었으나 나는 그를 쉽게 알아보았다. 그는 회칠을 한 듯 얼굴이 핼쑥했다. 허서기는 장부를 뒤적이다 나를 맞았다. 허서기는 내가 주는 편지를 재빨리 바짓주머니에 넣었다.

“니 참 똑똑하구나. 니가 김삼조씨 큰아들인가?” 허서기가 물었다. 나는 머리를 끄덕였다. 허서기는 바짓주머니에서 돈 이십 원을 꺼냈다. “심부름 잘해서 아저씨가 상으로 주는 기데이.”

나는 돈을 받자 기분이 좋았다. 허서기가 아버지에게 씨자를 붙여 말했고, 삼십 원이나 생긴 이런 심부름은 날마다 있어도 좋겠다 싶었다. 허서기는 현관까지 나를 배웅해주었다. 나는 그 길로 외갓집에 가려 유등 쪽 들길로 접어들었다. 읍내가 새총 가지의 삼거리라면 유등과 물통걸은 새총 가지의 고무줄 매는 양쪽 지점쯤 되었다. 나는 읍내 선달바우산을 왼켠 멀리에 두고, 들을 질렀다. 내리쬐는 햇살은 고름 괸 부스럼을 근질거리게 했다. 나는 한참을 걷다 연못을 만나자 연잎 하나를 따서 모자처럼 머리에 썼다. 가뭄으로 연못도 바닥은 거북등처럼 갈라져 있었다.

들판 곳곳에는 농부들이 지하수를 퍼올리느라 일손이 바빴다. 올해 여름은 가뭄이 심해 논바닥이 갈라터지고 벼가 누렇게 말라갔다. 나라 안에서는 수리 시설이 잘되기로 소문난 진영평야의 수로와 저수지도 물이 동나버렸다. 농부들은 지하수를 찾느라고 논바닥을 파 뒤졌다. 어른 아이 모두 타들어가는 벼포기를 살리겠다고 한 표주박 물도 헤프게 쓰지 않았다.

나는 한참을 걷다 엿장수를 만나 강엿 오 원 어치를 사먹었다.

마당에 펴놓은 멍석에서 나는 눈을 떴다. 날이 희뿌옇게 밝았다. 옆자리를 보니 아버지가 누워 있지 않았다. 어젯밤에 아버지가 집에 왔는지 어쨌는지 알 수 없었다. 어젯밤, 분명 내가 잠이 들 때까지 옆자리는 아버지 목침만 있었다. 갑자기 늦부지런해지지도 않았을 텐데 아버지가 새벽부터 어디로 갔을까 싶었다. 아버지는 어젯밤에 집에 오지 않았음이 틀림없었다. 삼촌이나 추서방으로부터 몇 푼 돈을 뜯어내어 꼽추집 노름판에 붙어 밤을 새웠겠거니 여겨졌다. 밑천 짧은 판돈을 금세 날리고 개평 넘겨다보며 술심부름이나 했을 터였다. 그렇지 않다면 아버지는 지금쯤 내 옆에서 썩은 술내를 풍기며 곯아떨어져 있을 게 분명했다.

내 등뒤에서 갑득이가 새벽 한기에 떨며 앓는 소리를 냈다. 녀석은 사추리 사이에 두 손을 옴쳐넣고 몸을 옹크린 채 아직 잠에 들어 있었다. 또출이할머니가 피워두었던 쑥내 짙은 모깃불도 밤사이 꺼져버렸다. 집 뒤 대숲에서 참새떼가 댓잎을 휘저으며 깨방정을 떨었다. 나는 으스스한 오한을 느꼈다. 벌써 날이 밝았고 또 학교를 가야 하는구나, 하는 걱정부터 앞섰다. 방학날을 꼽아보니 공부는 오늘로써 마지막이고 내일이 종업식이었다.

"또 허기 지네." 나는 여느 날 잠 깰 때처럼 이 말부터 중얼거렸다. 귓가에 예의 또출이할머니가 읊는 타령이 들려왔다. 그네는 부엌 아궁이 앞에 쪼그려앉아 보리 짚세기를 몇 가닥씩 아궁이에 넣을 테고, 그럴 때면 청승맞게 타령을 읊었다.

> 타작매에 죽은서방 거적때기 말아묻고
> 굶어죽은 자슥새끼 또랑걸에 내뿌리고
> 서방죽고 오매불망 자슥죽고 오매불망
> 여름가고 잎다지고 천대받는 이내신세
> 사대부집 문전걸식 살붙일데 없는팔자……

또출이할머니가 신세타령을 실어 시름겹게 부르는 노래였다. 해방 후, 읍내 장터로 이사온 뜨내기들은 또출이할머니를 내 친할머니로 알았다. "너거 할무이 말이다……" 하고 말했으나, 또출이할머니는 우리 식구와 남남 사이였다. 그네는 자식이 없었고 진영 바닥에 친척붙이도 없는 외기러기 신세였다. 숨을 거둔다 해도 송장 치워줄 사람조차 없었다. 사람 한평생이 가랑잎 같다는 말끝에 할머니가 내게 들려준 당신의 배태 고향은 진주 쪽 하동 땅이라 했다. 그네는 거기서 종살이하다 어느 목도장이와 눈이 맞아 남도 개펄을 흘러다닌 끝에 진영 땅까지 흘러들어왔다. 서방이 목수일로 터를 잡아 장터마당에 붙박아 앉자, 그네는 아들 둘을 얻었다. 마흔을 못 채워 서방이 간병(肝病)으로 죽고, 잇따라 큰아들 작은아들을 열병에 잃고 말았다. 홀몸이 된 또출이할머니는 장터 저잣거리에서 푸성귀를 팔다 일흔을 넘겨 그 일도 힘에 부치자, 선달바우산 비탈 움집을 비바람막이 삼아 낮이면 이 집 저 집 품을 팔고 걸식도 하며 끼니를 연명하고 지냈다. 그즈음 아버지가 감옥에 갇히자 빌려 살던 한 칸 방마저 쫓겨나 길바닥에 나앉게 된 우리 식구를 할머니가 자기 움막에 같이 살게 해주었다. "유등때기, 자던 잠이 저승길이라 내 몬 깨어나모 어데 물 안 짚은 곳에 멧등이나 하나 맹글어도고." 또출이할머니가 우리 네 식구를 받아들이며 엄마한테 했던 말이었다. 함께 살게 되자 그네는 우리 형제를 친손자처럼 거두었고, 우리 또한 또출이할머니를 피붙이로 여겨 따르며 몇 해를 함께 살아왔다.

"할무이, 밥 다됐는교?"

"오냐, 핵교 늦겠다. 갑득이 안죽 자모 깨아가꼬 거랑에 내리가서 낯짝 씩고 온나."

늦잠을 잤기에 나는 서둘러 갑득이를 깨웠다. 세수는 그만두기로 하고 우리는 책보부터 챙겼다. 어제 오후에 숙제를 한답시고 공책을 펴놓은 채 딴전만 피웠으므로, 학교에 가면 선생님께 손바닥 펴서 회초리를 맞을 터였다. 자주 당하는, 어쩔 수 없는 일이었다.

갑득이와 나는 부엌으로 가서 밥과 수저를 멍석으로 날랐다. 보리쌀에 술찌끼를 빨아 섞은 밥이지만 또출이할머니가 그릇 위까지 수북이 담은 감투밥이었다. 할머니가 호박잎 넣고 끓인 토장국을 날라왔다. 토장국이 푸짐한 냄새를 풍겼다. 갑득이는 밥

그릇까지 삼킬 듯 다부진 숟갈질을 했다.

"애비는 머 땜에 어젯밤에 또 안 들어왔는고 모리겠데이. 여핀네가 읎으인께 집발이 안 붙어 바람이 났나?" 바가지에 퍼온 누룽지밥을 먹으며 또출이할머니가 말했다.

헛간 뒤에 섰는 졸참나무에서 까치가 울었다.

"할무이, 아침 까치 울모 기뿐 소식이 온다 카데예. 증말로 무신 좋은 소식 있을라고 저래 울어쌌나." 까치를 보며 내가 말했다. 졸참나무 잎에 맺힌 이슬이 배주사네 과수원 위로 얼굴을 내민 해에 빛을 튀겼다. 하늘은 맑고 푸르렀다.

"너거 애비가 배주사댁에서 볼살 한 가마 가꼬 올란가?" 또출이할머니가 호박잎에 쌈을 싸며 물었다. 울던 까치가 졸참나무에서 하늘 귀퉁이로 떨어졌다. 까치는 언덕 아래 장터마당으로 날아갔다. "삶은 콩을 마당에 뿌리놓모 저 길조가 자주 와서 울지러."

"할무이, 우리는 늘 점심 묵을 거도 읎잖습니껴. 아부지가 또 어데서 양석 얻어오모 몰라도예." 갑득이가 말했다. "나는 이담에 크모 돈 많이 벌 끼라. 억시기 돈 벌어 하얀 살밥마 하루에 열 분 넘기 묵을 끼라. 그라모 할무이도 살밥 많이 묵을 수 있으이 안 좋습니껴."

"갑득이 니 말마 들어도 고맙데이. 그런데 내가 어데 그때까지 살겠나."

나는 숟가락을 든 채 장터마당으로 멀어지는 까치를 멍하니 좇았다. 수채에 내버린 밥찌끼를 찾기도 쉽지 않겠지만 그쪽으로 가야 먹을 걸 찾을 수 있을 거였다. 왠지 오늘따라 한 숟가락이나마 까치밥을 마당에 뿌려두고 싶었다. 좋은 소식이라면 무슨 소식일까 하고 생각하자, 엄마와 누나가 떠올랐다. 기쁜 소식이라면 엄마와 누나가 집으로 돌아오는 일이었다. 돌아오고 싶어도 아버지 매질이 무서워 돌아올 엄두를 못 내려니 싶었다. 어제 유등 외갓집에 갔을 때, 외할머니가 했던 말이 생각났다. "너거 애비가 어제 저녁답에 자정거를 타고, 니 외삼촌한테 볼일이 있다 카미 왔더라. 혹시 뒤춤에 칼이라도 숨가왔는가 싶어 이 할매가 콩을 까다 말고 부들부들 떨었제. 그런데 상판을 보이까 웃는 낯짝이더라. 짐서방 웃는 낯짝 보기 장개들고 첨 같아 내가 놀랬지러. 그때 만수애비가 거름풀 한 지게 해 지고 마당에 들어선 기라. 그라이까 둘이서 머를 쑤군거리더마는 장단이 맞았는지 같이 밖으로 나가더라. 만수애비가 깜깜해져서야 벌건 낯짝으로 돌아왔는데, 자형이 술을 사줘 묵었다 안 카나. 쥐구멍에도 볕들 날 있다 카더마는, 내가 별 히얀한 꼴을 다 봤지러. 너거 애비가 술 사줄 때가 다 있으이께 말이데이. 갑수야, 요새 니 애비신상에 무신 일이라도 있나?" 외할머니가 물었다. 나는 아무 말도 않고 생각에 잠겼다. "니 에미가 부산 자갈치시장 밥집서 일한다는 소문을 니 외삼촌이 어데서 귀동냥하고 왔더라." 나는 외할머니의 그 말을 곱씹고 있었다. 외삼촌을 만나 그 소문을 캐어보고 엄마를 찾아 혼자라도 부산으로 갈까 어쩔까 하며, 나는 가동으로 볼일 보러 갔다는 외삼촌을 기다렸다. 두 시간 넘이 기다려도 외삼촌이 오지 않았다. 나는 어둡기 전에 집에 도착하려 외가댁을 나섰다.

"야들아, 내가 어젯밤에 말이다, 눈에 퍼런 인불 쓴 늑대 구신을 만냈데이." 또출이할머니가 쪼글한 입을 옴지락거리며 말했다. 쌈을 씹다 말했기에 보리밥풀이 빠진 앞니 사이로 튀어나왔다. 할머니는 가마니에 떨어진 그 보리밥풀을 주워 먹었다.

"할무이도 거짓말 잘하네예. 구신카는 거는 읎다고 선생님이 말했어예. 사람 눈에 헛기 보이이까 그걸 구신이라 카지만 실지로는 읎답니더. 굿 같은 거도 다 미신이라예." 내가 말했다.

"새이야, 아이다. 구신은 증말 있다 카더라." 갑득이가 내 말을 받았다. "새이는 여래못에서 구신이 나온다 카는 소문 몬 들었나. 처자 구신하고 총각 구신 말이다. 비가 부실부실 오는 밤이모 못에서 곡소리가 나고, 인불이 펀덕펀덕 날라댕긴다 안 카나. 흰옷 입은 구신이 못 속에서 불쑥 솟아나온다 카더라."

"누가 봤는데? 사람이 겁에 질리이까 헛기 보이는 기제. 니도 어무이 오래 생각하다 삽짝을 봐바라. 그라모 어무이가 걸어 들어오는 기 보이는 기라. 실지로 어무이가 안 왔는데 헛기 보인단 말이데이. 그 이치하고 같은 기라." 내가 갑득이 말을 쏘았다.

"갑수야, 갑득이 말이 맞데이. 구신은 증말 있단다. 나뿐 질만 하는 사람은 벌 받아 무서븐 구신 만내 까물쳐 죽고, 아푼 사람은 명이[名醫] 구신 만내 구신이 처방해준 약 묵고 효험 바서 병나은 사람도 있데이. 여래못에서 나오는 처자 구신은 너거들 고모 구신일 끼라."

갑득 말에 맞장구치는 또출이할머니를 보자 나는 머쓱해지고 말았다. 나는 귀신 얘기에 놀라거나 그걸 믿지 않았다. 어린아이나, 못 배워 무식한 사람이 하는 얘깃거리임을 알고 있었다.

"고모 구신?" 갑득이가 물었다.

"그래. 너그 그 이바구 안 들었나? 처자 때 여래못에 빠져 죽은 곱단이 구신 말이다."

"곱단이 구신은 나뿐 구신인가요, 좋은 구신인가요?"

"해꾸질 안 하는 보통 구신이제. 장개 시집가는 사람이 있으모 잔칫날 밤에 여래못에 나타나서 울기만 한다 카더라."

"그라모 내일도 울겠네예. 배주사댁에 잔치 있다 카인께예?" 내가 콧숨을 쉬며 물었다.

"내일 밤 남이 다 잘 때 곱단이 구신이 못에서 나와 물 우로 걸어댕기미 슬푸게 울 끼데이. 만백성 사람요 나는 와 시집도 몬 가게 하고 죽꾸로 내삐리뒀는교, 하고 말이데이."

"할무이가 본 늑대 구신은 어떤 구신인데예?" 갑득이가 또출이 할머니 곁으로 다가앉았다.

"내가 본 늑대 구신은 키가 팔대장승만 하더라. 그 늑대 구신이 저 삽짝에서 사람맨쿠로 앞발을 들고 마당으로 쑥 들어 안 오겠나. 나는 배주사댁 잔치에서 숨가온 전부치를 묵고 있은 기라. 괴기가 전어라 하도 잔빼가 많애 그걸 발가묵고 있는데, 늑대 구신이 턱 나타난 기 아이겠나. 내가 하도 놀래서 너거 성제간을 막 찾았지러. 그런데 너그들이 어데 갔는지 집구석에 없더라."

"우리를 와 찾았어예?" 갑득이는 귀신이 아직 어디에 숨어 있기나 하듯 마당을 둘러보았다.

"늑대 구신은 너그들 같은 빼가 보더랍은 아아들을 잘 잡아묵거던. 너그 같은 아아들을 백 밍마 잡아묵어모 사람으로 환생한다는 말이 있데이."

"늑대 구신이 호랭이보담 무서버예? 그래도 강철이보담사 안 무섭겠지예?" 강철이는 전설상의 악독한 용으로, 아무도 본 적이 없으면서 갑득이 또래 아이들은 강철이를 세상에서 가장 무서운 동물로 알고 있었다.

"일마 자슥, 강철이도 실지로 읎는 기라." 내가 갑득이 말에 핀

잔을 놓았다.

또출이할머니는 말끝마다 이죽거리는 나를 곁눈질하곤 자기 말을 계속했다.

"……그 늑대 구신이 말을 하는 기 아인가. 짐삼조를 만내러 왔는데 삼조가 어데 갔노, 하고 말이다. 내가, 삼조는 와 찾노 하고 물었지러. 그라이까 늑대 구신이 꽁대기에 감췄던 날 시퍼런 희갱이(회자수) 칼을 꺼내민서, 이걸 주러 왔다 안 카나. 사람 목을 따는 그 칼을 보이까 내사 마 겁이 나서 땅바닥에 풀썩 주저앉았지러. 그래서 잠이 깨었제. 깨고 보이 나는 부뜨막에 주저앉았고 늑대 구신이 섰던 자리에 피 묻은 대빗자루가 거꾸로 서 있는 기라……"

"할무이요, 그 구신이 와 아부지한테 칼을 줄라 캤어예?" 갑득이는 사기그릇 바닥을 씻은 듯 먹어치웠다. 그는 숟갈을 놓으며 덴겁을 떨었다. "무서버예. 할무이, 꿈 이바구는 그마 하이소."

"할무이가 부뜨막에 앉아서 자다 꿈을 꿨단 말이지예? 그라모 피 묻은 핏자루는 어데 있어예?" 이야기 처음은 꿈이 분명했으나 할머니가 꿈에서 깨어났다는 데서부터 사실인 것 같아 나는 피 묻은 대빗자루가 있다는 부엌에 눈길을 주었다.

"글쎄 말이데이. 내 이바구 더 들어바라. 그 피 묻은 빗자루를 내가 정지에서 빨고 있으이까 너거 애비가 불쑥 정지로 들어오더라. 너거 애비 옷에도 피가 시뻘겋게 묻어 있는 기라. 그기 소피가 사람 피가, 하고 내가 물었지러. 너그 애비가 내 말에 대답 않고 피 묻은 저고리하고 바지를 훌훌 벗더마는, 이거 빨아주소, 안 카나. 그래서 내가, 이 피가 웬 기고, 내가 꿈에 늑대 구신을 만냈는데 그 구신을 니가 쥑있나 하고 물었지러. 늑대 구신이 내

동문데 내가 와 쥑입니껴, 갑수에미를 쥑였지예, 하고 너거 애비
가 아무렇치도 않게 그카더라. 유등때기가 어데 있었는데, 하고
내가 물으이까, 역에 갔다 마침 기차서 내리는 거 보고 빈전소
쪽으로 델고 가서 쥑였제, 안 카나.”
“증말인가요? 증말로 아부지가 어무이를 쥑였단 말인교?” 이제
갑득이보다 내가 더 흥분했다.
“깨고보이 그것도 다 꿈이었던 기라. 내가 꿈속에서 또 꿈을 안
꿨나.” 또출이할머니는 킥킥거리며 속웃음을 웃었다.
“참말로 어젯밤에는 그런 얄궂은 꿈을 꿨지러. 내가 잠에서 깨
나가꼬 쪽마루에 앉아, 아매도 너거 부모 신상에 무신 해꿎은 일
이 있을란갑데이, 하고 생각했지러. 쪽마루에 한참 앉아 있으이
달구새끼가 홰를 치며 우는 소리가 들리고 날이 뿌옇게 새더라.”
나는 안도의 숨을 내쉬었다. 갑득이와 나는 또출이할머니의
불길한 꿈을 털어버릴 듯 부산하게 책보를 허리에 둘렀다. 우리
둘은 고삐풀린 망아지처럼 집을 나섰다.

나는 학교를 다녀오는 길에 아버지를 만나려 도수장엘 들렀
다. 도수장에는 삼촌과 추서방만 있었다. 삼촌은 글겅이로 쇠가
죽을 긁싯는 참이었다. 추서방은 소 목뼈와 경봉 살코기를 발겨
내고 있었다. 두 사람은 모두 웃통을 벗었는데 등판이 땀으로 번
질거렸다. 여기저기 핏물 괸 컴컴한 도수장은 노린내와 비린 피
내음이 풍겼다. 내가 문께에 서 있는 줄 모른 채 추서방이 삼촌
에게 대거리를 놓고 있었다.
“도대체 말이 되는 소린가. 시상이 뒤바뀌모 논밭을 공짜로 나
눠준다는 말이 나는 안 믿긴다 말이다. 우리 같은 사람한테 논밭

을 나눠줄 사람은 누군고? 그 사람들이 바로 이름만 바꾼 지주 같은 사람 아이겠나 말이다. 두고 바라, 삼조행님이 자승자박(自繩自縛)하는 꼴을 볼 테이까. 자네도 행님 말이라고 무조건 따르모 큰코 다칠 줄 알아라.”

“내사 행님이 자꾸 손도장 찍어라 캐서 찍기사 찍었지마는 시상이 우예 돌아가는지 알 수 있어야제. 행님 말마따나 소나 잡다 사람 대접 한분 몬 받고 마칠 백정 팔자를 생각하모 서글푸기도 하고……” 풀이 죽은 삼촌의 말이었다.

“그기 니가 잘몬 생각한 기라. 와 도장을 찍어주노 말이다. 삼조행님이 내보고도 자꾸 손도장 찍어라 카길래 나는, 행님하고 원수졌으모 졌지 죽어도 몬 찍는다 안 캤나. 훗날 후회하지 말라고 못박더라마는 소 잡는 갈부(褐父) 신세에 후회할 끼 머 있겠노. 울 아부지가 독립 운동 독자도 모르민서 그저 동정심으로 허 진사 아들을 숨가줬다가 왜늠들 고문에 생목숨 잃은 거 생각하모 나는 자다가도 모골이 송연한 기라. 공자님 말씀에도, 늘 자신을 바로 세운 후에 큰일을 도모하라 캤고, 중용(中庸)이 젤이라 카는 말도 안 있나. 왜늠 세상 때사 왜늠 밑 닦아주는 늠이 덕세하더마는 해방 되이까 동족끼리 패가 갈리서 서로 밑 닦아주겠다고, 미국 핀이다 로스케 핀이다, 이기 다 머하는 짓이고?” 추서방 목소리가 천장까지 울렸다.

“진례면 시예리 안 있나. 거게 그저께 또 산사람들이 밤중에 내리와서 구장집을 불지르고 양석하고 소 한 마리 끌고 갔다 안 카나. 시상이 어수선한 기 우째 해방 전보다 더 숭숭하다 카인께. 니 말마따나 내가 증말로 무신 실수나 안 했는지 모리겠데이.” 삼촌이 세척한 쇠가죽에 양철통 물을 흩뿌렸다. “시상 사는 기와 이래 심이 드노."

"하여간 요새 삼조행님이 장선상 뒤만 따라댕기는 기 수상타 카이께. 낫 놓고 기역자도 모르는 행님이 똑똑한 장선상한테 머배울 끼 있겠노. 장선상 그 사람이 배주사 큰아들하고 행님 아우 카민서 지낸 사이였으이께, 아매도 좌익 운동에 앞장서는 기 틀림없을 끼다." 추서방이 말했다.

나는 도수장 안으로 들어섰다. 삼촌이 나를 쏘아보았다.

"니 언제 왔노?" 삼촌이 물었다.

쪼그려앉아 칼질하던 추서방도 나를 노려보았다.

"인자 금방 왔어예." 나는 겸연쩍어져 근질거리는 정수리 부스럼을 쓰다듬었다.

"갑수 니, 우리 하는 말 다 들었제?" 추서방이 허리 펴고 일어나며 물었다. 쥐고 있던 피 묻은 칼을 잠방이에 문질렀다.

"어언제예(아니예). 무신 이바구 했습니꺼?"

"참말로 우리가 한 말 몬 들었단 말이가?" 삼촌이 다잡아 물었다.

"증말임더. 학교서 막바로 오는 길이라예. 아부지가 어젯밤에 집에 안 왔심더. 어데 갔는가 싶어 와봤지예."

"학상은 공부나 열심히 해야제, 어른들 말 살째기 엿들으모 안 된데이. 또 들었다 캐도 남한테 씨부렁거리모 내가 이 칼로 새빠닥(혀)을 끊어뿔 끼다!" 추서방이 눈을 부라리며 나를 갈마보았다.

"행님이 어젯밤에 안 들어왔어?" 삼촌은 머리를 갸우뚱하다, 어래전에 있을 거라고 퉁명스레 말했다.

나는 여래천으로 달려갔다. 오후 네시경의 불볕이 땅바닥을

달구어올렸다. 맨살 발바닥이 따가웠다. 여래천에도 아버지는
없었다. 냇가 자갈밭에 작대기 괴어 세워둔 지게만 있었다. 등태
짚속대가 유난히 낡은 것으로 보아 삼촌네 지게가 틀림없었다.
바소쿠리 속에 소 상박에서부터 잘라낸 앞족(足) 한 쌍과, 비절
에서 잘라낸 뒷족 한 쌍이 얹혀 있었다. 천엽과 꼬리도 있었다.
아버지가 설마 멀리는 안 갔겠거니 하며, 나는 허리에 맨 책보를
풀었다. 옷을 벗고 물 속으로 뛰어들었다. 목욕 하며 아버지를
기다리기로 했다.
　나는 물 속에 앉아서야 삼촌과 추서방 말을 되생각했다. 한마
디로 두 사람 말은, 아버지가 좌익과 한패임에 틀림없을 것 같았
다. 설령 진짜 좌익은 아니더라도 그 일에 앞잡이가 되어 싸다니
고 있음을 그제서야 짐작할 수 있었다. 학교에서도 아이들 사이
에 그런 이야기가 나돌았다. 미국 힘이 세냐, 소련 힘이 세냐. 그
러면 미국 힘이 세다는 쪽은, 왜놈을 두손들게 한 원자탄이 있어
더 세다고 우겼다. 그러나 소련 쪽은, 미국보다 땅덩어리가 더
커서 힘이 세다고 맞섰다. 거기에 한술 더 떠서 이승만·김일성
중에 누가 더 높으냐는 문제를 두고 실랑이질을 벌였다. 이승만
뒤에는 미국이 있고, 김일성 뒤에는 소련이 있다고, 두 패로 갈
라져 어른들이 흘려낸 이야기를 과장섞어 옮기며 중구난방으로
떠들었다. 나는 반 애들의 그런 질문에, 힘이 센 걸 따지자면 동
물 중에 코끼리가 왕이요, 높은 걸 따지자면 하늘을 당할 게 없
다는 뚱딴지 같은 대답을 해주곤 했다. 아이들의 딱지놀음 같은
그런 입싸움에 말려들고 싶지 않았다. 나는 두 살이나 늦게 입학
했으므로 오학년 또래에서도 나이 든 축에 들었다. 그러므로 내
속마음을 애들에게 말하진 않았지만, 너희들 따위완 달라야 한

다는 어른스런 생각을 숨겼다. 그 문제만 해도 그랬다. 주위들은
풍월이긴 했지만 적어도 내 생각은, 세다느니 높다느니 하는 정
도완 비교가 되지 않았다. 일본이 망했다, 그런데 왜 우리가 일
본을 망하게 할 힘이 없었느냐. 미국과 소련이 일본을 망하게 함
으로써 우리는 미국이나 소련 중 어느 한쪽 편을 들지 않을 수
없고, 그로 인하여 삼팔선이 생겼다는 어른 말에 수긍이 감은,
적어도 나 이외 반 애들이 생각지 못할 판단이라고 은근히 뽐냈
다. 그외에도 그랬다. 어둠이 재처럼 덮여오는 방둑길을 걸을 때
나, 하염없이 비가 내리는 먼 들판 끝을 보고 있을 때, 나는 울고
싶은 슬픔에 가슴 떨곤 했다. 백정이라도 삼촌네와 추서방네는
보리밥이긴 하지만 삼시 세 끼 밥을 먹는데 우리는 왜 늘 허기질
정도로 주리고 살아야 하며, 아버지는 왜 술과 노름과 계집질에
서 손을 못 뗄까, 또 엄마와 누나와 헤어져 살아봤자 장차 무슨
낙을 볼 수 있을까 하는 생각에도 잠겼다. 그것만 아니었다. 일
하고 일해도 농부는 왜 더욱 가난해지고, 왜 사람은 병들어 죽을
자신의 뒷날을 잊은 채 서로 헐뜯고 피 흘리며 싸우는가. 내가
죽은 뒤면 도대체 이 세상이 무슨 필요가 있는가를 생각할 때도
있었다. 구름이 없는 맑은 밤, 많은 별을 보며 북극성이나 북두
칠성 자리를 찾을 때 선생님이 말한 이 우주 공간중 깨알보다 작
은 지구 크기를 생각하고, 이 우주 속의 지구와, 지구 속의 우리
나라와, 거기에 점 같은 진영 땅과, 그 속에 내가 괴롭게 숨쉬며
살고 있음의 허망함에도 쓸쓸해지곤 했다. 절름발이 미송이 여
동생 콩뜰이를 볼 때, 콩뜰이를 데리고 깊은 산골에 도망을 처
나는 나무하며 밭 일구고, 콩뜰이는 길쌈 짜고 밥 지으며 머루나
다래에 파묻혀 칡뿌리처럼 엉켜 오래오래 살았으면, 하는 아련

한 희망에 가슴이 뛰기도 했다. 이런 내 마음은 작년, 또는 재작년의 갑득이만한 때는 느끼지 못한 변화였다. 나는 아직 철부지짓이나 하는 내 어리광을 사랑하면서 어른 같은 또 하나의 애달프고 고단한 괴로움이 내 마음속에 비밀히 싹터옴을 섬뜩하게 지켜볼 적도 있었다. 그 점은 꺽꺽 쉰소리로 변해가는 목청이나, 노란 털이 검은색으로 변해가는 불두덩 부근의 변화에서도 나타났다.

"거기 있는 기 갑수제?" 아버지의 먼 목소리였다.

젖봉 가풀막 쪽을 보니 아버지와 오추골 고추대장이 나란히 걸어오고 있었다. 오추골 고추대장을 보자 갑자기 가슴이 뛰었다. 아버지가 오추골 고추대장과 친하다고 생각하자, 고추대장 이중달씨의 작달막한 몸체는 물론, 우람한 아버지의 몸마저 금세 내 눈에 허깨비로 변해 닭벼슬처럼 온통 붉게 보였다. 좌익패다. 이제 고추대장만 아니라 아버지마저 좌익패가 되어, 빨갱이 두 마리가 내려오고 있었다. 나는 나를 향해 귀엣말로 속삭였다. 어제 아버지가 입에 올렸던 주선생과, 심부름 가서 만난 물통걸 허서기, 그리고 유등 외삼촌마저 그들과 한 패거리로 생각되었다. 나는 물에 몸을 담그고 있는 게 시원하기는커녕 너무 차갑게 아려와 온몸에 소름이 돋았다. 물 속에서 물귀신이라도 잡아끄는 듯 느껴져 나는 냇가 자갈 바닥으로 튀어나왔다.

"자, 우리 여게서 고만 헤어집시더. 사람들 눈이 있으이게." 고추대장이 미루나무 밑에서 걸음을 멈추고 말했다.

"그라까. 그라모 내일 저녁답에 만나세. 도수 선상한테 연락은 동지가 하고." 아버지가 미루나무에 한 손을 걸치고 말했다.

"말조심하시오. 아무리 아들이라 카지마는." 고추대장이 내 쪽을 보며 아버지를 나무랐다.

"헤헤, 저 쪼맨한 기 무신 말귀를 알아듣겠노. 맨날 밥타령이나 하는 알란데." 아버지가 뒤통수를 긁적거리며, 고추대장이 손아랜데도 굽신거렸다.

도수? 분명 아버지는 도수라고 말했다. 도수란 이름을 가진 사람이 둘이 아니라면 저 무시무시한 배주사 맏아들이 틀림없었다. 그는 읍내에서 난인물로 소문나 우는 아이가 있으면, 도수 온다고 말할 정도였다. 일본서 대학을 다닌 그는 해방 전부터 좌익 운동을 하다 독서횐가 무슨 사건 때문에 왜경에 잡혀 두 해나 부산에서 옥살이를 했다. 해방을 맞자 아버지와 함께 고향으로 돌아와, 또 그 일에 앞장서서 부산과 대구를 오르내리며 독서회다 강연회다 뻔질나게 사람을 끌어모았다. 그러다, 재작년 시월 대구 폭동 때 그 이름이 주동자 중 한 사람으로 떠오르자 어디로 뺑소니쳤는지 지금은 소식조차 감감했다. 읍내 사람들은 도수씨가 야산대 대장이 되었다고 말했고, 시집온 뒤 아들 둘만 낳은 채 팔 년째 독수공방을 사는 배주사 서울 맏며느리가 불쌍하다고 말했다. 지난 겨울 끝무렵, 경찰에 쫓기던 좌익하던 젊은이들이 남조선 해방 투쟁을 한다며 마을을 떠나 산으로 올라가기도 했다. 봉화산이 그 산사람들 소굴이란 말이 돌았다. 배주사 맏아들 배도수가 그 대장이라고 쑥덕거렸다. 그런데 아버지가, 도수한테 연락 이야기를 한 점을 보면 그 사람이 지금 봉화산이나 멀지 않은 어디에 숨어 있음이 틀림없었다.

"참말로 불알에 요롱(요령) 소리가 나누만. 장개는 가야 되제, 만낼 사람은 줄을 잇고 기다리지러." 고추대장이 투덜거렸다.

"보자. 그라고 보이까 올 삼복에는 연거푸 둘이나 장개 가네.

도찬이하고 자네하고 말이다. 그라모 동무, 자네 장갯날이 언제
로 잡혀졌다 캤노?"

"장날 다음날 아인교. 이 마당에 장개가 중요한 기사 아이지만,
그래도 신경이 쓰이구만. 이 중요한 마당에 와서 멀리로 도망질
가뿌릴 수도 읎고, 그냥 후딱 사모관대나 한번 쓰고 벗는 기제,
별수 있겠어예?"

"증말 이 시국에 벌씨러 마누래 걱정하모 몬 쓰네. 그래도 첫날
밤이사 마누래하고 보내야제. 그 쫄기쫄기한 맛도 보고 말이다,
헤헤."

"그년이 팔자가 험할라 카이게 장인될 사람이 나를 점찍은 기
지요. 혼인 날짜도 고집불통인 장인될 사람이 턱 안 잡았는교.
길일(吉日)이라 카면서예."

"자, 그라모 가보게. 삼경이나 돼야 도착하겠구만." 아버지가
말했다.

고추대장은 한 손을 들어 작별을 표하곤 변전소 쪽 외길을 잡
아들었다. 걸음걸이가 불알에 번개라도 칠 듯 빨랐다. 이 삼복
더위에도 그는 아랫도리에 단추 채우는 폭 좁은 당꼬 바지를 입
었다. 챙 없는 납작모자까지 쓰고 있어 마치 왜정 시대 왜놈 형
사를 연상케 했다.

아버지가 미루나무 밑에서 냇가 자갈 바닥으로 들어섰다. "아
부지, 저 무서븐 사람은 와 만냅니껴?"

"무스븐 사람? 사람은 다 같은 사람인데 머가 무숩노. 내가 만
내든지 말든지 니 알 기 아이다." 아버지는 지게에 받쳐둔 작대
기를 걷었다. 지게를 지고 마을 쪽으로 걸었다.

나는 아지랑이 저편으로 멀어지는 고추대장 뒷모습을 한참 동

안 바라보고 있었다. 변전소 옆으로 까마득히 봉화산 산주름이 보였다. 고추대장이 봉화산으로 가는 걸까, 하고 나는 뛰는 가슴으로 중얼거렸다. 작은 키에 왜소한 체구의 그를 사람들은 이중달이란 이름이 있음에도 오추골 고추대장이라 불렀다. 그는 고추대장이란 소리를 듣기에 어울릴 정도로 키가 작고 성깔이 댕돌같은 사람이었다. 해방되기 전, 그는 군내 마라톤 대회에 읍대표로 나가 광목필을 타올 정도로 단신의 깡마른 몸에 비해 속살이 여물었다. 일제 말엽, 징용을 피해 북만주를 싸돌다 해방된 뒤 고향으로 돌아왔는데, 그때부터 사람들은 그를 두고, 좌익 운동을 한다고 쑤군거렸다.

"아부지, 어데 갑니껴?" 나는 봉화산의 남빛 줄기에서 눈길을 거두고 벌써 저만큼 멀어진 아버지를 따라붙었다.

"보모 모르나. 배주사 영감탕구 잔치에 쓸 곰국거리를 갖다주로 간데이. 이 짓도 인자 조만간에 끝장날 끼라. 제기랄, 어데 한분 두고 보자. 배때기 터져 죽을 지주 늠들."

"그라모 배주사댁 정지에 가서 식은 밥이나 쪼매 얻어 오이소."

"주모 얻어오제. 안 주모 안 얻어온데이. 삼조도 인자 걸뱅이(거지) 질 안 할 끼다." 아버지는 발치께를 내려다보며 가래침을 뱉었다. 마른 소피로 얼룩진 아버지 맨발등으로 걸음을 옮길 때마다 땅고물이 날아앉았다. 아버지가 힘주어 말했다. "걸뱅이 짓다시는 안 하고말고."

"그라모 아부지, 또출이할무이하고 내하고 갑득이가 굶어죽어도 좋습니껴?" 아버지는 말이 없었다. 옆모습을 보니 표정이 굳었다. 땀방울만 심줄 불거진 목께로 흘러내렸다. 그런 아버지를 보자 갑자기 슬픈 생각이 들었다. "굶어죽는 기사 좋지마는 만일

죽고 나모 우예 될꼬? 옥황상제는 굶어죽은 사람을 젤로 불쌍케 여겨 밥상 있는 데로 먼첨 델고 간다던데……" 혼잣말로 내가 중얼거렸다.

내가 당신 의중을 떠보는 소리로 여겼는지, 아버지는 아무 말이 없었다. 아버지가 심술첨지처럼 입을 다물고 있기도 근래에 드물게 보는 일이었다.

그때, 나는 이상한 소리를 들었다. 굼바우네 방앗간을 지나자 아주 날카로운 소리가 들렸다. 가늘고 높은 그 소리는 여태까지 어디에 숨어 있다 불거진 듯 느닷없이 시작되었다.
"저기 무신 소린교?"
"증말로 무신 소리가 들리구나." 아버지가 걸음을 멈추고 한 손을 귀에 댔다.

나는 귀를 기울였다. 악기 소리 같았다. 그 소리는 가락으로 이어져 점점 크게 들렸다. 소리 나는 곳은 쇠전걸이었다. 아버지 걸음이 빨라졌다. 나도 지게 뒤를 부지런히 따랐다. 쇠전걸 정자나무에서 우는 매미 소리와, 아이들 웃음 소리가 들렸다. 나는 금세 배고픔을 잊고 아버지를 앞질렀다. 내 마음이 걸음을 앞서 쇠전걸로 달려갔다.
"아부지, 내 쪼매마 있다 집에 가께예. 꼭 밥 얻어오이소!" 나는 돌아보며 소리쳤다.

아버지 얼굴은 조금 전보다 더욱 굳어졌고 표정은 악기 소리를 엿듣는 단순한 호기심이 아니었다. 먹이를 발견한 고양이처럼 눈동자 조리개가 크게 열렸다.
"짜슥, 굶어죽는다 우짠다 칼 때는 언제고."
"그기 아이고, 쪼매마 구경할라꼬. 머시 왔는가 퍼떡 보고 집에 가께예."

"그라모 나도 한분 구경하까."

"치, 저래 음충맞다 카인께."

나는 쇠전걸로 내달았다. 매미 울음 소리가, 빨리 오라고 재촉하는 소리로 들렸다. 갑자기 힘이 나고 가슴까지 두근거렸다. 극장에 활동사진이 들어왔다는 걸까, 아니면 말시마이(곡마단)가 온 걸까. 그것도 아니라면, 며칠 전 국회에서 첫 대통령에 이승만 박사를 뽑았다는데 그걸 알리려 군청 관리가 왔다는 걸까. 나는 대충 그 정도로 짐작했다. 숨가쁘게 뛰어가자 둥둥 울리는 북소리가 들렸다. 농악패 북소리가 아니었다. 쇳소리 섞인 여운이 긴 서양 북소리였다.

쇠전걸 서편 정자나무 아래에는 내 또래 아이들 예닐곱이 원을 그려 둘러섰고 그만한 수의 어른도 모여 있었다. 나처럼 아이들이 구경하려 달려왔다. 그 중에 갑득이도, 사촌 종철이 형제도 있었다.

"깽깽이꾼이데이. 그라고 저거는 서양북이라 카는 거 아인가." 종철이가 큰 소리로 말했다. 그 옆에는 나와 한반인 미송이도 있었는데, 그의 가느다란 목줄기와 한쪽 짧은 다리가 떨어댔다. 미송이는 흥분하면 그런 버릇이 있었다. 주위를 둘러보아도 그의 누이동생 콩뜰이가 보이지 않아 서운했다.

"아매도 기맥힌 걸 보여줄라 카는갑다. 저거 바라. 「울밑에 선 봉선화」 잘 씨뤄제끼잖나." 나보다 한 학년 아래 백태가 말했다. 한쪽 눈동자에 백태가 박혀 아이들은 그를 백태라 불렀다. 백태는 짓궂은 사고뭉치로 장터마당 주변에선 소문이 웬만큼 나 있었다. 그는 누런 풀코를 빨아먹었다.

아이들과 어른들이 병풍처럼 둘러선 정자나무 아래서 젊은 두 악사가 한창 연주에 열을 올리고 있었다. 한 사람은 바이올린을, 다른 한 사람은 손북으로 홍난파의 「봉선화」를 뽑아내었다. 두 악사 나이는 스물두셋쯤 되었을까 했다. 그들 생김새나 차림은 떠돌이 풍각쟁이와 달랐다. 바이올린을 켜는 키 작은 젊은이는 폐병쟁이같이 얼굴이 핼쑥했다. 그는 활을 좌우로 켤 때마다 윗몸을 부드럽게 흔들며 붉은 입술에 연방 미소를 날렸다. 북 치는 젊은이는 구레나룻 시커먼, 꽤 험상궂은 생김이었다. 숱이 많고 꼬리가 치켜진 범 눈썹에 솔방울 같은 눈으로 모여선 사람을 그 눈 속에 잡아넣고 꿈벅거렸다. 두 젊은이는 검은 바지에 흰 남방 셔츠를 입고 있었다. 전문학교나 대학에 다니는 학생이 아니면, 관청에서 나온 관리 같았다. 아이들은 큰 젓가락 같은 막대기로 통통 치는 북은 안중에 없는지 바이올린만 넋놓아 바라보았다. 바이올린을 켜는 젊은이 발 옆에 놓인 나팔을 신나게 한번 불어 주기를 기대하는 눈치였다. 내가 철하 어귀로 들어서서 처음 들은 소리가 바이올린이었다. 너나없이 바이올린을 난생 처음 본 아이들이 대부분이라, 그들은 바이올린을 깽깽이라며 소곤거렸다.

"자슥들, 깽깽이는 무신 깽깽이. 저기 바로 바이올링이라는 거 아인가. 나는 마산서 본 적이 있거던." 지서 윤주임 아들 기수가 점잖게 말했다. 기수는 나와 나이가 같았으나 이미 중학생이었다. 마산 중학교가 읍내 초등학교보다 방학이 빨라 고향에 돌아와 있던 참이었다.

악기 소리가 혼곤하고 나른한 여름 오후의 정적을 깨뜨리자, 사람들은 자꾸 불어났다. 두 젊은 악사는 무료한 여름 한낮의 읍내와 내 마음을 광쇠로 윤이 나게 닦아내기 시작했다. 등뒤에서 아버지의 중얼거림이 들렸다.

"왔구나. 기어코 올 끼 오고 말았어."

내가 돌아보자, 아버지는 숫제 지게를 벗어놓고 팔짱을 낀 채 머리를 끄덕거렸다. 아버지는 그들과 일면식이 없을 텐데 마치 그들을 잘 안다는 듯한 얼굴이었다.

"참말로 조 바가지 같은 기 요술단지제. 새이야, 참 요상한 소리를 내지러?" 어느 틈에 갑득이가 내 곁에서 말했다. 아우도 바이올린에 정신이 팔려 배고픔을 잊은 게 분명했다.

"저 청년들은 대학생이고, 무신 연극 같은 거를 할 모양이다. 두고 바라, 극장에 연극 패거리가 들어온 기 틀림읎다." 그들이 대학생으로 조직된 연극꾼임을 지레짐작하고 내가 아는 체 말했다. 작년 여름 방학 때도 서울의 대학생들이 계몽 극단을 조직하여 시골을 순례할 때 읍내에 들렀다. 나는 극장 변소의 똥 퍼내는 구멍으로 몰래 기어들어가 그 연극을 보았다. 구경꾼들은 어디서 똥구린내가 난다고 쑤군거렸지만 나는 아주 의젓하게 그 연극 보기를 즐겼다. 삼일 만세 사건을 엮은 극이었다. 내용은, 만세 부른 조선 사람을 일본 헌병이 감옥에 가두었다. 일본 헌병은 만세 사건 주모자를 찾아내려 고문을 일삼았다. 그러자 조선 청년 유격대 셋이 주재소를 습격하여 감옥에 갇힌 동포를 구출해내었다. 극 중간에 유격대 청년과 그 뒷바라지하던 처녀와의 연애도 섞여 있었다. 그 연극은 읍내 극장에서 이틀 동안 공연되었는데, 무료 입장과 다를 바 없는 오 원 관람료라 연회 극장 안이 터져나갔다.

"북 치는 저 사람 말이데이, 그냥 퉁퉁 때리기만 하제. 저런 건

난도 할 수 있는 기라. 새이야, 나발이나 한분 째지게 불모 좋겠
다 그자?"

북 치는 젊은이는 그 솜씨가 서툴러 보였다. 갑득이 말이 신호
이기나 한 듯 북 치는 젊은이가 동작을 멈추었다. 바이올린을 켜
던 젊은이도 연주를 중단했다.

"여기 모이신 여러분들께 몇 말씀 여쭙겠습니다." 북 치던 구레
나룻 젊은이는 생김새처럼 목소리가 우람했다. "우리는 애국청
년봉사단 단원입니다. 이번 여름 방학을 맞이하여 해방된 지 삼
년, 아직 조선글을 깨우치지 못한 어르신들, 왜놈 교육을 받아
조선글에 서투른 생도들에게 우리글을 가르치려 부산에서 왔습
니다. 이제 곧 읍내 곳곳에 붙일 방을 보시겠습니다만, 내일 저
녁부터 공부가 시작됩니다. 장소는 한얼고등공민학굡니다. 가르
칠 과목은 조선글과 조선 역사, 또 새나라 동포의 새 생활 등이
되겠습니다. 음악 시간도 있고 만담 시간도 있으니 모쪼록 많이
모여주시면 고맙겠습니다. 학생들도 좋지마는, 어른들은 꼭 이
번 기회에 우리나라 말 조선글을 깨치시기 바랍니다."

북 치던 젊은이가 말을 마쳤다. 다른 젊은이는 바이올린을 검
은 케이스에 담았다. 아이들은 나팔을 불어주지 않은 데 실망하
는 눈치였다. 아이들과 어른들이 싱겁게 흩어졌다. 아버지도 지
게를 지고 발걸음을 돌렸다.

"갑수하고 갑득이도 야학당에 나가서 공부 배아야 된데이." 아
버지는 큰기침 끝에 말했다.

"저 사람들 가르치는 거 배우라 말이지예?" 내가 물었다.

"자부럽기만(졸립기만) 하겠는거로." 갑득이가 맥빠진 목소리
로 내 말을 받았다.

"빽다구 뿐질러지기 전에 잔말 말아! 그라고 너그는 집에 가 기다리거라. 내가 요분 한 분만 배주사 집에서 밥 얻어가꾸마."

아버지는 지게를 지더니 배주사네 골기와집이 있는 한얼고등공민학교 쪽으로 까치걸음을 걸었다.

백태와 종철이 형제, 다른 조무래기 몇이 장터마당 쪽으로 가는 악사 뒤를 쫓고 있었다. 미송이도 절름거리며 그들을 쫓아갔다. 그쪽, 마산과 삼랑진을 잇는 철길 위로 아지랑이가 가물거렸다.

"보소, 나발 한분 불어보소." 백태가 고함 질렀다.

그 말에 바이올린 켜던 젊은이가 나팔을 불었다. 높은 음의 신나는 행진곡이었다. 마디가 짧고 경쾌한 박자는 여름 오후의 비낀 햇살 속으로 나풀대며 솟구쳐 올랐다.

우리 형제는 힘없이 활터 쪽 둔덕길로 올라갔다. 활터 축대 아래 더부살이 하듯 붙은 장태문 선생 초가 앞을 지날 때였다. 장선생 어머니 물금댁이 집 앞 대추나무 그늘에서 키로 겉보리를 까불고 있었다. 우리가 그 앞을 지나자 머릿수건쓴 물금댁이 까맣게 탄 얼굴을 들고 물었다.

"갑수야, 머시더노? 말시마이 왔다 카더나?" 물금댁도 쇠전걸악기 소리를 들은 모양이었다.

물금댁은 일찍 홀몸이 된 과부였다. 두 칸 초가와 선달바우산 아래 가파른 밭뙈기 여섯 마지기를 남기고 서방이 죽었을 때 물금댁 나이가 겨우 스물하나였다. 그로부터 오직 부지런함 하나로 장선생과 태분이 두 남매를 키워 장선생은 부산에 있는 중학교를, 태분이누나는 보통학교를 공부시킨 억척네였다.

"어언제예. 야학당 왔다고 대학생들이 깽깽이 씨루고 안 그캅니껴." 갑득이가 대답했다.

"지름(기름)집 문은 열었더나?"

"모르겠심더. 그쪽은 안 보고 와서예." 내가 말했다.

"내가 지름집에 한분 가볼까예?" 갑득이가 말했다. 아우 반은 장선생이 담임이어서 물금댁을 동네 여느 아주머니와 구별하지 않을 수 없었다. 늘 웬만한 심부름은 앞장서서 도와주려 했다.

"마 치아라. 쪼매 있다가 장터 내리갈 일이 있으이께."

물금댁이 이마에 맺힌 땀을 머릿수건 벗어 훔쳤다. 지난 오월 십사일, 북조선에서 남한 송전을 단전한 뒤 읍내 밤은 졸지에 까막 세계가 되고 말았다. 읍사무소·지서·소방서·금융조합과 그 장(長)이 사는 관사에만 특선이라 해서 전기가 들어올 뿐이었다. 읍내에는 석유가 귀해 마산서 기름 한 드럼이 도착했다면 사람들이 벌떼처럼 몰려들기 일쑤였다. 해가 지면 불을 켜지 않는 우리집은 석유 따위야 소용이 없었다. 그러나 장선생은 깊은 밤까지 공부했으므로 됫병으로 석유 한 병씩 구해놓았기에 물금댁이 묻는 말이었다.

아우와 내가 삽짝으로 들어가자, 또출이할머니가 쪽마루에 걸터앉아 맷돌을 젓고 있었다. 예의 "타작매에 죽은서방……"을 읊고 있었다.

"할무이, 머 하는교?" 갑득이가 물었다. 그는 마당머리에 맴도는 고추잠자리떼에 돌팔매를 날렸다.

"너그들 배 억시기 고푸제? 저녁에 묵을라꼬 볼살 빠수고 있데이." 또출이할머니가 맷돌 젓기를 멈추었다.

"볼죽 쑬라고예?" 갑득이가 얼굴을 찡그리며 물었다.

나는 댓돌에 앉아 원을 그리며 도는 고추잠자리떼를 멍하니 쳐다보았다. 더위도 더위지만 배가 고파 움직일 기력이 없었다. 술찌꺼기 빨아넣은 푸석한 보리밥 한 그릇의 아침 요기가 벌써 며칠 전 같게 생각되었다.

"콩도 빠사넣으모 맛이 고소하데이." 또출이할머니는 앞이빨 없는 캄캄한 입 안을 보이며 호물짝 웃었다.

"할무이는 이빨이 읎으이께 죽이 좋지예. 나는 두 그륵 묵어도 돌아서모 허기집니더. 할무이, 물맨쿠로 쑤지 말고 빡빡하게 끓이소. 멀건 죽은 건지가 더 읎어예."

"아이구, 묵다가 배 터져 죽을 늠. 시도 때도 읎이 묵는 타령이네. 그래도 갑득이 니 말이 맞기사 맞다." 또출이할머니가 나를 불렀다. "갑수야, 인자 니가 맷돌 좀 돌리래이. 나는 팔이 아파 더 몬 젓겠다. 늙으모 어서 죽어야제. 인자는 요런 심도 낼 수 읎으이께." 또출이할머니는 마른 명태 같은 팔을 돌려 허리를 쳤다.

나는 댓돌에서 일어나 마루로 올라섰다. 말없이 맷손을 잡고 천천히 젓기 시작했다.

"볼살은 쪼매씩 넣고 살공살공 젓거래이. 그래야 곱게 빠사지지러." 할머니가 말했다.

"할무이, 내가 등더리 좀 뚜딜겨주까예?" 갑득이가 또출이할머니 뒤로 돌아가 등을 쳤다.

또출이할머니는, 어 시원타, 갑득이가 젤이다 하고 아우를 추켜올리다 나를 보았다. "니 애비 만내봤나? 어제 배주사댁 소 잡아주고 양석 구해온다 카더마는 안죽까지 가물치 콧구멍이네."

"아부지가 지금 막 배주사 집에 갔어예. 볼살 한 가마는 모르지만 아매도 식은 밥은 쪼께이 얻어올 낍니더." 나는 보리쌀 한줌을 집어 맷돌 아가리에 털어넣었다.

또출이할머니는 올이 굵은 삼베 등거리 앞섶을 풀었다. 늘어진 젖을 타고 흘러내리는 땀을 수건으로 닦았다. 당신은 댓돌로 내려서더니 꼬부장히 굽은 허리로 부엌에 들어갔다.

내가 맷돌에 보리쌀 갈기를 끝냈을 때야 아버지가 저 아래 외길을 타고 올라오는 게 보였다. 아버지는 지게를 지고 있었다. 나는 어느새 고이는 침을 삼켰다. 허겁지겁 언덕길을 오르는 아버지 얼굴에 터질 듯한 웃음이 번졌다.

아버지는 정말 우리 식구가 내일 아침까지 먹을 만큼 밥을 얻어왔다. 아버지는 밥 담긴 소쿠리를 또출이할머니 가슴팍에 안겼다.

"갑수야, 인자 쪼매마 있어바라. 애비가 구루마에 살 수십 가마를 져다 날을 테이게. 그라고 이런 돼지우리 같은 집에서 안 살게 될 끼데이. 짐삼조 동무가 근사한 기와집에서 내 보란 듯 땅까떵까하미 안 사는가 두고 바라. 물론 니도 중핵교에 턱 들어가서 사지 기지로 옷 한 불 짜악 빼입게 될 끼고 말이데이."

땅땅거리는 아버지 너스레에 나는 코웃음칠 수가 없었다. 그하는 말투를 예전대로 미루어보자면 아버지는 보나마나 큰돈을 한몫 잡겠다고 꼽추집 노름판에 끼게 될 게 분명했다. 그러나 이젠 아버지 말뜻을 나는 달리 느낄 수밖에 없었다. 아버지가 오추골 고추대장과, 또 다른 한 무리와 더불어 무엇인가 흉계를 꾸미고 있음을 눈치챘기 때문이었다. 아버지가 어느 장단에 춤을 추는지 모르지만 껍죽대는 그 말이 두렵고, 그 두려움이 고뿔 같은 한기로 내 마음을 떨게 했다.

제 3 장

　　삼촌댁 가게 덧문은 닫혀 있다. 덧문 옆에 안채로 들어가는 철대문이 있다. 대문에는 마름모꼴로 김상가(金喪家)란 백지가 붙어 있다. 삼촌의 육신은 이제 땅을 떠나고 혼만 한 겹으로 남아 저렇게 대문에 나붙어 나를 맞는구나, 하는 생각이 든다. 조등이 걸렸으나 불은 꺼졌다. 현구를 뒤에 달고 나는 반쯤 열린 대문 안으로 들어선다. 상갓집 같잖게 조용하다. 자정 가까운 시간이라 그렇다기보다 우리 집안은 북적거릴 만큼 친척붙이가 없다. 나는 우리 집안이 백정 후손임을 불현듯 깨닫는다. 여름밤의 땀 차인 가슴을 식혀내리는 쓸쓸함과, 알몸으로 바깥에 나선 부끄러움을 나는 함께 느낀다. 천민 의식, 또는 열등감은 내 마음 깊은 곳에 눙쳐 누웠다 불시에 머리를 내밀어 나를 괴롭게 함은 어제오늘 당하는 경험이 아니다. 광 앞에는 밥상이 차려졌고, 밥상에는 촛불이 켜졌다. '사잣[使者]밥'으로 밥 세 그릇도 가지런히 놓였다. 술 석 잔, 명태 세 마리, 백지 한 권도 있다. 십 원과 백 원짜리 동전 몇 닢도 상에서 반짝거린다.

"아버지, 왜 이렇게 땅에 밥상을 차려둬요? 지나가던 거지 먹으라고 차려놓은 건가요?" 현구가 묻는다.

"하늘에 계신 염라대왕 심부름꾼이 먹는 밥이야. 왜냐하면 염라대왕이 할아버지를 돌아가시게 했기 때문에, 이제 할아버지 혼을 데리고 갈 심부름꾼이 여기 와 있는 셈이지. 물론 우리 눈엔 보이지 않지만 말야. 그 심부름꾼에게 식사 대접을 해야 돌아가신 분을 저승에 잘 안내해줄 게 아냐. 이게 다 우리나라 옛 장례 풍습이지."

현구는, 그게 다 미신 아녜요 하며 웃는다. 삼촌 맏이 종철이가 아직 젊어 저 정도 상례(喪禮)는 모를 테고, 또 안다 해도 저렇게 차려놓지는 않을 거라는 의아심이 든다.

안마당으로 들어서자 두런두런 말소리가 들린다. 저편 대청 앞마당 평상에 세 사람이 앉아 술추렴을 하고 있다.

"아이구 행님, 인자 오십니껴." 갑득이가 나를 보고 반긴다. 아니나다를까, 그는 대구에서 먼저 내려와 있다.

"저기 누구고? 아니, 갑수, 옛날 갑수 아인가." 셋 중 중머리 노인이 나를 보고 더듬더듬 말한다.

"어르신이십니까. 정말 이제 못 알아뵙겠습니다."

추서방이었다. 스물아홉 해 전, 아버지와 삼촌과 함께 도수장 일을 보던 추서방이 부채를 부치다 말고 나를 본다. 까까머리 예전 내 모습을 더듬듯 입을 반쯤 벌리고 나를 건너다보는 그분 눈길과 마주치자, 내 마음이 금세 뭉클해진다. 추서방이 아니라 이젠 추노인으로 불러야 마땅할 그분과는 스물아홉 해 만의 만남이다. 그 동안 세월이 얼마나 질기고 길었던지 이제 완연한 늙은이가 된 추노인을 길에서 만난다 해도 알아보기 힘들 정도였다.

추노인 얼굴을 보자 오히려 아른아른한 그분 옛 얼굴마저 사라져, 살 같은 세월이다란 말이 실감난다. 꺽쉰 목소리만이 예전 그대로다. 삼부 머리칼로 짧게 깎은 빤들한 머리는 숱이 거의 없고, 풍상의 세월을 겪은 검은 얼굴은 그물눈으로 주름졌다. 저분이 벌써 저토록 늙어버렸나, 하다 나는 내 나이를 떠올린다. 열네 살 소년이 이제 마흔 넘긴 장년으로 바뀐 긴 세월, 오히려 추노인은 나이를 그렇게 먹지 않았는지 모른다.

"갑수 행님, 우째 그래 우뚝 섰어예. 어서 안으로 안 들어오고 말입니더." 삼베 두건을 쓴 맏상제 종철이가 나를 맞는다. 술에 거나한 목소리다.

추노인과 종철이가 일어서고, 갑득이는 평상 밑 고무신을 찾아 신고 나를 맞는다. 뒤뚱거리며 걷는 둔중한 걸음걸이가 지난 봄 상경 때보다 몸이 더 나 보인다. 어머니가 고혈압으로 쓰러졌을 때 장거리 전화를 받고 그는 급히 서울로 올라왔다. 아우는 내 손에 든 술병과 가방을 받아든다.

"날씨가 참말로 덥지예? 내리온다고 욕봤심더." 갑득이는 인사말에 이어 어머님 안부를 묻는다.

"봄에 네가 본 그대로시지. 어떻게 이 더위나 잘 넘기셔야 할 텐데, 걱정이야."

"똥오줌 받아내자모 행수님 고생이 여간 아니겠심더. 행님, 내일이 아부지 제사 아입니껴. 산소사 읎어서 몬 가지마는 제사엔 올라갈라고 캤는데 어제 덜컥 이쪽 연락을 먼첨 받아뿟잖습니껴. 그래서 마 어무임도 못 뵈게 되고 그냥 이리로 차표 끊었지예." 갑득이는 내 옆에 선 현구에게 게슴츠레한 눈길을 보낸다. "야가 누군고 했더마는 현구구나. 왔따, 요늠, 그새 새끼손가락

만큼은 더 컸구나. 커는 아아들은 오뉴월 나락(벼) 같다 카더마는, 증말이구나." 아우는 현구의 어깨를 친다. 목소리와 과장된 몸짓이 아버지와 닮아 당신의 옛 행동거지가 떠오른다.

침침하던 큰방에 형광등이 켜지고 건넌방에도 불이 들어온다. 우리 부자의 출현으로 집 안이 조금 부산해진다. 큰방에서 모기장을 들치고 숙모가 속옷 바람으로 나온다. 숙모는 아직 경황이 없는 모습으로 마루에 나선다.

"아이구, 갑순가? 그래도 지 삼촌 죽었다 카인께 천 리 길을 이래 내리오구나. 잘 왔데이, 잘 왔어. 내일 삼일장 지낼라 카는데 때맞춰 잘 왔데이." 마루에 나앉은 숙모는 부은 눈언저리를 훔친다. 내가 마루 끝에 걸터앉자 건넌방에서 종순이가 나온다.

"오빠교? 인자 증말로 도회지 신사가 돼뿌리서 나는 마 알아보지도 몬 하겠심더." 종순이가 푸석한 머리칼을 쓸어붙이며 말한다.

종순이 말은 오히려 내 쪽에서 되돌려주고 싶다. 마른 논바닥같이 주름살 터진 얼굴과 불빛 아래 검게 그을린 살갗이, 종순이로 하여금 내 손아래라기보다 마흔 중반을 넘긴 아낙네 꼴이다. 그 찌든 얼굴에서 나는 새끼줄넘기나 공기놀이 하던 종순이 어릴 적 예쁘장한 모습을 찾아볼 수 없다. 종순이가 내룡골 방앗간 노기사한테 시집간 지도 십 년이 넘었을 터이다. 그뒤 주정뱅이 노서방한테 소박 맞고 친정으로 왔다는 소문이 있었다. 노서방이 말끝마다, 골통이니 칼잽이 씨종자니 하며 타박을 주다 삼 년째 뒷손을 못 보자 집안 어른과 작당하여 종순이를 쫓아내고 말았다 했다. 그뒤, 가슴 홀아비 장돌뱅이와 재혼했다는 풍문 역시 갑득이한테 들었다. "행님, 태반이 칠칠치 몬 하다이, 그기 무신

말입니꺼. 벌써 알라가 둘이라예. 그러이깐 노서방 그 새끼, 물
건이 고장난 기라예. 군에 있을 때 월남에 파병되서 국제 매독에
걸리온 기라예. 그 꼬라지에 종순이만 족췄으이, 쯔쯔. 그 보이
소, 재혼하이까 모래밭에 무우 뽑드키 달덩이 같은 남매를 안 됐
는교. 내외가 장바닥 싸돌며 장사하이까 고상은 되겠지마는 금
실은 푸짐한 거 같습디더.” 언젠가 갑득이가 서울 왔을 때 전한
말이다. 갑득이와 어릴 때부터, 그가 삼촌댁에서 군에 입대할 때
까지 친남매처럼 자별하게 지냈던 것이다.
“종철이애비가 숨 거둘 때 말이데이, 니 한분 보고 짚다고 그래
푸념해쌌더마는 마 상면 몬 하고 눈감았지러. 사람 숨질 끊기는
거맨쿠로 매정한 기 읎다 카더마는, 저승길이 엎어지모 코댈 텐
줄 우예 알았겠노……” 숙모가 넋두리 끝에 훌쩍거리며 운다.
“아이구 아이구, 죽을 때는 똑같은 날 같은 시에 눈감자던 영감
탕구가 인자 자기 먼첨 가뿌리이 내사 누굴 믿고 우째 살꼬.”
“숙모님, 사람은 누구나 다 한 번 죽습니다. 작은아버님은 그래
도 고생 끝에 성공하여 자식들 다 장성한 후에 돌아가셨으니 저
승서도 편히 눈감으실 겁니다.” 내가 말을 하고 보니, 일찍 아버
지를 여읜 갑득이와 내 경우에 비춘 것 같아 나는 얼른 말머리를
바꾼다. “건강하시다는 얘기를 인편으로 늘 듣고 있었는데 무슨
변고로 갑자기 별세하셨나요?”
“고혈압인가 뇌졸증인가, 머 그런 병이랍디다. 하루 만에 말문
닫고……” 종순이가 숙모 대신 말한다.
　대충 안부 인사가 끝나자 나는 고개를 돌려 삼촌 빈소를 찾는
다. 가겟방으로 쓰려 나란히 지은 아래채 두 방이 눈에 띈다. 방
하나에 외짝 방문이 열렸고, 누군가 앉아 무릎 사이에 머리를 박

고 졸고 있다. 방안에 촛불이 켜졌다.

"숙모님, 우선 빈소 뵙고 나올게요." 나는 숙모의 손을 놓고 마루에서 일어나 현구를 찾는다. 녀석은 평상 뒤쪽에 팔려온 장닭 꼴로 우두커니 섰다. 마루에 걸린 전등불 주위로 기를 쓰며 엉겨드는 하루살이떼가 도회물만 먹은 그의 눈에 신기해 보이는지, 그걸 멍뚱히 지켜본다. 평상에 놓인, 내가 사온 정종 한 병을 갑득이가 든다. 나는 현구를 앞세우고 빈소로 들어간다. 종철이가 뒤따라 들어온다.

빈소 안은 향내로 자욱한데, 졸던 종호가 부석한 눈으로 나를 맞는다. 그는 삼촌 막내로 마산서 초등학교 선생으로 있다. 어느사이 추노인이 먼저 들어와 향을 향로에 새로이 갈아 꽂는다. 추노인은 돌아가신 삼촌과 막놓고 지낸 사이였으니 예순 고개를 절반쯤 넘기는 셈이다. 등거리 안에 비쳐 보이는 등판은 아직 매끄럽고 탄탄하다. 군살 없는 몸매에 여문 근육도 예나 마찬가지다.

빈소에는 초서로 소식(蘇軾)의 「적벽부(赤壁賦)」를 갈겨쓴, 그을음과 파리똥 앉은 병풍이 방을 가로지르고 있다. 그 뒤쪽에 삼촌 시신이 누웠다는 실감이 쉬 느껴지지 않는다. 삼복 무더위라 향내 속에 느끼한 냄새가 코끝에 묻는다. 아니, 나의 후각이 예민하다 못해 사실을 넘겨짚어 시신이 썩는 냄새라 지레 느끼는지 모른다. 시상(屍床)인 전(奠)에는 주과포혜가 차려졌다. 액자가 병풍에 비스듬히 기대어 세워져 있다. 흐릿한 삼촌 사진인데, 작년에 갱신된 주민등록증에 붙은 사진을 확대한 게 분명하다. 피란민을 상대로 어물전을 벌인 전쟁 뒤부터 애써 백정 티를 감추고 살아왔으나 사진의 머리칼은 여전 빡빡 밀어붙였고, 목은 꼿꼿이 세운 근엄한 표정이다. 나는 전 앞에 꿇어앉아 정종병 마개를 딴다. 전에 놓인 양은잔의 반쯤 담긴 막걸리를 퇴주 그릇에 붓고 새 술을 따른다. 곁에 읍하여 섰던 추노인이 그 잔을 받아 전에 올려놓는다. 현구를 뒤에 두고 우선 나부터 절을 한다. 종철이와 종호가, 아이고 아이고 하며 으레적인 곡을 시작한다. 등 뒤에서 다시 울음 하나가 그 곡에 뒤따른다. 마구 쏟아놓는 숙모의 통곡이다. 이어, 다시 안으로 죽인 흐느낌 하나가 두 울음에 보태진다. 종순이다. 여러 목소리가 한데 어울려 향 연기가 자욱한 좁은 방안을 채운다. 나는 절을 마치고 옆으로 비켜선다. 현구에게, 두 번 절하고 한 번 목례만 하거라, 하고 나는 귓속말로 일러준다. 숙모가 통곡을 늦춘다.

"아이구 영감, 갑수가 왔소. 갑수가 서울서 이래 촉새걸음으로 내리왔는데 영감은 눈깜고, 다시 몬 뜰 눈깜아뿔고…… 와 몬 일나는교. 자, 인자 고만큼 잤으모 됐소. 앉아보소. 일나서 청주나 한잔 쭉 드이소. 한잔 들고 갑수하고 옛날 이바구나 밤새미해 가미 나놔보소." 숙모는 말을 마치자 방바닥을 치며 다시 섧게 운다.

삼촌이 죽었다는 실감이 숙모의 울음과 코를 찌르는 향내 속에서, 전보를 받은 뒤 처음으로 내 마음을 적신다. 삼촌 생전 모습이 떠오른다. 그 모습은 삼 년 전 봄, 서울 어린이대공원을 구경왔을 때가 아니다. 오 년 전, 내가 하향했을 때도 아니다. 십이 년 전인가, 갑득이가 대구에서 결혼했을 때도 아니다. 그때의 기억들은 이상하게도 뚜렷이 남아 있지 않고, 내가 고향을 떠나기 전 추억 이외 삼촌 모습은 제대로 떠오르는 장면이 없다. 그렇다. 아버지가 살았을 적 그때, 해방 전부터 48년 사이의 팔팔하던 삼촌만이 확연히 떠오를 뿐이다. 어느 사이 내 눈물샘도 자극되어 눈물이 핑글 돈다. 촛불의 타오름도, 전에 얹힌 음식도 향연기에 가려서만이 아니라, 느물느물 흐려 보인다.

삼촌에 관한 선명한 첫 기억은 해방되기 몇 해 전, 아버지가 감옥소에 가기 전 어느 겨울이었다. 바람이 몹시 불어, 마당에 쳐놓은 광목 포장이 북 치는 소리를 내며 펄럭이던 날이었다. 그날 삼촌은 장가를 갔다. 우리 식구가 살던 도수장 옆 세 칸 초가 마당에서 거행된 예식은 요즘 결혼식으로 따지면 간소화의 모범이었다. 그때 내 나이는 일곱 살이던가 여덟 살이던가 했다. 손님이 별 없는 초라한 예식이었다. 참석자라곤 아버지와 어머니, 그리고 추서방 내외, 신부 쪽 가족을 대신한 역장(驛長) 야마모도 내외, 백정 혼례식을 구경 온 동네 사람 몇이 모두였다. 그날, 역 앞 사진관에서 사모관대 빌려쓴 삼촌은 좋은 처녀를 따먹는 기분에 젖어 아침부터 싱글벙글했다. 족두리를 쓴 신부는 불퉁해져 내내 울상을 지었다. 구경꾼들은 앞산만큼 부른 신부 배를 보고 킬킬거렸다. 좋게 말해 단출하고 화기애애한 분위기였고, 한편으로는 장난 같은 혼례식이었다. 맞절을 하고 술잔이 신랑 신부 사이로 오고갈 때, 신부가 그만 잔을 떨어뜨리는 실수까지 손님은 박수와 폭소로 얼버무렸다. 그때 구경꾼 중에 누군가 말했다. "개해년에 백정들이 진주서 형평산가 먼가 조직해서 자기들도 인간 해방됐다 카더이, 참말로 인자 사모관대에 족두리 쓰고 예식을 다 올려. 시상도 많케 빈했구만." 나는 성년이 될 무렵까지도 그 말이 무엇을 뜻하는지 잘 몰랐다. 그날 야마모도씨가 돼지 한 마리를 잡았으므로 음식은 그런대로 풍성하여 내 기억으론 어린 시절의 몇 차례 포식 중 손꼽힐 만했다. 숙모는 시집 오기 전 야마모도씨댁 식모로 있었는데 진영 바닥 토박이가 아니었다. 숙모는 부모가 누군지도 모른 채 부산 부두 거리를 떠돌던 고아였다. 걸식으로 부두 주변을 헤매다, 본토 고향을 다녀오던 야마모도씨 눈에 띈 인연으로 그집에서 자랐다. 야마모도씨는 당시로선 개화된 사람으로, 조선인에게 눈흘김은 받지 않을 정도의 양식 있는 사람이었다. 숙모는 야마모도씨댁에서 처녀로 성장했고, 삼촌과 눈이 맞은 모양이었다. 그래서 종순이를 낳기 두 달 전에 예식을 올렸던 것이다. 하얗게 분을 바르고 뺨과 이마에 연지 찍은 숙모는 어린 나에게 무척 예뻐 보였다. 예식이 끝나자, 봉당 건넌방에서 분이 지워질 정도로 숙모가 눈물을 흘리던 게, 그때 내게는 참으로 이상하게 여겨졌다. 아마 애를 낳으려니 배가 아픈가보지 하고 나는 생각했다. 색시들이 애 낳을 때 배 틀어안고 도지게 악 쓰는 꼴을 여러 차례 본 적 있었다. 숙모 울음이 그게 아닌 줄 알기는 그로부터 오래 뒤였다. 소화상이 대례 지내는 앞에 놓이지 않았달 뿐, 천민 중에서도 짐승처럼 대접받는 백정 혼례식임은 어쩔 수 없었던 것이다. 숙모도 비록 자신의 출신은 몰랐으나, 이제 백정의 한 피붙이가 됨을 깨닫고 우는 눈물이었다. 그런 점은 부모님 혼례 경우도 마찬가지였다. 아버지 역시 신분이 그렇다보니 혼처 자리가 쉬 나설 리 없었다. 그러던 중 유등 문둥이 집안에 과년한 딸이 하나 있다는 말을 듣고 선을 본 게 어머니였다. 어머니는 나이 스물을 훨씬 넘겼으나 돌밭조차 한 뙈기 없는 가난한 집에, 아비는 징용에 끌려가 소식조차 없고 큰오라비는 문둥병에 걸린 데다, 엄마라는 사람은 옴팍지게 얽은 곰보고 보니 데려갈 신랑이 없어 혼기를 놓치고 있었다. 더욱 엄마는 얼굴조차 별 예쁘지 않아 방문 열어놓고 잠을 자도 오라비 병이나 옮을까봐 반편 절름발이조차 거들떠보지 않았다 한다. 그렇게 시집갈 때까지 어머니는 이밥 한 술 떠본 적 없이 어릴 적부터 남의 집 드난살이로 떠돌다 아버지를 만났다. 힘든 만남이었고, 지금 생각해보면 두 분에겐 그렇게 짝이 될 수밖에 없는, 외길만 트여 있은 게 아닐까 여겨진다. 서로가 밑져 억울하다는 마음 한쪽을 씻지 못한 채 혼례식도 없이 냉수 한 사발의 시답잖은 언약 끝에 짚신을 나란히 놓고 살게 되었다고 하니……

숙모의 질펀한 울음 속에서 나는 이런저런 우리 집안의 시틋한 과거를 떠올리며 서리철 뱀처럼 서러움을 깨문다. 어느덧 내 눈썹에 눈물 방울이 맺혀 그것이 촛불에 반사되어 눈앞을 튀긴다.

숙모는 충혈된 눈으로 망연히 병풍을 바라본다. 망자와 대화라도 나누는지 입술을 달싹거린다. 나는 숙모의 주름진 얼굴에 시집올 때 예뻤던 모습을 얹어본다. 숙모는 삼촌에게 울며 시집왔어도, 아버지에게 시집온 어머니처럼 울며 살아온 세월은 아니다. 아니, 서방의 도타운 그늘 아래 별 부족함 모르고 평탄하게 살아온 생애다. 지금 숙모의 울음은 시집올 때와는 반대로, 별세한 삼촌을 절절히 못 잊어하고 있다.

추노인이 술 한잔을 쳐서 전에 올려놓는다.

"걜초보은 하겠다고 그 옛날 갑수가 한양서 불원천리 내리왔네. 자네도 한잔 들게." 추노인이 중언부언 말한다.

결초보은(結草報恩), 듣던 말이라 되새겨보니 그게 바로 추노인의 예전 말버릇이다. 젊었을 그 당시도 추노인은 말 중에 문자 넣기를 즐겼다. 추노인은 백정 물림으로 태어나 어릴 적 서당 글은 물론 한글조차 따로 배우지 못했다. 함양에서 살았던 소년 시절 독립 운동하다 왜경 총알을 어깨에 맞고 쫓기던 이웃 마을 허진사 아들을 추노인 부친이 일 년 가까이 헛간방에 숨겨둔 일이 있었다. 허진사 아들 덕분에 추노인은 한글을 깨우쳤다. 허진사 아들이 중국 상해로 건너간 뒤, 그를 숨겨 간병했던 일이 발각되어 추노인 부친은 왜경 헌병대로 끌려가 모진 고문을 당한 끝에 죽고 말았다. 그뒤, 추노인은 혼자 틈틈이 한문까지 익혀 곧잘 유식한 말을 썼다. 권토중래, 자가당착, 하는 따위의 문자를 써도 말의 앞뒤 순서에 비추어 별 어긋나지 않아서, 예전에도 사람들은 그를 우훈장(牛訓長)이라 부르곤 했다. 그러고 보니 광 앞 사잣밥도 추노인이 보아놓은 게 틀림없다. 그는 대소 상갓집 손걷움〔收屍〕을 자주 해보았기에 그런 제반 절차를 잘 알고 있을 터이다. 추노인은 물코를 들이마시며 삼촌 봉안을 뚫어져라 바라본다. 추노인은 죽마고우 영전에서 미구에 닥칠 자신의 죽음도 내다보고 있음이 분명하다. 깡마른 그의 얼굴에 죽음에 대한 두려움은 없고 담담한 표정이다.

 빈소를 나오자, 나와 현구 몫으로 더운밥을 짓겠다고 숙모가 말한다. 내가 한사코 사양하자, 우물에 채워뒀다는 남은 밥으로 저녁상이 차려진다. 이튿날이 발인(發靷)이므로 발인 때에 쓸 음식이라 이것저것 찬이 많다. 현구는 먹성 좋게 허겁지겁 늦은 저녁밥을 먹는다.

"시골이라 밥맛이 참 좋아요." "이 반찬도 맛있고, 저것도 맛좋고." 시장이 반찬이라고, 밥을 먹으며 지껄이는 품이 현구도 낯선 분위기에 어느 정도 익숙해져, 자기 몸만큼 안정권을 확보하고 있다.

나는 식욕이 별 당기지 않아 저녁밥을 사양한다. 입 안이 깔깔한 데다 목젖 부근에 복숭아씨 같은 이물이라도 걸렸는지 목소리조차 쉬어 침 삼키기가 거북하다. 목안만 아니라 기분조차 감탕이 되어 나락에 떨어진 꼴이다. 나는 아마 죽을 때까지 고향에 오면 안개같이 나를 휘감는 비애와 부끄러움을 떨쳐버리지 못할 것 같다는 생각이 든다.

현구가 숙모와 함께 잠을 자려 안방 모기장 속으로 들어가는 걸 보고 나는 평상으로 옮겨앉는다. 종호만 빈소를 지킨다며 빠지고, 셋은 아직 술상을 물리지 않고 있다. 아니, 나를 기다린다. 내가 추노인 옆에 앉자, 갑득이가 무슨 이야기 끝인지 추노인에게 묻는다.

"아저씨는 큰아들이 부산 서면 시장서 포목점 크게 채리가꼬 잘산다 카던데 와 이 시골 바닥서 고생하십니껴?"

"내가 와 고상해. 내나 마누래는 여게 사는 기 훨씬 핀한 기라. 덕농망촉〔得龍望蜀〕이라꼬, 제 분수나 행핀에 맞게 살아야제. 저거는 저거대로 에아꼰인가 냉장공가 그기 있어야 핀할 끼고, 내사 보리밥 묵고 맑은 공기 씨며 마음묵은 대로 논뚝길 싸돌아댕기는 여게가 더 좋지러."

"그래도 일 년에 몇 차례 도회 바람은 쐬시겠네요." 내가 한마디 거든다.

"한두 분 손자새끼 보고 싶으모 내리가보기사 하제. 그래도 글마 자슥은 이 배태 고향엔 벌씨러 십 년 넘이 걸음도 안 놓는 기라. 그기 와 그런고, 너그들 아나?" 추노인은 막걸리 한 잔은 들이키곤, 자네도 출출한 낀데 한 잔 하세, 하며 잔을 내게 돌린다. 추노인이 세모진 눈을 깜박이더니 목소리를 낮춘다. "자네들이

나 내나 피를 몬 속이인께 하는 말이지마는, 글마 자슥은 칼잽이
라 카모 치를 떠는 기라. 내가 부산 저거 집에 갈 때라도 혹시 저
거 마누래 앞에서 그 말 불쑥 나올까바 얼매나 걱정이 태산 같은
데. 머 아무리 시대가 바꿨다 카지마는 안죽까지는 우리들 바리
바주는 시상은 아이이깐, 애비 천직을 숨카는 거도 좋기사 좋겠
제. 안 그러나?"
"아저씨, 그 말씀 맞심더." 종철이가 나선다. "시상이 거꾸로
돌아가는지 복고풍이라 캐사민서, 요새 산골에 들어가도 밴밴한
팔모반이나 개다리소반 하나 제대로 남았는 기 읊으이까예. 서
울이나 부산서는 호마이카상보다 그 고물이 몇 배나 비싸게 팔
린다 안 캅니껴. 방구리댁은 거름 지고 장에 간다더니, 뒤늦게
새마을 한다고 지붕 뗐다가 사기 떡살 하나가 나왔는데, 그걸 엿
장수한테 현금으로 오천 원이나 받았다 안 캅니껴. 십 년 전만
해도 어데 엿가락이나 제대로 줬겠습니껴." 이야기가 빗나가다,
그도 목소리 낮추어 제 길로 잡아든다. "이런 시상이다 보이까
돈만 많으모 다 양반은 지절로 되는 기라예. 복고풍이 밀리와서
그런지, 한술 더 떠서 다시금 족보 찾는 시상이 안 되뿄습니
껴. 저거 몇 대 조상이 무신 참의를 했니 진사를 했니 캐싸민서
떠드이, 자라한테 물린 늠 솥뚜껑만 바도 가슴 철렁한다꼬, 조상
이바구만 나오모 간이 콩알만해지이, 내 참말로. 증말로 시상은
요지경인 기라예. 신문 보이깐 그 호화판 아빠트에 사는 거들먹
거리는 늠들이 똥은 양변기에 누민서 거실에는 읽을 줄 모르는
족자 걸어놓는다 안 캅니껴. 안방에는 양식 침대가 있는데 그 옆
에는 뭉그러진 옛날 삼층장을 신주 모시듯 갖다놓은 꼴이, 갓 쓰
고 자정거 타는 격이지예. 그카민서 가짜 족보나 맨들고 앉아,

피는 몬 속이는 기라 하고 떠드는 이 시대가 도대체 무신 시댄교? 아, 시상이 이렇게 돌아가는 마당에 돈 읎고 베슬 몬 한 천민은 말짱 황잉 기라예. 두더쥐도 제 새끼 귀여븐 줄 안다고, 어데 자슥들 앞에서 칼잽이를 조상 자랑이라고 떠벌길 수 없잖겠습니껴." 진영 한얼고등학교를 나온 종철이는 이것저것 귀동냥한 상식이 꽤나 많아 입심이 청산유수다. 엔간히 취했는데도 그는 거푸 잔을 비워낸다.

내가 잔을 비워 빈 잔을 추노인에게 돌리자, 추노인이 잔을 받는다.

"니 말이 일리사 있지마는, 자슥늠이 내 앞에서 맞대놓고 백정 읍신여기는 그거는 언짢은 기라. 그래도 출신은 몬 속이는데, 그기 다 늙어서 천장 보고 춤 밭기 아인가. 사람이 늙어 북망산이 눈앞에 어른거리모 다 옛이바구나 하다 눈감기 마련인데, 우째 내 심사가 안 섭섭켔노. 내 핑생 천대도 서름도 많은 인생살이였지마는 그래도 기쁨이나 신명날 적도 있은 기 아이었겠나." 추노인 눈에 잠시 어스름녘 같은 회상이 스러진다. 그는 말을 끊고 흰 수염 까칠한 턱을 어루만진다.

굵은 심줄이 두드러진 마른 추노인 손에 새끼손가락 손톱 부분 한마디가 잘려진 게 내 눈에 띈다. 나는 마치 못 볼 걸 본 듯 눈길을 피한다. 48년 이맘 적 그 사건 때, 추노인이 별 봉변 당하지 않고 무사히 넘길 수 있었던 게 바로 없어진 새끼손가락이 말해주듯하여, 나는 또 다른 감회로 추노인 옆모습을 본다.

"죽었어. 삼조행님은, 그렇지, 스물아홉 해 전, 내일이구나, 그날 죽고, 인자 삼수마저 죽었으이 증말 옛말 할 사람이 이 땅바닥에는 아무도 읎어. 젊은 시절에는 우리가 이 삼남 땅에 안 돌아댕긴 데 있는 줄 아나? 막소주 한 꼬뿌에 시락국 한 사발로 목 축이고 삼사십 리 밤길 나서서 장터 떠돌며 소 사러 댕겼던 옛 시절 이바구를 인자 누가 들어주겠노. 달은 밝고 소 요롱 소리는 달랑달랑 울리는데 야시(여우) 울음 소리에 놀란 소가 으음 하고 울제. 그때사 골짝마다 댕기도 참말로 인심 하나사 좋았어. 우리사 어데 상민처럼 두루마기 입을 수 있나, 갓 쓸 수가 있나. 기껏해야 패랭이에 무명이나 삼베옷이제. 그렇게 쉬임없이 걷다 보모 우리들하고 처지가 엇비슷한 남사당패도 만나곤 했제. 바람처럼 떠도는 그 잡것들이 와 그래 반갑던지. 동무삼아 재 넘고 개울 건너고, 풍물놀이·살판놀이도 공짜로 구경하고……" 추노인의 회상조 추억담이야말로 이제는 다시 볼 수 없는, 예전 아버지 젊을 적 살던 천민 생활상이다.

그때, 자전거를 끌고 더벅머리 젊은이가 안마당으로 들어온다.

"치모구나. 오늘은 우째 많이 늦다? 이때까지 무신 공부 갈친다고. 다들 자불(졸)다 마쳤겠다." 종철이가 말한다.

치모란 이름을 듣자 나는 그의 아버지와 배도수씨를 먼저 떠올린다. 다섯 해 전, 고향에 들렀을 때 삼촌이 했던 말과 갑득이가 고향 얘기 끝에 몇 차례 치모 이름을 입에 올렸음도 생각난다.

"아닙니더. 공부는 벌써 끝났는데 여래리에 볼일이 있어서 거게 갔다 오느라 늦었심더." 치모란 젊은이는 자전거를 세우고 땀차인 남방과 러닝 셔츠를 벗는다. 적당한 키에 벌어진 윗몸이 탄탄하다.

"수금하로 갔더나?" 종철이가 묻는다.

"아니예. 여래리에 소쿨댁 맏아들이 마산 머신 알미늄 상표 만드는 공장에 댕기다 작업장에서 코피를 쏟고 죽었다 안 캅니꺼. 그런데 알고 보니 독극물 중독 사곤데, 회사측에선 그저 뇌진탕이라고 우기는 거 아입니꺼. 그래서 제가 낮에 소쿨댁하고 마산 그 공장 다녀왔심더. 초산·중크롬산·가성소다를 사용하는 공장인데 소쿨댁 아들은 주로 가성소다를 사용해서 알미늄에 인쇄하는 작업을 담당한 기라예. 부모가 촌사람이라 쉬쉬하며 적당한 보상으로 얼버무릴라 카는 게 어데 될 소립니꺼. 제가 고소장을 만들었심더."

"좋은 일했구만. 그건 그렇고 니, 여게 와서 인사나 해라." 추노인이 말하자 치모란 청년은 그제서야 평상에 눈을 주더니, 낯선 내 눈과 마주친다. 그는 자전거 짐받침 위에 벗어놓은 남방 셔츠를 다시 걸치며 평상으로 온다.

"갑수행님이라고, 말 많이 들었제?" 종철이가 나를 소개한다.

"서울 우민출판사 계시는 분 말이지예? 어디 알다뿐입니꺼." 치모가 내게 절을 한다. "늘 한번 뵙고 싶었심더."

"나도 자네 애긴 더러 들었네." 구슬땀 맺힌 그의 얼굴을 자세히 뜯어보았으나 나는 옛날 그의 부친 이중달씨와는 별 닮은 데를 찾아낼 수 없다. 고추대장은 작은 키에 매서운 인상이었다면 치모군은 키가 성큼하고 남자답게 선이 굵은 얼굴이다. 큰 눈에 주먹코가 뭉떵하고 입술이 두터워 담찬 데가 있어 보인다.

"땀 좀 씻고 나오겠습니더." 치모군이 부엌 뒤 수돗간으로 돌아나간다.

"저 친구, 요즘 뭘 하고 지내나?" 내가 종철이에게 묻는다.

"집에서 파는 건어물 떼다 자정거에 실고 여게서 사방 이십 리

안팎에 널린 마실에 내다 팔지예. 말하자모 행상 안 합니껴.” 종
철이 뒤꼍에 눈을 주며 딱하다는 듯 머리를 흔든다. “요새는 방
학이라고 대처서 공부하다 돌아온 대학생들 모아가꼬 무신 야학
당인가 채려 밤이모 어른들 가르치지예. 동네를 돌민서 말입니
더. 머라 카더라, 농민들 의식을 계몽시킨다 카던가, 아마 그렇
지예.”

“요즘 말하는 새마음 갖기 운동 같은 거로군. 하여간 똑똑한 젊
은이야.” 갑득이도 잔을 비우며 한마디 한다.

“똑똑하다마다뿐입니껴.” 종철이가 갑득이에게 말하곤 나를 본
다. “행님, 이중달이라모 행님도 잘 알 낍니더. 그 사람 모른다
카모 어데 여게 토박이라 칼 수 있습니껴. 그런데 저 자슥이 오
추골 이중달씨 유복자 아입니껴.”

“종철이사 그때 나이 어렸으이 기억이 잘 안 나겠지마는 내사
고추대장 잘 알지.” 갑득이가 젠 척하며 말한다.

“치모란 저 청년이 그분 자제란 말은 나도 몇 번 들었어. 만나
긴 첨이지만.” 내가 말한다.

“그런데 저 자슥 이바구 할라 카모 억장이 콱 막힘더. 생긴 꼴
좀 보이소. 이목구비가 깎아논 왕알밤처럼 얼매나 번듯합니껴.
거기다 머리로 말한다 카모 천재 중에 천재지예. 이 시골 한얼고
등학교 나와선 일 년을 오추골서 지게 지미 독학한 끝에 서울법
과대학에 합격된다는 기 어데 보통 머립니껴. 또 장학생인가 먼
가 돼서 학비까지 반을 탕감하고 댕긴 기 아입니껴.” 종철이는
마치 자기 쌈짓돈을 장터에서 소매치기 당한 듯 분을 참지 못한
다. 그는 술이 반쯤 담긴 잔을 들다 다시 술상에 놓으며 말을 잇
는다. “그런데 갑수행님, 내 말 좀 더 들어보이소. 쫄자 백성이

사 굿만 보고 떡만 묵으모 될 일이지, 지가 무신 용뺄 장사라고 데모가 다 멉니꺼. 그래서 경찰서다 구치소다 끌리댕기며 고생은 고생대로 실컨 하고 재작년 가실에 털컥 퇴학을 안 당해뿌렸습니꺼. 그라이깐 아부지 맘이 어떻겠어예. 한얼중학교를 일등으로 졸업했어도 전깃불도 안죽 안 들어오는 산골짜기에 처박히서 똥장군이나 질 자슥을 아부지가 머리를 애껴 고등학교 학비를 대주고, 일 년 뒤에 지가 서울대학에 합격하자 서울 유학까지 보냈던 기 아입니꺼. 물론 입학금도 아부지가 내줬고예. 참말로 시상에 울화통 터질 일도 많지마는 저 자슥 생각마 하모 영 밥맛이 떨어져서. 아, 그래, 수박밭에 앉차둔 천치 자슥한테 대꼬챙이를 쥐주는 기 낫지, 저건 지 눈깔을 지가 찔러 작살 내뿌렀으이, 길을 막고 원망한대도 어데다 분풀이 하겠습니꺼……"

모기 한 마리가 양말을 뚫고 내 발등을 쏜다. 자정 가까운 시간인데도 추노인은 물론, 아무도 평상에서 자리 뜨지 않는다. 어젯밤을 꼬박 세웠다는 종호는 이제 빈소에서 몸을 모로 눕혀 새우잠을 잔다. 나는 모기 등쌀에도 앉아 배기기 힘들지만, 여행 피곤까지 어깨를 누른다. 그렇다고 추노인이 눈 말똥하여 앉았는데 나 먼저 불쑥 일어나 잠자리 찾기도 뭣하고, 하룻밤조차 새우지 못한다는 게 고인에게 결례일 것 같다. 용케 졸음이 오지 않기에 다행이랄까, 고향의 억센 사투리가 정겹다. 빈속에 마신 술이라 얼큰한 취기가 돌았으나 나는 막걸리잔을 부지런히 비워낸다.

"그럼 치모군 모친은 어디 사시게?" 어느 사이 내게 넘어온 갑득이 잔을 비워내고 잔을 다시 그에게 돌린다.

"오추골서 혼자 쥐 이마빡만한 밭뙈기를 붙이고 있심더. 공일

날이모 회계고개 넘어 여게 장터마당 예배당에 나오지예. 예수 믿는 사람치고 오추골 밤나무 권사라 카모 모르는 사람 읎심더." 종철이는 치모 이야기를 다시 물고늘어진다. "한 세월을 지 고집 대로 살다가 인생 망친 지 아부지는 마 괄호 밖에 빼고라도, 평생을 지 하나 믿고 처녀같이 늙어온 어무이를 바서도 지가 어데 그칼 수 있습니꺼. 간땡이 부은 시건방진 새끼들이 하라는 공부나 할 일이제, 남으 젯상에 배 놓아라 감 놓아라 카미 지랄병 칠 때라도 지는 지 아부지를 바서라도 오히려 그게 끼이드는 기 아이라예. 그런데 저 자슥은 무신 큰 벼슬이나 시키줄 줄 알았던지 데모에 앞장섰다 안 캅니꺼. 참말 내 답답지러. 저 자슥이 서울 법과대학교에 합격됐다는 발표가 나던 날, 지가 나온 한얼학교는 물론이고 진영 바닥이 금방 판검사 나올 줄 알고 온통 떠들썩했심더. 자슥들 학교에 보내는 사람은 모두 눈뜨모 한다는 소리가, 치모 뽄 좀 봐라 캐쌌는데, 저기 어데 사람 새긴교? 퇴학당하고 쭈굴밤생이가 돼서 진영에 내려왔을 때, 지 어무이가 실성한 기사 자슥이라 그렇다 치고, 지를 믿던 읍내 사람들 실망시킨 거는 죄 중에도 보통 죄가 아닌 기라예."

종철이 줄기찬 입심을 보며, 나는 삼 년 전 삼촌이 서울 어린이대공원을 구경한다며 봄나들이 왔을 때 했던 말이 생각난다. "종철이? 그늠도 속이 여문 늠이 못 돼 걱정이제. 지가 무신 변호사라꼬, 말로 다할 것 같으모 시상에 무신 일을 몬 하겠노. 꼭 방앗간 참새처럼 동네 말은 다 맡아 입방아 찧고 댕기이 주디가 바로 대섯방인 기라. 게으른 늠치고 입 안 싼 늠 어데 봤나. 종철이한테 비하모, 지 한 몸 살펴 닳아빠진 차돌 같기사 하지마는 오히려 종호가 지 살림은 잘 다독거리는 여문 늠이제."

치모가 수건으로 얼굴을 닦으며 평상으로 걸어온다.

"들자니 종철이형님이 또 제 흉 보는 모양이군예?" 치모는 좀 모자라는 사람처럼 흐물쩍 웃는다.

"그래, 내가 니 숭 좀 본다, 와?"

"그럼 나도 좀 들어보입시더."

치모가 목에 수건을 걸치고 평상에 걸터앉는다. 말하는 품이 막힌 데 없이 트여 듣기에 시원하다. 니도 한잔 할래, 하며 추노인이 잔을 건네자 치모가 두 손으로 잔을 받는다. 예의를 차린다고 머리 돌려 한 잔을 비워낸다. 김치 조각을 손으로 집는다.

"계속하이소. 언제 형님이 저 있다고 체면 차렸습니껴. 듣고 보면 다 약이 되는 구수한 얘긴걸예." 치모가 말한다.

종철은 코웃음을 치곤 추노인 쪽으로 얼굴을 돌린다. 그러는 품이 치모가 미워 사사건건 그를 헐뜯는다기보다 고운 자식 밥 적게 준다는 속담처럼, 깊은 데서 서로가 결속한 도타운 애정의 나타남으로 받아들여져 맹맹한 분위기에 오히려 감칠맛을 돋군다.

"아저씨, 지맥(地脈)이란 걸 요즘 시상에 믿는 거도 우습지마는 증말로 그기 있기는 있는가바예. 육이오 전후에도 저 회계 너머 쪽에선 반골(反骨) 많이 나온 마실이 오추골 아입니껴?" 종철이가 말한다.

"오추골은 산촌인데도 지세가 사발 엎어논 꼴로 바라졌제. 물 줄기가 오추골을 사방으로 도리내고 회계고개로 빠져 여래못으로 모이니깐. 그라고 마주선 그 팔베산을 말할 것 같으모, 검탱 바우로 된 그 산이 높지사 않지마는 산세 하나는 그래도 꼴을 갖춘다고, 꽤나 험하거던. 사태진 검탱 돌무데기가 오추골까지 줄을 이어 앞거랑에 발목 담구고 있는 기 둔갑한 야시가 꼬리 보이고 있는 상이라, 반골 나기 좋은 동네지러." 추노인이 머리를 주걱거린다.

"맞았어예. 반골이라, 절마(저놈) 아부지를 보더라도 바로 역적 날 터가 오추골임더." 종철이가 괘사를 떨곤 단숨에 한 잔을 비워내고 그 잔을 내 쪽에 돌린다.

"치모군도 식자우환으로 그런 일을 자초했지마는 시상은 반드시 낮이 있으모 밤이 있고, 양달이 있으모 응달도 있는 뱁이야. 초목과 다르고 뭍짐승과 식별되는 기 인간인 기라. 그러나 높은 나무가 바람 잘 탄다고, 다 그기 사필귀정이라." 세운 무릎을 껴안고 추노인이 말하다 갑득이 쪽으로 머리를 돌린다. "갑득이 자네, 옛날 장선상 아나?"

"머라예?" 잠시 꾸벅이며 졸던 갑득이가 머리를 든다. "옛날 장선생요? 장태문 선생을 내가 와 모릅니꺼. 그 사건 터지던 해 지반 담임 안 했습니꺼. 엄하다 캐도 그렇게 무서븐 선생 나는 두 번 다시 몬 봤심더."

"그랬던가? 그 사람도 소학교 접장질 하고 있었지마는 그때 읍내에선 인물이었제. 그라고 배주사 둘째아들 도환이라고, 그 사람도 수재 소리 들은 신동이고."

"배도수씨 바로 밑동생 말이지예?" 종철이가 묻는다.

배도수씨란 말에 금세 내 귀가 쭈뼛해진다. 그 이름이 떨어지자 치모도 내 눈치를 살핀다. 그 역시 우리 사이에 있었던 일을 배도수씨로부터 전해들었을 터이니, 재작년 사건을 알고 있음이 틀림없다. 새삼 그 사람을 절대 만나지 말고 상경하라는 아내의 당부가 떠오른다. 물론 아내 말은 부질없는 노파심이지만, 그 이름을 듣자 나는 아무 죄도 없는데 공연히 등골로 찬바람이 훑는다. 그는 아버지로 하여금 폭동에 빠져들게 만든 장본인이고, 나를 지긋지긋한 고향을 떠나 객지 생활 시작하게 만든 인물이고, 오늘날 내가 출판계에 몸을 담게 된 작은 징검다리 구실까지 했으니, 병 주고 약도 준 원한 관계요 은인으로 불릴 수도 있는 사람이다. 그러나 재작년 대수롭지 않은 일로 그가 일으켰던 평지풍파는 내 기억 속에 유쾌한 쪽이 아닌 두려운 쪽으로 배도수씨 인상을 남게 했다. 물론 그 점은 배도수씨의 고의적인 과실이라 말할 수 없으나, 그가 나를 찾아오지 않았다면 그런 일은 없었을 것이다. 어쨌든 이젠 지나간 일이지만, 싫든 좋든 배도수씨 이름 석 자는 내 눈에 흙이 들어갈 때까지 잊을 수 없다. 그런 연유로 그에 대한 관심이 집요하게 내 신경을 곤두세운다. 내가 구태여 배도수씨를 거론하고 싶진 않지만 좌중 누군가 그의 근황을 들려주기를 바라는 마음 또한 조바심으로 켕긴다. 추노인 이야기는 도수씨 쪽으로 새지 않고 장선생과 도찬씨 쪽으로 흐른다.

"장태문이는 그 사건 통에 행방불명 돼서 지금까지 죽아뿟는지 살아 있는지 소식조차 끊기뿌렸고, 배주사 둘째아들 도환이 그 사람은 일제 말엽 조선 변호사 시험까지 합격 안 했는가베. 그래서 해방되고 서울서 판산가 하다 육이오전쟁 나자 이북으로 붙잡히 안 갔나. 이 바닥에서 그런 큰 인물이 다시 안 날 것 같더마는 또 몇이 더 났지. 그 중에 고추대장 아들 저 청년도 점찍힐 만했는데, 그만 일찍 꺾였어. 열매 많은 나무가 돌팔매 맞는다고……" 추노인이 말끝을 흐린다. 깊숙이 자리잡은 눈으로 치모를 건너다본다. 안 슬픈 눈길이다. 추노인은 치모 출생을 더듬고 있음이 분명하다. 아니나다를까, 추노인이 입속말을 흘려내고,

그 말이 내 귀에 바람 소리같이 스쳐간다. "그놈으 사상이 먼지. 물보다 피가 진하다 카지마는 피를 가르고 혈육조차 쥑이는 기 사상인 기라. 거기에 한분 빠지모 사람이 하루새 약오른 고추처럼 매바지니……"

추노인의 한숨에 끝을 달아, 스물아홉 해 전 고추대장 이중달 씨가 마치 내 눈앞에 있듯 훤히 떠오른다. 늘 바쁜 걸음으로 우리집에 와서 아버지를 불러내어 콩 볶듯 숨넘어가게 한참을 데데거리곤 잽싸게 가버리던 고추대장이었다. "저 고추대장은 무신 늠으 바쁜 일이 저래 많은지. 저래 싸질러도 자기 등 더우랴, 배 부른 일 생기랴." 사람들은 그를 보고 혀를 차곤 했다. 그가 하는 짓거리가 농사일도, 장터 자릿세 받으러 다니는 일도, 그외 어느 한 군데 소용 닿지 않는 일임을 알고 하는 빈축이었다. 그는 그런 빈축을 소 귀에 경 읽기로, 하나 관심을 두지 않았다. 오척 단구의 깡마른 그가 실로 무서운 인물임을 안 것은 그해 여름에 있었던 폭동을 통해서였다. 그 점에 있어서 그 당시 등세를 탄 아버지와 선두 다툼을 벌일 만하여, 약오른 고추라기보다는 독오른 고추로 말해야 제격이었다. 이중달씨와 나는 봉화산에서 사흘 동안 함께 생활했던 적이 있었다. 산생활을 마지막으로 나는 다시 그를 만나지 못했다. 그러나 갑득이에게 들은 말로 이중달씨가 다시 한번 홀연히 읍내에 얼굴을 나타냈는데, 그때는 휴전이 된 이듬해 늦가을이었다 한다. 그는 홀연히 나타났다기보다 죽임을 당할 몸으로 체포되었던 것이다. 그는 장터마당 주변 사람과 한마디 이야기를 나눈다거나 읍내 사람이 그를 집적거릴 수조차 없는 처지가 되고 말았으니, 그의 뒤로 젖혀진 손목과 가슴은 포승줄에 묶였고, 공비 토벌대 순경 다섯이 총을 메고 삼엄하게 그를 둘러싸고 있었다 했다. 아니, 이중달씨만 아니라 시집 가던 날로 공칙한 꼴을 당하여 홀몸이 되었던 그의 처 밤나무댁 역시 누룩 뜨듯 기운 없는 누르께한 모습으로 오랏줄에 묶여 있더라는 것이다. 이중달씨는 장태문 선생, 주신례 선생, 그외 일부 대원들이 소백산맥을 거쳐 태백산맥을 종주해 월북할 때 월북파에 속해 북으로 올라갔다. 그뒤 몇 년 소식이 없다 휴전되던 해 가을, 제2전선 구축 임무를 띤 고정 간첩으로 다시 남파되었다. 그는 배편으로 거제도 앞바다를 거쳐 오추골로 잠입해와, 자기 집 마루 밑에 땅굴을 파고 숨어 있었다는 것이다. 그러다 한 달 만에 발각되었으니, 마을 사람 신고로 체포되어 처와 함께 읍내로 끌려 내려온 참이었다. 밤나무댁은 서방을 숨겨준 불고지죄였다. 두 사람은 갈퀴 같은 겨울바람이 몰아치는 엄동설한에 장터마당 사람들이 지켜보는 가운데 지서로 끌려갔다고 했다. 그날로 두 사람은 김해경찰서로 인계되었고, 이중달씨는 이듬해 봄 사형 확정 판결을 받고 처형되었다. 오직 그의 처 밤나무댁만 곯아버린 애호박 꼴로 노랗게 되어 네댓 달 뒤 다시 오추골로 돌아왔는데, 그해 늦가을 태어난 아들이 치모였다. 중달씨가 자기 집 마루 밑에 땅굴을 파고 숨어 지낸 한 달 만에 붙잡혔으니, 치모는 그때 만들어진 후사였던 셈이다. "행님, 사람들이 구름같이 모이서 이빨을 갈고, 어떤 사람은 낫이나 괭이를 들고 때리쥑이겠다고 눈에 불을 캐서 아우성 치는데도 중달씨 그 사람은 눈도 깜짝 안 합디다. 이 개백정만도 몬한 빨갱이야, 하고 누군가 고함 쳐도 그 사람은 고 짤막한 모가지를 발딱 제끼고는 무신 포창이나 받으러 가는 사람맨쿠로 지서로 당당하게 걸어가는 기 아이겠습니꺼. 한마디로 대단한 사람이라예. 사상 무장이 철저히

됐으이께 그래 자신 있은 기지예. 그런 중에도, 기개는 넘쳐 조선인민공화국 만세 카민서, 죽을 판에도 소리치는 거를 들은 사람은 다 들었으이께……" 갑득이가 내게 했던 말이다.

"김선생님." 치모가 나를 부른다. "오늘 배도수 선생께서 여기 문상 다녀가셨습니더. 저보고 하시는 말씀이, 서울 김선생님 내리오시면 한번 뵙자 전하라더군예."

치모는 평상에서 일어난다. 그만 물러가겠다며 그는 빈소 쪽으로 간다. 견골이 벌어진 어깨에 머리를 숙인 뒷모습이 걸직한 목소리와 달리 외로워 보인다.

"그래, 저 친구 행상은 먹고 살 만큼은 되는가? 도무지 행상할 청년 같잖아서 말야." 나는 치모가 막 들어간 빈소 쪽을 보며 종철이에게 묻는다.

치모는 향이 사그라진 향로에 새 향을 갈아 꽂는다.

"저 자슥이 그래도 장사 수완은 보통이 아닌 기라예. 아아가 우째 된 늠인지 생불(生佛)맨쿠로 고분고분하기가 그랄 수 읎어예. 배운 늠치고 지 자랑 안 하는 늠은 내 생전에 저 자슥 첨 봅니더. 내가 아까 한 말은 증말 인물이 아까바서 한 소리지만서도예, 생각하는 기 벌써 우리하곤 생판 달라예. 개도 씨빠닥(혓바닥) 늘어질 이 철에 자정거 타고 간칼치니 꽁치니 싣고 동네방네 돌아댕기는 기 어데 보통 늠 할 일입니껴. 그런데 싣고 나갔다 카모 늘 다 팔고 오는 기 아입니껴. 외상으로 깔아놓키사 하지마는 수금도 잘해오고예. 그래서 한 달 계산해서 아부지가 지 몫 떼어주모, 그 돈으로 책을 사 보고 저그 어무이한테 쪼매 갖다주고 하는 모양입니더."

"그럼 내가 대구로 델고 가서 좀 큰 장사 한분 시키보까?" 갑득이가 무슨 대견한 적선이라도 하겠다는 듯 나선다.

"마 작은행님도 그만두이소. 저 자슥이 저래 곰살맞아도 맘속에는 칼을 품고 있는 것도 알아야 합니더. 서울서도 밥 묵을 자리는 있던가본데, 고생 좀 해보겠다고 고향에 내리왔다 안 캅니껴. 저 자슥 행상이 와 잘되는고 하이, 마실마다 무료 대서방 노릇을 해준다, 이거 아입니껴. 농협 대출금 서류를 써주는 거나, 읍사무소 일 봐주는 거나, 고소장 맹글어주는 거나, 심지어 특수 작물 재배 요령이니 머니, 저 자슥이 가가호호 방문하미 안 건디리는 기 읎심더. 저 자슥은 참말로 돈 안 받고 농민 도와주는 진짜 농촌 지도자라예. 장날에 한분 보이소. 저 본동·회계·물통걸 할 것 없이 사람들이 장보로 나오모 치모 만내고 가는 사람 많심더. 장날은 행상 안 하거던예. 저거 어무이하고 같이 교회에 나가이깐예. 앞으로 국회이원은 저런 아아가 돼야 함더. 감투 쓰고 이권이나 눈 벌게서 챙기는 씨(혀) 빠져 죽을 국회이원 늠들 말고 말임더."

"나이 더 묵은 멫 년 후 여게 국회이원 출마하모 되겠네?" 갑득이가 말한다.

"출마한다 카모 돈 안 받고 선거 운동해주겠다는 농민들이 나라비 설낌더."

"요새 말로 새마을 지도자제" 하며 추노인이 담배를 물자, 갑득이가 라이터로 담뱃불을 당겨준다.

"그렇지예. 그런데 사사건건 농협이나 이장을 물고늘어지이, 이기 또 문제라예. 농협 조합원과 수매원은 물론이고 마을 이장들까지 치모라 카모, 그 갈개꾼 말이제, 카민서 머리 흔둡니더. 치모가 '농민 자활회'를 맹글어 동회나 지도소가 농민에게 이유가 닿지 않는 이 문제 저 문제로 관권을 발동하모 농민으 기본권을 보호한다는 명목으로 자활회서 진정서를 내고 조리 있게 따지고 드이 관청에선 앞발 바싹 드는 기라예. 그 자활회라는 기 고등학교깨나 나온 젊은이로 조직돼 있는데 새 농민 핵명을 일으킨다고 기세가 등등합니더. 작년에 말입니더, 여게 진영 단감 조합 안 있습니껴. 이 조합이 농협과 중간 도매상에 양다리 걸쳐 놓고 농간 부리는 바람에 생산자들은 늘 골탕 묵어왔는 기라예. 배도수씨 코치를 받았는지 우쨌는지, 치모가 발벗고 나서서 조합원들을 찾아댕기더마는, 작년에 단감 조합장과 이사 선출에서 보기 좋게 전 간부진을 몰아냈지예. 그래서 작년 가실에 새 간부 진이 중간 상인을 빼돌리고 농협에 전량 수매해서 순이익을 이십오 푸로나 더 올렸다 캅디더.”

여기서 치모군 화제가 일단락된다. 잠시 숨을 돌린 끝에 추노인이 흐릿한 눈으로 나를 건너다본다.

“갑수 자네 서울서 집도 사고 했담서? 고생 끝에 낙을 보누만.”

“다 아저씨 같은 분 덕분이지요. 늘 어릴 적 은혜를 못 잊어 하면서도 멀리 살다보니 제대로 갚지도 못하고⋯⋯”

“무신 말이고. 내가 무신 일했다꼬. 나도 살다보이까 어린 너그들 성제가 그때 내 눈에 띄인 기제. 굶는 개도 그냥 보고는 몬 지내가는 기 인정 아인가, 옛말에도 있제.” 추노인은 말을 끊고 다시 나를 본다. 눈빛이 날카로워진다. 입술을 달싹거리다 낮은 목소리로 말을 꺼낸다. “참, 삼수한테 들으이까 재작년인가, 니도 어데 잽히가서 고생 좀 했담서? 공연히 배도수 그 사람이 끼이들어가꼬 말이다?”

“전 누구에게 그런 말 한 적 없는데요. 아, 그렇군요. 재작년에 삼촌이 상경했을 때 아마 집사람이 귀띔한 모양이군요. 그걸 또 삼촌이 과장해서 아저씨한테 전해서 그렇지, 고생은 무슨 고생요."

"행님도 조심하이소. 산다는 기 따로 있습니껴. 첫째는 절대로 전쟁이 안 나야 되고, 둘째는 그저 등 뜨시고 배부르게 사는 기 제일이라예." 갑득이가 말한다.

"작은행님 말 맞심더. 우리 세대에선 그런 고생이 읎어야지예. 일제 때는 관두고라도 육이오전쟁 전후를 한분 보이소. 진영이사 인민군 치하에 점령도 안 되고 해서 내사 다 들은 이바구지마는, 참말로 동족끼리 쥑이고 뽁고 그기 무신 도깨비 놀음입니껴. 행님도, 저 유복자 치모도 다 그 희생자들 아인교."

"그라모 고초는 안 당했단 말이제?" 추노인이 무얼 캐어내려는지 나에게 다그쳐 묻는다. 눈꼬리에는 눈곱이 꾀죄죄 달렸다.

"고초라니요. 아무 일도 없었어요."

"음, 그라모 다행이제. 사람은 심지가 무거버야지러. 뜻이 굳은 돌멩이 속은 장마통에도 물이 못 배어드는 벱이야. 근묵자흑(近墨者黑)이란 옛말도 있듯이, 나뿐 사람을 가깝게 하모 물들기 쉽지러. 도수 그 사람도 인물이 비미(보통) 똑똑한 양반인가. 그러나 전생에 액이 많은 사람이야. 하늘로부터 받은 지 명이 기이까 여태 살아남은 기제, 죽을라 캤으모 벌써 몇 분은 죽었을 목숨이제."

답십리 종점, 재래 시장 부근에서 아래채 두 칸을 얻어 전세방을 살 때였다. 재작년 초겨울이었다. 마침 토요일이라 오후 여섯 시에 퇴근하자, 편집 사원 셋과 어울려 소주를 마셨다. 집으로 귀가한 시간은 밤 열한시가 넘었을 때였다. 그 정도 시간이면 아내는 내 귀가와 상관없이 풋잠에 들어 있기 십상이고 어머니가 문을 열어줄 적이 많았다. 내가 술을 좋아하다보니 일주일이면 평균 삼 일은 만취 내지 얼근한 상태로, 귀가가 늘 늦게 마련이었다. 그런 술버릇이 해를 거듭해도 고쳐지지 않자, 아내는 밤 열시가 가까우면 으레껏 열두시 통금 시간이 임박해야 내가 들어오려니 해서 풋잠에 들었다 어머니가 대문을 열어주면 아내는 푸석한 눈으로 나를 맞기가 일쑤였다. 그런데 그날은 달랐다. 우리방용으로 따로 설치된 초인종을 누르자, 곧 방문 여는 소리가 났다. 황망히 달려나오는 발소리가 어지러웠다.

"여보, 집에서 오늘, 무슨 일이 있었어요." 아내가 대문을 열어주며 다급한 목소리로 말했다.

"뭐야, 애들 때문인가?" 교통 사고라도 났단 말인가, 하는 생각부터 앞서 나는 정신이 번쩍 들었다.

"들어가요. 방에서 얘기해요." 아내는 몰아세우듯 내 등을 밀었다.

방으로 들어가자, 어머니도 그때까지 건넌방 당신 침소로 가지 않고 안방에서 나를 기다리고 있었다. 표정이 초췌하고 움푹한 눈동자가 겁에 질려 있었다. 내가 무사히 집으로 돌아와준 것만도 대견한 듯 안도의 숨을 내쉬었다.

"오늘 오후에 형사가 다녀갔어요." 아내는 내가 외투를 벗기 전에 떨리는 목소리로 말했다.

그 말에 내 귀가 트였다. 형사라 해도 후딱 짚이는 게 없었다. 형사가 다녀갈 정도로 내가 저지른 과실이 생각나지 않았다. 나는 남을 모함한 적 없었다. 회사에서 가불은 더러 하지만 남의 목돈을 빌린 적 없으니 갚지 않을 리 없었다. 더욱 사기를 쳤다거나 남을 폭행한 적 없었다. 소심하고 과묵하다는 점은 주위 사람이 알아줄 정도여서 말을 함부로 뱉은 기억이 나지 않았다. 더욱 술자리에서 나는 지껄이는 쪽이라기보다 듣는 입장이었다. 긴급조치가 발효되고 있는 마당에, 더욱 시국에 관한 이야기라면 나 먼저 입을 닫았다. 세상 돌아가는 일은 혼자 생각하고 짐작할 일이지 구태여 분분히 의견을 나누고 떠벌리기를 좋아하지 않았다. 그런 소심한 위인이니 나는 그저 처자식이나 먹여 살리는, 건실하다면 건실한 소시민인 셈이었다. 그런데 형사가 다녀갔다니, 땀 밴 내 손바닥이 끈끈해왔다. 그제서야 내 마음 저 아래, 결코 남에게 보이고 싶지 않은 묵혀둔 얼굴 하나가 비를 만난 지렁이처럼 꿈틀대며 몸을 뒤척이더니 내 마음을 휘저었다. 평소에도 나는 그 얼굴을 두려워했다. 아니, 나는 그 얼굴을 잊으려 노력했다 말해야 옳았다. 핏줄로서 연민을 느끼며 잊으려 노력해온 그 얼굴은 다름아닌 아버지 모습이었다. 나는 아버지 시체를 내 눈으로 직접 확인하진 못했으나 진영 장터 사람들은 아버지가 분명 함안 작대산 부근에서 죽었다고 말했다. 그런데 아버지 얼굴이 번개가 어둠을 가르듯 눈앞을 스쳐갔다. 배코로 빡빡 민 빤질머리에 찢어진 방울눈, 늘 광기를 번쩍이는 그 눈으로 히히덕대며 쏘다니던 아버지였다. 엄마가 남의 집 품을 팔아 얻어온 양식까지 노름이나 술로 바꿔 먹던 아버지였다. 소를 사러 타지방으로 떠나거나 노름판에 붙어 앉으면 일주일이고 열흘이고 집을 비우던 아버지였다. 몇 해를 지붕 이엉도 못 얹어 내려앉은 골마다 억새풀이 무성한 움집에 처자식이 굶어 죽었는지 살았는지 염두에도 없던 아버지였다. 형사라면 그 반대쪽에서 떠오를 얼굴이 당신뿐인데, 그 아버지가 망령이 되어 서울 어디에 불쑥 나타났다고 믿어지지 않았다.

"뭣 하러 왔대?" 나는 겨우 침착을 되찾았다.

"모르겠어요. 당신이 동네 유지라고 신상 조사를 한다나요. 대학 졸업한 사람이 그 대상이라고 어물쩍 말하더군요. 직장을 묻고, 고향을 물었어요. 언제 상경했느냐, 결혼은 언제 했느냐, 남편이 어느 학교를 나왔느냐, 군생활은 어디서 했느냐, 그런 걸 꼬치꼬치 묻더군요."

아내는 이불을 당겨 잠자는 막내를 덮어주었다. 네 살바기 개구쟁이는 이불을 다시 걷어찼다. 낮 동안 추위도 아랑곳없이 꽤나 쏘다닌 모양이었다. 잠을 자는 현우의 얼굴이 천사 같았다. 아니, 본 적 없는 천사가 아니라 평화의 작은 실체였다. 내 눈에 현우가 갑자기 병아리 같게 보였다. 저 어린것을 두고 내가 잡혀간다면, 만약 몇 해 동안 저 애를 못 보게 된다면, 자식 셋은 다시 아버지 어린 시절로 돌아가게 될 터였다.

"애비야, 요새 니 무슨 큰 실수라도 안 했나?" 어머니가 물었다. 방안이라 외풍이 없는데도 세운 무릎에 얹힌 어머니 손이 떨렸다.

"그런 적은 없는데……"

어머니 말에 비로소 백발의 배도수씨 얼굴과 안경잡이 재일동포 진필제가 떠올랐다. 아내와 어머니는 내가 그 두 사람을 만난 사실을 모르고 있으므로, 그 일에 대해선 생각지 못하고 있음이 분명했다.

"그렇다면…… 아버님은 분명 그해 돌아가셨다 했지요?" 아내가 떨떠름해 하는 내 얼굴을 살폈다.

“에미는 그 말을 벌씨러 몇 분 묻노. 내가 뭬졌다 안 쾠나!” 어머니가 며느리를 닦달질했다. 어머니는 지금도 아버지 얘기만 나오면 공연히 불안에 떨었다. 아버지 말에는 웃던 모습도 금세 질려, 그 얘기를 꺼낸 자에게 세모 눈총을 주기 일쑤였다. 비록 십 몇 년 동안 살 섞고 살았다지만 어머니에게 아버지는 골수에 맺힌 원수였다.

“왜 그래? 안 돌아가셨다면 간첩이라도 돼서 내려왔단 말인가?” 내 힐책마저 날카로워 아내는 눈길을 방바닥에 떨구었다.

이튿날, 나는 외출하지 않았다. 일요일이라 외출할 일도 없었다. 골목길 앞 약방으로 나가 회사에 전화만 걸어보았다. 편집실에는 아무도 전화를 받지 않았다. 총무부에서 일직하던 한군이 전화를 받았으나, 특별한 전화나 방문자는 없었다. 나는 하루종일 전전긍긍하며 대문 소리에 신경을 곤두세웠다. 어둠이 내린 뒤에도 아무 일이 일어나지 않았다. 찬바람만 문풍지를 울렸다. 밤에는 잠을 설쳤고, 48년 여름 시절의 악몽에 시달려야 했다.

배도수씨가 나를 찾아 직장을 방문하기는 몇 달 전 광복절 휴무가 있고 며칠 뒤였다. 오전 열시경, 우민출판사에서 펴낼 『甲申政變(갑신정변)』 원고를 훑어보고 있는데 총무부 여자 급사애가 편집실로 올라와, 노인 한 분이 찾아오셨다고 내게 알렸다. 우민출판사와 관계 있는 저자는 대부분 이층 편집실로 직접 올라오게 마련인데 누굴까 하며 나는 아래층 총무부로 내려갔다. 총무부 앞 복도에 머리칼이 하얗게 센 노인이 나와 눈길이 마주쳤다. 머리칼이 순백인 데다 검은 바지에 깨끗한 모시 노타이 차림이라 곱게 늙은 노학자란 인상을 주었다. 급사애가 이분이란 말에, 나는 그분의 이목구비에서 스물일곱 해 세월이 끼었은 겹

겹의 먼지를 닦아내고 예전 배도수씨를 기억해낼 수 있었다. 솔직히 말해 나는 순간적으로 심장이 멈추는 숨막힘과 현기증을 느꼈다.

"김갑수 선생입니까?" 배도수씨가 공손하게 물었다. 그는 나를 못 알아보았다. 아니, 열네 살 때 얼핏 스친 내 얼굴을 아직까지 기억할 리 없었다. "소년 시절보다 많이 변했군요. 허긴 벌써 세월이 얼맙니까. 아마 스물일곱 해쯤 되지요?"

배도수씨가 빙긋 웃었다. 구김살 없는 웃음이 백설의 머리칼에 비해 싱싱하여 얼굴을 살피니 혈색도 좋았고 주름살도 별 없었다. 검고 굵은 눈썹과 강건한 턱선이 고집깨나 센 성격 같아 보였으나, 전체적으로 풍기는 체취는 청빈한 시골 중학교 교장에서 은퇴한 분 같았다. 예전 배도수씨에 비하면 놀라운 변화였다.

배도수씨는 내게, 차나 한 잔 하실 시간이 있냐고 정중하게 물었다. 그는 48년 여름, 그 사건 이후 봉화산으로 숨었다 소식이 끊긴 뒤, 처자를 진영에 둔 채 홀로 일본으로 밀항했다는 소문만 풍문으로 들었을 뿐이다. 그런 그가 스물일곱 해 만에 내 앞에 나타났다는 게 기적 같은 사실이 아닐 수 없었다. 배도수씨의 달가울 수 없는 그런 전력이 내 마음을 사뭇 두근거리게 했으나, 차 한 잔 하자는 그의 말을 거절하기에는 그 태도나 말씨의 됨됨이가, 내가 손아랫사람임에도 불구하고 겸손하고 예의발랐다. 스물일곱 해 만의 해후에서 차 한 잔조차 인색해야 할 이유가 없기도 했다.

회사 옆 다방으로 옮겨 차를 시켜놓자 배도수씨는, 건축 설계 사무소를 내고 있는 서울 맏아들집에 왔다 출판사에 전화를 걸어 위치를 확인하고 잠시 들렀다고 말머리를 뗐다.

"제가 여기 있는 줄 어떻게 아셨습니까?" 나는 우선 이렇게 물을 수밖에 없었다.

"소문이란 대체로 고향만은 알려지게 마련이지요. 장터마당 주변 토박이 고향 사람은 김선생이 서울서 무얼 하시는지 다 알고 있습니다. 삼촌되시는 반장어른께서도 김선생 말씀을 자주 하시구, 또 아시는지 모르겠습니다만 반장어른댁에서 일보는 치모란 청년이 제 집에 자주 내왕하고 있지요. 제가 보는 책 중에도 우민출판사 책이 있구요. 김선생이 문화 사업으로 좋은 일 하시는 줄 고향 사람은 대충 알고 있지요." 배도수씨는 미소를 지었다.

나는 어리벙벙해졌다. 아무리 삼촌과 치모란 청년이 내 이야기를 떠벌렸기로서니 이런 분까지 나를 알고 있는 데 송구스러운 마음에 앞서, 놀라운 일이 아닐 수 없었다. 나 또한 어릴 때 고향을 떠나 명색 서울 사람이 되고 말았지만, 입에 풀칠이나 하며 허둥지둥 사는 판에 무엇이 그리 대단한 출세나 했다고 이렇게 찾아왔는지, 그 점 또한 이해가 가지 않았다. 거기에다 문화 사업이라니, 그 말은 사장이 들어야 제격이지 나는 월급쟁이에 지나지 않았다. 나는 무엇보다 배도수씨가 지금 어떤 신분임을 확인하는 일이 급선무라 판단했다. 내가 계속 이 사람을 경계해야 할는지, 아니면 어느 정도 마음 풀고 대해도 괜찮은지를 파악한 뒤에, 찾아온 용건을 묻는 게 순서라 여겨졌다.

"배선생님은 여태껏 일본에 계시는 줄 알았는데 언제 귀국하셨습니까?"

"그것 참, 그렇군요. 고향엘 자주 못 오시니 모르시는 게 당연하지요." 배도수씨는 그 문제를 먼저 언급하지 못한 점이 미안하다는 듯 실소를 흘리곤 잠시 뜸을 들였다, 차분한 목소리로 과거를 풀어놓았다. "일본서 한 십오 년 조총련 일을 보며 거기에 내 뜻과 신념을 이룰 길이 있다 생각하구 열심히 뛰었지요. 이야길 다하자면 길어지겠습니다만, 간단히 추려 말씀드리면 한 십 년 전쯤부털까요, 나이 오십 줄에 들자 내가 이십대 초반부터 몸바쳐온 사상 운동에 뿌리부터 회의가 시작되었습니다. 볼셰비키 혁명 육십 년을 바라보는 이 마당에서 그들의 사적유물론(史的唯物論)이 오늘날 공산주의 제국가에서 어떤 정치 사회 형태로 나타났냐는 역사적 과정을 따져 볼 때, 그들 프롤레타리아 관료 국가는 계급 없는 사회를 만들겠다는 원칙론에서 실패했고, 노동자 생활을 지나치게 억압함으로써 인간을 진정 인간다운 삶의 터전에서 소외시켰다는 결론에 도달했습니다……" 배도수씨는 잠시 숨을 돌리곤 주위를 둘러보았다. 손님이 듬성한 다방 안에서 우리에게 관심을 두는 사람은 없었다. 그는 장소도 장소지만 대화 상대자가 그 문제에 관심이 없다고 깨달았던지, 자기 말에 다소 열없는 표정을 짓더니 담배를 꺼내 물었다. "내가 신봉하던 사상을 회의하기 시작하여 반성하고 비판하고, 다시 원점으로 생각을 돌렸다 또 회의와 반성을 거듭한 그런 되풀이 과정을 말씀드리자면, 정말 회고록을 써도 한 권 분량은 족히 될 겝니다. 그러나 그런 얘긴 기회가 있으면 조용히 말씀드리기로 하고, 제 머리칼이 이렇게 눈같이 세게 될 정도로 고뇌했다고만 생각해주십시오. 그래서 사오 년을 정신적 고통과 갈등 속에 보낸 끝에 용단을 내려 민단으로 전향했습니다. 한국에 다시 나온 지는 이제 사 년쯤 될까요. 아시는지 모르지만 선달바우산에 옛 우리 과수원 있지요. 지금은 그 과수원을 지키며 옛 생활과는 완전히 손

끊고 은둔하고 있습니다. 자연을 벗삼아 감밭이나 일구고 가까운 사람과 담소 즐기며 묻혀 사는 게 그렇게 마음 편할 수가 없어요. 어려운 외길로만 달렸던 과거에서 너무 늦게 눈뜬 게 후회가 돼요. 그 과거도 신기루 같은 허상이었음이 육순을 바라볼 지금에야 깨달았으니 인생이란 게 미로 학습(迷路學習)의 반복이구나, 하고 자탄할 때가 한두 번 아니지요……”

배도수씨의 목소리가 차분히 가라앉은 데다, 나를 건너다보는 그윽한 눈길과 진지한 태도가 나와 그분 사이에 가로막힌 경계를 한 꺼풀씩 벗겨나갔다. 나는 차츰 열댓 살이나 연장인 고향 웃어른의 존댓말이 듣기에 거북하여, 말씀 낮추라고 말했다. 배도수씨는 내 말을 받아들이지 않았다. 나는 그에게 홀린 듯 빨려들어가는 자신을 느꼈고, 그의 태도나 말이 가면을 쓰고 접근해오는 짓거리로 생각되지 않았다. 그가 반평생에 걸쳐 목숨 걸고 투쟁해온 사회주의 운동과 단호히 결별하고 이쪽으로 전향한 동기가 내게는 설명 부족으로 석연치 못하게 전달되었으나 첫 대면에서 그의 심적 고뇌를 따져 물을 수 없었고, 내가 그 문제에 개입하여 관심을 둘 바도 아니었다. 오직 부자가 망해도 삼 년은 먹을 게 있다는 속담처럼, 탕자가 회개 끝에 이십 몇 년 만에 고향에 돌아와도 물려받을 과수원 정도의 유산이 남았다는 자본주의 논리의 그 불로 소득이, 건강 하나를 재산 삼는 내 신분과 거리를 두고 있음을 억울한 마음으로 깨칠 뿐이었다.

“그런데 김선생, 오늘 오후 차로 저는 하향할 참인데 한 가지 부탁 말씀이 있어 찾아뵈었어요.” 배도수씨는 드디어 나를 방문한 본격적인 용건을 꺼냈다. 그는 이 말을 위하여 어려운 방문을 결심했고 장황한 서론을 곁들이지 않으면 안 되었던 것이다. 긴

장하는 나를 두고 그는 차를 마시고 또 한참 뜸들이다 말을 이었다. "다름이 아니라, 제가 일본서 몇 년 간 민단 쪽 일을 볼 때 절친하게 지낸 분이 있었습니다. 오오사카 모리구치에서 민단 부단장을 맡고 있는 진후성씨란 분이지요. 그분 아들이 진필제라구, 거기서 대학을 나오고 올봄에 한국 연세대학교 대학원에 유학을 나왔답니다. 한국 근세사를 좀더 체계적으로 공부하겠다구요. 일본에 있을 때 진군과는 안면 정도밖에 없었는데 진후성씨가, 본토에 나간 아들을 잘 지도해달라는 편지를 보내와서 알았습니다. 그런데 지난달에 진군이 한려수도를 관광하러 내려온 김에 인사차 나를 찾아 진영까지 왔더군요. 이틀인가 집에 유하며 이런저런 이야기를 나누던 끝에, 자기가 모국어판으로 책을 한 권 내려 원고를 쓴 게 있답디다. 그러니 자연 출판 얘기도 곁달다 마침 김선생이 떠올라, 우민출판사가 전통 있고 그런 책을 낼 만한 데라고 말해주었지요. 책 내용은 아마, 일제 시대 일본에 머물던 조선 지식인의 항일 운동이라지요? 그러자 진군이, 편집장을 잘 아시면 소개장을 하나 써달라기에 고향 사람이긴 하지만 어릴 때 몇 번 봤을 뿐 그 동안 서로 일면식이 없어 서면은 결례가 될 거라고 말해줬지요. 그러다 마침 제가 이번 달에 서울 올 일이 있어, 온 김에 진군 하숙집에 전화를 냈더니, 진군 말이 모국 방문단 교포 학생 안내를 맡아 막 현충사로 출발하려는 참이라면서, 오신 김에 편집장께 출판건을 부탁해달라기에 이렇게 찾아왔어요. 제 말은 꼭 김선생네 회사에서 출판을 맡아달라는 건 아니고, 원고를 보시고 낼 만한 가치가 있는 책이면 도와줬음 해서요. 저도 그 원고를 읽은 적 없지만, 진군 부친이 제 민단 전향에 여러모로 용기와 힘이 되신 분이라, 모른체하기도 뭣하여 말씀드리는 겁니다. 조금도 부담감 갖지 마시고, 또 제가 부담을 주려 찾아뵌 것도 아니니깐요. 과거 김선생 부친께 진 부채도 있는 마당에 말입니다. 진군은 아마 삼 일 예정이라던 가요, 현충사를 다녀오면 김선생을 한번 찾아뵐 겝니다……”

월요일 아침, 나는 평소대로 출근을 하기 위해 아침밥을 먹었다. 입맛이 써 숭늉에 말아 몇 숟갈 뜨고 수저를 놓았다. 아이 둘을 먼저 학교로 보냈다. 남매는 평소와 다름없이 수선을 피우며 책가방을 챙겨들고, 내게 학교에 다녀오겠다는 인사를 하고 집을 나섰다. 천지를 모르는 저 순진한 것들, 왠지 그들을 보내는 내 눈길이 다른 날과 달리 안쓰러워져 눈물까지 돌았다.

어머니와 아내를 안심시키려 배도수씨와 진필제 건은 끝내 입을 떼지 않은 채 나는 다른 날보다 옷을 좀 두툼히 껴입고 집을 나섰다. 아내는 대문 밖까지 따라나오며 주위를 살폈다. 혹 이상한 사람이 서 있나 해서였다. 출근 걸음을 재촉하는 일상 통행인들뿐 특별히 눈에 띄는 사람은 없었다.

“무슨 일이 있으면 약방으로 전활 해요. 제가 부탁 해놨으니깐요.” 내가 세들어 사는 집 골목 입구의 약방을 두고 아내가 하는 말이었다. 나는 별 이용할 일이 없었지만, 아이들 감기 때문에 아내는 약방 여자 약제사와 인사를 나누는 처지였다.

“너무 걱정 마. 내 잘못이 없는 이상 마음 단단히 먹음 되는 거지.” 나는 아내에게 웃어보였다. 아내는 웃지 않았다. 나는 골목을 걸어나갔다. 골목 입구를 나서서 시장 쪽 한길을 걸을 때였다.

“선생, 좀 봅시다.” 누군가 등뒤에서 나를 불렀다.

드디어 올 것이 왔구나, 하고 생각하니 다리부터 후들거렸다.

걸음을 멈추고 돌아보니 쥐색 반코트 입은 사내가 전신주 앞에
서 있었다. 나이는 마흔 정도 되었을까, 귀밑을 바짝 치켜 깎은
머리칼에 별 특징이 없는 얼굴이었다. 그 사내는 내게로 바쁘게
걸어왔다.
"선생이 김갑수씹니까?"
"예, 그렇습니다만?"
"우민출판사란 델 근무하지요?"
"예."
사내는 반코트 안주머니를 부시럭거리더니 신분증을 꺼냈다.
그것이 잠시 내 눈앞을 스쳐갔다.
"청량리서 이형삽니다. 여쭐 말이 있으니 함께 서까지 동행해
주셔야겠소."
순간, 나는 어머니와 아내를 생각했다. 세 아이의 얼굴이 떠올
랐다.
"집에 알리고 가면 안 될까요?"
"걱정 마십시오. 제가 방문해서 알려드리죠." 이형사는 내 눈을
들여다보며 말했다. 눈매는 날카로웠으나 말씨는 부드러웠다.
나는 그의 말을 꺾을 수 없었다. 꺾을 이유도, 달리 물을 말도
없어 그의 말이 당연하게 받아들여졌다. 이미 이형사는 시장 쪽
으로 걷기 시작했다. 닭집과 채소전을 지나면 한길이었다. 한길
건너쪽에 공지가 있고, 거기가 버스 종점이었다. 우리는 말없이
나란히 걸으며 담배만 한 개비씩 꺼내 피웠다. 한길에서 이형사
가 지나가는 택시를 세웠다. 그는 나를 뒷좌석에 먼저 태우고 옆
자리에 앉았다. 목적지가 시내라면 합승해서 나가도 되겠느냐고
운전사가 돌아보며 물었다.

"안 되오. 청량리서로 곧장 갑시다." 이형사가 말했다.

차는 곧 떠났다. 신호등 하나를 지났을 때였다.

"무슨 일 때문입니까?" 나는 배도수씨와 진필제를 떠올리며 짐짓 모른체 물었다.

"이유는 나도 잘 몰라요. 윗사람 지시니깐."

나는 더 묻지 않았다. 생각해보면, 내 연행 건을 이형사가 내일 집에 알려준다면, 나는 오늘 풀려날 수 없다고 짐작되었다. 내가 오늘 풀려나온다면 이형사는 구태여 집에 알릴 필요가 없었다. 그렇다면 회사에서 사전 통고도 없이 출근하지 않은 나를 어떻게 생각할까 염려되었다. 회사에서는 집에 전화가 없다고 구태여 사환을 집으로 보내지는 않을 터이다. 몸이 아프겠거니 하고 짐작해버릴지 모른다. 부장님도 결근할 때가 있구면, 하고 편집 사원 누군가 유쾌한 목소리로 말할 것이다. 아니, 오전중으로 아내가 회사에 전화를 할 터이다. 아내는 내게 전화를 걸어, 별일 없냐고 안부를 물으려다, 아직 출근하지 않았다는 누군가의 말을 들을 것이다. 비로소 아내는, 출근 도중 내가 증발되었다고 생각하거나, 기어코 무슨 일이 생긴 모양이라 직감할 거였다.

택시는 청량리서 정문 안으로 들어갔다. 차비를 내가 내려고 지갑을 꺼냈다.

"형씨, 그만두시오." 이형사가 말렸다. 나는 운전사에게 돈을 쥐여주었다. "기사 양반, 그 돈 돌려드려." 이형사가 운전사에게 말했다.

나는 돈을 돌려받았다. 택시에서 내리자, 담배 생각이 났다. 주머니 속 담뱃갑에 서너 개비가 남아 있긴 했으나 아무래도 모자랄 것 같았다. 야간 통금을 위반해도 까다로운데, 이런 경우에 어쩌면 지금부터 담배를 살 자유가 허락되지 않을는지 몰랐다. 아니, 담배를 피울 수 있는 자유마저 있을는지 알 수 없었다. 우선 한 갑을 사두기로 했다.

"담배 좀 샀음 하는데요?"

"네, 그렇게 해요. 저기 보이는 곳이 매점입니다."

나는 이형사가 가리키는 왼쪽 부속 건물 쪽으로 뛰어가며, 내쪽도 잘못이 없지만 저쪽도 별 대수롭지 않은 일로 나를 임의 동행했다고 생각했다. 이형사 말씨나 담배까지 사게 하는 느슨한 태도가 그렇게 여겨졌다. 내가 중죄인이라면, 중죄인이 아니라도 어떤 사건에 혐의가 농후하다면 이형사가 내 손목에 벌써 수갑부터 채웠거나, 아니면 불손한 언사라도 몇 차례 썼을 것이다. 그러므로 나는 참고인 정도로 불려왔겠거니, 하고 다짐하며 이형사를 뒤따라 본관 건물 이층으로 올라갔다.

이형사가 나를 데리고 들어간 방은 정보과였다. 정보과라면 적어도 사기·치정·폭행 따위 사건을 다루는 곳이 아니란 것쯤 나도 알고 있었다. 나는 연행된 이유가 배도수씨와 진필제로 얽혀 있는 사건임을 더 의심할 여지가 없었다. 이쯤 와서 내가 배도수씨를 만난 것이나, 진필제로부터 출판할 원고를 잠시 맡아둔 걸 후회하기에는 이미 늦었음을 알았다. 그런 경우였다면 비록 내가 아니더라도 누구나 그렇게 할 수밖에 없는 일이었다. 그러므로 나는 이를 본의든 타의든 내 과실로 치부하기엔 억울했다.

정보과로 들어갔을 때 앞쪽 벽시계는 여덟시 사십분을 가리키고 있었다. 출근하는 형사들로 정보과는 붐볐다. 어느 누구도 나

를 아랑곳하지 않았다. 나도 평일 같으면 이 시간쯤 회사에 도착
했을 시간이었다. 난로에 손을 녹이며 먼저 온 사원들과 농담 몇
마디를 나눌 터였다. 그런 생각을 하자 아무 생각 없이 흘려보낸
평소의 출근이 그립게 여겨졌다. 러시 아워의 만원 버스, 그 몸
비빌 틈 없는 숨막힘까지 따뜻하게 회상되었다. 이제 만약 이형
사가 나를 놓아준다면 적어도 한 달 간은 교통 지옥이란 말을 입
에 올리지 않겠다는 생각까지 했다.

“계장님, 이분이 김갑수씹니다. 우민출판사 편집부장 말입니
다.” 이형사가 어느 책상 앞으로 나를 데리고 가서 말했다.

“주민등록증 봅시다.” 여위고 키가 큰 마흔쯤 된 계장이 내게
말했다.

나는 안주머니에서 지갑을 꺼내고 그 속에 든 주민등록증을
계장에게 넘겨주었다. 그는 주민등록증 사진과 내 얼굴을 번갈
아보더니 뒤쪽에 놓인 빈 의자를 가리키며, 거기 앉아 기다리라
고 말했다. 계장은 내 주민등록증을 가운데 서랍에 넣었다. 서랍
문이 닫기자 내가 마치 서랍 속에 갇힌 듯, 이제 꼼짝할 수 없다
는 생각이 들었다. 나는 철제 의자에 앉았다. 다른 형사가 계장
에게 보고서를 가지고 왔다. 계장이 그 보고서를 검토했다. 계장
책상 전화가 울렸다. 그는 전화를 받았다. 그는 다시 어디에 전
화를 걸었다. 전화를 끊자 형사 한 사람을 불러 무엇인가 지시했
다. 다시 전화가 걸려왔다…… 나는 쉴 틈 없이 바쁜 계장의 아
침 일과를 지켜보고 있었다. 아홉시 반이 넘을 때까지 계장은 계
속 바빴다. 그 동안 그는 내게 말을 건네지 않았다. 열시가 가까
워가자 계장 책상 앞으로 여럿 형사가 둘러섰다. 계별 조회가 시
작되었다. 계장은 형사들에게 일일 업무와 상부에서 하달된 지

시를 말했다. 형사들은 수첩에 계장 지시 사항을 메모하거나 자기 의견을 말하기도 했다. 조회가 끝나자, 형사들은 곧 각자 일터로 출근을 서둘렀다. 점퍼 차림 그대로, 또는 오버를 걸치고, 그들은 휭하니 정보과를 나갔다. 나는 계장에게 소변을 보고 싶다고 말했다. 계장은 급사를 불러, 이분을 화장실로 안내하라고 말했다. 계장이 내 얼굴을 보았을 때, 급사 정도를 딸려 보내도 도망갈 놈은 아니라 생각한 듯했다. 내가 화장실을 다녀오자, 어수선하던 정보과는 어느 사이 한산해졌다. 많은 형사들이 정보과를 빠져나가버렸다. 계장도 이제 여유 있는 시간을 얻었다. 그는 담배를 붙여 물고 사건 조사철을 뒤적이며 도장을 찍기 시작했다. 나에게는 전혀 개의치 않았다. 아니, 내가 자기 뒤쪽에 앉아 있는 사실도 잊은 듯했다.

"계장님, 저는 어떻게 되는 겁니까?" 나는 태우던 담배를 끄며 조심스럽게 물었다.

"기다려보시오."

계장 대답이 너무 간단한 데 나는 실망했다. 그가 나같이 억울한 사람에게 좀더 친절하게 대해줬으면 싶었다. 그러나 그 점은 내 쪽의 생각이었다. 계장은 날마다 나같이 마음 답답한 사람을 한둘 대하지 않으니 사람마다 친절할 수 없을 거라고 스스로를 위로했다.

열시가 넘었을 때야 마흔줄에 든 중년 남자가 정보과로 들어왔다. 그는 굵은 몸집에 검은 오버를 입고 테 굵은 안경을 꼈다. 그는 정보과로 들어서자 두리번거리며 누군가를 찾았다. 계장이 그를 보자 엉거주춤 일어서서 인사를 했다. 다른 계장과 형사들도 알은체했다. 상부 기관에서 나온 사람이 틀림없다고 생각하자 나는 갑자기 등줄기를 감전당한 듯 전기가 왔다.

"수고 많군요." 중년 남자는 경상도 사투리 섞인 억양으로 누군 가를 지목하지 않고 말했다.

중년 남자와 내 눈길이 마주쳤다. 나는 그가 정보과를 들어올 때부터 줄곧 눈길을 떼지 않고 있었다. 그는 나를 찾고 있은 듯 계장 앞으로 걸어왔다.

"선생이 김갑수씹니까?" 그가 내게 물었다.

계장이 자리에서 일어서고, 나도 덩달아 철제 의자에서 일어 섰다. 다리가 후들거리고 손끝까지 풍기 있는 사람처럼 경련이 왔다.

"예, 그렇습니다만……"

"주민증 좀 봅시다." 그는 내게 말했으나, 주민등록증은 계장이 자기 책상 서랍에서 꺼내주었다. 중년 남자는 내 얼굴과 주민등 록증 얼굴을 대조해보았다. 그는 주민등록증을 자기 오버 주머 니에 넣었다. "인수증을 써주시오."

나는 이제 상품처럼 이곳 정보과에서 그 중년 남자에게 인계 됨을 깨달았다. 나는 순간적으로 다시 한번 나의 지난 몇 달 간 행적을 되풀이 생각해보았다. 역시 아무런 과실이나 미심쩍었던 일이 떠오르지 않았다. 나는 마음을 단단히 먹었다. 아니, 단단 히 먹기로 다짐했다. 한국은 법치 국가이므로 아무런 죄 없는 소 시민에게 무슨 가당찮은 혐의를 씌울 리 없겠거니 하고 속 편한 해석을 했다. 다시 배도수씨와 진필제 얼굴이 떠올랐다. 그들이 취조실 어디에선가, 어떤 거창한 혐의에 내 이름을 마구 섞어가 며 올가미를 씌우는 모습이었다. "그렇습니다. 김갑수가 우리 동 지요. 그가 출판에 관계하므로 유인물을 책임 맡았습니다. 그는 우리 일에 협조적이고 대단히 열성적이었습니다. 금품도 주었죠. 생활비에 보태쓰라고 몇 차례 건네주었습니다……" 배도수씨나 진필제가 이렇게 짜여진 대본을 외쳐대는 모습이 내 대뇌 속의 부드러운 융기를 피나게 할퀴었다.

"김선생, 그럼 날 따라갑시다." 중년 남자가 말했다.

나는 그를 따라 정보과를 나왔다. 우리는 계단을 내려와 현관을 나섰다. 현관에는 내가 올 때 못 보았던 자가용 한 대가 멎어 있었다.

"먼저 타시오."

중년 남자가 차 뒷문을 열었다. 내가 타자 그도 뒤따라 탔다. 무선 전화기가 장치된 차는 곧 출발했다. 중년 남자가 무선 전화기를 들더니 어디엔가 전화를 걸었다.

"독수리, 청량리서 뜹니다." 중년 남자가 독수리란 암호로 간단한 보고를 했다.

나는 그 길로 퇴계로 쪽 남산 입구에 있는 중앙정보부 청사에 도착했다. 엘리베이터를 타고 오층으로 올라가 사무실로 들어갔다. 열댓 명의 요원이 사무를 보고 있었다. 모두 정장 차림이었다. 중년 남자는 나를 서른 중반의 상고머리에게 인계했고, 그는 나를 예닐곱 평 됨직한 작은 방으로 안내하더니, 나만을 남겨두고 나가버렸다. 책상 하나와 의자 세 개만 덩그렇게 있는 방에 나는 혼자가 되었다. 나는 의자에 앉아 담배를 태우고, 또 새 담배를 갈아태웠다. 여태껏 추리하고 예상했던 여러 가지 생각을 다시 되풀이했다. 시계를 보아도 시간이 가지 않았다. 십분이 한 시간보다 길었다. 나는 바쁘게, 별 바쁠 필요도 없으면서 녹음 테이프처럼 한 가지 생각만 되씹었다. 나는 배도수씨나 진필제와 어떻게 연관지어져 여기에 오게 되었을까에 대해서였다. 십여 분, 정확히 빈방에 혼자 있게 되고부터 십오 분 만에 남자 둘이 내가 있는 방으로 들어왔다. 나를 방으로 안내했던 삼십대 중반과 열 살쯤은 위로 보이는 중년 남자였다.

"김갑수씹니까?" 이마가 반쯤 벗겨진 나이든 남자가 내게 물었다.

"예, 그렇습니다."

나이든 남자는 책상 앞 의자에 앉았다. 그는 한 묶음의 종이를 들고 있었다. 나는 무엇인가 본격적인 심문이 이제부터 시작됨을 알았다.

"형씨, 저 의자에 앉으시오." 젊은 남자가 말했다.

나는 그가 가리킨 책상 건너쪽 철제 의자에 옮겨 앉았다.

"나는 윤이라 합니다. 너무 긴장할 필욘 없고 내가 묻는 말만 정직히 대답해주시오. 우리는 형씨를 심문한다기보다 의견 참고를 위해 불렀습니다. 직접 형씨를 찾아 뵙고 여쭤야 됨이 절차겠지만 업무가 바쁘다보니 여기까지 오게 해서 미안하오." 나이든 남자는 종이를 책상에 펴놓았다. "형씨, 배도수씨를 아시죠?"

드디어 윤 입에서 배도수 이름이 떨어졌다. 내 목구멍에서 안도의 숨이 새어나왔다. 나는 내가 알고 있는 일로 여기에 왔다는 사실이 더없이 다행으로 여겨졌다.

"예, 그 사람을 압니다."

"그럼 진필제란 자도 잘 알겠구먼요?"

"예, 조금은 압니다."

사실 나는 이렇게밖에 말할 수가 없었다. 나는 그를 깊이 알지 못했고, 책 출판에 따른 사무적인 문제로 세 차례 만났을 뿐이었

다. 나는 배도수씨와 진필제 문제라면 내가 어떤 혐의를 받고 있
어서가 아니라, 참고인 정도로 불려왔으리라 단정할 수 있었다.
진필제가 어떤 죄를 지었든, 내게 께름칙한 그늘이라곤 조금도
없었다. 나는 차츰 마음의 안정을 되찾았고, 어떤 질문이라도 받
아낼 수 있다고 자신했다.

"그 사람을 알고 있기 때문에 물은 게 아니오. 알다니, 어느 정
도 아는 사이요? 그걸 구체적으로 말하시오." 윤은 힘준 목소리
로 말했다.

"그 사람을 세 차례 만났습니다. 저서 출판 관계로 말입니다."

"세 번 만났다? 날짜와 장소를 말하시오." 옆에 서 있던 젊은
남자가 말했다.

"그러니 지난달입니다. 이제 한 달 됐을까요. 진필제가 원고 뭉
치를 가져온 날, 사무실 아래층 다방에서 처음 만났습니다. 그리
고 원고를 맡기고 간 일주일쯤 후, 역시 그 다방에서 만났습니
다. 출판 의향이 있냐고 묻기에 원고 내용을 검토해보지 못했다
고 말했습니다. 이틀 후, 퇴근 무렵에 진필제가 다시 출판사로
왔어요. 저녁 식사나 하자면서 말입니다. 제가 사양했지만, 출판
건과는 관련시키지 말고 식사나 하자기에 마침 별 약속이 없어
따라나섰습니다. 회사 앞 일식집에서 저녁 먹고 맥주를 두 병 땄
지요. 별 이야기는 없었습니다. 한국에 나온 지 반 년, 하숙 생활
이 외롭다고 말하더군요. 일식집에서 나올 때, 그가 지나가는 얘
기로 다시 출판 건을 묻기에, 요즘 바빠 아직 원고 검토를 못 했
다고 말했어요. 빨리 출판해야 할 이유가 있고, 시기에 맞춰 내
주겠다는 다른 출판사가 있으면 원고를 돌려드리겠다고 제가 말
했습니다. 진필제는, 배도수 선생 추천말고도 자기가 따로 알아

보니 우민출판사가 이 업종에선 전통이 있다는 이야길 들었다며, 내년 삼월 봄까지 책이 나오게 해주면 되겠다고 말합디다. 그러니 연말까지 결정해달라더군요. 그래서 저도 그렇게 하겠다고 말했습니다. 전 그 원고를 우리 회사와 오랜 인연을 맺고 있는 서울대학교 차명해 교수에게 일차 검토를 부탁하여 최종 결정을 내리기로 생각했습니다. 그런데 차교수 책말고도 크리스마스 전에 내야 할 문학류가 두 가지 걸려 있어 편집 일이 무척 바빴습니다. 야근까지 했으니깐요. 그래서 진필제 원고 뭉치를 캐비닛에 넣어둔 채 차일피일 오늘까지 끌어오고 말았지요. 그 원고는 지금도 제 책상 뒤 캐비닛 속에 있을 겁니다."

내가 말할 동안 윤은 내 얼굴만 바라보고 있었다. 내 말을 진지하게 들으며, 마음껏 지껄여보라는 투로 방관했다.

"김형, 형씨는 최고 학부를 나왔어요. 또 지식 산업의 역군으로 문화계 첨단에서 일하고 있소. 그러므로 형씨는 식자요. 두뇌도 명석하고, 사람 마음을 꿰뚫어보는 눈도 날카롭고, 논리를 따지는 데도 주관적이라기보다 객관적일 것이오. 그런데 김형 말로는 진필제를 세 차례나 만났다 했소. 그런데도 김형은 그가 어떤 종류의 인물이란 걸 몰랐다는 얘기요. 그가 가면을 쓰고 형씨에게 접근해온 걸 전혀 눈치채지 못했다면, 이 점은 김형이 우리를 속이는 것으로 판단할 수도 있소." 윤의 말은 부드러웠다. 그 부드러움 속에 칼날 같은 힘이 서려 있었다. 그는 말을 하며 볼펜 촉으로 앞에 놓인 종이를 콕콕 찔렀다.

나는 서둘러 윤의 말을 가로막았다.

"아닙니다. 저는 사실을 사실대로 말했을 뿐입니다. 고향 선배되시는 배도수씨 소개로 진필제가 재일동포며, 일본 오사카대학

조선어학과 강사로 재직중 한국 근세사 연구차 모국에 나왔다는
정도만 알고 있습니다. 서울 연세대학원에 적을 두고 있다는 이
력 외, 그 사람에 대해선 아는 게 없습니다. 그가 들고 온「日帝
時在日韓國知識人(일제시재일한국지식인)의 抗日運動(항일운
동)」이란 원고를 처음 봤을 때, 저자가 현장에서 오랜 조사 끝에
자료를 모은 현지 동포라는 점과, 사료적 가치가 충분한 논문 제
목에 관심이 가서 원고를 두고 가라고 말했을 뿐입니다. 출판을
하면 학계에 보탬이 될 것 같아서요. 또 저자 본인이 일본에 오백
부는 소화하겠다는 언질을 주었어요. 책이 출간되면 정가 육 할
로 계산하여 오백 부 치를 현금으로 지불하겠다는 좋은 조건이었
습니다. 그래서 회사 전무님께 그 건을 일차 보고했지요. 그때,
원고 검토를 편집부에서 할 게 아니라 그 방면 전문가에게 한번
보이면 좋겠다는 이야기가 나와 서울대학교에서 한국 근세사를
강의하는 차교수가 거론되었던 겁니다. 차교수는 마침 자기 책이
우리 출판사에서 출간하게 되어 있었고, 특히 한국 근세사 연구
가 주전공이었으니깐요. 그러나 아직도 차교수에겐 미처 원고를
넘겨드리지 못했습니다. 아까 말처럼 다른 일이 바빠서요……"
"그만, 그만 하시오. 형씨 잡담을 듣다간 끝이 없겠소. 자, 여기
다 육하 원칙에 따라 진필제를 처음 만났을 때부터 한 순간도 빠
뜨리지 말고 쓰시오."
젊은 남자가 윤 앞에 놓인, 가로줄만 그어진 편지지를 열 장
정도 내 쪽으로 밀어놓았다. 윗도리 윗주머니에서 볼펜을 꺼내
어 내게 넘겨주었다.
"김형, 진필제를 만난 게 한 달 전이라느니, 차 한 잔 나누며 별
말은 없었다느니, 이렇게 대충 쓰면 안 되오. 그와 만난 시·분

까지 쓰고, 그와 나눈 말은 한마디도 빠뜨려선 안 되오. 형씨는 내가 하는 말 중 어느 것이 명령이며 어느 것이 의견을 묻는다는 건 잘 알 거요. 시간이 아무리 걸려도 좋고, 그 종이를 백 장 써도 상관없소. 거짓 없이 사실대로만 써요. 이 말은 명령이오!" 윤이 처음으로 눈을 부릅뜨며 윽박질렀다.

나는 볼펜을 쥐고 잠시 생각을 간추렸다. 손가락을 헤어 날짜를 짚어보았다. 진필제를 만나기 앞뒤 일을 떠올리다, 나는 마침 진필제가 온 이틀 뒤가 막내아들놈 생일이었음을 상기해내었다.

나는 진술서를 쓰기 시작했다. 출판사 편집 일을 생업으로 삼은 지 이십 년이 넘다보니 문필가는 아니지만, 문장을 엮는 데는 웬만큼 솜씨가 있었다. 윤은 한문을 섞어 써도 좋다고 내게 말했다. 나는 진필제와 첫 만남부터 써나가기 시작했다. 그러며, 진필제가 재일동포 거류민단으로 위장하여 한국에 나온 조총련 끄나풀이거나 간첩, 또는 반한 분자라는 것쯤 쉽게 추측할 수 있었다. 나는 그가 그런 인물인 줄 모르고 있었던 셈이다. 그런 면에서 관찰이 부족했다는 점이 죄가 되면 몰라도 그와 내 과실은 없다고 생각되었다. 나는 양심의 거리낌이 없이 사실대로 써나갔다.

윤은 담배를 피워 물었다. 내게, 담배를 피우며 써도 좋다고 말했다. 나는 그 말을 기다리기라도 한 듯 담배에 불 붙여 물었다. 한 장을 쓰자, 윤이 내가 쓴 진술서를 걷어갔다. 그리고, 계속 쓰라고 말했다. 윤은 내가 쓴 진술서를 읽었다.

"잠깐." 윤이 내 볼펜 쥔 손을 세웠다. "김형은 진필제의 이상한 점을 조금도 눈치채지 못했소?"

"그가 간첩입니까?" 비로소 내가 물었다.

"그렇다면?"

"간첩이라고요? 정말 몰랐습니다."

"그럼 진이 맡기고 간 원고를 단 한 줄도 읽어보지 않았다는 겁니까?"

"앞부분 목차만 훑어봤습니다. 그것도 자세히 훑어본 게 아니고 대충. 원고 끝이 몇 장째냐를 보기 위해 마지막 장을 보았습니다. 천십오 맨가, 그렇더군요." 나는 마침 좋은 생각이 떠올랐다. "윤선생님, 그 원고에서 제 지문을 찾아보십시오. 제 지문이 정말 있다면 목차와 끝장에만 있을 겝니다. 당장 회사 편집실로 가서 원고를 가져와보셔도 압니다."

"이 사람, 추리소설깨나 읽었다는 투로군. 그 원고는 벌써 여기와 있소. 원고 검토도 끝났구요." 윤이 처음으로 미소를 보였다. "내용을 분석해보니 일제 때 사회주의자들의 활동상만 교묘한 방법으로 강조해서 그자들의 투쟁이 암암리에 돋보여 있었소. 더욱 가증한 점은 순수한 민족주의 항일 투사들까지 계급 투쟁 선봉에 세워 왜곡되게 날조했소. 김형, 우리의 국시(國是)가 무엇입니까?" 윤이 말의 방향을 바꾸었다.

"반공입니다."

"그게 옳은 답은 아니오. 우리의 국시는 자유민주주의요. 제이의 목표가 반공일 따름이오. 우리는 민주주의를 지키기 위해서 반공을 다지는 거요. 그럼 계속해서 쓰시오."

"김형이 사실을 사실대로 쓰지 않으면 배도수와 대질 심문을 하겠으니 그리 아시오." 젊은 남자가 말했다.

그 말에서 배도수씨도 지금 나와 같은 입장에서 조사를 받고 있다는 사실이 어렴풋이 짐작되었다. 그의 이름이 많이 거론되지 않는 점으로 미루어 그 역시 간첩이나 그 동조자는 아님을 내 나름대로 추측할 수 있었다.

나는 열여덟 장으로 진술서 쓰기를 마쳤다. 그 진술서를 토대로 조사는 다시 계속되었다. 윤의 말 속에, 진필제는 평생을 거류민단 육성에 바쳐온 아버지마저 배반하고 조총련의 꾐에 빠졌다는 점을 강조했다.

"평화 통일의 조건이 성숙될 때까지 현재 독일과 같은 해결 방식을 모색하고 있는 우리 쪽 의도와는 달리 폭력 혁명만이 민족 통일의 지름길임을 신봉하는 저쪽 행동 대원으로 진필제가 나섰던 것이오. 사십년대초 유고나, 오십구년 쿠바나, 선생도 보았다시피 오늘날 베트남 사태가 이 땅에 적용될 소지가 있다는 오판 망상을 저들이 아직도 버리지 못하고 있음을 알아야 하오……"

그날, 오후 여섯시가 지나서야 나는 중앙정보부에서 풀려나왔다. 나는 아무런 혐의가 없었고, 그 점을 그들도 인정했다. 나는 오직 참고인으로 불려갔던 것이다.

"하루 동안 수고 많았어요. 생업에 지장을 주어 미안합니다. 그러나 이런 일이 다 국가를 위하는 길이고 민주주의를 지키는 길 아닙니까." 윤이 악수를 하며 내게 한 말이었다.

바깥은 이미 어두웠고 자동차 물결과 가로등의 차가운 불빛만이 나를 맞았다. 나는 마음껏 찬 공기를 마시며 내 다리가 어느 누구의 간섭도 없이 자유스럽게 걷고 있음을 확인했다. 발걸음이 날 듯 가벼웠고, 기온이 영하로 내려가고 있었으나 추위가 느껴지지 않았다.

그로부터 열흘 뒤, 재일동포 진필제 사건이 신문에 보도되었다. 나는 신문의 그 기사를 보며 안도의 숨을 내쉬었다. 만약 우

126

리 출판사에서 그의 책을 출판했더라면, 그가 더 늦게 체포됨으로써 그와 만날 횟수가 더 많았더라면, 그가 나를 자기 동조자로 포섭할 계획이라도 세웠다면…… 나는 그런 예상마저 엮어나가기가 두려웠고, 그 문제를 더 생각지 않기로 했다. 아버지 시대와 달리 그런 쪽과 담을 쌓고 살려는 나에게까지 남북의 극단적인 대치 상황이 그렇게 가깝게 영향력을 미칠 줄 나는 미처 몰랐다. 서로 책상 하나를 가운데 두고 설왕설래 하는 정전 회담 장면을 텔레비전이나 신문에서 더러 볼 때 남의 일같이만 여겨졌던 분단의 아픔이, 현실로서 나의 와해된 의식을 새로이 휘저을 줄 나 역시 예측조차 하지 못한 일이었다.

제 4 장

　나팔 소리가 들렸다. 처음은 낮고 둔중한 소리로 시작하여 차츰 높은 음으로 치달아 애절하게 하늘 한 귀퉁이를 흔들었다. 그러다 여리어져 소리가 끊어지는가 싶으면, 다시 이어졌다. 나팔 소리는 미풍 떨리는 꽃잎처럼 그렇게 하늘거리다 높은 음으로 오를 땐 새벽녘의 나뭇잎과 풀잎에 맺힌 이슬을 떨어내듯 했다. 구경꾼 발길도 뜸한 비 오는 날, 극장 앞마당에 천막친 곡마단의 구성진 나팔 소리처럼 감미롭고 애처로웠다. 나팔 소리는 그렇게 아직 덜 지워진 회청색 하늘을 사무치게 했다.

　나는 눈을 떴다. 눈이 다시 감겨졌다. 나는 잠결에 나팔 소리를 들으며 야학당패를 떠올렸다. 나팔 소리는 선달바우산에서 새벽녘의 회청색 어둠을 걷어내며 얼굴 핼쑥하고 목 여윈 젊은 이가 불고 있다고 생각했다. 나는 눈을 감은 채 소리의 끝을 좇았다. 소리는 십 분 정도 계속되다 흐느끼듯 잦아졌다. 다시 이어질 듯하여 귀기울였으나 끝내 소리는 더 계속되지 않았다. 귓바퀴에 소리의 여운만이 오래 남았다.

나는 눈을 떴다. 마당 삿자리에서 일어나 앉았다. 어제처럼 역시 아버지 자리는 비어 있었다. 오늘 아침은 목침조차 보이지 않았다. 오늘은 학교 종업식날이었다. 종업식하고 대청소만 끝내면, 이제부터 여름 방학이었다. 날마다 숙제 걱정을 하지 않아도 되고 월사금 독촉을 안 받아도 되는 방학을 생각하자 나는 기뻤다. 나는 부리나케 부엌으로 뛰어갔다. 또출이할머니가 두트레방석에 쪼그려앉아 장찌개를 만들고 있었다. 나는 아궁이 앞을 비집고 들어 손을 내밀고 불을 쬈 다. 따뜻한 열기가 얼굴에 닿았다. 뱃속에서 꼬르륵대는 소리가 났지만 기분은 좋았다. 방학 생각을 하자 신바람이 났다. 아궁이 안을 보니 솔가리를 엇지게 걸쳐놓고 그 위에 뚝배기가 얹혀 있었다. 보글보글 장이 끓고, 구수한 냄새가 콧속으로 스며들었다. 또출이할머니는 마른 보리 쭉정이를 뚝배기 아래로 밀어넣었다. 불매를 맞은 보릿짚의 타닥타닥 튀는 소리가 내게는 선생님께 종아리를 맞는 학생 같았다. 나는 튀는 불꽃을 바라보며 또출이할머니가 읊는 노래를 따라 불렀다.

공출이다 징용이다 시상인심 숭숭하고
강추부에 눈발차니 어불쌍타 이내신세……

"할무이요, 배주사댁 잔치가 오늘인가예, 내일인가예?"
"오늘 아인가베. 너거들 밥 믹이고 나도 배주사댁에 퍼뜩 갈 끼데이. 이래 늙은 구신도 쓸 데가 있을 끼라. 정지일이나 거들어 줘야제. 그라고 오늘 같은 날은 걸구신처럼 묵는 기 상책인 기라. 메칠 굶어도 배 안 고푸도록 억시기 묵고 와야제." 또출이할머니가 나를 보며 호물짝 웃었다. 주황빛 불 그림자가 쪼그락진 얼굴 위로 넘실거렸다.

"오늘이라 말이제? 할무이, 학교 갔다 와서 내하고 갑득이하고 잔치 구경 가도 되지예?"

"하모, 읍내 부잣집 잔친데. 내가 정지일 거들민서 맛있는 거 몰래 숨가놓으께 갑득이하고 같이 와서 묵거라. 떡은 집으로 살째기 숨가 나르고."

"그카다가 더듬바우아제한테 들키모 시껍(혼줄)묵을 낀데예?"

"마 갠찮데이. 배주사댁은 천석꾼이니까 우리 같은 걸뱅이가 쪼매 묵는다고 곡간 양석이 축나모 얼매나 축나겠노."

또출이할머니와 내가 고소한 웃음을 날리며 재잘거리고 있을 때, 언제 왔는지 아버지가 마당에서 갑득이를 깨웠다.

"오늘 방학날이라 카던데, 이 자슥은 핵교 안 갈라꼬 안죽 자빠져 있나? 퍼뜩 일나거라."

"아부지, 어젯밤에 안 들어왔지예? 꼽추집에서 노름했습니껴? 아이모……" 하고 소리치다 나는 뒷말을 끊었다. 좌익패들하고 밤새미를 해가며 무신 이바구했습니껴, 하는 말이 목구멍까지 차올랐으나 나는 그 말을 되넘기고 말았다. 혓바닥을 끊어버리겠다던 추서방 말이 생각났다.

"내가 와 안 들어왔어. 초지녁 잠이 짚으이까 니가 몰랐지러. 내가 니 옆에서 안 잤나. 니 자지 만지미 잤지러. 인자 보이까 니 자지도 빡심이 쪼매 생겼더라. 그라고 오늘은 일찍 일어났제. 볼 일이 있어서 장선상 집에 댕겨왔니라."

"물금때기집 말이지예? 장선생 와 만냈습니껴?" 장선생이 갑득이 담임 선생이긴 하지만 아버지가 만날 이유는 없었다. 어제 본 물금댁이 생각났다. "아부지가 장선생 집에 지름 사다줬어예?"

"조노무 자슥은 알고 싶은 기 조래 많으이까 묵고 싶은 기 그래 많제. 니늠은 공부마 열심히 하모 된데이."

"공부요? 그라모 밀린 월사금하고, 교실 짓는 기부금 값하고, 유리창 값 오늘 다 주이소. 오늘이 방학식 날이라 안 가주고 가모 교무실에 꿇어 앉아 있어야 돼예. 그카고, 또 학부모도 델고 오라 칼 낍니더."

"하, 무신 늠으 돈을 그래 많이 내라 카더노. 공부는 개지랄같이 갈치민서 말이데이." 아버지는 잠시 무엇을 생각하다 한 손으로 앞이마를 치며 말했다. "그 돈값은 내가 장선상한테 부탁해놓으꾸마. 잘될 끼라. 장선상이 저거 반 아아이까 갑득이한테는 돈 말 하지 않을 끼고, 너거 오선상한테는 장선상 핑계마 대라. 울 아부지가 장선상한테 돈 다 줬다 카모 안 되나."

"증말 장선생한테 돈 줄 낍니껴?"

"요자슥아, 그카모 안다 카인께!"

아버지는 둘둘 말은 헌 신문지 묶음을 끼고 있었다. 읍사무소·지서·금융조합·역·학교를 뺀 여염집은 신문을 보는 집이 드문데, 어디서 저 많은 신문을 얻어왔을까 싶었다.

"아부지, 그 신문지는 어데 쓸라고예?"

"장선상이 야학당 시작한다는 방 좀 붙이달라 캐서." 아버지는 헛기침을 하곤 혼잣말을 했다. "그 부모에 그 자슥이라고 자슥들 공부시킨 물금때기도 그렇지마는, 장선상 그 사람 참말 똑똑한 인물인 기라. 소학교 접장질하기는 아까분 인물이야." 아버지는 둘된 얼굴로 머리를 주억거렸다. 무슨 생각인지 의뭉한 웃음을 흘리며, "내가 그 사람한테 이길 거는 팔씸밖에 더 있겠나. 아이제, 팔씸도 장선상이 쎄다 카모 짐승새끼 뚜디리 잡는 기사 내가 더 잘하겠제. 그라고 좆심은 아매 안죽 나를 몬 당할 거로" 하고 덧붙였다. 아버지는 자기 말이 즐거운지 속웃음 웃었다.

장선생은 뚝심이 세었다. 작년 가을, 학교에서 봉화산으로 소풍갔을 때, 선생들끼리 씨름 시합을 했는데 장선생이 일등을 했다. 체조 시간에 장선생이 무릎을 짚고 엎드리면 그 위에 반 애들이 열도 넘이 포개어 말타기를 해도 바위처럼 꿈쩍 하지 않았다. 얼굴이 네모지고 키가 성큼한 그는 뚝심을 빼고도 학교에서는 호랑이선생으로 통했다. 말수가 적은 데다 성질이 불 같아, 회초리를 들면 사납기가 마치 투우판 황소 같았다.

"소나 잡는 아부지가 장선생하고 친하다 카인께 저녁답에 해 뜨겠심더." 내가 비아냥거렸다.

"짜슥, 그래도 주디는 붙었다고. 야, 문디 씹에서 나온 자슥아, 니가 애비를 눈도 안 붙은 굼벵이 취급해도 나는 인자 옛날 개삼조가 아이다. 사람이란 백정이고 양반이고 똑같은 거를 모리나. 코 하나 달고, 눈 두 개 달고, 불알 두 쪽 달린 거는 양반도 마찬가진 기라. 조선이 해방된 거도 그렇제. 왜놈이 폭싹 망해 반도 땅을 떠났다고 해방된 줄 아나? 택도 읎다. 양반하고 지주가 몽지리 읎어지는 기 진짜 해방인 기라." 아버지는 자기 말이 과하다 느꼈던지 주위를 둘러보곤 목소리를 낮추었다. "그라고 장선상이라 카모 갑득이 저거 담임인데 내가 우째 모른체하고 지낼 수 있노. 물금때기 집 앞을 지내가모 늘 만내는 사람인데."

"아부지 와따 똑똑하네예. 명판사 같심더." 나는 아버지 말주변에 놀랐다. 엄마와 누나가 집을 떠난 뒤부터 아버지는 확실히 달라졌다. 말 중에 거창한 문자를 썼던 것이다. 장태문 선생 칭찬도 입에 발랐다. "그라모 우리 오선생님은예?"

"그 말대가리 오선상? 그 사람이사 어데 말귀가 통해야제. 겁이 많애 벌벌 떠는 시레기 아인가."

"와따, 글자도 몬 읽는 아부지가 선생들하고 통하고 안 통할 끼 머 있습니껴. 아부지 말하는 거 보이까 장선생님하고 친하다가 학자돼뿌렀네예."

아버지는 내 말에 주눅이 들어 어깨를 늘어뜨렸다. 우거지상 으로 길 아래쪽 장선생 초가를 내려다보았다. 입을 반쯤 벌린 미 욱스런 표정이 당신 손에 끌려 도살장에 온 황소 같았다. 사실 장선생이 야학당에 관여하는 일이야 있을 수 있지만 소 잡는 일 이 아닌, 벽보 붙이는 일에 아버지가 끼여들 사람이 아니었다. 아버지가 신새벽부터 남의 일로 부지런을 떤 적도 없었다. 아버 지는 초저녁 잠이 없었으나 아침이면 해가 중천에 오를 때야 일 어나기 예사였다. 더욱 작년부턴 소 잡는 일도 삼촌과 추서방에 게 맡기고, 술판 아니면 노름판에 붙어 지냈다. 그러나 오늘 아 침, 아버지는 숙취에 따른 취기를 띠지 않았다.

"배주사댁에는 안 가보고 왔나?" 또출이할머니가 부엌에서 내 다보며 아버지께 물었다.

"할마시도, 내가 와 신새북부터 그 집에 갑니껴." 아버지는 빡 빡머리를 훑곤 땅에 가래침을 뱉었다.

"얼시구, 만고 잡늠인 자네가 언제부터 그래 도도해졌노?"

"도도해지고 머고, 나는 인자 예전 개삼조가 아이라 카인께예. ㄱ 엉감탕구 배배기에 내침을 꼽았으모 꼽았지 내가 지랄뺑할라 꼬 그 부잣집에 걸뱅이질하로 댕기예."

"갈수록 수미산이네. 저기 오늘 아츰에 미친 개고기를 묵었나,

와 저카노."

"할마시, 마 치우소. 나도 어제 다르고 오늘 다름더."

"어데 가서 무신 고육 받았나, 도깨비한테 홀렸나. 배주사 소 잡아줄 때는 언제고 오리발 내미는 수작은 또 머꼬."

"맞심더. 내가 도깨비한테 홀렸심더."

아버지는 신문지 뭉치를 끼고 마루에 올라 큰방으로 들어갔다. 세 칸 움막에 큰방은 우리 세 식구가 쓰고 부엌방은 또출이 할머니가 쓰고 있었다. 큰방이래야 흙벽에 뒤꼍으로 석쇠만한 봉창이 있는 방이었다. 낮에도 방안은 두더쥐굴 같게 어두웠다. 땟국 절은 이불 한 채, 빈대똥 덕지덕지 앉은 반닫이궤가 방안 살림 모두였다.

아버지는 우리 형제와 또출이할머니가 마당 삿자리에서 아침밥 먹을 때까지 방에서 나오지 않았다. 갑득이와 내가 아버지께 밥 자시라고 몇 차례 소리쳐도 방안에선 아무 기척이 없었다. 방안에서 잠을 자는지, 들고 온 신문지를 접거나 썰고 있는지 알 수 없었다. 우리 형제는 아버지께 관심을 두지 않고 밥숟갈 다부지게 입으로 우겨넣었다. 어제 오후, 아버지가 배주사댁에서 얻어온 식은 밥에 찬이래야 풋고추에 장찌개였다. 식은 밥이지만 밥풀 알갱이가 감자나 수수밥, 술지게미밥과는 비할 바 아니게 입맛을 돋우었다. 그것이 목구멍을 채워 넘어갈 때도 확실한 양감으로, 한동안 근기가 든든하겠음을 확인케 했다.

"갑수야, 어젯밤에 니 애비가 언제 왔는지 아나?" 또출이할머니는 조금 전 아버지에게 당한 수모가 아직 덜 풀렸는지 샐쭉한 눈으로 나를 보았다. 나는 졸참나무를 보며 오늘 아침엔 까치가 오지 않았다고 생각하다 미처 대답을 못 한 채 또출이할머니를 건너다보았다. 또출이할머니는 큰방을 곁눈질하곤 쫑알거렸다.
"어젯밤에 니 애비가 니 자지 만지고 잔 줄 아나? 천만에 말씀.
집에 안 들어왔는 기라. 아매도 새북은 됐을 끼다. 내가 잠이 깨
어가꼬 을사년에 죽은 영감탕구 나이를 짚고 있으이까, 밖에서
두런두런 말소리가 안 들리나. 호문차 아이고 둘이서 씨부렁거
리는 소리가 말이다. 그래서 귀를 기울있제. 그라니까 누군고,
김동무 수고가 많았소, 카는 말이 들리더라. 그라자, 수고사 어
데 지가 했습니꺼, 카는 소리는 너거 애비 목소린 기라. 쪼매 있
다가 발자국 소리가 하나는 다부로(다시) 길 아래로 내리가고,
아매도 너거 애비 혼잔갑지, 큰방으로 들어가더라. 그래서 내가
일어나서 주심주심 옷을 걸치고 마당으로 나섰제. 동쪽 하늘이
뿌연히 새는데, 큰방에서 뿌시럭거리는 소리가 나더라. 내가 지
침을 하민서, 짐서방 새북부텀 방에서 머 하노 하고 방문을 열어
보았제. 그라이까 너그 애비가 움찔 놀래미 방에서 불쑥 나오더
라. 쪼매는 양철통 같은 거를 들고 말이다. 내가, 그기 머꼬 카이
까, 아무것도 아님더, 카더마는 뒤란을 돌아 활터 쪽으로 허겁지
겁 올라 안 가나."
"양철통에 머시 들어 있었는데예?" 갑득이가 물었다.
"낸들 그거를 우예 알겠노. 쪼매 있다가 너거 애비가 왔는데 보
이까 양철통이 읎어졌더라. 그라더이 또 무신 바쁜 일이 있는지
횡하니 삽짝을 나서데."
"양철통에 담아 머를 내뿌린 모양이지예? 아아 놓고 내뿌리는
안태 같은 거 말입니더. 그것도 아이모 노롬해서 하도 돈 많이
따가꼬 활터 쪽에 땅 파고 묻었는지도 모르지예."
"돈이모 얼매나 좋겠노. 만약에 똥 싼 옷이다 카모 빨아서나 입

제." 또출이할머니는 큰방 쪽을 다시 곁눈질했다. "너거 애비가
술을 억상으로 마시모 잠질에 똥을 빌빌 잘 싸는데, 오늘 새북에
보이까 얼음판에 넘어진 황소맨쿠로 그 큰 눈이 말똥하더라. 아
매도 요새 너거 애비가 늑대구신이나 둔갑한 백야시(백여우)한
테 홀린 기 맞다. 사람이 호호백발이 되모 살아 있는 구신이 된
다 카던데, 나도 엔만한 일이사 다 앞을 내다보는 눈이 있고, 꿈
은 용한 점쟁이맨쿠로 들어맞을 때가 많거던. 내가 아레(그저
께) 밤에 꾼 꿈이 여축 읇을 끼데이. 너거 애비한테 요새 악귀가
붙어서 지정신이 아닌 기라. 그라이까 갑수 니는 인자 컸으이께
니 애비가 무신 짓 하는고 잘 좀 살피바라."
"살피보나마나지예. 살피본다고 아부지를 내가 머 우짜겠어
예?"
"그렇기사 하겠데이. 니가 우짤 수야 있나." 또출이할머니는 낙
담 끝에 한숨을 달았다. "이럴 때 너거 에미라도 있으모……"
"할무이. 그라모 점 한분 쳐보이소. 울 어무이하고 누부야가 언
제쯤 집에 돌아올란가예?" 갑득이가 물었다.
"그기사 산신령님이 알제, 내가 우째 알겠노."
"그라이까 할무이 이바구는 다 헛개빈 기라예. 어제 아침에 까
치가 울어도 머 하나 좋은 일 있었습니껴. 늙은 구신이 되모 노
망한다 카는 아부지 말이 맞는 기라예." 갑득이가 대침을 놓곤
또출이할머니로부터 핀잔을 들을까 재빨리 삿자리를 차고 일어
났다. "새이야, 오늘은 아부지한테 꼭 돈 받아가야제?"
"그 말 꺼냈다 내가 아침부터 한 방 안 터졌나. 아부지가 마구
초 사 필 돈 있어도 우리 줄 돈 어딨겠노. 나올 구녕도 읎는데 쪼
루다가 돈도 몬 받고 매는 매대로 오지게 맞고 지각까지 하모 우

짤라꼬."

"빈손으로 가모 학교서 쫓기올 꺼로?"

"아부지가 장선생한테 말해났다 카더라."

"그래에?" 갑득이는 머리를 갸우뚱했다.

우리 형제는 맨발인 채 삽짝을 나섰다. 오늘은 책보도 필요없어 날 듯이 대숲 옆을 빠져 서쪽 오솔길을 돌아 북으로 뚫린 언덕길로 내달아 내려갔다. 해는 벌써 선달바우산 위로 솟아올랐다. 목청 연습이라도 하는지 아침부터 매미가 기세 좋게 울어댔다. 우리 등교는 언제나 물금댁 집 앞을 거쳐 장터마당으로 내려가는 길을 잡지 않고 산등성을 타넘는 오솔길을 택했다. 여래천 방둑을 따라 변전소 앞을 지나면 옥자네 외밭 옆에 서낭당이 있었다. 낡은 색색 헝겊이 걸린 서낭당을 지나면 외따로 굼바우네 방앗간의 엉성한 널빤지 벽이 사철 등겨를 쓰고 있었다. 방앗간을 지나 논배미 따라 한참 걸으면 젖봉에서 가풀막을 이루며 내려오던 능선이 불룩하게 멈춘 망아지고개에 닿았다. 다복솔 울창한 고개를 넘으면 여래리 끝동네고, 조금 떨어져 대창초등학교가 나섰다. 학교 앞은 신작로고, 그 아래로 마산과 삼랑진을 동서로 잇는 철길이 뻗어 있었다. 진영중학교는 철길 건너에 있었다. 2킬로 남짓한 학교 길을 갑득이와 나는 언제나 분답시껄하게 지껄이며 걸었다.

"갑득아, 책보따리가 없으이까 행결 좋제 그자?"

"책보따리고 머고, 나는 인자 한 달 동안 학교로는 오줌도 안 눌끼데이. 맨날전날 뚱시 소제하는 거도 끝난 기고. 새이야, 방학이 한 해 네 분만 있으모 얼매나 좋겠노."

갑득이는 강아지풀을 꺾어 털이 보숨한 열매 꼭지를 손바닥에 올려놓았다. 그는 손바닥을 흔들며 헛소리로, 요요요 하며 걸었다. 열매 꼭지는 살찐 송충이처럼 손바닥을 곰실곰실 타고 올라 손목께에서 땅에 떨어졌다.

"갑득아, 니 아까 아부지 말 들었나? 아부지가 말이다, 신새북부터 너거 선생 만내고 왔다 카더라."

내 말에 갑득이가 갑자기 지남철에라도 붙은 듯 걸음을 묶었다. 나를 보는 아우 입술이 떨렸다.

"와, 멋 때문인고? 월사금하고 기부금 이바군가?"

"어언제. 그 말이사 안죽 안 했을 끼고, 통신포 받는 날이니까 겁이 나서 그카제?" 나는 야학당 벽보 이야기를 잠시 미루고 갑득이의 겁먹은 눈을 보았다. 그가 무엇인가 숨기고 있음을 눈치챘다.

"치, 어데 낙제사 할라꼬. 새이야, 그기 아이고 내가 숨카났던 이바군데, 어제 체조 시간에 말이다……"

갑득이가 지레 혼겁을 먹고 어제 넷째시간에 있었던 사실을 털어놓았다. 자기 짝인 신걸이가 아버지 생신으로 점심밥 대신 고물떡을 싸왔다고 자랑하자, 아우는 마침 넷째시간이 체조 시간이라 배가 아프다는 핑계로 당번 삼아 교실에 혼자 남았다 했다. 그래서 신걸이 책보자기를 풀어 팥고물 발린 수수떡 세 개를 훔쳐먹고, 입맛이 들자 먹는 김에 다른 아이들 도시락도 몇 개 뒤져 밥을 한 숟갈씩 퍼내 먹었다는 것이다. 밥을 퍼낼 때 오목한 데를 표 나지 않게 잘 다독거려두었기에 점심 시간을 용케 넘겼다며, 갑득이는 머리를 갸우뚱했다.

"그런데 새이야. 그걸 아부지가 우째 알아냈을꼬?"

나는 갑득이 말에 어이가 없었다. 멍뚱해지기도 잠시, 나는 화가 났다. 밥도둑질한 갑득이가 아닌, 아우로 하여금 도둑이 되게 만든 아버지에게 풀어야 마땅할 화였으나 어느 사이 내 손이 갑득이 뺨을 후려쳤다.

"도독늠 색끼!"

갑득이는 왼쪽 뺨을 싸쥐더니 그 자리에 쪼그려앉았다. 그가 침을 뱉자 핏덩이가 땅에 떨어졌다. 천옥이누나가 기침 끝에 뱉던 피가래가 연상되었다. 갑득이는 피를 발로 지우며 나를 올려다보았다. 눈물 그렁한 눈이었으나 나를 원망하기는커녕 눈빛은 내게 용서를 빌고 있었다.

"새이야, 잘못했데이."

"자슥, 배가 고푸모 새미(샘)서 물이라도 퍼 마시제, 그카다 퇴학당하모 우짤라 카노. 아부지가 그걸 몰랐으이께 괜찮지러 알았다 카모 니를 쥑이든지 쫓아내뿌릴 끼데이." 나는 말을 하자 목이 메고 콧등이 찡했다.

우리 형제는 낮이 긴 여름에도 점심을 굶었다. 점심 시간이 되어 아이들이 왁자지껄 도시락을 꺼내어 딸깍대면 우리 형제는 풀죽은 어깨로 교실을 빠져나와 휴지 소각장이 있는 버즘나무 아래서 만나곤 했다. 다른 아이들이 반찬 냄새를 풍기며 밥 먹을 동안 우리는 별 재미도 없는 고누놀이나 땅따먹기놀이로 시간을 때웠다. 그러다 땅바닥을 기어다니는 먼지벌레나 하늘소나 풍뎅이를 발견하면 마치 그 곤충이 우리 위장을 갉아먹어 뱃속이 쓰리기라도 하듯 사정없이 다리 찢고 목 비틀고 대가리를 끊었다. 갑득이는 돌을 십어 몸뚱이를 짓씹었다.

"가자. 학교 늦겠다."

나는 갑득이 어깨에 팔을 걸쳐 그를 싸안았다. 아우는 울지 않

고, 다시 핏덩이 침을 뱉지 않았다. 나는 아우 등을 밀었다. 얼마
나 배가 고팠으면 남의 도시락을 표 안 나게 한 숟갈씩 떠먹었을
까 하고 생각하자 내 눈에도 눈물이 돌았다. 아버지가 저주스럽
고 도망간 엄마조차 미웠다. 아버지와 엄마가 혼례를 하지 않았
다면, 혼례했어도 우리를 낳지 않았다면 나는 누구를 원망할 필
요도 없었다. 나는 잠자리 속에서도 나를 태어나지 않은 상태로
되돌려주기를 하느님과 신령님께 빌었다. 잠을 자고 이튿날 깨
어나면 내가 감쪽같이 없어져버린다, 이 땅 어디에도 내 실체는
없어지고 그 대신 돌멩이 같은 무심한 물건 하나가 누구 눈에도
새롭지 않게 더 늘어난다는 생각을 하면 그렇게 고소할 수 없었
다. 설령 아버지나 엄마가 나를 찾아다녀도, 그들이 생전 내 배
를 곯게 한 걸 뉘우치고 후회해도, 나는 결코 그들 앞에 다시 나
타나지 않으리라 결심했다. 하나의 무생물로 숨어 있을지언정
사람 모습을 갖추고 다시 태어나지 않겠다는 마음이 아버지에
대한 미움이 자라는 만큼 내 속에서도 여물어왔던 것이다. 그럴
때마다 나는 천옥이누나를 생각함으로써 화를 가라앉히곤 했다.
삶이 더 이상 괴로움일 수 없다는 증오심조차 누나를 떠올리면
봄눈 녹듯 삭아들었다. 누나가 지금 엄마와 함께 부산 자갈치시
장 어디에 있다면 여기서보다 배나 더 곯지 않는지, 기침병은 좀
나았는지, 아니면 그 기침병으로 저 세상에 먼저 가버렸는지 알
수 없었다. 누나가 갑득이와 나보다 더 불쌍하게 여겨졌다. 누나
는 올해 열일곱 살로 늘 기침을 콜록이고 뺨이 핼쑥했다. 쌍꺼풀
진 상큼한 눈이 어지럼증 때문인지 늘 붉게 보이던 누나가 갑자
기 보고 싶었다. 마루청에 앉아 상기둥에 기대어 가쁜 숨을 쉬던
누나의 새처럼 얇은 가슴이 어룽지는 눈앞에서 지워지지 않았

140

다. "누부야, 길순이는 치마말기로 젖을 쫄라매도 인자 젖이 볼록하던데 누부야는 젖도 읎나?" 내가 철없이 물을라치면, "나는 병자거던. 가슴이 답답해서 얼매 안 있다가 죽을 끼다. 지침 하모 복숭아꽃 같은 피맹아리가 가래에 섞이서 안 나오나" 하며 누나는 파리한 입술에 웃음을 머금었다. 그 웃음도 웃고 싶은 웃음이 아닌, 해살한 웃음이었다. 파란 심줄이 비쳐 보이던 누나의 여윈 손을 만지면 언제나 찬 땀에 젖어 있곤 했다. 언젠가 아버지가 누나를 두고 추서방에게 하던 말을 나는 들었다. "내가 소사로 갔다가 엿새 만에 집구석이라고 찾아드니까 문디 년이 그새 알라(아기)를 싸질렀는 기라. 찢어진 거를 놓았다 캐서 짐이 쑥 빠지는 데다, 상판이 늙은 호박 꼴로 뒤틀어지고 쪼막손인 문디가 나왔을 줄 알고 내사 메칠 동안 알라 콧빼기도 안 봤지러. 사지가 멀쩡하다 캐도 믿기지가 않았으이까 말이다. 그래서 여래못에다 내삐리라고 문디 년을 조졌잖았는가배. 그카다 열흘인가 지내서 우째 알라를 힐끔 보이까 문디가 아니기사 한데 몸꼬라지가 배미(뱀) 허물맨쿠로 말라 쭈글쭈글한 기, 참말로 맹꽁이가 봤으모 콧방구를 낄 노릇이제. 그때 비하모 지금 저래 사람 꼴을 갖춘 기 가관이라 카인께." 아버지 말을 옆에서 듣고도 누나는 아무 말이 없었다. "기집아가 공부는 무신 공부." 아버지의 한마디로 학교 문앞조차 가본 적 없는 누나는 하루종일 집에 있어도 마치 그림자처럼 있듯 없듯 했다.

"새이야, 신걸이가 혹시 내가 떡 오배(훔쳐)묵은 거 선생님한테 일러바쳐 선생님이 아부지 오라 캔 거 아이겠나?" 갑득이가 걱정스레 물었다.

"너무 걱정 말거라. 설마따나 그 일로 아부지가 장선생님 만냈을라꼬. 아부지는 장선생님 심부름으로 야학당 백보 붙이는 일을 맡은 모양이더라." 왼쪽 아랫입술이 벌겋게 부푼 아우 꼴이 안쓰러웠다. 나는 이틀 전 여래천에서 목물할 때 아버지가 주신례 선생을 입에 올린 일이 생각났다. "내 생각키로 우짜모 장선생님하고 주선생님이 장개시집가는 데 아부지가 중신애비 서는지도 모르제. 아부지가 주선생님 집이 어딨는고 내한테 물었거던."

"아부지가 중신서?" 갑득이가 콧방귀를 뀌었다.

"아일지도 모르제. 하여간 두 선생이 연애를 하이까."

"그 말이 맞데이. 장선생님도 야학당서 갈친께 공부하로 많이 나오라 카더라. 주선생님도 이분 방학에는 마산 안 나가고 야학당서 노래 가르쳐준다 카는 이바구도 들었데이."

"오늘부터 밤이모 또 야학당에 가야겠구나. 아부지가 나가라 캤으이까."

"새이야, 공일말고 하루도 안 빠지고 맨날 나가야 되제?"

"하모. 안 나갔다가는 또 매타작할 낀데. 자불(졸)더라도 자리는 채아야 될 끼데이." 우리는 망아지고갯길을 열심히 걸어올랐다. 벌써부터 등거리가 땀으로 젖기 시작했다.

관목과 잡초로 우거진 산길의 눅눅한 풀내음을 내몰며 아침부터 더위가 끼얹어왔다. 젖은 풀내음을 흠씬 빨아들이며 불에 달군 동전 같은 해가 머리 위로 솟아오르고 있었다. 이렇게 여름 아침은 쨍쨍한 해와 짙푸른 잎새 사이의 멀고 넓은 공간 속에서 빛의 힘찬 운동으로 시작되게 마련이었다. 이슬 방울이 맺힌 개망초잎과 쇠비름잎도 아침 햇살을 받아 빛을 튕겼다. 뱀풀 줄기와 돌피 잎에 긁혀 거미줄같이 찢긴 우리 형제의 종아리도 이슬에 젖었다.

등교길은 그런대로 배를 채우고 나섰기에 우리 형제의 걸음이 빨랐다. 나는 새로 배운 휘파람을 불었다. 소리는 제대로 났지만 「울고 넘는 박달재」는 잘되지 않았다. 「울고 넘는 박달재」는 해거름만 되면 시건방진 선머슴애들이 밤송이 머리칼에 찍구를 바르고 장터마당 장옥에 모여 처녀애를 꼬신다고 휘파람과 함께 내지르는 요즘 유행되는 노래였다.

여래리로 들어서서 등교하는 아이들을 한둘 만나자, 누군가 등뒤에서 숨가쁘게 나를 불렀다. 돌아보니 미송이가 짧은 한쪽 새다리를 탈탈 내흔들며 뛰어왔다. 그의 한 손에는 언제나처럼 깨끗한 종이로 접어 만든 비행기가 들려 있었다. 그 뒤로 그의 누이 콩뜰이도 다부진 걸음으로 오빠를 쫓았다. 종업식날만 아니라면 절름발이 오빠 책보까지 들고 등교를 하느라고 늘 이마에 비지땀을 뺄 텐데 오늘만은 콩뜰이도 빈손이었다.

"똥이라도 쌌나, 와 그래 급하노?" 족제비 주둥이같이 부푼 입술로 갑득이가 물었다.

"갑수야, 니는 안죽 그 소문 모, 몬 들었나?" 미송이는 갑득이의 말을 무시하고 내 앞에 서자 호들갑을 떨었다. "미창 벽에 써놓은 글자 말이데이."

"미창 벽에 써놓은 글자라이, 그기 무신 말이고?"

나는 어리둥절했다. 미창(米倉)은 역 아래에 있는 함석으로 지은 큰 쌀창고였다. 왜정 시대 말기 태평양전쟁 때, 강제 공출이 시작되면 진영 인근 마을은 물론, 밀양군·창원군 쌀까지 합쳐 일만 섬 웃돌게 철도 역이 있는 진영 읍내로 모여들었다. 추수기 때는 신작로에 줄을 잇는 달구지 행렬이 4킬로가 넘는 장관을 이루었고, 말 탄 왜경까지 동원되어 감시가 심했다. 그 쌀은 모두 역사 건너편 다섯 동(棟)으로 늘어선 미창에 갈무리되었다 기차 편으로 일본·남양·북지로 빠져나갔다.

"미창 벽, 벽에 말이다, 밤새 좌익패가 글자를 써, 써났는 기라. 대문짝만하게 글을 써났는데 니는 그, 그것도 안죽 모리는가 베?" 미송이가 겁먹은 목소리로 더듬거리며 말했다.

"모리고말고. 우리는 그리로 해서 학교에 오는 길이 아인께 모리지러." 나는 콩뜰이 쪽을 보며 미송이 수선이 아무렇지 않다는 듯 어른스레 말했다.

"좌익패 말이데이, 남 다 자는 밤에 쥐도 새도 모리게 그, 글자를 써놓고 홍길동맨쿠로 읇어져뿌린 기라."

미송이는 절름거리며 내 곁을 붙어 따랐다. 소아마비로 어릴 적부터 한쪽 다리를 저는 미송이는 갈대처럼 몸피가 약해 사람들은 그를 두고, 저 자슥은 아무래도 천수 누리기가 힘들 거라고 말했다.

"무신 글자를 써났는데?" 갑득이가 물었다.

"도단(함석) 벽에 흰 횟가루로 조슨인밍공화국 만세라 안 써났나. 그라고, 소작농은 일나라, 지주를 쳐뿌싸라, 카는 글자도 써났고. 그런데 글씨 하나는 숭축하게 몬 썼더라."

"증말이다. 난도 봤는데 내 글씨보다 삐뚤삐뚤하더라. 학교 오민서 보이까 사람들이 떼 지아 둘러서 있더라. 순사들하고 사람들이 물을 뿌리고 걸레로 딱고 있는 기라." 콩뜰이가 오라비 말을 거들었다.

"그래? 콩뜰이 니도 그걸 봤단 말이제?" 내가 눈을 크게 뜨며 콩뜰이 말을 받았다. 나는 암팡지게 옆으로 바라진 콩뜰이 온몸

144

을 한눈에 움쳐넣었다. 삼베 홑적삼 속에 콩뜰이의 까맣게 그을
린 속살이 비쳐 보였다. 잘 익은 오디처럼 까만 눈동자가 오빠를
닮아 겁에 질렸다. 콩뜰이의 도톰한 붉은 입술을 보자 공연히 불
두덩 근처가 짜릿하고 다리에 맥이 빠졌다.

"좌익패가 도대체 누군고? 눈이나 코가 빨간 사람이가?" 갑득
이가 나를 쳐다보았다.

"미국 핀을 드는 쪽은 우익이고 쏘련 핀을 드는 쪽을 좌익이라
카는데, 그 사람들은 좌익이다. 김일성이 그들 두목이지러. 그런
데 그 사람들도 보통 사람하고 똑같은 기라. 그래서 얼른 보모
판별을 몬 하지러." 나는 콩뜰이가 보란 듯 선생 흉내를 내어 말
했다. 아버지가 떠올랐다. 장선생과 배도수씨와 고추대장 이중
달씨 얼굴도 눈앞을 스쳤다. 그들을 보통 사람과 구별할 수는 없
었다. 모두 눈 코 입이 달린 사람들이었다.

"보통 사람하고 똑같애도 그 사람들은 맘씨가 빨갛단다. 어무
이가 말하는데 빨간색은 피색이고 피를 좋아하이께 좌익패를 빨
갱이라 칸다 카데. 그 사람들이 사람 피도 마시기 때문에 빨갱이
들이 무섭다 카는 거 아이가." 미송이가 제법 아는 체 갑득이에
게 설명했다.

"미송아, 그거 또 새로 만든 비행기네. 내 한분 날리볼까?" 갑
득이는 그런 이야기에 흥미가 없는지 미송이 손에 들린 날씬한
종이 비행기를 보고 있었다.

"날리다가 물에 빠지모 우짤라꼬?" 미송이가 종이 비행기를 허
리 뒤로 감추었다.

"여게는 산인데 물이 어데 있노?"

"그라모 나뭇가지에 걸리모 우짤라꼬?"

그 말에는 갑득이도 얼른 대꾸할 말이 생각나지 않는 모양이었다. 오솔길 옆으로는 오리목과 소나무가 촘촘히 늘어서 있었다. 갑득이는 입을 비쭉거리더니 길바닥 돌멩이 하나를 집어들곤 팽개쳤다.

"좌익패가 우짤라꼬 그런 짓을 했을꼬? 만세는 낮에 부르는 긴데 와 박쥐맨쿠로 밤에 만세라 카는 글자를 써났을꼬?" 갑득이를 따돌리자 미송이는 내게 말했다.

"겁쟁이들은 이불 밑에서 만세 부른다 카는 말 몬 들었나? 그런 거는 우리가 걱정할 일이 아닌 기라. 지서 순경들이 글자 쓴 늠을 몽지리 잡아내서 시껍줄 끼다. 글마 새끼들은 똑 밤에마 나타나 집에 불을 지른다 안 카나. 전경대나 순경들이 안 있는 데만 골라서 말이다. 멫칠 전에 금산에도 밤에 산사람이 떼 지어서 나타났는데 굉장했는갑더라. 그래도 날만 새모 몽지리 산속으로 도망질 안 가뿌나. 그래도 여게는 지서가 턱 있으이께 괜찮은 기라. 미송이 니도 좌익질하다 총살당해뿌린 삼돌이삼촌 알제? 그라고 감옥소에 간 우출이아제도 안 있나." 나는 잠시 아버지를 잊고 미송이보다 콩뜰이 쪽에 눈을 주며 말했다. 나는 자연스럽게 겁에 질린 콩뜰이의 둥글고 좁은 어깨를 토닥거려주었다. 손끝이 전기라도 오듯 했다. "콩뜰아, 요새 너거 아부지 소식 있나?"

콩뜰이는 내 말에 머리를 숙였다. 금세 울상이 되어, 발치 검정 코고무신에 눈물이 떨어질 것만 같았다. 콩뜰이의 그런 모습이 더욱 예뻐 보였다. 엄마 없는 나도 미송이 형제 처지에 비추면 조금 위로 받는 느낌이었다. 미송이아버지는 남사당패였다. 남사당패는 입살기도 힘든 머슴이 자식을 팔거나, 그들 꾐에 빠져 집을 따라나선 가난한 집안 애들이 태반인데, 미송이아버지는 자작농 출신으로 혼례를 올리고 자식까지 낳은 후 전생에 역마살이 끼어 뒤늦게 남사당패에 미쳐 집을 나선 사람이었다. 한 해, 이태쯤 한 차례 집에 들를 뿐 바람처럼 타지로만 흘러다녔다. 처음은 탈놀이 덧뵈기쇠를 하다 작년 남사당 패거리와 함께 진영 땅을 밟았을 땐 꼭두쇠 밑에서 총무를 맡아 모총을 한다며, 몇 푼 돈과 옷가지 몇 점을 집에 놓곤 남사당패를 따라 또 홀홀히 떠나버렸다. 미송이 남매는 엄마와 함께 금융조합 앞에서 상점을 열고 종이장사를 하는 외갓댁에서 살았다.

학교 운동장으로 들어서자 갑득이와 콩뜰이는 자기네 교실이 있는 왼켠으로, 미송이와 나는 오른켠으로 짝지어 헤어졌다.

"새이야, 내가 퍼뜩 끝내모 너거 교실에 가꾸마." 갑득이가 우물 쪽으로 걸으며 외쳤다.

열두시가 채 못 되어 복도 골마루와 유리창까지 닦는 대청소가 끝나자, 말끔해진 교실에서 종례가 시작되었다. 오선생은 월사금과 잡부금을 아직 못 낸 아이들을 불러내어 가지고 온 돈은 받고 못 가지고 온 아이들은 따로 다짐을 받았다. 일곱 명 반 애들에 섞여 미송이와 나도 불려나갔다. 미송이는 창백한 뺨에 홍조를 띠우며 부끄러워했으나 나는 아버지 언질이 있었기 때문에 당당할 수 있었다. 생각 밖으로 오선생은 다른 날과 달리 나는 물론 딴 아이에게도 닦달을 놓지 않았다. 한 차례 그런 객적은 순서가 지리하게 끝나자, 오선생은 한 묶음의 새 통신표를 쥐고 번호순대로 반 아이의 이름을 불러나갔다. 오선생이 큰 소리로 호명을 할 때마다 아이들은 몸을 꼬며 안절부절못해했다. 통신표를 받아쥐고 제자리로 돌아가는 아이들 표정도 제가끔이었다.

후딱 석차란만 훔쳐보고 안도의 숨을 쉬는 아이, 갑자기 캄캄한 상판이 되어 남의 책상 모서리를 받으며 비척거리며 제자리로 가는 아이, 이제 몇 분 뒤부터 방학이 시작되므로 터질 듯한 기쁨 때문에 성적은 어떻게 되었건 그저 벙글거리기만 하는 아이도 있었다.

내 성적은 예상대로 더욱 나빠져 있었다. 육십칠 명 반 애들 중 사십오 등이니 중간에서 아래로 처지는 등수였다. 작년 사학년말까지만도 늘 중간 정도 석차는 유지했는데 오학년에 오르곤 왠지 공부가 더 싫어져 선생 말귀를 새겨듣기보다 혼자 멍하니 공상에 잠기는 버릇만 늘더니, 물경 십 등이나 석차가 떨어지고 말았다. 집에서 따로 공부를 하지 않았어도 취미가 있는 국어와 사회는 수(秀)와 우(優)였다. 나는 석차가 떨어진 데 대해 별로 개의치 않았다. 통신표를 접어 주머니에 넣고 무심히 복도 쪽을 보니 유리창 바깥에서 갑득이가 내 쪽을 기웃거리고 있었다. 우리반보다 먼저 종례를 끝낸 모양이었다. 아우 눈과 마주치자, 그는 머리를 가로저으며 손가락으로 동그라미를 그려보였다. 찌푸린 꼴이 녀석도 석차가 떨어진 모양이었다. 아우는 늘 자기 반의 꼴찌 쪽에서 십 등 정도 앞당긴 석차였는데 이제 더 내려앉은 게 틀림없었다.

오선생은 하마 같은 입으로 다시 한번 물놀이 조심과 전염병 조심을 당부했다. 팔월 십오일 광복절 행사에는 꼭 학교로 나와야 된다고 거듭 강조했다. 팔월 십오일이라면 아직도 스무 날이 남았는데 오선생은 바로 며칠 뒤나 되듯 그렇게 말하고 있었다. 그 말을 새겨듣는 애들은 별 없었다.

"……그럼 이것으로 종례를 마친다."

똥똥한 체구의 오선생 말이 끝나자, 왁자지껄한 아이들 함성 속에 반장도 경황없이, 차려 경례를 마쳤다. 반 애들은 선생에게 인사를 하는 둥 마는 둥 자리를 차고 일어났다. 한동안 교실은 떠나갈 듯한 고함과, 의자와 책상 부딪치는 소리와, 마룻바닥을 굴리는 발자국 소리로 어지러웠다.

아우와 나는 교문을 나서자, 이번에는 지름길을 잡지 않고 신작로를 따라 걸었다. 배주사댁 잔칫집으로 가는 길이었다. 마산과 부산으로 빠지는 신작로는 집으로 돌아가는 학생들로 찼다. 화물 자동차가 뿌연 먼지를 피우며 지나갔다. 흙먼지로 떡고물 바른 가로의 버드나무가 한 차례 먼지분을 뒤집어썼다. 가뭄이 오래 계속되어 먼지가 더욱 심했다. 신작로 옆 개골창도 물이 마른지 오래라 개구리조차 살지 않았다. 개골창 옆 논벼는 누렇다 못해 붉게 타들어갔다. 갈라터진 논바닥을 보자 입 안이 말라왔다.

갑득이는 석차가 끝으로 다섯번째라고 풀죽은 목소리로 말했다. 그는 머리를 갸우뚱하더니 접은 종이를 주머니에서 꺼냈다.

"새이야, 오늘 말이데이, 종례 마치고 나올라 카이 선생님이 날 부르더라. 나는 밥 오베묵은 기 들키서 인자 죽었구나 하고 생각했지러. 눈앞에 별이 보이고 다리가 떨리더라. 그런데 회초리 들고 성 낼 줄 알았던 선생님이 씩 웃는 게 아인가."

"이기 머꼬?" 나는 갑득이로부터 접은 종이를 받았다.

"내 말 좀 들어바라. 그래서 내가 얼굴이 빨개져 대가리 푹 숙이고 섰으이까 그 종이를 수민서, 아부지한테 갖다주라 안 카나. 그걸 받자마자 새이 너거 교실로 막 뛰어갔지러. 아부지가 글 잘 몬 읽으면 갑득이 니가 읽어줘라, 하고 선생님이 말하는데도 내사 대답도 몬 했지러."

나는 접은 종이를 펴보고 깜짝 놀랐다.

──김선생, 저녁 5시에 한얼학교 숙직실로 나와주시오.

나는 그 쪽지를 통해 요즘 장선생님과 아버지 사이에 무슨 일인가 구체적으로 진행되고 있음을 알았다. 두 분 사이에 주신례 선생이 감추어져 있고, 한얼고등공민학교로 나오라는 말투로 보아 야학당을 벌인 도회지 젊은이들과도 무슨 일이 연결되어 있다고 확신했다. 무엇보다 장선생님이 일자무식에 백정인 아버지를 선생으로 호칭한 점에 내가 놀랄 수밖에 없었다. 나는 그 편지를 통해 장선생님이 아버지에게 돈을 주고 벽보를 붙여달라는 일 정도가 아닌, 더 큰 믿음으로 두 사람이 다정하게 어깨동무하고 있음을 느꼈다. 자욱한 새벽 안개를 헤치고 저 들머리에서 쇠 피 묻은 메를 어깨에 메고 걸어오는 아버지가 연상되어 나는 무서웠다. "소 대가리나 사람 대가리나 몽지리 뚜디리 잡는 기사 내가 제일이제." 벗은 윗몸에 굵은 알통을 자랑하며 큰소리치던 아버지 뒤로 장선생님과 주선생님이 팔짱 껴 따르고, 그 뒤로 야학당패들이 나팔과 북과 바이올린으로 시끄러운 연주를 해대며 읍내로, 떨리는 내 가슴속으로 진군해오는 환상이 눈앞에 어른 거렸다. 요란한 악기 소리가 환청으로 고막을 찢었다. 니 애비가 하는 짓을 잘 좀 살피바라, 하던 또출이할머니 말까지 생각났다. "새이야, 와 그 카노?" 떨리는 내 입술을 봤는지 갑득이가 장승 같이 섰는 내 팔을 흔들었다.

또출이할머니 말이 내 머릿속을 스쳤다. 아버지가 새벽에 가지고 들어왔다는 양철통이었다. 나는 배주사 집이 있는 철하 쪽이 아닌 우리 움집으로 뛰었다.

"새이야, 어데 가노? 같이 가제이!"

갑득이가 뒤따르며 외쳤으나 나는 들은 척 하지 않았다. 땀이 쏟아지고 숨이 턱에 닿았으나, 나는 내 눈으로 그 증거물을 빨리 찾아내고 싶었다. 집 마당으로 들어섰으나 또줄이할머니는 잔칫 집에 가버려 보이지 않았다. 나는 집 뒤란 채마밭을 빠져 대숲길로 들어섰다. 숨을 가라앉히고 걸으며 길섶을 샅샅이 훑었다. 땅을 판 자리나 웅덩이나, 양철통을 감출 만한 곳을 빠뜨리지 않고 대숲을 뒤져나갔다.

"새이야 머 찾노?" 뒤쫓아온 갑득이가 헐떡이며 물었다.

나는 대답 않고 대숲을 빠져나와 과녁판이 세워진 언덕길을 내리 걸었다.

선달바우산과 중앙산이 골을 파며 마주친 곳이 개울이었고, 개울 건너 완만한 더기에 과녁판이 있었다. 물 마른 개울까지 내려갔을 때, 상류 쪽에 설핏 눈이 갔다. 사태진 돌 틈으로 무엇인가 희끔한 게 보였다. 나는 개울을 거슬러 올랐다. 물 마른 모래바닥 웅덩이 옆에 작은 양철통이 쑤셔박혀 있었다. 그 아가리에 횟가루 묻은 옷가지가 비어져나왔다.

"그거 아부지 주봉(바지) 아인가?" 쨍쨍한 한낮 햇볕 아래 내가 펼쳐든 바지를 보고 갑득이가 말했다.

아버지 바지는 온통 흰 횟가루가 누덕누덕 묻어 있었다. 콩뜰이가 내 글씨보다 삐뚤삐뚤하더라고 말했는데, 그게 아버지 글씬가 하는 생각이 들었다. 그러나 아버지는 글자를 쓸 줄 모른다. 백묵으로 글자를 써놓으면 그걸 그대로 베껴낼 수는 있을 터이다. 나는 눈앞이 캄캄했다. 이제 나는 어느 누구 귀띔을 들어서가 아닌, 아버지 행적에 따른 실제 증거물을 손에 쥔 셈이었

다. 내 앞을 막아선 선달바우산의 짙푸른 감나무잎도 그 위 더위
로 끓는 하늘도 눈에 들어오지 않았다. 모든 게 물 속처럼 흐릿
하게 흘러갈 뿐이었다. 바지를 든 채 떨고 섰는 나를 보고 갑득
이가 무엇인가 눈치를 챘는지 조그만 소리로 중얼거렸다.

"그라모 새이야, 아부지가 어젯밤에 미창에 갔단 말이가?"

나는 아우에게, 그 비밀을 누구에게도 말해서는 안 된다는 부
탁도, 또 다른 어떤 말도 못 한 채 뙤약볕 아래 구슬땀을 흘리며
망연히 섰기만 했다. 아버지마저 삼돌이삼촌이나 우출이아저씨
나 저 배도수씨처럼 우리 형제를 버리고 장터마당에서 사라진다
면, 그렇게 되어 죽어버리거나 감옥소에 갇히거나 산사람이 되
어버린다면, 정말 우리 형제는 이제 누구를 의지하고 살아야 할
는지, 그 생각만이 크나큰 두려움으로 나를 슬픔 속에 내동댕이
쳤다. 그 슬픔은 배가 고픈 따위의 서러움조차 우습게 여겨질 정
도여서, 어떤 막강한 힘이 나와 갑득이를 엿가락처럼 꼬아 걸레
짜듯 쥐어짰다. 다 늙어 언제 죽을지 모르는 또출이할머니를 의
지하고 살기엔 우리 형제는 아직 어렸다. 어느 집 꼴머슴으로 뿔
뿔이 팔려가는 길밖에 없었다.

"새이야, 와 우노? 머시 슬퍼 우노? 아부지가 좌익, 그런 거 해
서 우나? 그라모 우리가 아부지한테 그런 짓 하지 말라고 빌모
안 되나? 그런 짓 하모 학교도 안 가고 부산이나 마산으로 도망
가뿌리겠다고 말하지러?" 갑득이가 내 손을 잡고 흔들며 울먹이
는 목소리로 애원했다.

"가자, 배주사 집에. 우신에 묵고 바야제." 나는 아우에게 웃어
보이며 눈물을 닦았다. 나마저 울고 있을 수 없다는 생각이 내
다리에 힘을 뻗쳤다. 어느 사이 땀 밴 손에서 구겨지고 만 장선

생님 편지 쪽지를 나는 찢어버렸다.

중앙산 중턱에서 부엉이가 울었다. 과녁판 쪽에서 까투리가 날아올랐다. 까투리는 선달바우산 배주사네 감나무밭으로 몸을 숨겼다. 나는 아우의 손을 잡고 눈앞을 가로막는 따가운 햇살 포장을 헤치며 천천히 걸음을 옮겼다.

배주사는 작년에 회갑을 넘긴 지주였다. 배주사댁 논은 쥐나리·본산·유등에 주로 널렸는데 그 댁 논두렁을 밟지 않곤 그곳 토박이들이 읍내 장에 나올 수 없을 정도였다. 그러다보니 세마을 칠 할이 배주사네 논을 소작하고 있는 셈이었다. 유등 외삼촌이 부치는 낙동강변 일곱 마지기 논도 역시 배주사네 논이었다. 그외에도 진영 땅 산자락 여기저기에 마른버짐 자국처럼 밭뙈기도 수월찮게 널려 있었고, 선달바우산 비탈 오백 여주 단감밭도 배주사네 소유였다. 그분은 해방이 되던 해 한얼고등공민학교를 설립하여 이사장직을 맡고 있었다. 그러나 배주사는 작년에 중병을 얻어 자리에 누워 지내는 날이 더 많은 신세가 되고 말았다. 그래서 읍내 유지들이 애써 부추겼음에도 지난 오월 제헌국회의원 선거에 입후보할 수 없었다. "조선이 독립되고 내가 고향을 위해 할 일도 태산 같은데……" 배주사는 주위 사람들에게 자주 이런 말을 되뇌었다. 그분 말은 건강이 여의치가 못해 입후보 못 한 점을 두고 안타까워하는 속쓰림이 아님은 누구나 알고 있었다. 배주사는 해방 전에도 훌륭한 일을 했음은 마을 어른들로부터 나노 늘었다. 나뿐 아니라 그분이 문밖 거동을 할 때는 모두 그 그림자조차 밟기를 송구스러워했다. 비단 독립 운동하다 옥에 갇힌 읍내 사람 가족 생계뿐만 아니라, 배주사는 흉년들 때 빈농에도 장리를 따지지 않고 양곡을 풀었다. 해방되던 해는 호열자가 기승을 떨쳐 장터마당 주변 사람들이 마구잡이로 죽어갔다. 그때 배주사는 마산 양의 둘을 읍내로 불러들였다. 미창 한 채를 빌려 임시 환자 수용소를 차리고 달포나 환자를 무료로 치료해주는 적선을 보였다. 그런 점에서 배주사는 소작농 몰매에 맞아죽은 선친 눈꼽참봉과 그 씀씀이가 달라, 덕망으로서도 우러름을 받았다. 그분 본뜻이 그러했으나, 정치에는 뜻이 없었다. 내가 애국자입네 하며 설치는 패거리와는 다르다고 장터마당 어른들이 말했다. 지난 선거가 막바지에 오를 때 구장 갑동 어른이 배주사를 두고 말한 적이 있었다. "규갑이가 포 모을라 카모 배주사 지지를 받아야 돼. 배주사가 누굴 미느냐, 여기에 따라 진영 포는 몽땅 돈내기(싹쓸이) 할 수 있으이깐. 그분이 누굴 찍누다고 귀뜀만 해바라, 그분 안 좇아갈 사람 진영 바닥에 어데 있겠는가." 조규갑은 읍내 출신 국회의원 후보였다. 그러나 배주사는 다섯 명 입후보자 중 어느 누구를 특별히 밀지 않았다. 그즈음 배주사는 마산 양의병원에서 진찰을 받은 끝에 병명이 간병으로 내려진 직후여서 선거 따위에 신경 쓸 경황이 없기도 했다. "가만 누부만 계시이소. 우리가 다 당선되도록 일을 할 테니까예." 이러는 사람 중에는 진정으로 그분을 존경한 나머지 국회로 보내겠다는 쪽과, 그 그늘에서 돈푼이나 우려먹고 메뚜기 여름 한철 나듯 설쳐보자는 쪽이 섞여 있었다. 배주사가 한마디로 그 청을 거절했음은 읍내 사람들이 다 아는 얘기이다. 그즈음 그분은 병도 병이지만, 좌익계 난동이 극심해지고 그 등세를 타고 동에 번쩍 서에 번쩍 설쳐댄 맏아들 때문에 마음의 병까지 얻고 있었다. "배주사가 올여름 넘기기가 심들다는군. 복수(腹水)

가 채인 데다 사흘 멀다 하고 코피를 쏟는다 카인께. 지난 봄에 한분 반쯤 죽었다가 몇 시간 만에 깨어난 후부턴 약을 묵지 않으모 오줌도 양껏 안 나온다 카이, 인자 산송장이나 똑같제.” 사람들이 말했다. 배주사는 언제 맞게 될는지 모를 임종을 앞두고 삼복임에도 막내아들 도찬이 혼례를 서두르게 되었다는 말을 나도 또출이할머니한테 들었다.

배주사네 솟을대문이 멀리 보이는 데부터 나는 그 잔치가 얼마나 성대함을 한눈에 알아볼 수 있었다. 한마디로 잔치는 음력 섣달 그믐 대목장을 연상케 했다. 배주사네 솟을대문 앞 공터만 해도 흰 포장이 스무 채도 넘어 쳐졌다. 대문 왼쪽 담을 끼고 섰는 암수 두 그루 큰 은행나무 아래에도 멍석과 가마니가 잇대어 깔려 있었다. 실히 백 명은 넘음직한 손들이 차양 아래와 은행나무 밑에 제가끔 무리지어 앉아 음식상을 받고 있었다. 철하 동네 아낙네는 다 동원된 듯, 여편네들은 치마귀를 날리며 부산히 음식을 날랐다.

“새이야, 엄청나지러? 배주사댁은 저 많은 사람을 몽땅 믹이고 내일부터는 우리맨쿠로 쫄쫄 굶을라 카나. 똑 개미떼 같다.” 갑득이는 입을 다물지 못했다. 아버지에게 전해주라는 장선생님 편지 쪽지를 내가 찢어버린 데 대한 근심도 배주사댁에 오자 까먹고 말았다.

“증말이구나. 재작년 회갑 때보다 더하데이. 이런 잔치는 나도 첨이다.” 나는 군침부터 삼켰다. 한동안 떨리던 마음이 홍청한 잔치 분위기에 녹아 나도 마음이 들떴다. 대문 밖도 이렇게 사람이 많다면 집 안에는 더 많을 터였다. 들끓는 사람 속에서 또출이할머니를 찾을 일이며, 모두 바빠 설치는데 우리 형제가 어느

구석에서 한 끼라도 배불리 먹을까를 생각하니 난감했다.

"하이야(택시) 봤제? 신부가 하이야를 타고 온 거마 바도 대강 알 수 있는 기라. 마산서 우째 사는고 알아볼쪼 아이가." 삼복임 에도 의관 갖춘 한 중늙은이가 말했다.

광목 차양 그늘 아래 통영상 다리가 휘어질 정도로 한 상 가득 음식을 받은 중늙은이 주위로 여럿이 둘러앉았다. 그들이 먹성 좋게 먹고 마시며, 이야기가 분분했다.

"일본 무신 대학이라 캤노? 하여간 만또 날리미 사각모 쓰고 큰 핵교 댕깃겠다, 판사 난 집안이겠다, 인물 잘생깃겠다, 팔 하나 읎지마는 사대부가 딸 줄만 하제."

배주사 삼남 일녀 중 끝인 도찬씨는 태평양전쟁 때 학병으로 끌려가 남양에서 팔 하나를 날리고 해방과 함께 돌아온 뒤, 지금 은 부친이 세운 한얼고등공민학교에서 영어 과목을 가르치고 있 었다.

"그런데 도수 그 사람은 안죽 오리무중이가?"

"삼팔선 넘어 이북으로 내뺐겠지예. 숨어서 그 짓 해도 드들키 모 감옥소 갈 낀데 까놓고 그 짓 하는 사람을 가만둘라꼬예. 그 라이까 넘어가뿌린 기지예."

"어데 숨어가꼬 산사람들 조종하민서 지령만 내루고 있다는 소 문도 듣기던데? 봉화산에 야산대들 소굴이 있다 캐쌓더라."

"하여간 배주사는 맏아들 때문에 한이 맺히겠데이. 서울서 판 산가 하는 둘째아들도 어제 내리왔담서?"

"오고말고지예. 이 잔치가 배주사 어른 살아생전 마지막 베푸 는 적선 아닌가베예. 저승길 코앞에 두고 벌인 잔치다보이 얼매 나 푸짐한교. 인자 백 분 죽었다 깨나도 진영 바닥에 그런 군자는 몬 만낼 끼라예."

"다 눈꼽참봉 액땜하는 거 아이가."

배주사 선친 눈꼽참봉 이야기가 한바탕 부산히 쏟아졌다. 눈
꼽참봉은 고기 두어 손 살 때 묶어주는 지푸라기조차 허술히 버
리지 않고 불쏘시개로 썼다는 둥, 당숙이 쌀 한 섬 빌리러 왔을
때, 내한테 딸린 건 눈꼽도 공짜로는 남 안 준다고 등을 돌려 그
런 별명이 붙었다는 둥, 눈꼽참봉 노린내 나는 가린 주머니를 침
튀겨가며 털어냈다.

"내가 소시쩍이었지마는, 고런 꼼쟁이다보이 서울서 부산까지
화차불통이 첨 달리던 갑진년 그 대기근 때, 작인들한테 맞아죽
었지러. 눈꼽참봉 장리빚까지 쓰던 작인들이 벌떼맨쿠로 밀리와
서 죽을 시늉하미 문전에 꿇어엎디린 기라. 엄동설한에 무르팍
이 썩는 줄 모르고 하루 밤낮을 코가 땅에 닿도록 엎드리서 양식
구걸을 해도 눈꼽참봉은 코빼기도 안 내밀었지러. 다불로 쇠불
알만한 곡간 자물쇠마 쎄게 채았으이간. 그때 만약 아쉰 대로 한
스무 섬만 풀어났다 캐도 그 참변이사 면했을 끼라. 그런데 눈꼽
참봉은 방안에서 담뱃대만 톡톡 털고 있은 기 아이겠나. 그라자
눈에 불이 난 젊은 늠 멫이 밤에 담을 넘고 들어가 그 영감을 쇠
스랑이로 찍어 쥑이고 집에 불까지 질러뿐 기라. 곡간 문도 뿌사
서 양곡을 제 꺼같이 꺼내가고 말이데이. 배주사는 아부지 죽음
에 반쯤 실성해서 중질이나 하겠다고 절로 들어가뿌리지 않았겠
나. 그때 외동아들이던 배주사 나이가 스물이 채 몬 됐지러. 장
개가고 두어 해 됐가 했으이까. 그렇게 무작정 절로 들어가자 별
당 새댁은 독수공방을 지키게 됐고. 그라고는 우째 마음을 잡았
는지 배주사가 이태 만에 절에서 내리와선 생각하는 기 저거 아

부지하곤 반대쪽으로 풀리기 시작했지러." 중늙은이의 긴 사설
이었다.

"좋은 날에 마 그런 케케묵은 이바구사 치웁시더예." 젊은 사내
가 말했다.

내가 혼빠진 듯 그들 이야기를 듣고 섰자, 갑득이가 내 팔을
잡아챘다.

"새이야, 이래 있을 기 아인 기라. 또출이할무이부터 찾아야지
러."

그 말에 나는 내 생각을 끊고 훤히 열린 솟을대문 쪽 차양 사
이를 빠져나갔다. 나는 그들 이야기를 들으며 아버지 생각에 골
몰했던 것이다. 갑득이 말처럼 자식이 애원이나 설득으로 아버
지 좌익짓을 그만두게 할 수 없다면, 당신을 지서에 몰래 고해바
치는 짓쯤 나도 할 수 있었다. 나는 차마 그렇게 할 수 없었으니,
그렇게 밀고하면 아버지는 큰 벌을 받게 되어 감옥소로 가거나
어쩜 죽임을 당하는지 몰랐다. 그렇다면 아무도 몰래 갑득이를
데리고 새벽 기차에 올라 무작정 부산으로 어머니를 찾아가는
길밖에 없지 않을까 하는 생각도 들었다. 그러면 또출이할머니
도 외할머니도, 심지어 콩뜰이조차 영원히 만날 수가 없게 될
터이다. 이런저런 생각을 하자 내가 감당해야 될 책임이 막막하
여, 가슴 저미는 슬픔 때문에 쓰러질 것만 같았다. 갑득이가 내
팔을 잡아채지 않았다면 나는 언제까지 넋 놓고 주저앉아 있었
을는지 몰랐다.

"새이야, 저게 백태 좀 바라." 갑득이가 은행나무 쪽을 손가락
질했다.

백태는 어깨에 삼태기를 메고 차양 아래를 누비고 있었다. 녀

석은 잔치 손님이 자리 뜰 때를 기다려 음식상에 남은 떡과 전붙이를 삼태기에 잽싸게 쓸어담았다. 아낙네들이 음식상을 들고 나올 때도 냉큼 달려들어 상 위의 음식을 나꿔챘다. 양손으로 음식상을 받쳐들어 아낙네는 욕설만 퍼댈 수밖에 없었다. 용감무쌍한 백태를 보자 갑득이 눈이 빛났다.

"우리도 무신 수를 써서라도 묵고 바야지러." 갑득이가 옹골차게 말했다.

그랬다. 설령 또출이할머니를 만나지 못 하더라도 넘쳐나는 음식을 보았으니 어떤 방법으로든 우선 아우 배부터 채워줘야 했다. 장날 싸전에서 빗면으로 깎은 대꼬챙이로 쌀가마를 쑤시면 대구멍으로 쌀이 흘러내렸다. 그렇게 쌀을 훔쳐내는 실력처럼 이 기회를 놓칠 수 없다고 나는 마음 다잡았다.

"백태 니는 꼭 살쾡이 같구나. 얼매만큼 모았노?" 갑득이가 부러운 듯 백태가 멘 삼태기를 벌려보았다. 갑득이는 그 속에 든 고물떡 한 개를 냉큼 집어 입에 넣었다.

"백태야, 또출이할무이 몬 봤나?" 내가 물었다.

"또출이할무이는 큰사랑채 정지에 있지러."

다른 때와 달리 백태는 아우의 짓거리를 너그러이 봐주며 누런 물코를 들이켰다. 아우는, 우리도 자루든 삼태기든 뭘 가져와야 되지 않겠냐고 내게 말했다.

나는 아우 손을 나꿔채어 대문 안으로 들어가 사랑채 쪽으로 서둘러 걸었다. 일곱 칸 광 앞에도 멍석이 줄을 잇대어 깔렸고 사람이 빼곡히 진을 쳤다. 웃음 소리, 고함 소리, 시끌한 잡담, 그릇이 부딪치는 소리로 시끌분답했다. 나는 여러 마리 쥐를 앞에 둔 사흘 굶은 고양이처럼 어디서부터 손을 써야 할는지 몰랐다. 우선 또출이할머니부터 만나봐야 한다는 생각에 큰사랑채 앞으로 갔다. 배주사네 청지기 더듬바우가 팔을 벌리고 우리 앞을 막았다.

"요, 요노무 자슥들, 저, 저리 가. 일로는 몬, 몬 간다. 어르신들 기셔." 더듬바우가 우리를 쫓았다.

내가 큰사랑 쪽을 보니, 화단과 연못 주위에는 사람이 얼씬거리지 않았다. 큰사랑 방문이 활짝 열렸고 섬돌에는 구두와 백고무신 여러 켤레가 있었다. 열린 격자창을 통해 보니, 툇마루에는 수염 허연 갓 쓴 노인과 양복장이 중년 남자 여럿이 앉아 있었다. 지서 윤주임도 보였는데, 굴렁쇠 안경 낀 그는 무슨 이야기인가 큰 소리로 말하고 있었다. 아우와 나는 사랑채 뒤를 돌아 부엌으로 갔다. 배주사네 집은 안채·사랑채·행랑채마다 부엌이 따로 있었다. 나는 부엌문들이 어느 쪽으로 나 있는지 알고 있었다. 매년 늦가을, 집채보다 더 높게 쌓인 배주사네 겨울 땔감인 통나무를 쪼갤 때쯤이면 메고 난 상두꾼처럼 늘 동네 진일 궂은일 가리지 않는 삼촌이 사나흘씩 품을 팔았다. 나는 더러 배주사네 뒷문 일각대문을 통해 삼촌을 만나러 가곤 했다. 아우는 부엌에서 나는 맛좋은 냄새를 맡고 콧날개를 벌름거렸다.

또출이할머니는 부엌 앞 우물가에서 버지에 담긴 그릇을 씻고 있었다. 또출이할머니는 짚세기로 그릇 초벌 씻어 맑은 물 받아놓은 큰 양푼으로 옮겼다. 재벌 씻는 아낙네가 따로 있었고, 다른 아낙네는 음식을 담으려 씻은 그릇을 바소쿠리로 담아갔다.

"할무이, 우리 왔어예."

갑득이 말에 또출이할머니가 돌아보았다. 할머니는 오목한 입을 옹그리며, 호물짝 웃었다.

"오냐, 내가 눈 빠지도록 안 기다렸나. 자, 요리 온나." 할머니는 물 묻은 손을 치마에 닦으며 일어났다. 그네는 우리 형제를 데리고 부엌 옆으로 돌아가 솔가지 땔감 한쪽을 들췄다. 비료포대 종이에 뭉쳐 싼 걸 꺼내어 내게 주었다. 우물물을 퍼올리던 회계댁이 우리 쪽을 보았다.

"할마시, 친손주도 아인데 엔가이 섬기네. 그 아아들이 커도 어데 할마시 젯상에 물 한 그륵 떠놀 줄 아는교."

"마, 치아라. 이런 잔치는 동네 개도 배불리 믹인단데이. 사람새끼가 우째 음석 보고 안 묵겠노." 또출이할머니는 회계댁 말을 쏘아받았다. "갑득이하고 어데 숨어서 묵고 온나. 내가 또 머를 챙기놓으꾸마. 그 죙이는 내뿔지 말고 갖고 와야 된데이."

"할무이, 아부지 여게 안 왔습디껴?" 갑득이가 물었다.

"코빼기도 몬 봤다. 광 쪽에 삼촌이 있을 끼데이."

아우와 나는 광 뒤쪽으로 돌아갔다. 삼촌이 목을 딴 닭을 끓는 물에서 적셔내고 있었다. 삼촌 등거리가 땀에 젖어 팥알 같은 젖꼭지가 돌기졌다.

"작은아부지예, 우리 아부지 몬 봤습니껴?" 내가 물었다.

"어언제. 요새 행님 구경하기 억시기 에렵네. 참, 너거들 배고풀 낀데 머 좀 묵었나?"

삼촌은 닭털을 뽑기 시작했다. 그 옆에는 목을 딴 닭이 열 마리도 넘었다. 질척한 땅바닥이 닭피와 젖은 닭털로 어수선했다.

"또출이할무이 만냈더니, 묵을 거 쪼매 줍디더." 갑득이가 말했다.

"잘됐구나. 어데 가서 묵어라."

아우와 나는 큰사랑채 모서리를 돌아 두 벌 지대에 앉았다. 거기는 좁은 통로를 사이에 두고 담벽이라 한갓져 사람 눈에 띄지 않는 자리였다. 사랑채 옆 덧문과 용자창이 열려 있어 방안과 마루에서 이야기하는 소리가 잘 들렸다.

"산골짝은 몰라도 안죽 진영 읍내야 어데 그럴 리 있겠습니껴. 사상 삐딱한 놈이 무리 이룬 읍내도 아닌데예." 방안의 누군가가 말했다. 배주사네 전장(田庄) 마름 배내기였다.

"화적떼 같은 공비 무리가 안 내려왔지, 그래 태평치고 있을 때가 아니라니깐요. 그라면 미창 벽에 써놓은 글씨는 도깨비가 쓴 겁니까, 귀신이 쓴 겁니까? 어젯밤에 누가 그 짓 했는지 짐작이 가는 놈들이 있어요. 이 잔치 끝나면 내일 몇 놈 추달하겠심다." 윤주임이 쇳소리로 말했다.

"그기 누군데예?" 배내기가 물었다.

"아직은 발표할 단계가 아니고 내일 아침에 봅시다. 오늘 확 들쑤시뿔까 하다 김해서에서 연락도 안 오고, 또 오늘이 배주사 어르신댁 잔칫날이라 하루 미뤘지예. 세상 이치가 뭐든지 싹 틀 때 뿌리까지 뽑아야지, 자란 후면 손쓰기 힘든다 카인께요."

"말은 맞소만 윤주임, 생사람이나 잡지 마시오. 읍내라 그래봐야 손바닥만한 동네에 이리저리 얽힌 씨족간인데 확실한 범인을 가려내야지. 잘못하면 오히려 원한을 사서 그게 불씨되어 일이 커질 수도 있으니깐요."

그 말에 나는 방안을 살짝 들여다보았다. 서울에서 내려온 배주사 둘째아들 배판사다.

"내가 뭣 때문에 고민합니까. 영감님 말씀처럼 그 문제가 걸려 있으니 핫바지에 똥 쌀긴 놈처럼 밍기적거리지요. 김해서에 보고해놨으니 오후에 연락이 올 낍니다. 그래서 내일로 미룬 게 아닙니까." 윤주임이 말머리를 돌렸다. "지난번에 내려온 통계를 보니까, 이번 국회의원 선거에 분탕친 놈들 구 할이 그놈들 소행이랍디다. 관공서 습격이 삼백여 군데, 선거 사무소 습격이 백서른네 군데, 놈들 폭동에 죽은 사람이 아마 이백도 넘는다지요. 영감님하고 배어르신 앞에 할 소린 아닙니다만 남로당놈들은 이제 전국적으로 폭동을 확대시키는 게 앞산 불 보듯 훤합니다. 지난 사월 제주도 무장 공비 폭동을 보십시오. 이제 그 규모도 베개만 하던 게 짚동만큼이나 커졌고, 하는 짓거리도 아닌 말로 전쟁 규모입니다."

좌익 극력 분자인 배주사 맏아들 배도수를 염두에 둔 듯한 윤주임의 그 말에 방안 사람은 모두 입을 닫고 있었다. 누군가가 윤주임의 말을 받았다.

"여기야 안죽 전경대가 상주해얄 정도으 취약 지구도 아니지마는 우선 자치대는 조직해야 할 것 같심더. 소 잃고 외양간 고친다고, 불시에 난리당하고 나면 뭘 해요."

"바로 그겁니다." 윤주임이 그 말씀 잘하셨다는 듯 말을 받고 나섰다. "예산이지요. 연락망도 짜야 하고, 등사도 해서 돌려야 하고, 뛰어다닐 사람들 식대도 줘야 합니다. 그 돈이 어딨나요. 읍 예산에서 따로 빼낼 수 없는 실정이고, 지서는 보다시피 순사 봉급도 제때 주기 힘들잖습니까. 그러니 제 말이…… 이거 참, 오늘 같은 날에 꺼내야 될 얘긴지 모르겠으나, 배어르신께서 희사 좀 해주셨으면 어떨까 합니다. 고깝게 듣지 마시고, 큰도련님을 봐서라도 어르신께서 도와주시면 남 보기도 명분이 떳떳이 서고…… 그기 다 우리 읍을 위한 일 아닙니까. 도둑때는 벗어도 자식때는 못 벗는다는 옛말도 있듯이……"

좌중이 다시 조용해졌다. 한참 뒤 누군가 말했다.

"동족끼리 이 무신 망신살인교. 이제 왜정 때보다 다리 뻗고 자기 더 심드니 말임더. 말이 났으니 말이지, 와 이 조선 땅은 북은 로스께가, 남은 미국이 점령했노, 이 말이거던예. 일본맨쿠로 한 나라가 점령했으모 이래 동족끼리 찌지고 뽂 지 않을 꺼 아이겠어예. 인자 삼팔선인가 먼가 꼭 막히서 넘나들지도 몬 한다 카인께예. 잘몬하다간 나라가 두 쪽으로 아주 쪼개지모 왜정 때 만주까지 팽하게 나댕기던 기 꿈같은 세월이 되지 않을란지……"

"우리 물통걸만 하더래도 해만 빠지모 집집마다 삽작 닫심더. 전에는 그렇지 않았는데 밤손님이 걱정이라 안 캅니껴. 무신 놈으 도장받으러 댕기는 사람인지, 밤에마 둘셋씩 짝을 지아 남조선 해방이니 폭력 혁명이니 머니 캐싸민서 손도장 받으로 안 댕김니꺼. 조서으로 빤히 만내는 처지다보이 안면 때문에 딱 잘라 잡아뗄 수도 읎으이 대문 소리마 나모 바깥사람은 행여 뒤가 염려돼서 숨을 자리 찾느라고 법석을 치지예. 그라모 안사람이 나서서 쥔이 친척 상(喪)에 가고 읎다고 둘러대니 거짓말도 하루이틀이제, 어데 다리 뻗고 잠이라도 제대로 잘 수 있어야지예. 세월이 이런 마당이니 첩첩산중에 호랭이 만난 기 따로 읎다 카인께예. 밤이모 사람 만내는 기 무섭다고 이구동성 아입니껴. 늠들은 새북까지 저 강변 뚝방에 모이서, 최후으 결전을 맞으로 가자, 생사적(生死的) 운명이 판결난다, 어쩌고저쩌고…… 카는 「최후으 결전가」를 합창하다, 대동청년단이 몽둥이 들고 우 몰리가모 혼비백산돼서 도망질 가뿌리이니깐예." 물통걸 수리조합장 말이었다.

"조합장요, 그래 말만 할 게 아닙니다. 거기도 점찍힌 놈이 하나 있어요. 잘 살펴보면 뒤가 꾸린 놈이 하나 있다니깐요. 내 나중에 따로 말하지요.” 윤주임이 말했다.

“그만, 그만들 하게. 좋은 날에 그 무슨 이야기들인고. 그런 문제는 자네들끼리 지서나 극장에서 상의할 일이지 여기는 그런 자리가 아니지 않는가.” 배주사가 숨찬 목소리로 말했다. “그리고 윤주임이 꺼낸 돈 희사 문제는 내가 좀더 생각해보기로 하겠네.”

배주사 말에 그 이야기는 흐지부지 마무리가 되었다.

“행님, 행님요, 큰일났심더!”

삼촌이 허겁지겁 삽짝으로 뛰어들며 외쳤다. 그 소리에 나는 마당 삿자리 바닥에서 벌떡 일어났다. 잠은 깨어 있었는데 일어나기 싫어 늑장부리던 참이었다.

“와, 무신 일인데?” 부엌방 문이 열리고 또출이할머니가 얼굴을 내밀었다.

삼촌은 또출이할머니 말에 대답 않고 큰방으로 달려가 방을 열었다.

“아니, 행님이 벌씨러 어데 갔네” 하더니, 삼촌은 나를 보았다. “아부지 어젯밤에 안 들어왔더나?”

“모르겠심더. 우리는예, 어젯밤에 야학당에 갔다 와서 누버 잤심더. 그라고는 몰라예.”

나는 마당귀로 가서 반바지를 까내리고 꼬챙이처럼 부픈 자지를 풀섶에 내밀었다. 밤새 오줌보에 차인 오줌을 뽑아냈다. 개머루 잎에 앉아 있던 청개구리가 오줌 줄기에 놀라 호박넝쿨 아래 숨었다. 오줌을 누니 시원하다 못해 어깨가 떨렸다. 자지 끝에 묻은 물기를 떨어내자, 갑자기 배가 아팠다. 배꼽 주위가 사르르 아프더니 마치 뱃속에서 고무줄 당기듯 배꼽을 훑었다. 통증이 배 전체로 퍼지며 항문으로 뻗었다. 창자가 요동을 쳤다. 나는 배앓이로 금세 눈앞이 아찔했다.

"아이구 배야!"

나는 신음을 쏟고 허리를 접었다. 똥구멍이 대충으로 물을 쏠 때처럼 무엇인가 급히 쏟아지려 했다. 나는 변소 쪽으로 엉기며 걸었다. 변소 앞으로 넝쿨을 이루어 뻗은 호박잎 두 개를 따서 변소 안으로 들어갔다. 반바지를 까내리기 바쁘게 설사가 쏟아졌다. 물똥이 컴컴한 구덕으로 떨어졌고 똥물이 뛰어 몇 방울 엉덩이에 닿았다. 다른 때 같으면 호박잎 몇 개를 미리 떨구어 똥이 호박잎 위에 떨어지게 하여 똥물이 튀지 않게 막을 텐데, 그럴 경황이 없었다. 한 차례 설사를 쏟았으나 배는 계속 아팠다. 이마에 진땀이 났다. 설사가 어제 배주사댁 잔치에서 너무 많이 먹은 과식 탓임을 알았다.

어제, 날이 저물자 갑득이와 나는 야학당으로 갔다. 왜정 시대 독립 운동가의 활동, 한글 공부, 노래 공부로 야학당이 파하자 갑득이와 나는 총총히 집으로 발길을 돌렸다. 배주사댁 앞을 지날 때, 그때까지 울 안에서는 잔치가 계속되고 있었다. 관솔불을 켜 집 안이 대낮같게 밝았고 장고 소리가 들렸다. 훤하게 열린 솟을대문 안으로 들어가자 배주사댁 큰 마당은 구경꾼으로 꽉 차 있었다. 마침 소리꾼 노래가 시작되는 참이었다. 멀리 함안에서 불려온 소리꾼이 「박타령」 한 대목을 뽑았다. 우리 형제가 둘러선 구경꾼 사이를 비집고 들어가니 기수가 앞자리에 앉아 있었다. 기수를 보자 진 죄도 없는데 공연히 가슴이 뛰었다. 그의 아버지 윤주임이 생각났고, 아버지가 떠올랐다. 윤주임은 분명 내일 아침 미창에 낙서한 좌익패를 지서로 잡아들인다고 말했다. "어데 갔다 인자 오노. 너그는 몬 봤지러. 쪼매 전에 탈춤놀이가 있었데이. 그거는 증말 기가 맥히게 재밌더라. 극장 창극이나 말시마이보다 더 재밌었데이. 인자 그런 놀음은 끝나고 소리하는 거밖에 안 남았다. 그래서 집에 갈라 카던 참이다." 기수가 약을 올렸다. 갑득이와 나는 기분을 잡쳐버렸다. 야학당에 앉아 졸다 나왔기에 그렇잖아도 시투렁해져 있던 참이었다. "좆까는 소리 하네." 나를 믿고 갑득이가 기수에게 상소리를 했다. "조자슥, 칵 쥑이뿔라." 기수가 윽박질렀으나 손찌검은 하지 않았다. 그가 중학생이었으나 싸움에는 내가 그를 이기기 때문이었다. 우리 형제는 백정 자식 티낸다고 학교에서도 악바리로 소문났다. 기수가 사람들 사이를 빠져나오자 우리도 집으로 돌아오고 말았다. 집에 오니 아버지가 없었다. 문득 아버지께 전해주라고 갑득이한테 맡긴 장선생님 편지 생각이 났지만 나는 그때까지 아버지를 만나지 못했으므로 오히려 잘됐다 싶었다. 통신표도 아버지에게 보일 필요가 없었다. 우리는 야학당에서도 아버지는 물론 장선생 모습을 보지 못했던 것이다.

한 번 더 짧은 설사를 하자 아프던 배가 아무렇지 않았다. 그제서야 변소까지 들려오는 삼촌과 또출이할머니 말소리가 귀에 들어왔다.

"말도 마이소. 무신 난장판이 벌어질란가 읍내 여러 군데에 백보기 쫙 붙은 기라예."

"백보라이? 방이 붙었단 말이제?"

"하모예. 신문지에 글을 써서 붙인 기라예."

“무신 방인데? 나라에서 또 높은 양반 뽑는가?”

“또출때기도 참, 국회이원 선거는 벌씨러 끝났잖았는교. 그기 아이라 좌익하는 늠들이 방을 붙였단 말임더. 늠들이 밤새 감쪽같이 여러 군데 방을 붙이고 항칠(낙서)도 해났어예. 그래서 주재소와 읍사무소에 사람들이 모이고 곧 짐해경찰서에서도 순사들이 온다 안 캅니껴. 방 붙인 사람들 잡는다꼬예. 장터마당에 한분 내리가보소, 사람들이 바글바글함더.”

“배주사댁 잔칫술 처묵고 남정네는 모다 취해 자빠졌을 낀데 언 늠이 그 짓 했을꼬? 그래, 그 사람들이 무신 방을 붙였는데?”

“그 자슥들이사 머 늘 하는 뻔한 소리 아인교. 소작인들은 들고 일나라, 지주를 때리뿌사라, 무산자 해방 만세 카는 기지예” 하다가, 삼촌은 허둥지둥 말했다. “내가 이라고 있을 때가 아인데…… 또출때기예, 행님 엊저녁에 어데 간다 카고 안 들어왔어예?”

“내가 머 아나. 도깨비한테 미친 각설이 같은 늠을. 요새 짐서방은 증말로 궁뎅이에 비파 소리가 난데이.”

“할무이, 아부지가 좌익이람더. 좌익인 줄은 새이도 다 압니더.” 언제 잠에서 깼는지 갑득이 목소리가 들렸다.

“허허, 저, 저 주디 바라. 니 일마, 어데서 그런 말 들었노?” 삼촌이 아우 따귀라도 올려붙였는지 갑득이가 삐 하며 울음을 터뜨렸다. “니 일마, 그런 말 한 분만 더 해바라. 내가 저 여래못에 빠자 쥑이뿔 끼다!”

“증말이가? 삼조가 증말로 그 짓 하고 댕기나? 지가 머를 안다고 거게 미쳐 날뛸 끼고. 아이구, 삼조가 증말로 폭삭 미쳐뿌린갑다. 그런 짓 하모 순사가 안 잡아가나. 나라서 그런 짓 몬 하게 하는 법을 맹글었다 카던데 말이데이. 그 개망나이가 우째 요새지 정신 아이다 싶더마는……" 또출이할머니가 엉기는 소리로 말한다.

"마 나발 닫으소. 그런 말 함부로 씨부릿다가 지서에 잡히가서 죽도록 맞습니더." 삼촌이 아우를 보고 목청을 돋우었다. "요 입 싼 개살구 같은 늠아, 니 한 분만 그런 말 더 했다가는 골로 가는 줄 알아라!" 삼촌 주먹다짐을 몇 차례 더 받는지 갑득이는 질펀하게 울음을 싸질렀다.

"그라모 니는 삼조 와 찾노? 순사들이 삼조 잡으러 댕긴단 말이가?" 또출이할머니가 물었다.

"아이라, 그기 아이고…… 좀 만내볼 일이 있어서예. 그라모 나는 갈랍니더. 행님 오모 지 왔다갔다 카고, 꼭 좀 봤으모 싶다고 전해주이소."

삼촌의 뛰어가는 발소리가 언덕 아래로 멀어졌다. 나는 뒤지로 가져온 호박잎에 묻은 이슬을 털어냈다. 축축한 호박잎을 겹으로 똥구멍을 닦았다. 설사이기 때문에 밑이 미끄러워서인지 호박잎이 찢어져 손가락에 물똥이 묻었다. 묻은 똥은 흙고물을 발라 지우기로 하고 나는 변소에서 나왔다.

갑득이는 진울음을 그치지 않고 있었다. 어제 아침은 나한테 주둥이를 쥐어박히고 오늘 아침은 삼촌한테 공매를 맞은 녀석이 불쌍했다. 나는 어떤 말로도 아우를 위로할 수 없었다. 철없는 나이라 들은 대로 지껄이지만 아버지를 좌익이라 말했으니 매를 맞아도 싸다 싶었다.

또출이할머니가 부엌에서 바가지에 담긴 밥을 날라왔다. 어제 배주사댁 잔치에서 얻어온 식은 밥이었다. 너절한 전붙이도 석

쇠에 담아 내왔다. 파전·생선붙이에, 삶은 돼지고기 몇 점도 섞
였다. 갑득이는 밥을 보자 금세 울음을 그치고 놋숟가락을 들었
다. 나는 달갑잖은 얼굴로 삿자리에 놓인 바가지 밥을 멀거니 보
기만 했다. 배가 다시 아파왔기 때문이었다. 쑤시고 아픈 게 아
니라 아랫배가 뭉기적거리며 얼얼했다.

"새이야, 어서 묵자."

"어언제. 나는 배가 아파 물똥을 좔좔 쌌다."

"설사했단 말이제?" 또출이할머니가 찬물에 밥을 말며 물었다.
"갑수 니는 어제 묵은 괴기가 살로는 한 점도 안 갔겠구나. 마
아침은 굶어라. 그래야 배가 빨리 낫는다."

나는 삿자리에 눕고 말았다. 구름 한 점 없는 파란 하늘이 눈
부시게 눈두덩을 눌렀다. 해는 이미 선달바우산 위로 높이 솟았
고, 제비 두 마리가 앞서거니 뒤서거니 새끼줄을 꼬며 하늘을 가
로질러 장터마당으로 내려갔다.

"참말로 밥 보고 안 묵는 새이 보기도 첨이데이." 갑득이가 입
맛을 다시며 야옹거렸다.

"니나 어서 묵어라. 장터 내리가보구로."

나는 눈을 감았다. 이렇게 밥맛이 떨어지기도 오랜만이었다.
재작년 가을, 열흘을 꼬박 열병으로 앓았을 때 이후로 처음이었
다. 눈을 감고 있자 왠지 얇은 뱃가죽을 통해 내 몸이 가볍게 느
껴졌다. 몸이 천천히 날개가 달린 듯 떠올랐다. 솔개마냥 하늘로
높게 솟자 읍내 집이 마치 냇가 자갈처럼 작게 보였다. 어디로
날아갈까 하고 나는 사방을 살폈다. 선달바우산 너머 멀리 끝닿
은 데 없는 들이 있고 들이 끝난 지점에 푸른 바다가 망망하게
펼쳐져 있었다. 나는 바다를 처음 보았다. 바닷가에 부산이란 도

회지가 있고, 거기에 엄마와 누나가 살고 있겠거니 싶었다. 나는 그쪽으로 날기 시작했다. 시원한 바람이 불었고, 내 몸이 바람에 실려 날았다. 나는 무한대의 공간을 질러 날아갔다. 파란 띠가 가까워질수록 그 바다는 보석처럼 빛났다. 파도가 보이고, 파도는 집채만큼 커졌다. 잔 물결을 삼키는 포말이 두려웠다. 나는 더 나아갈 용기를 잃고 공간에 한 점이 되어 맴을 돌았다.

"새이야, 다 묵었다. 퍼뜩 내리가보자." 갑득이가 나를 흔들었다. 나는 눈을 떴다. 쏟아져 내리는 햇살에 정신이 들었다. 이마와 목덜미에 아침부터 땀이 배어나왔다.

우리 형제는 달리기라도 하듯 언덕길을 내려갔다. 장태문 선생 집 앞을 지날 때 대추나무에서 아침부터 매미가 찢어지게 울었다. 우리는 장선생 집에서 나선 주신례 선생과 마주쳤다. 주선생은 모시 적삼에 검정색 짧은 치마를 입었다. 주선생은 우리 형제를 보자 금세 뺨이 빨개졌다.

"선생님, 안녕하십니꺼?" 붙임성 좋은 갑득이가 주선생에게 인사를 했다.

"삼조씨 애들이구만요." 주선생이 아버지 이름을 어떻게 아는지 신기했다. 작은 보퉁이를 낀 주선생은 갑득이 머리를 쓰다듬어주었다. "학생 집이 저기지요?"

주선생이 언덕 쪽 우리집을 올려다보았다. 늘 보아온, 싸리울이 반쯤 무너진 초가가 쓰러질 듯한 움집이었다. 주선생이 우리집에 눈을 주자, 나는 부끄러웠다. 언젠가 아버지가, 드러난 상늠이 울 막고 살라고 말한 그내로였다. 나는 벌받는 학생처럼 머리를 숙였다. 발바닥 사이에 때가 낀 내 맨발과 마른버짐 핀 종아리가 눈에 띄었다.

"선생님, 좌익들이 백보 붙였다 캅디더. 새이하고 그 구경하로 가예." 갑득이가 말했다.

"아침나절이 시원하니 집에서 방학 숙제 안 하고 그런 구경갈 틈이 있나요?"

꾸짖는 말임에도 주선생의 목소리는 부드럽고 달콤했다. 주선생한테서 분내인지 비누내인지 은은한 향기가 코에 묻었다. 나도 아우처럼 무슨 말이든 한마디 해야 되겠다고 생각하는데 그 말이 떠오르지 않았다. 무슨 말인가 주선생에게 질문을 던지고, 사근사근한 목소리로 들려줄 대답이 듣고 싶었다.

"선생님, 좌익이 머 하는 사람들입니껴?" 갑득이가 물었다. 주선생은 대답이 없었다. "백보는 머 할라꼬 붙입니껴?"

"자, 그럼 같이 가요. 선생님도 장터로 가는 길이니깐." 주선생은 갑득이 질문에는 대답하지 않았다.

갑득이가 주선생을 앞서서 어깨 흔들며 걸었다. 그는 마치 주선생을 호위하는 병사처럼 맨발인 주제에 걸음에 멋을 부렸다.

"선생님 우리는 와 백보 구경하모 안 됩니껴?"

주선생과 나란히 걷던 내 입에서 그 말이 떨어졌다. 나는 그 말을 묻고 싶지 않았는데 나도 모르는 사이에 나온 말이었다. 장선생님댁에 무슨 볼일이 있어 다녀오느냐고 묻고 싶었으나 나는 차마 그 말은 물을 수 없었다.

"그런 건 다음에 커서 어른이 되면 자연 알게 되요. 지금은 선생님 말씀, 부모님 말씀 잘 듣고 열심히 공부해요." 주선생은 잠시 무엇을 생각하다 어물어물 대답했다.

주선생 대답에 나는 실망했다. 어른들은 말끝마다 착한 어린이에 공부 타령이었다. 마치, 너는 죽을 때까지 애고 우리는 태어날 때부터 어른이므로 그 사이에는 높은 벽이 있고, 그 벽을 넘을 생각은 아예 말라는 투의 눈가림은 주선생님도 마찬가지였다.

뒤쪽에서 누군가, 여선상요, 처자 선상요 하고 부르는 소리가 들렸다. 돌아보니 물금댁이었다. 물금댁이 책 한 권을 들고 삽짝을 나서고 있었다.

"참, 아침에 오모 이 책 주라 말하던데." 물금댁은 신문지로 겉장을 입힌 두툼한 책 한 권을 주선생에게 주었다. 물금댁은 우리를 힐끔 보곤 낮은 목소리로 말했다. "처자도 우리 아들늠 잘 좀 보살피소. 태문이는 내가 우째 키운 자슥인데 지가 어데 이 에미 속 썩힐 짓 할 리 있겠소. 내 수물하나에 청상과부돼서 오죽 지 하나 믿고 이날 이시까지 살아온 내가 아닌교." 물금댁이 주선생 손을 잡고 말했다.

"장선생님도 늘 어머님 걱정 하신답니다. 너무 마음쓰시지 마세요."

"지가 요새 무신 일 하고 댕기는지 모르지만, 부디 탈 읎어야제. 내가 하루도 빠짐읎이 신새북이모 정한수 떠놓고 칠성님께 안 비는교. 부디 가실에 예식 올리고 험한 시상에 탈읎이 살아야 나도 손주 업고 옛날 이바구하고 지낼 낀데 말임더."

갑득이와 나는 앞쪽에 서서 주선생을 기다리며 밍기적거리고 있었다. 나는 발 밑 흙을 발바닥으로 쓸어모았다. 맨발과 땟국 절은 반바지, 무릎에 낀 때와 정수리 부스럼이 부끄러웠다. 주선생이 내 머리를 쓰다듬어주지 않고 갑득이 머리만 쓰다듬어준 이유도 부스럼 때문이라 여겨졌다. 나는 내가 싫었다.

"선생님, 그라모 우리 먼첨 갈랍니더." 내가 말했다. 나는 주선생으로부터 달아나고 싶었다. 아니, 주선생 옆에 오래 있으며 그 은은한 향내를 맡고 싶었다. "갑득아, 뛰어가제이."

내가 뛰자 갑득이도 덩달아 뛰었다. 나는 벽보판이 어디에 있나를 생각했다. 지난 오월 국회의원 선거 땐 벽보가 아무 담벼락에나 나붙었지만 지정된 벽보판은 지서 앞과 읍사무소 앞에 있음을 안다. 우리 형제가 장터마당 어귀 천주교회 정문 앞에서 한 무리의 사람을 만났다.

"누구 짓일까?" 한 어른이 말했다.

나는 사람들 사이로 천주교회 예배 소식을 알리는 벽보판을 보았다. 특별히 눈에 띄는 게 없었다. 벽보가 붙었던 자리에 물을 끼얹었는지 벽보판이 젖었고 채 떨어지지 않은 찢어진 신문지가 달려 있었다.

"진영 비닥에도 큰 난리가 날 모양이데이." 밀짚모자 쓴 노인이 말했다.

둘러섰던 사람이 제가끔 한마디씩 했다.

"지서서는 멀 하는고?" "어느 늠이 암까마구고 어느 늠이 숫까마군지 알 수 있어야 잡지러. 우리 속에서도 좌익하는 사람 섞인 줄 누가 안단 말인교." "이 사람이 몬 하는 소리가 읎네. 아매 자네 뒤가 꾸린 모양이제." "참, 그 말 들었나? 도수가 진영에 몰래 숨어들어왔다는 말?" "도수가?" "배주사 큰아들 안 있나. 좌익패 대장 말이다." "그 사람이 언제 왔어예? 어제 잔칫날에 그림자도 안 보이던데예?" "그라모 날 잡아가소, 카고 나설 줄 알았나. 몰래 숨어들어 어데 있겠제. 생각해바라. 때가 어느 땐데, 지금은 나타날 수 있겠는가. 낯짝 보였다간 답삭 잡히구로. 잡혔다 카모 대분에 총살이다. 배주사 어른도 그 문제만은 우짤 수

읎다 안 카나. 판사 동생이 아무리 손 쓴다 캐도 그 짓을 주동하
곤 살아남을 수 있는가. 대구 폭동 때 좌익들이 쥑인 순사만도
삼십 맹이 넘는다 안 카나. 그 폭동에 또 좌익들이 사천 명이나
잡힜고, 총살당한 좌익 고수만도 열여섯이었단다. 도수도 잡힜
다 카모 벌써 황천 갔을 끼데이.""아따, 선상처럼 어른장이 우
째 그 소식은 그래 밝소?""허허, 우리 당숙이 경주 가는 질목에
있는 영천 땅에 살았는데 재작년 그 폭동에 안 죽었나. 지주라고
좌익늠들이 대창으로 찔러 직였어."

　나는 그런 말을 들으며, 아직 붙어 있는 신문지 귀에 아버지
손때가 묻어 있기나 하듯 벽보판을 바라보았다. 저 신문지가 어
제 아침 아버지가 끼고 온 신문지일 거라는 생각이 들었다. 나는
사람들 사이를 빠져나왔다. 저만큼 떨어진 대장간 쪽에서 언제
왔는지 백태가 갑득이에게 무슨 수작질인지 열 올려 지껄이고
있었다. 나는 그쪽으로 갔다.

　"……그래 말이다. 부엉이가 낮이모 장님이라도 밤눈 하나는
박쥐맨쿠로 대기(아주) 밝거던. 밤이모 댄찌(전지)불맨쿠로 눈
에서 불이 번쩍번쩍 안 나나. 그라이까 안 보이는 기 읎는 기라."
백태가 갑득이에게 말했다.

　"증말 구슬 같은 거를 물어다 났을까?" 갑득이가 물었다.

　"구슬뿐인 줄 아나. 부엉이집만 찾아내모 요상한 보물이 굉장
하단데이. 시계 뿌사진 거, 동전, 못, 목걸이도 있는 기라. 금반
지 같은 거도 있다 안 카나. 부엉이가 밤에 마실로 내리와서 길
에 흘린 거를 물어다 놓은 기제. 부엉이는 밤눈이 밝아 빤짝거리
는 거는 다 볼 수 있거던."

　"부엉이집을 십게 찾아낼 수 있겠나?"

"선달바우산 뒤에 팔베산 있제? 오추골 뒷산 말이데이. 그 산 검텡 바우 사이에 집을 짓고 산다 카더라. 작년에는 종쇠가 부엉이집을 뒤져 히얀한 거를 두 주무이 꽉 차게 꺼냈다 안 카나."

"새이야, 부엉이집 찾으로 팔베산에 안 갈래?" 갑득이가 나를 보았다.

"니나 가바라. 내사 배가 아푸이까."

"와? 니도 가자. 부엉이집 찾아내서 보물 나눠가지고, 배주사네 감밭에 살짜기 들어가서 감도 따묵는 기라. 그라고 여래못에서 목깜고 오자. 여래못 우에 사람 안 지키는 외밭도 있는 기라." 백태가 나를 꼬드겼다.

"너거나 갔다 온나. 나는 지서 쪽에 가볼란데이." 나는 장터마당을 질러 지서로 걸었다. 갑득이와 백태는 과수원 아래 향교 쪽으로 내달아갔다.

술도가 옆을 지나자 아침나절 뙤약볕 아래 미송이가 혼자 종이 비행기를 날리고 있었다.

"갑득이는 어데 내뿔고 니 호문차 댕기노?" 나를 보자 미송이가 물었다.

"부엉이집 찾으로 팔베산으로 갔다."

"백태하고 같이 갔제?"

"그래. 백태가 니보고 가자 안 카더나?"

"그런 데는…… 내사 몬 간다." 미송이는 짧은 한쪽 다리를 내려다보았다. "그 대신 나는 하늘로 날라댕기는 기라."

미송이가 종이 비행기를 날렸다. 비행기는 포물선을 그리며 날아가 술도가 함석문짝에 부딪혀 떨어졌다.

지서 앞에도 사람들이 모여 있었다. 정문 초소 앞에 아낙네가 퍼질고 앉아 넋두리를 늘어놓았다.

"모레가 혼삿날인데 붙잡아가모 우짤 끼요. 아이구, 중달아……
중달이 지금 어데 있소?" 아낙네가 두 다리를 뻗대며 섧게 울었
다.

"마, 집에 가소. 아들이 나뿐 짓 했으이 잡히온 기지예. 이래 싸
모 아지매도 잡아 처넣심더!" 초소를 지키던 순사가 고함을 질
렀다.

옆에 있던 갈래머리 처녀가, 그만 우시라며 아낙네를 부축하
여 일으켰다.

오추골 고추대장이 기어이 붙잡혔구나, 하고 짐작하자 내 가
슴이 갑자기 두근거렸다. 그저께 도수장 옆 여래천에서 아버지
와 이야기를 나눈 뒤 봉화산 쪽으로 잰 걸음을 놓던 고추대장 이
중달씨가 떠올랐다. 그렇다면 아버지도 지서 안에 붙잡혀 있을
는지 몰랐다. 입 속 침이 말랐다. 지서 안 목조 건물 유리창을 보
니 순경들이 얼쩡거렸고, 고함 소리가 터져나왔다.

"보이소, 몇 사람이나 붙잡히왔어예?" 손수레를 세워놓고 구경
하는 엿장수에게 내가 물었다.

"댓 놈 될 끼라. 쪼매 전에 끌리들어갔다."

"그라모 혹시 우리 아부지는예?" 엉겁결에 나온 말에 엿장수가
나를 보았다.

"니 아부지가 누군데?"

엿장수가 내 얼굴을 말꼼히 바라보자, 나는 슬그머니 자리를
떴다. 마치 그가 내 팔목을 잡아, 여게 좌익 새끼가 있심더 하며
지서로 끌고 들어갈 것만 같았다. 나는 한참 잰 걸음을 놓다 소
방서를 지나 돌아보니 나를 쫓아오는 사람은 아무도 없었다. 내

가 만약 엿장수에게, 김삼조가 우리 아부집니더 하고 대답했다면, 생각만 해도 등골로 식은땀이 흘렀다. 사진관 앞을 지날 때였다. 역 쪽에서 총 멘 순사가 포승에 묶인 사람을 데려오고 있었다. 그 뒤로 어른 아이들이 구경삼아 따랐다. 포승에 묶인 사람이 다행히도 아버지는 아니었다. 사흘 전, 아버지 편지를 전해 줄 때 만났던 물통걸 수리조합 허서기였다. 허서기는 분명 나를 알아볼 터였다. 그는 심부름 값으로 내게 돈 이십 원을 주었다. 허서기와 눈길이 마주칠까봐 나는 옆골목으로 숨었다. 여염집 굴뚝 뒤에 몸을 숨기고 일행이 지나가기를 기다렸다. 머리 숙인 허서기의 창백한 옆모습이 신작로를 지나갔다.

나는 장터마당 가는 길로 되돌아 걸었다. 먼지를 차는 발끝만 내려다보고 걸음 뗄 때야 비로소 아버지가 순경에게 붙잡히지 않았으면 싶었던 조금 전 내 마음을 돌아보게 되었다. 나는 여태껏 아버지를 미워했다. 당신이 억병으로 술에 취해 개골창에 처박혀 뒈지기를 바랐음에도, 내 마음 깊은 어디에 아버지에 대한 사랑이 남아 있음이 틀림없었다. 아버지는 나를 매질하고 굶기는 데도 나는 내심 당신이 내 곁에 있어주기를 바라고 있었다. "아부지……" 나는 괴는 눈물을 닦으며 그를 불러보았다. 장터마당을 질러 집 쪽 언덕길로 올랐다. 아버지가 집에 있어주기를, 당신이 나를 매질할지라도 맞아주기를 바랐다. 나는 이제 소년이 아니라, 그와 맞서서 꼭 하고 싶은 말이 있었다.

집으로 가니 또출이할머니마저 없었다. 아버지는 곰보 노름집이나 장바닥 술집에서 붙잡혀 벌써 지서 영창에 갇혀 있을는지 알 수 없었다. 또출이할머니는 보리 이삭 주우러 들로 나갔거나 중앙산에 삭정이 걸으러 갔겠거니 여겨졌다. "이늠으 자슥들은 방학이 돼도 나무 한 짐 안 해오이 이 늙은 내가 무신 고생살이 이토록 끼어서, 쯔쯔" 하며 할머니는 꼬부장한 허리춤을 치며 집을 나섰을 것이다. 지난 겨울과 봄철에는 내가 땔감 나무를 며칠에 한 짐씩 해왔는데 요즘은 나무하러 산에 오른 기억이 없었다. 할머니께 미안한 마음이 들었지만 설사를 한 데다 아침밥 굶은 나는 기운이 없었다. 한줌되는 허리가 절로 접혀졌다. 먹을 게 들어오지 않아 회충이 들볶는지 뱃속이 쓰리고 메스꺼웠다. 어지럼증으로 눈앞에 헛것이 어른거렸다. 나는 부엌으로 들어갔다. 시렁에는 이 빠진 빈 사기 그릇 몇이 얹혔을 뿐, 파리떼만 끓었다. 또출이할머니가 자기 밥그릇으로 쓰는 바가지가 엎어져 있어 뒤집어보니 아침에 먹다 남은 배주사댁 잔칫밥이 예닐곱 숟갈쯤 남아 있었다. 나는 부뚜막에 걸터앉아, 찾아봐야 있을 성 싶잖은 찬은 뒤져보지 않고 밥을 물에 말아 먹어치웠다. 부엌에서 나와 큰방 앞 쪽마루에 모로 누웠다. 다리 뻗고 하늘을 보았다. 구름 없는 쨍쨍한 하늘에는 솔개도 없었고 잠자리조차 날지 않았다. 매미 소리마저 잠시 그쳐 세상이 온통 더위에 취해 잠든 듯 아무 소리도 들리지 않았다. 귀를 기울이니 장터마당 쪽에서 소음이 재잘재잘 들려왔다. 나는 눈을 감았다. 정수리 부스럼에 파리가 붙었다 떴다 했으나 모른체 버려두었다. 사지가 물먹은 햇솜처럼 가라앉는 듯한 노곤함이 졸음을 불러왔다. 나는 까마득한 들판을 나는 반딧불이 되어 깜박깜박 사라져갔다.

"이 백정 자슥아, 바른 대로 대지 못해? 누가 시킨 짓이야. 누가 네놈한테 미창 벽에 대문짝만하게 그걸 쓰게 했어. 너 같은 무식쟁이가 문자를 알 리 없고, 반드시 뒤에 조종한 놈이 숨어 있어. 누가 시켰냐 말야! 오냐, 그렇게 주둥이 꿰매고 있담 네놈이 소 잡듯, 오늘 내가 널 잡지. 어디 한 번 오지게 죽어봐." 윤주임이 굴렁쇠 안경을 밀어올리며 장작개비를 집어들었다. 손에 침을 뱉곤 아버지 알몸뚱이를 내리치자, 당신 몸에 금세 핏발이 돋았다. 아버지는 두 손이 묶인 채 악다구니를 질렀다. 아버지 몸뚱이를 향해 장작개비가 숨돌릴 틈 없이 닦달을 놓았다. 윤주임은 매질을 쉬지 않았다. 살점 튀는 소리가 날 때마다 아버지 근육이 두부처럼 뭉개져 찢어졌다. 아버지는 모잽이로 시멘트 바닥을 굴렀다. 나는 윤주임 뒤에서 피투성이된 아버지의 질린 얼굴을 보고 있었다. "말해. 그래도 말 못 하겠다는 거냐? 그럼 내가 말하지. 배도수 그놈이지? 배도수가 어디 숨어서 네놈을 앞잽이로 쓰고 있지? 그놈 있는 곳을 불어. 네놈은 배도수와 부산 감옥에 같이 있다 해방되자 나온 놈 아닌가." 윤주임이 숨을 몰아쉬며 고함을 쳤다. "몰라예. 지는 아무것도 모름더. 감옥소에만 같이 있었제, 나오고는 안 만냈심더……" 아버지의 입과 코에서 피가 흘러내렸다. 윤주임은 아버지의 애걸은 한 귀로 흘려들으며, 매질을 거두지 않았다. 퍽퍽, 계속 살점 터지는 소리가 났다. 아버지의 고함이 차츰 앓는 소리로 잦아들더니, 아버지는 끝내 기절하고 말았다. "무식한 놈치고 모지네. 그래도 난쟁이 허리춤 추키기지, 무슨 신념이 골수에 박혔다고 뻗치길 뻗쳐. 어데 제놈이 이기나 내가 이기나 한번 붙자. 끝내 항복을 받아낼 테이깐." 윤주임이 말을 뱉곤, 물을 끼얹어 정신이 들게 하라고 옆에 선 순경에게 일렀다. 그때였다. 기수가 노랗게 질린 나를 손가락질했다. "아부지, 저 자슥 한분 혼찌검 내보이소. 절마(저자식)도 누가 시켰는지 알고 있을 낌더." 아들 말에 윤주임이 돌아보았다. "그것 참 용한 생각이구나" 하더니, 윤주임이 닭 모가

지를 채어쥐듯 나를 낚아올렸다. "옳거니, 이제 애비 대신 너가 죽어봐라." 누군가 뒤에서 내 반바지를 까내렸다. 윤주임이 장작을 치켜들었다.

"오빠, 오빠야."

나는 고함을 지르며 눈을 홉떴다. 온통 시뻘건 피색으로 보이는 눈앞에 단발머리 계집애 얼굴이 나를 내려다보고 있었다. 주위를 살피니 지서가 아니었고 아버지나 윤주임도, 기수마저 없었다.

"오빠 니 무신 무서븐 꿈 꾼 모양이제?" 귀순이었다. 귀순이는 유등 외삼촌 맏딸로 갑득이와 동갑내기였다.

나는 일어나 앉아 안도의 숨을 길게 내쉬었다. 얼굴이 땀투성이였다. 조금 전 장면이 꿈이었던 게 다행이었다.

"오늘은 장날도 아닌데 니가 웬일이고?"

귀순이는 대창초등학교에 다니지 않고 밀양 대산면 대산초등학교에 다녔다.

"고모부하고 갑득이는 어데 갔노?"

"몰라." 나는 아무렇게나 대답하곤, 무슨 일로 왔냐며 다시 물었다. 찬물에 얼굴을 씻어야 정신이 들 것 같아 나는 축담으로 내려섰다.

"고모님이 우리집에 와 있데이." 귀순이가 이마에 밴 땀을 훔치며 작은 소리로 말했다.

귀순이의 말에 내 귀가 틔었다. 귀순이가 고모님이라면 엄마를 누고 하는 말이었다. 나는 어리둥절해진 채, 귀순이의 말을 잘못 들었거나, 귀순이가 잘못 말하지 않았나 싶어 멍하니 서 있었다.

"니, 니 방금 무신 말 했노?"

"고모님이 여게 막바리 오모 고모부한테 맞아죽을까바서 우리 집에 와 있거던. 고모님 말이, 고모부나 또출이할무이한테는 말하지 말고, 니하고 갑득이만 살짜기 델고 오라 카더라."

"우리 어무이가 외갓집에 와 있단 말이제? 니 거짓말하는 거 아이제? 누부야도 왔나?"

"천옥이누부야는 안 델고 왔더라. 아침 기차 타고 호문차 안 왔나. 오빠 너거 성제 옷하고 고무신하고 공책 같은 거도 사가주고 말이데이."

내 눈에 기쁨의 눈물이 흘러내렸다. 분명 꿈이 아닌 생시였고, 오늘 아침 졸참나무에서 까치가 울지 않았는데 엄마는 우리 형제가 보고 싶어 진영으로 오셨다. 작년 늦가을, 아버지 주먹다짐에 삭신이 녹아내리도록 얻어맞은 엄마는 이튿날 아침, 갑득이와 내가 눈을 떴을 때 이미 누나를 데리고 집을 떠난 뒤였다. 그동안 나는 꿈결에도 갑득이와 함께 엄마를 찾아나서 산과 들판은 물론 먼 도회 낯선 거리를 비렁뱅이짓해가며 헤매고 다닌 적도 여러 차례였다. 멀리서 기적을 울리며 기차가 읍내로 들어오면 갑득이 손을 잡고 역으로 뛰어가기도 수십 차례였다. 작년 겨울은 상행·하행을 합쳐 네 차례 오르내리는 기차 시간중에, 막차가 올 시간이면 거의 날마다 역으로 나가 엄마를 기다리며 떨기도 했다. 차가 도착하고 사람들이 속속 집찰구를 빠져나오면, 얼굴 익은 사람에게 엄마가 차에 탔지 않았느냐고 물어보곤 했다. 기차가 떠나버린 뒤까지 우리 형제는 집찰구 앞을 떠나지 않았다. 마지막 손님마저 역원에게 표를 내고 가버리면, 빈 대합실에서 갑득이와 나는 추위와 주림과 서러움에 서로 껴안고 울었다. 아버지를 욕질하고 엄마를 원망하며 울던 그 겨울이 지나고 봄이 와도 엄마는 편지 한 장 보내지 않았다.

"갑득이는 팔베산으로 갔는데 우예 찾을꼬. 동무하고 부엉이집 뒤지러 안 갔나. 보물 찾는다 카민서."

"언제 갔는데?"

"아침 묵고 바로."

잠을 꽤 잤는지 해가 하늘 높이 올라 정오가 가까웠다. 곧 소방서에서 정오 사이렌을 불 터이다.

"팔베산이 여게서 머나?"

"쪼매 멀다. 오추골 뒷산이지러." 팔베산은 선달바우산 너머 오추골 뒷산으로 산주름에 검텡 바위가 늘렸고 가파른 암벽이 있었다. 선달바우산 능선을 타고 올라가 여래못 골짜기로 빠져 팔베산까지 가자면 빠른 걸음으로도 한 시간은 걸릴 거리였다. 그 정도 거리라면 지금 뛰어가도 유등 외갓집에 도착할 수 있는 잇수였다. 귀순이를 데리고 오추골까지 갈 일도 난감했지만 또 그곳에 간다 해도 갑득이가 아직 팔베산에 있는지 알 수 없었다. 부엉이집을 찾아냈거나 찾기에 지쳐 배주사네 감나무밭으로 나왔는지도 알 수 없었다. 아니면 여래못에서 멱을 감는지, 주인 없는 외밭을 뒤지는지, 그것도 아니라면 어디서 밀서리라도 해먹는지 몰랐다. 팔베산으로 간다 해도 갑득이를 만나지 못할 것 같았다. 나는 귀순이와 함께 장터마당 쪽 내리막길을 걸었다.

"갑득이는 놀러 나갔다 카모 저녁답이 돼야 들어온다. 집에 있어도 점심 묵을 밥이 없어넌. 그라이까 우리 먼첨 너거 집에 가자. 저녁답에 내가 집에 다불로 와서 갑득이 델고 가기로 하고 말이다."

갑득이를 찾아 헤매고 다닐 사이 해가 기울고, 그럼 엄마도 우리 형제 기다리기에 지쳐 저녁차 편에 그만 부산으로 돌아가버릴 것만 같았다. 빨리 엄마를 만나고 싶은 마음에 나는 철하로 냅다 뛰었다. 뛰다 돌아보니 귀순이가 할딱거리며 쫓아왔으나 나 사이와 거리는 멀어지기만 했다.

"오빠야, 같이 가자." 귀순이가 외쳤다.

"니가 빨리 와야지러."

마음 같아선 귀순이를 뒤에 오게 하고 나 먼저 외갓집에 도착하고 싶었으나 그럴 수 없었다. 정수리로 내리쬐는 한낮의 열기가 엿기름처럼 온몸을 땀으로 적셔냈다. 나는 걷다 뛰고, 뛰다 걸었다. 쥐나리를 지나 본산 마을이 저만큼 보일 때, 읍내 소방서에서 오포가 불었다.

"귀순아, 빨리, 온, 나……," 멀리서 검정콩알만하게 쫓아오는 귀순이를 부르는 내 목소리가 숨에 찼다.

눈으로 스며드는 건건찝찔한 땀 탓이기도 하지만, 길바닥 돌멩이조차 살아 뛰는 듯한 어지럼증으로 나는 거의 눈을 감다시피하고 뛰었다. 본산리 들입에 있는 큰 느티나무 그늘에 노인들이 한담을 하거나 장기를 두고 있었다. 느티나무를 지나 본산리로 빠져나가자 낙동강 강변 벌이 넓게 펼쳐졌고, 멀리 강둑이 동아줄을 늘여놓은 듯 보였다.

길 저쪽에서 머리수건 쓴 아낙네가 이쪽으로 걸어오고 있었다. 작은 키에 여윈 몸매가 먼발치에서 보아도 엄마가 틀림없었다. 내가 땀과 눈물에 젖은 눈을 닦고 다시 보아도 외갓집에서 기다리기에 지쳐 우리 형제를 마중나오는 엄마가 분명했다. 무명 적삼에 검정 통치마 입은 엄마가 이쪽을 바라보다 걸음을 멈추었다. 햇빛 때문인지 이맛전에 손을 얹고 나를 보고 있었다.

"어무이!" 나는 숨을 몰아 쉬며 엄마를 불렀다. 길바닥 모난 돌멩이에 맨발이 긁혀 피가 났으나 나는 아랑곳 않고 내달았다. 엄마도 뛰어왔다.

"갑수야, 갑수구나……"

몇 발 사이에 두자 엄마는 걸음을 멈추었다. 엄마의 벌린 팔 사이로 나는 쓰러지듯 안겼다. 엄마의 어깨에 얼굴을 묻었다. 나는 아무 말도 못 한 채 가쁜 숨만 죽였다. 엄마도 마찬가지였다. 엄마는 내 등짝만 쓸어내렸다. 엄마한테선 주선생처럼 분내가 나지 않았으나, 나는 아무래도 좋았다. 땀내 섞인 큼큼한 엄마 특유의 쉰내를 오랜만에 맡으며, 이제 다시 엄마를 놓지 않겠다는 듯 엄마 허리만 안고 있었다.

"배도 많이 곯고, 구박도 서름도 많이 받고, 고생도 많았지러?" 엄마는 내 등을 쓸며 울다 물었다. "갑득이는 와 안 왔노?"

"놀러 나갔는데 몬 찾았심더. 쪼매 있다가 내가 가서 델고 오께예."

엄마는 내 어깨를 밀어 나를 떼어놓았다. 손으로 내 어깨를 짚고, 이게 내 자식인가 하듯 내 얼굴을 찬찬히 들여다보았다. 나도 엄마 얼굴을 마주보았다. 웃으려 했으나 웃음 대신 울음이 북받쳐올랐다. 엄마는 별 변한 데가 없었다. 햇볕에 그을리지 않아 안색이 조금 핼쑥해졌달 뿐, 패인 아래뺨과 아버지 주먹다짐에 분질러진 앞이빨이 작년 그대로였다.

"갑수가 그새 많이 컸구나." 엄마는 눈물이 글썽한 눈으로 대견해하며 말했다.

"누부야는 안 왔다면서예?"

“천옥이는 부산서 잘 있다. 코쟁이 집에서 식모로 있다.”
“미국 사람 집 말입니껴?”
“해방되서 미국 사람이 조선 땅에 많이 나와, 부산에는 코쟁이
들이 많단다. 한참 내하고 식당 정지(부엌)일 보다 누가 소개해
줘 초량서 팬키 지낸다. 너거 성제 이바구마 나오모 불쌍한 동상
들 머 묵고 우예 살꼬 하미 울어쌌지러.”
“지침빙은 좀 나았습니껴?”
“늘 잘 묵으이까 차도가 있는갑더라. 나도 바뿐 몸이고 지도 매
인 몸이라 한 달에 한 분쭘 만낸다. 작년 섣달부터 같이 진영에
온다민서도…… 어데 자리가 잽혀야제. 자리마 잽히모 너그 둘
을 부산으로 델고 올라고 기를 쓰는데, 그기 뜻대로 잘 안 된데
이. 우째 올개마 넘기모 방도 한 칸 얻고 같이 살게 될란지……”
“그라모 어무이 호문차 또 부산에 갈 낍니껴?” 엄마 말에 기쁨
은 잠시고, 나는 다시 설움에 복받쳤다.
“그래야제. 오늘 하룻밤 너그들하고 외갓집서 같이 자고 내일
아침차로 갈라 칸다. 악착같이 돈 벌어 너그들 배나 안 곯도록
해줘야제.”
“어무이, 인자 여게서 아부지하고 같이 사입시더. 굶어도 배 고
푸다 안 칼 테이 같이 살아예. 증말임더. 다른 사람은 다 아부지
하고 어무이 같이 사는데 우리마 와 이래 떨어져서 살아야 되
예? 안 그렇습니껴?”
“니 애비하고 안 살아도 너그들하고는 같이 살라꼬 에미가 객
지서 그 고상 안 하나. 신새북에 일나서 뱃사람 묵을 해장국 끼
리고, 밤 열두시까지 허리 한 분 몬 패고 정지일 한단데이. 밤이
돼서 골방에 누부모 에미 읎이 커는 너그들 생각나서 눈이 붓도

록 또 울고…… 우째 사람 사는 기 짐승이나 초목보다 몬 하이, 무신 악귀가 붙었는지 모르겠데이." 엄마가 물코를 들이마셨다.

"어무이, 그라모 아부지도 백정질 치아뿌라 카고 부산에 같이 가서 살모 안 됩니껴? 아부지도 소 안 잡고, 여게서 노름 안 하고, 거게 술 묵을 사람 읎으모 착한 사람될 낍니더."

나는 그 이유보다, 아버지가 여기를 떠나면 좌익짓 안 하게 되고 지서에 잡혀갈 염려도 없지 않을까 생각하고 한 말이었다. 좌익짓이란 이 세상 무슨 일보다 무섭게 생각되었다.

"니 애비가 와 부산에 같이 가서 사노. 니는 그 미친갱이한테 정이 폭삭 들어뿐 모양이구나. 그라모 니는 아부지하고 여게 남아 살고 시푸나? 니 애비가 새에미 얻으모 잘 믹이주고 옷도 잘 빨아줄 낀데?" 엄마가 눈을 크게 떴다.

"어언제예. 그기 아이고……"

내 입에서, 아버지가 지서에 잡혀 있을지 모른다는 말이 튀어나오려 했으나 나는 그 말을 되삼켰다. 아버지와 엄마 중에 한 사람을 택하라면 나는 단연코 엄마 쪽이기 때문이었다. 오직 아버지를 좌익 세계나 지서로부터, 술과 노름으로부터 빼내 가정으로 돌려받고 싶은 마음뿐이었다.

"떨어져 살민서 곰곰이 생각해바도 차라리 혼자 사는 기 낫지 너거 애비하곤 몬 살겠더라. 너거 애비하곤 살이 끼서 살아도 같이 몬 살고, 산다 카모 내가 질거(남 먼저) 죽고 말 팔짜데이."

엄마는 작년 늦가을에 고향을 떠날 때 이미 아버지와 영원히 봉별하기로 작정했다는 듯 머리를 흔들었다. 그러나 내 마음 한쪽은 개운치 못했다. 아버지는 물론 또출이할머니와도 헤어져야 함이 싫었다. 이야기가 끊기자, 내가 돌아보니 귀순이가 본산 느티나무 밑을 지나 걸어오고 있었다.

외갓집 마당으로 들어서니 외숙모는 뙤약볕 아래 막내를 들쳐업고 보리짚에 도리깨질을 하고 있었다. 기워입은 삼베 홑적삼이 땀에 채였다. 외숙모는 까만 얼굴로 나를 보며, 어무이 만내 보이 억시기 좋제? 하며 웃었다.

"칠복때가, 쉬었다 서늘한 저녁답에 안 하고. 어데 시절이 사람 잡아묵나, 장마질 날씬가." 외숙모를 보며 엄마가 말했다.

"저녁답에는 칠복이하고 논에 맞두레질하로 나가야지예. 반타작이라도 할라 카모 벼포기를 땀물이나따나 적시모 낫다 안 캅니껴." 외숙모가 지친 된숨을 내쉬었다.

"그라모 그 알라라도 좀 내라 나라. 내가 보꾸마."

"우째 성님이 이 울보 보겠습니껴. 이 자슥은 청개구리 닮은 늠인지 지 어무이마 떨어지모 까무라쳐 죽심더. 에미 죽으모 웃을란지 몰라도" 하며, 외숙모는 등에 붙은 아기를 떼어 엄마에게 넘겨주었다. 막내는 숨넘어가는 소리로 울었다. 외숙모는 머릿수건을 벗어 옷에 붙은 검부러기를 털곤 엄마한테 막내를 되받았다. 삽짝 옆 감나무 그늘 아래 퍼질고 앉더니 젖꼭지를 물렸다. "빨아도 어데 나올 젖이 있어야제. 이 불쌍한 것아, 쯔쯔."

마루에 앉아 숟갈을 빨던 세 살바기 만복이가 밥 달라며 칭얼거렸다. 검누렇게 뜬 얼굴이 게접스러운데 영양 실조로 어깨와 갈빗대는 뼛가죽을 쓰고 있었다. 배는 올챙이처럼 볼록했고 푸른 심줄이 비쳤다.

"아이구, 갑수 인자 오나." 컴컴한 부엌에서 외할머니가 아궁이에 불을 지피다 내다보았다. "갑득이는 안 오나?"

"동무하고 산에 놀러 갔는데 몬 찾았심더. 외삼촌은 어데 갔습니껴?” 나는 부엌 앞으로 갔다.

“논에 물 대로 갔데이.”

“비가 너무 안 와서 큰일이지예?”

“올해 농사는 폭삭 망했다. 여름이사 소처럼 풀마 묵어도 배 채운다 카지마는 겨울 날 일이 벌씨러 걱정 아인가.”

“내일이라도 비가 오모 괜찮겠습니껴?”

“그래도 쭉대기 농사밖에 안 된다. 어데 산 입에 금구 치겠나. 몬 죽어 쉬는 숨이고, 사는 데까지 살아보는 기제.”

외할머니는 마른 콩대를 아궁이에 밀어넣었다. 콩알을 박았다 뺀 듯 얽은 구멍마다 아궁이 불빛이 숨어든 할머니 얼굴이 오늘 따라 더 늙고 처량해 보였다.

“너거 식구들 더분 밥해줄라꼬 구장댁에서 귀한 살 한 되 빌렀데이. 갑수야, 오늘은 니 꽁보리밥 안 먹이꾸마.” 외할머니는 머릿수건으로 땀을 닦으며 말했다.

“괜찮심더. 지사 오늘 밥 안 묵어도 돼예. 어무이 오이까 밥맛이고 머고 다 내빼뿟심더.” 나는 말은 그렇게 했지만 배가 고팠다. 먹으면 또 설사로 싸버릴까 걱정도 되었다.

“그랄수록 밥 많이 묵어야 된데이. 너거가 어서 커서 에미 호강 시키야제. 에미나 할매는 너그들 잘 몬 거둬믹이서 그렇지, 밥 잘 묵는 거 보는 기 젤로 좋단다. 지 논에 물 들어가는 거하고 지 새끼 입에 밥 들어가는 기 젤로 보기 좋다는 말도 있잖나.” 외할머니가 정색을 하고 나를 보았다. “그런데, 요새 너거 애비는 머 하노?”

“모르겠심더. 날마다 밖으로 나댕기기마 하이까예.”

“무신 일인지 칠복이애비 만내러 두 분인가 여게 왔더라마는.

그런데 갑수야, 애비한테는 너거 에미 왔다고 절대로 말하지 마
거라. 주소 알모 부산까지 찾아가 쥑이든지 할 끼다. 니도 알제,
애비가 사분(비누)장수 실갱이를 낫으로 쳐서 팔 하나를 자른
거 말이다?"
"아부지한테는 아무 말도 안 하겠심더."
"매타작 당하나 굶으나 그래도 서방 그늘이 젤이라 카는데 너
거 에미는 그 그늘도 쉴 그늘이 몬 되이, 그기 다 서방복을 잘몬
타고난 탓이제" 하다, 외할머니는 갑자기 무슨 생각이 났는지 치
마 안을 뒤졌다. 손때 묻은 귀주머니를 열어 편지를 꺼냈다. "소
록도 너거 큰외삼촌한테서 오늘 온 핀지다. 갑수 니가 한분 읽어
도고."
　진영중학교 앞을 지나는 철로 밑 동굴 안에 가마니로 울을 치
고 뮤둥이 서넛이 살고 있었다. 그들은 장터마당 주변을 돌며
「각설이 타령」을 읊고 구걸질을 다녔다. 그 얼굴과 손이 너무 흉
측하게 떠올라 나는 외할머니가 준 편지 쥐기가 섬뜩했다. 병균
이라도 옮아 금세 내 손 살점에 고름이 흘러내릴 것만 같았다.
그러나 큰외삼촌 때문에 평생을 오매불망 근심 속에서 젖어 사
는 외할머니 앞에서 그런 내색을 할 수 없었다. 나는 피봉을 찢
고 편지를 꺼냈다. 편지지 양쪽 귀를 손톱으로 잡고 나는 편지를
읽었다. 누구에게 대필을 시켰는지 꼬불꼬불하게 붙여 쓴 글씨
라 읽기가 까다로웠다.

　어무임전상서
　이삼복더부에농사짓는다꼬얼매나고상이만어심니껴. 여게도가
물이심하여묵는물조차어더묵기심히에렵심더. 제수씨하고꽃감맨

쿠로줄줄이역인그만은알라덜믹이살린다꼬동상이엔간히고상대
는줄눈에선합니더. 읍내누이는우째살고지내는공요. 짐서방이안
죽철이덜든막나니라누이고상이만타카더마는건건이그래그래살
고있는지예.
　지는여게서예수님믹고하로를천날가치기도하고찬송하고지냅니
더. 우리주님이병업고건심업는천당으로부러모요단강건너영생복
락할그날까지절겁고선한맘가주고살다갈낍니더. 시상에버림박고
얼골덜고하널보기부끄러븐우리기천업는문딩이를죄만은땅에서
건지내서구해주신궁홀한주예수님으한량업는은해를박고끼리끼
리오손도손지내이까어무임은아무걱정마십시요예수님은서런세
살에성천하셨지마는나는서런아홉이댄지겸까지살아있으이두분
사는목숨이요여섯해를그저살고있으이이것도다하널님축복이아
이고무엇이겠습니껴.
　어무임은인자지를바도알아볼수가업구로낯짝이소시쩍과생판다
러고부모님이물라주신사지육신조차정케간수치몬해서껀어지고
뒤틀으졌지마는맘하나만큼은새사람으로환생해서할렐루야부러
며문딩이들끼리위로하고사이찌지고뽁는시상살이보다별천지요
건심걱정을하널님께막기니널기뿜으찬송이거칠날이업슴니더. 오
죽천추에한이만애서부모님공양몬하는불효자슥이다보이배개가
를눈물로적사낼적이어데하루이틀이겠심니껴. 살아생전에어무임
몬모시고건심으로가슴에못박아뿌린이길나미지마는언젠공죽어
서는하늘나라에서멫천년어무임모실테이까이아들을한량업이용
서해주십시요. 어무임도부디주예수님열심이미더시고사는대따러
는모던에러움과고통을위로받어십시요. 주님은언제나불상한사람
굼는사람병던사람으동무요형제입니더.

그라모어무임이더븐철에옥채보전잘하시고오널밤도어무임위해
서기도올리겠심니더. 할렐루야아멘. 불호자길나미올님

　내가 더듬더듬 편지를 읽는 동안 외할머니는 옷고름으로 눈물
을 찍다 못해 소리죽여 흐느꼈다.
　"불쌍코 가련한 우리 길남아. 아이구, 내가 무신 늠으 벼락맞을
죄를 지어서 그 자숙이 그리 됐는고…… 지 말마따나 부디 죽어
천당 가서 멀쩡한 육신으로 잘살아야제. 한도 많고 서름 많은 팔
짜야……"
　"할무이, 그만 우시이소. 사람이 마음 편케 지내는 곳이 천당이
라 카는 말도 안 있습니껴. 큰외삼촌은 예수님 믿고 늘 즐겁게
지내니 마 괜찮심더." 외할머니 대신 내가 콩대를 아궁이에 밀어
넣으며 말했다. 콧끝이 찡하고 목이 잠겨왔다.
　"니 말이 맞다. 그래 생각고 살아야제. 내가 운다고 천리 밖에
있는 지 맘을 달래겠나 우짜겠나." 할머니는 충혈된 눈으로 나를
보았다. "갑수가 이 할매 마음을 진정시킬라는 걸 보이 니도 인
자 다 컸구나. 니도 호패 차고 장개갈 나이가 다 됐으이."
　"할무이, 빨리 밥이나 하이소. 오래간만에 어무이하고 외할무
이하고 맛좋게 묵구로예." 외할머니 마음을 밝게 돌려세우려 내
가 말했다.
　"오냐, 오냐. 호박잎 밥 우에 얹었다. 호박잎 쌈싸 묵으모 참 맛
있데이. 호박잎은 약이라서 횟배 앓는 사람은 꺼시(촌충)가 죽
어 똥에 섞여 빠진다 안 카나."
　감투밥으로 그릇 위까지 수북이 담은 점심밥을 먹자, 남의 도
시락밥을 한 숟갈씩 훔쳐 먹었다는 갑득이가 생각났다. 엄마와

외할머니도 갑득이를 떠올리는 눈치였으나 말을 꺼내지 않았다. 그렇다고 나마저 갑득이 때문에 목이 메어 밥을 먹다말고 숟가락 놓을 이유는 없었다. 한 그릇 밥을 걸쌍스럽게 비워내자, 엄마는 당신 밥그릇에서 몇 숟갈을 더 떠내어 내 빈 그릇에 넘겨주었다.

내가 포식하고 밥상에서 물러나앉자, 엄마는 기다렸다는 듯 "때가 누렁지처럼 앉아 몸 꼬라지가 까마구 같구나. 에미 읆으이 누가 니 몸 씻기주겠노" 하더니, 나를 데리고 뒤꼍으로 갔다. 엄마 앞에 알몸을 보이자니 작년과 달리 부끄러웠다. 불두덩 사이를 손으로 가리자 엄마는, 니도 인자 부끄럼 타구나 하며 내 몸에 물을 끼얹고 묵은 때를 벗기기 시작했다. 엄마는 가지 씻는 소리가 나게 살갗을 밀어붙여 나는 흥겨운 비명을 질렀다. 엄마 손이 스쳐간 자리마다 살갗이 발갛게 익었으나 힘주어 몸 씻겨줄 사람이 엄마말곤 또 누구일까 싶고, 그게 엄마 사랑 자국처럼 보여 나는 흐뭇해지기까지 했다.

목욕을 하고 마당으로 나오니 외할머니가 외 세 개를 우물에서 건져내왔다. 엄마와 나는 마루에 앉아 외를 깎아 먹었다. 엄마는, 나와 갑득이가 입으라며 사가지고 온 옷과 고무신 · 공책 · 연필을 내놓았다. 우리 모자(母子)는 밀렸던 여러 이야기를 나누었다. 나는 엄마가 아버지에게 나쁜 마음을 갖지 않게 하려 말끝마다 아버지 흉되는 점을 애써 숨겼다. 그러다보니 아버지가 요즘 좌익패와 한통속이 되어 그들 심부름을 다니고, 지금쯤 어쩜 지서에 잡혀 있을지 모른다는 말을 뱉기가 더욱 힘들어져 끝내 그 사실은 숨기고 말았다. 엄마가 우리 형제를 남겨두고 다시 부산에 가더라도 마음을 돌려 누나와 함께 고향으로 돌아오게 하거나, 고향을 떠나도 아버지와 함께 떠나야 한다는 생각은 시간이 흐를수록 내 마음을 더욱 옭아매었다. 나는 그 책임이 오로지 내 마음에 달렸다는 건방진 자부심으로, 엄마는 물론 아버지도 반드시 내가 설득시켜 우리 가족이 함께 사는 길만이 모든 문제에 우선됨을 철석같이 믿었다.

"어무이, 집에 가입시더. 아부지가 절대로 어무이 때리지 않을 낌니더." 나는 엄마에게 애원했다.

"나는 몬 간데이. 내가 니 애비 안 만낼라 카는 기 매질이 겁나서 아이다. 니 애비가 안죽 정신을 몬 채리기 때문인 기라. 내가 부산 있어도 니 애비 소식은 더러 듣고 안 있나. 말끝마다, 여편네가 들어오모 배창자 갈라놓는다 카는 그런 개차반하고는 아무리 살아도 하루가 맘 핀할 날이 읎다. 매질을 해도 한군데 정 가는 데가 있어야 사는 벱인데, 내가 우째 그 집구서에 내 발로 걸어들어가겠노."

"그래도 어무이, 아부지가 전에 하고는 많이 달라예. 우리도 요새는 아부지한테 매 안 맞심더. 만약 아부지가 증말 어무이한테 지랄빙 치모 그때는 내가 가마 안 있을 낌더. 나도 인자 심이 있습니더."

"갑수 니 맘이사 내가 다 안데이." 엄마는 말머리를 바꾸었다. "갑득이가 집에 왔을란가, 어서 가서 데불고 온나. 니 애비나 또 출이할무이한테는 절대로 어무이 왔다 카는 말 하지 말고. 그저 외갓집에 간다 카고 살째기 빼내온나."

"날이 이래 더분데 새 고무신 신기가꼬 해거름에나 보내거라." 외할머니가 참견했다.

나는 엄마에게 아버지와 함께 살자고 조르는 시간을 벌려, "그

194

라모 한얼공민학교 야학당 시작할 때 가지예. 아부지가 야학당에 댕기며 공부하라 캐서 우리는 날마다 해만 지모 야학당에 나가야 돼예. 야학당에 가모 갑득이가 나올 끼고, 그래 되모 아부지나 또출이할무이 안 만내도 갑득이를 살짜기 델고 올 수 있습니더" 하고 말했다. 엄마는 분명 내일 아침 기차편에 부산으로 떠난다 했다.

엄마가 사온 새 고무신 신고 내가 외갓집 나섰을 때는 들녘 끝 서산으로 붉은 해가 떨어졌을 때였다. 외갓집 담을 돌아나오자 나는 새 신바닥이 닳는 게 아까워 고무신을 벗어 들었다. 사실은 고무신이 문제가 아니라 엄마로부터 어떤 확답도 듣지 못한 채 읍내로 걷는 내 발길이 무거웠다. 서산마루를 가득 채우며 노을은 붉게 번졌고, 수백 마리 갈가마귀떼가 어지럽게 원을 그리며 노을 속으로 사라져갔다. 붉게 피어난 노을을 보자 엄마를 만나 가슴 뛰던 기쁨도 어느덧 사그라지고, 나는 그만 그 노을에 몸을 던져 한줌 재로 사위어버리고 싶었다. 울적해서 죽고 싶었다. 나는 혼잣말로 외쳐보았다.

"아, 노을이 곱다. 아부지도 어무이도 다 밉다. 아부지가 노을색이라면 어무이는 하늘색일까. 두 가지 색을 보태모 보라색이 되겠제. 그런데 어무이나 아부지는 왜 합쳐지기를 싫어하노. 노을은 저래 아름다분데 말이다."

그렇게 외쳐도 마음이 개운치 않았다. 먹장구름같이 가슴을 눌러오는 어두움이 종내 개이지 않았다.

나는 한얼고등공민학교 운동장을 질러 축구 골대 뒤쪽 별관으로 걸었다. 별관을 야학당으로 썼는데 불이 밝았다. 열린 창문으로 안을 기웃거리니 가마니 바닥에 사람들이 빼곡히 앉았고, 칠판 걸린 쪽에 구레나룻 시커먼 젊은이가 한참 열 올려 수업을 하고 있었다. 그저께 쇠전걸에서 손북 치던 젊은이였다. 어젯밤에 못다 마친 왜정 시대 북간도 지방을 중심으로 활약한 조선인 유격대 이야기였다.

"……그래서 일본 헌병대 앞을 조심조심 지날 때 입초 섰던 헌병이 턱 불심 검문을 한 겁니다. 품속에 육혈포를 감췄다보니, 이거 큰일났구나 하는 차에……" 하다 구레나룻 젊은이가 말을 멈추었다.

구변이 좋아 이야기를 조마조마하게 이끌어 어른 아이들은 더위도 아랑곳없이 긴장하여 선생 얼굴만 쳐다보았다. 학생들 쪽으로 살펴도 갑득이가 눈에 띄지 않았다. 벽에 건 석유 등잔불 그림자 때문에 내가 잘못 봤겠거니 해서 한참 뜯어보아도 갑득이가 없었다. 마침 뒷문께에 사촌 종철이가 있어 나는 열린 문으로 들어갔다.

"종철아, 갑득이 몬 봤나?"

내가 옆구리 찌르며 소곤소곤 말하자, 종철이는 졸다 말고 머리를 저었다.

"나는 오늘 첨 나왔데이. 갑득이는 첨부텀 안 보이데."

나는 땅거미조차 지워진 깜깜한 운동장을 질러 철길로 뛰었다. 턱에 숨이 닿게 열심히 뛰어 움집 삽짝까지 와서야 나는 걸음을 늦추었다. 집안 동정을 살피니 큰방이 깜깜한 게 아버지는 없을 터이고, 마당 멍석에 또출이할머니만 앉아 장죽을 빨고 있었다.

"모깃불이라도 피우지예." 나는 새 고무신을 허리 뒤로 감추었다.

"아이구, 이 땡삐 같은 거리구신아. 하루쥉일 어데 회질러 댕기다 인자 오노. 배때기도 안 고푼가보제?" 할머니가 나를 보자 반갑다고 악다구니를 썼다.

"갑득이 안 왔습니껴?"

"와, 니캉 같이 놀로 안 댕깄나?"

"어언제예. 아츰질에 팔베산에 간 늠이 안죽 안 왔는가베." 나는 불길한 예감이 들었다. "할무이, 그라모 갑득이가 아침질에 나가 집에 한 분도 안 들어왔단 말이지예?"

"그래, 나는 몬 봤는데. 배주사댁에 잔치 뒷설거지 거들어 점심 얻어묵고 오이까 아무도 읎더라."

"그라모 아부지는예?"

나는 새 고무신을 감춰두려 변소 쪽으로 걸었다.

"모리겠다."

"무신 소문 몬 들었습니껴?"

나는 고무신을 낮은 변소 지붕의 호박잎 아래 숨겼다.

"아무 소문도 몬 들었는데, 와?"

나는 대답 않고 삽짝을 나섰다. 아버지가 지서에 잡혀갔다면 필경 입 싼 어느 아낙네가 집에 와서 그 소식을 또출이할머니에게 알려주었을 것이다. 할머니가 모른다면 아버지는 아직 읍내를 활보하며 초저녁부터 주정깨나 떨거나 장태문 선생 심부름이라도 다닐 터이다. 갑득이가 걱정이었다. 바위 암벽을 기어오르다 떨어졌는지, 여래못에 멱을 감다 빠져 죽었는지 알 수 없었다. 우선 백태 십으로 가봐야 할 것 같았다. 백태 집은 장터마당 아래쪽 저잣거리에 있었다. 백태아버지는 저잣거리에서 참기름 장사를 했다. 가게 덧문을 닫던 백태아버지에게 나는 진구가 집에 있냐고 물었다.

"어데로 싸돌아댕기는지 점심도 안 묵으로 와서 지 에미가 찾으러 나갔데이." 백태아버지가 말했다. 백태아버지 몸에서는 고소한 참기름 냄새가 났다.

"아츰에 나가서 안즉 안 들어왔으모 이거 큰일인데예."

"와, 무신 일 있었나?"

"갑득이하고 아츰질에 오추골 뒤 팔베산으로 부엉이집 찾는다꼬 놀러 갔는데, 아매 우째 된 모양입니더."

나는 깜깜한 선달바우산에 눈을 주었다. 산은 묽은 잿빛 하늘 아래 큰 짐승처럼 웅크리고 있었다. 어느 사이 산 위에는 별이 촘촘히 떴고 주걱 모양의 북두칠성이 선달바우산과 중앙산 위에 엇비슷이 걸려 있었다.

"팔베산까지 갔다꼬? 그라모 큰일인데. 검텡 방구 그 위에는 어른도 올라가기 심들다는 데 아인가?" 백태아버지도 선달바우산을 망연히 바라보았다. 밤중에 거기까지 찾아갈 엄두가 나지 않는 모양이었다. 관솔불이라도 켜들고 팔베산으로 간다 해도 깜깜한 어둠 속에서 사람을 찾아내기 쉬울 것 같지 않았고, 둘이 그 바위 벼랑 아래 시체로 던져져 있지 않다면 밤중에 거기서 새우잠 잘 리가 없었다.

"오추골에 진구 숙모가 사는데, 거게 있을까?"

"그라모 어둡기 전에 읍내로 내리왔을 기 아입니껴?"

"그렇기사 한데…… 에미가 찾으로 갔으이 니는 여게 좀 기다리바라." 백태아버지가 가게 쪽문을 열고 들어가 긴 의자를 내왔다. 댓가치 보이는 찢어진 부채를 들고 나와 한 개를 내게 주었다. 의자에 나란히 앉아 백태아버지는 담뱃대에 엽초를 넣어 담배를 피웠고, 나는 종아리를 연신 쪼아대는 모기 등쌀에 부채로 아랫도리를 쳤다. 어쩜 지금쯤 엄마는 갑득이가 보고 싶어 본산 동네까지 마중 나와 있을는지 몰랐다. 그런 생각을 하자 불안한 내 마음은 더욱 초조해졌다. 장터마당 장옥에선 선머슴애들이 「울고 넘는 박달재」를 불러댔고, 하모니카 소리도 들려왔다. 이십 분은 좋이 기다리니 그제서야 백태엄마가 돌아왔다. 백태엄마는 몇 군데 친척집과 동네 애들 집을 둘러보아도 진구를 못 봤다는 어두운 소식만 안고 왔다.

"오추골 지 숙모집에서 자고 오는 기 아일까예?" 백태엄마가 서방에게 물었다.

"글쎄, 여태껏 거기 간 적 없는데, 자고 올 리 있는가."

"무신 일이 난 모양임더."

"오추골 갔다 오는 데 시간 반이모 되겠제? 아무래도 내가 나서 바야 될 것 같데이."

"이 밤중에 회계고개를 우째 넘어갈라꼬예."

"머 범 나오는 산중도 아인데, 내 퍼뜩 댕기오꾸마" 하더니 백태아버지가 내게 말했다. "갑수야, 그라모 니는 진구엄마하고 저 철하 쪽이나 여래리 쪽으로 댕기민서 알아바라. 날이 이렇게 찌니 사람들이 모두 길가로 나앉아 있을 끼데이. 진구하고 갑득이 같은 아아들 몬 봤나고 물어바라."

그 길로 백태아버지는 총총히 선달바우산과 중앙산이 골짜기를 이룬 도랑골 쪽으로 올라갔고, 백태엄마와 나는 장터 쪽으로 갔다. 장터마당을 싸놀고 여래리로 갔다가, 내진심에 대창초등학교 부근까지 돌며, 만나는 사람마다 물어보고, 갑득이 반 애 집도 몇 군데 들러보았다. 둘 소식은 오리무중이었다. 야학당까지 다시 가보아도 공부는 끝날 때가 됐는데 갑득이와 백태는 보이지 않았다.

"이제쯤 동상이 집에 와 있을란지 모르이까 지가 집에 가보께예. 집에 읎으모 다시 내리오겠습니더." 내가 백태엄마에게 말했다.

백태엄마와 나는 초등학교 문 앞에서 헤어졌다. 나는 허겁지겁 활터 쪽 집으로 올랐다. 어느 사이 반달이 암청색 하늘에 새치름히 돋아나 홀로 걷는 나를 내려다보았다. 나는 달을 쳐다보았다. 내가 달을 볼 때 엄마와 누나도 저 달을 보며 나와 갑득이를 그려보겠거니, 하던 지난 겨울이 불현듯 생각났다. 달무리가 동그랗게 달을 싸안았다. 달무리가 지면 비가 온다던데 비가 오려나, 하며 나는 갑득이가 지금쯤 집에 있으리라 믿었다. 부엉이집에서 찾아낸 보물을 마당 삿자리에 펴놓고 나를 기다릴 것이다. 바위 암벽에 기어오를 때 아슬아슬했던 무용담을 잔뜩 준비해두고, 새이가 와 안죽 안 오노 하며 길 아래를 기웃거릴 모습이 떠올랐다. 내가 갑득이에게, 외갓집에 엄마가 와 있다는 소식을 전하면 갑득이는 뭐라 첫마디를 뗄까가 궁금했다. 나는 불길한 생각보다도 즐거운 생각을 엮으며 장태문 선생 집 앞을 지났다.

아버지부터 먼저 만날까봐 발소리 죽여 살쾡이처럼 집 마당으로 들어서니 삿자리가 비었고 또출이할머니가 보이지 않았다. 갑득이가 나를 맞지도 않았다. 큰방과 부엌방이 깜깜한 게 집안이 괴이적적했다. 부풀어 뛰던 가슴이 어느 사이 두려움으로 바뀌었다. 큰방 문에 설핏 귀를 모두자, 깜깜한 방안에서 여린 소리가 흘러나오듯 느껴졌다. 어쩜 소리라기보다 어떤 섬뜩함이었

다. 깜깜한 방안에 누군가 찢어진 창호지 구멍으로 바깥을 내다
보는 듯한 소름끼침이 살갗을 훑고 내려갔다. 작년 겨울밤, 엄마
가 오려나 싶어 갑득이와 함께 역으로 마중 나갔다 막차를 떠나
보내고 쓸쓸히 돌아왔을 때도 나는 깜깜한 큰방을 보며 그런 느
낌에 떨었던 적이 있었다. 알고 보니 동네방네 떠돌아다니던 참
빗장수 여편네를 아버지가 무슨 재주로 후려왔는지, 큰방에서
남녀가 한창 디딜방아를 찧고 있었다. 그때 역시 처음은 아무 소
리도 듣지 못했으나 잠시 귀를 기울이자 앓는 여자의 코맹맹이
소리가 들렸다. 가슴 죄는 불안과 흥분에 턱까지 떨며, 나는 방
문 앞으로 발소리 죽여 다가갔다. 마루 아래 댓돌에는 신발이 없
었다. 나는 댓돌에 무릎을 꿇고 주위의 소리를 다 빨아들일 듯
귀를 곤두세웠다. 방안에서 힘준 말소리가 바람 소리같이 귓속
으로 빨려들었다.
"이렇게 되면 모든 계획이 좌절…… 계획을 당겨…… 허를 찔
러 역습으로……"
드문드문 들리는 그 말은 분명 아버지 목소리가 아니었다. 삼
촌이나 추서방, 내가 아는 어떤 목소리와 다른, 낯선 소리였다.
가슴이 숯등걸 타는 듯했다. 나는 그 토막진 말에서, 말하는 자
가 혹 좌익패일는지 모른다는 생각이 들었다. 그 사람들이 외딴
우리집에 와서 무슨 회의를 하는 모양이라며 나는 겁에 질려 주
위를 두리번거렸다. 숨 죽인 달빛 아래 먼데 개 짖는 소리만 들
릴 뿐, 움직이는 아무것도 눈에 띄지 않았다. 바람기가 없어 졸
참나무는 잎새조차 미동 않았고, 더위만이 침묵 속에 끓었다. 흘
러내린 땀이 가슴을 적셨다.
　나는 갑득이와 엄마 생각을 잊은 채 게걸음 치듯 부엌으로 걸

음을 옮겼다. 방문이 열리든지 뒤에서 누가 내 목을 눌러 쥘 것만 같아 나는 자리를 피했다. 부엌 뒷문을 빠져나가면 채마밭 쪽에 큰방 뒷살창이 장기판만하게 나 있었다. 나는 그 봉창에 귀를 붙였다. 스며든 달빛 아래 내 몸뚱이가 드러났지만 따져볼 마음 여유가 없었다. 방안에 지금 아버지가 있냐 없냐 그 점이 궁금할 따름이었다.

“……생각던 대로 김해서는 아직도 사태를 방관하고 있습니다. 반응을 저울질해본 벽보 건까진 일단 성공입니다. 윤가놈이 잡아들인 다섯이 문제라요. 반동놈은 우리 계보를 대충 파악했다고 보여집니다.”

그 말 역시 목소리로는 누군지 알 수 없었으나, 방안에는 한둘이 아닌 여럿이 둘러앉았음이 틀림없었다. 그 말에 이어 내 귀에 익은 목소리가 들렸다.

“이 차판에 때리뿌사뿌지예. 그까짓 늠으 지서 하나쯤 내 호문 차서 박살 내뿔 수 있심더.”

씹어뱉는 더펄이 임자는 분명 아버지였다. 아버지가 지서에 잡혀 있지 않고 깜깜한 방안에 있다는 안도감에 뒤따라, 금세 더 큰 불안의 도깨비가 털북숭이 팔로 나를 싸안았다. 나는 떨며, 그렇게 말하는 아버지 얼굴이 보고 싶었다. 엄마를 만날 때의 기쁨과 반대로, 괴로움이 내 뛰는 가슴을 조여왔다. 아버지를 저 무리 속에서 빼내어 엄마와 나와 갑득이가 차지하지 않으면 안 된다고 나는 생각했다. 어느 누구에게도 아버지를 빼앗겨서는 안 된다는 충동이 땀 밴 주먹을 쥐게 했다. 나는 어디에 구멍을 내려 봉창을 살펴보았다. 봉창 윗귀퉁이에 손톱만한 크기로 여린 불빛이 새어나왔다. 방안에는 불이 켜져 있음을 그제서야 알

왔다. 나는 불빛이 번져나오는 봉창 창호지를 침을 발라 넓혔다.

"……아직도 우리는 읍내 인민의 역량을 완전무결하게 집결시키지 못했습니다. 때가 이르다 봐야지요. 그들은 아직 계급 투쟁의 참다운 의의를 자각치 못하고 있어요."

"그렇심더. 진영은 시골도 도시도 아닌, 개방된 준도십니다. 읍 중심부는 도시 성향을 띠어 농사꾼보다 장사꾼 상주 인구가 더 많아요. 그들은 마산과 부산 도시 생활을 잘 알아 견문 넓고, 매사를 이익과 관련시켜 타산적으로 계산해요. 부르주아적 생활에 맛을 들여 사유 재산 통제나 균등 분배보다 개인 이윤 추구와 부의 축적이 최대 목표라 믿습니다. 그러기에 장사치는 봉기 동조자가 아닌, 장애되는 계층이라 볼 수 있어요. 읍 주변부 농민 또한 대체로 빈궁한 소작농이나 가난을 숙명으로 체념하는 특수성 또한 고려하지 않을 수 없습니다. 이런 여러 조건을 미루어볼 때, 우리는 세포 확장에 더 박차를 가하고, 봉기 계획은 시간을 두고……"

나는 내 눈으로 들여다볼 수 있는 크기의 구멍으로 넓히려 끈기 있게 침을 발랐다.

"혁명이란 생활 정도가 낙후한 사회나 경제적 빈궁이나 불경기가 만연된 사회에서만 일어난다고 볼 수 없소. 뜨로쯔끼도, 한갓 궁핍의 이유가 혁명을 일으키기에 충분한 건 아니라 말했고, 만약 그렇다면 인민은 밤낮 항쟁만 일삼고 있을 것이라 했소. 사실 천구백십칠년 러시아에서도 지루한 전쟁의 중압 밑에 정부 기구가 비조직 비능률적이었다는 점을 예외로 하곤 사회 전반, 특히 무역과 생산 능력은 러시아 역사 그 어느 때보다도 활기찼고 향상되었소. 이런 점으로 볼 때 혁명은 오히려 경제적으로 안정되고 진보해가는 사회에서 일어난다고 볼 수 있어요. 지도부에서 혁명의 기폭제로 진영을 도마에 올린 건 바로 농촌과 도시의 중간적 성향을 띤 이 지역의 특수성에 있소. 다만 우리들 목적에 인민의 폭발적 힘을 얼마만큼 모을 수 있느냐, 어떠한 수단으로 그들을 우리 행동 반경에 전력 흡수시키느냐, 문제는 여기에 있는 겁니다. 전농(전국노동조합) 파업, 추수 봉기조차 유야무야된 마당에 지도부에서는 그런 점을 고려하여 교통 요충지요 생산과 소비가 발전적 균형을 이루며 탈농촌화해가는 진보적 취락인 이곳을 전초 기지로 우리에게 막중한 임무를 맡긴 것이오. 기회주의적인 장사꾼은 오히려 우리가 이용하는 데 이점도 있소. 그들은 봉기 초기에 야기될 수 있는 무분별한 행동쯤 누구보다 앞장설 수 있는 단세포적 성향을 지니고 있소.”

“나도 그 말에 찬성입니다. 당시 뻬트로그라드 가두 폭동을 보십시오. 인민이 무질서한 혼란을 이루며 떼지어 거리를 떠돌아다닌 그 자체가 로마노프 왕가 몰락을 가져오리라고는, 이를 주도한 지도부 역시 스스로 깨닫기에 사오 일이 걸렸습니다. 봉기를 치밀하게 계획하고 이를 조직화한다면 이는 오히려 위험 부담 또한 안고 있음을 간과해선 안 됩니다. 정보 누수 현상, 밀고자, 파벌과 회의론자……”

“하모예. 맞는 말씸입니더. 소뿔은 단김에 빼라고, 단칼에 해치우뿌립시더. 지서가 보관하는 총부터 빼내야 함더. 배선상님도 여게 계시지만서도, 헤헤…… 이거 머 지 자랑 같습니더마는, 해방 전 부산감옥소에 있을 때, 배선상 동무께서 나를 교육시키며 그런 말씸했잖습니껴. 부자와 가난뱅이와 양반과 천민이 읎는 공산 시상을 맹글라 카모 핵명이 필요하다. 핵명은 배운 사람보다 노동자·소작농이 앞장서야 한다. 앞장서는 사람은 불 같은 용기를 가주고 목숨 바칠 각오가 돼 있어야 한다. 그런 말씸을 했잖습니껴. 그때사 그기 무신 말씸인지 알아듣지 못했지예. 핵명이 먼지도 몰랐고예. 올해 들어 여게 장선상이 그런 말씸할 때사 어렴풋이 먼가 잽힙디더. 지한테 장선상이 진짜 선상님이지예. 건국준비이원회가 읎어지고 인민이원회마저 맹글어지기 전에 반동늠들 손에 뿌사져버린 후부터 공산 핵명만이 유일한 길이라고 누누이 말씸했심더. 내 한 목숨 죽더라도 이 시상 굶고 서름받는 사람 활개치는 시상을 맹글라 카모……”

내가 듣기에 참으로 놀라운 아버지의 열변이었다. 아버지가 저런 말을 할 수 있다는 놀라움에 나는 벌린 입을 다물 수 없었다.

“됐어요, 그만해요. 지금 자기 비판 시간이 아니니 김동지 그 애긴 그쯤 하고, 다시 상황 분석을 더 집중적으로 거론합시다……”

토론은 길게 이어졌다. 드디어 창호지가 빠꼼하게 구멍이 뚫렸다. 나는 얼굴의 땀을 훔치고 숨을 죽였다. 목을 빼어 창호지 구멍에 눈을 가져대자, 방안 풍경이 도깨비 동굴이나 요지경을 보듯 했다. 방안은 촛불이 켜졌고 방문은 가마니로 씌워 불빛을 가려두었다. 내가 방안을 들여다보는 봉창도 옷으로 가려두었음이 분명했다. 먼저 맞은쪽에 앉은 아버지가 눈에 띄었다. 아버지는 주먹을 쥐고, 봉기라면 그 일이 바로 당신 차지란 듯 당당한 자세로 여러 켤레 신발 옆에 버티어 앉아 있었다. 아버지 왼쪽이 장태문 선생, 오른쪽에는 그저께 쇠전걸에서 바이올린 켰던 얼굴 햇쑥한 젊은이가 앉았고, 나머지 세 사람은 등을 보이고 있었다.

"내일이 가슴장, 모레가 진영장입니다. 닷새 후면 아직 일주일이 남았잖습니까. 그 동안 동지들이 김해서로 넘어가 그 중 만약 누군가 우리 계획을 실토하면 기름 엎지르고 깨 줍는 격으로……" 등을 보이는 자가 말하자, 얼굴 핼쑥한 젊은이가 입에 손을 가져다댔다. 모두 문 쪽에 눈을 보냈다.

나는 마치 내가 들키기라도 한 듯 숨을 멈추었다. 문밖에서 무슨 신호를 보냈는지, 방문이 열리고 구레나룻 시커먼 젊은이가 빨려들 듯 방으로 들어왔다. 뒤이어 수염이 창대 같은 누더기 차림의 사내도 들어왔다. 얼굴이 핼쑥한 젊은이가 변소에 다녀오겠다며 가마니를 들치고 방을 나섰다.

"배동무, 내일 새벽이라도 사람을 보내서 지도부 확답을 받읍시다. 그래서 닷새를 당깁시다. 봉화산 유격대에도 그렇게 알리고, 그건 내가 맡지요. 아무래도……" 아버지와 장태문 선생 사이에 끼어 앉은 산에 사는 야산대나 거지짓 하기 알맞을 남루한 차림의 장정이 서둘러 말했다.

내가 멈췄던 숨을 깊이 쉬며 얼굴을 봉창에서 떼어 어찔거리는 머리를 흙벽에 기댈 때였다. 순간적으로 누가 내 목을 조르고 입술을 틀어막았다.

"요놈 자식, 꼼짝 마라, 소리치면 죽여버릴 테다!"

눈을 치켜떠보니 변소에 간다며 나갔던, 얼굴 핼쑥한 젊은이였다. 그는 주먹으로 내 등줄기를 내리치곤 나를 잡아끌고 앞마당으로 나갔다. 아픔보다 놀람으로 나는 정신이 아찔했다. 나를 쪽마루까지 끌고 가자 젊은이는 목줄기를 쥔 손으로 내 이마를 상기둥에 박았다. 눈앞에 불이 번쩍하고 정신이 몽롱했다.

"밀정을 잡았어요." 그가 방문을 두드리며 말했다. 방안에 촛불
이 꺼졌다. 방안 사람이 마루로 몰려나왔다.

"그애는, 김동무 아들이 아닌가." 장태문 선생이 말했다.

"요 문디 자슥이 언제 집에 왔노?" 아버지가 말했다.

"뒷창에서 우리 애길 엿듣는 걸 붙잡았어요. 아무래도 뭔가 예
감이 이상해서 집을 한 바퀴 둘러보다……"

"지서 개떼 끄나풀인지 몰라." 누군가 말했다.

"단손에 내가 쥑여뿌리지예. 우리 말을 엿들은 이상 내 새끼라
도 살려둘 수 읎심더!" 아버지가 외쳤다.

아버지는 나를 죽인다고 말했다. 머리통을 내리치는 아버지
주먹다짐에 나는 깜박 정신을 놓쳤다. 꿈에서 본 윤주임의 몰매
처럼 쓰러진 내 몸뚱이에 발길과 주먹질이 이어졌다. 갑득이를
데리고 가겠다는 엄마와 약속조차 깨어지고 나는 이제 아버지
손에 죽고 마는구나 하는 탄식만 기억 속에서 지워지고 있었다.
나는 끝내 정신을 잃었다.

제 5 장

　갈증이 심해 눈을 떴을 때야 나는 비로소 여기가 서울의 내 집이 아님을 안다. 방안에는 모기장이 쳐졌고, 머리맡에는 아내가 늘 준비해두던 자리끼가 없다. 방문은 열려진 채 새벽녘의 서늘한 한기와 희뿌연 빛이 밀려든다. 옆자리에는 갑득이가 곯아떨어져 코를 곤다. 추노인과 종철이와 우리 형제가 새벽 두시까지 마당 평상에서 이런저런 이야기를 나누다 자리에 들었기에 눈 붙인 시간은 세 시간 남짓밖에 안 될 것 같다. 눈두덩이 무겁고 머릿속도 개운치 않다. 새삼 군잠 청하며 늑장부리고 싶지 않다. 나는 모기장을 빠져나와 바지를 꿰입는다. 세면 도구를 챙겨 마당으로 나선다. 빈소방에는 종호 혼자 오도카니 앉아 타들어가는 촛불을 멍하니 보고 있다. 산 자와 죽은 자 사이에 가로놓인, 보이지 않는 벽이 새삼 환기되는 모양이다.
　"아버지, 안녕히 주무셨어요."
　어느 사이 일어났는지 현구가 안채 마루 끝에 앉아 다리를 대롱거린다. 부엌에는 그릇 잴강거리는 소리가 나고, 숙모는 안방

208

모기장을 걷는 참이다.

"밤늦도록 이바구하더마는 좀더 자지 그라노." 숙모가 쉬어 잠긴 목소리로 말한다.

나는 종순이가 부엌에서 건네주는 냉수 한 사발을 마시곤 현구를 데리고 뒤꼍으로 간다. 세수를 하고 나자 현구가 내게, 아침밥을 먹기 전에 아버지 고향 구경시켜달라고 말한다. 나도 마침 옛 기억을 더듬으며 산책을 나설까 하던 참이라 현구와 함께 바깥으로 나온다.

삼촌 가게가 작은장터로 내려가는 길목이라 우리는 장터마당으로 걷는다. 아직 해가 떠오르지 않아 장터마당은 이슬에 젖었다. 참새 몇 마리가 발 앞에서 먹이를 쪼며 자리만 비켜 옮길 뿐 우리를 피하지 않는다. 시장 건물은 그 모양이 이십구 년 전과 다를 바 없고, 빈 고기상자가 쟁여진 컴컴한 그 안도 예나 마찬가지다. 반쯤 녹슬었던 잿빛 함석 지붕이 붉은 슬레이트로 바뀌었고, 썩어 너즈레했던 판자벽이 시멘트벽으로 단장되어 한결 나아진 인상을 주지만, 흙마당을 시멘트 바닥으로 고쳤을 때의 삭막함은 어쩔 수 없다. 그 점은 시장 건물 앞에 섰던 두 그루 큰 수양버드나무가 없어져 그렇게 보일 수도 있다. 봄이면 사방으로 꽃가루를 날리던 버드나무 아래서 우리들은 구슬치기와 고누 놀이를 했고 겨울철이면 떠벌래란 노인 거지가 나무 아래서 볕을 쬐며 이를 잡던 곳이다. 그뿐인가. 마차 편으로 고기상자를 싣고 온 조롱말이 버드나무에 매여 콧숨 벌름거리며 되새김질 하던 정경 또한 초등학교 적 책 속의 그림처럼 선명하게 떠오른다. 그리움 스민 뭉클한 무엇이 목구멍을 차고 오른다. 나는 담배를 꺼내 피워물고 장터마당으로 올라간다. 때마침 말마차가

짐을 바리바리 싣고 아랫길로 내려가기에 내가, 오늘이 가숩장이지요? 하고 중년 마부에게 물어본다. 마부가 맞다고 수월히 대답하며 내 차림을 훑어본다. 내 셈으로 닷새장 중 오늘이 가숩장이면 내일이 진영장이다. 오늘 밤차로 상경한다면 장구경은 못 하고 떠나는 셈이다.

장터마당 주변에 가겟집을 겸해 옹기종기 널린 초가는 모두 슬레이트나 기와 지붕 집으로 바뀌어 내게는 자못 생경한 인상을 주지만 역시 눈에 익은, 집집마다 나름대로 예전 기억을 떠올려주는 집들이다. 그런데 장터 넓이가 왠지 예전의 반밖에 되지 않아 보인다. 그 시절은 나 역시 기차나 자동차 한번 타보지 못한 우물 안 올챙이였던 소년 적이라 장터마당의 위쪽에서 아래쪽 끝이 내 기억 속에는 멀게 남아 있었던 게 사실이다. 자치기를 할 때나 연을 날릴 때의 장터마당은 그렇게 넓을 수가 없었는데, 지금 눈에 들어차는 면적은 불과 천 평 남짓 되어 보인다. 천주교회당 앞에는 새로 지은 새마을회관이 큼지막하게 돌출했고, 대장간이 있던 자리는 납작한 이층 건물이 들어서 출입문 앞에는 새마을 공판장의 간판이 붙었다. 천주교회당 벽에 붙은 찢어진 좌익 벽보 앞에서 사시나무처럼 떨었던 옛 기억조차 현장감이 없이 아슴아슴 떠오른다. 예전 같으면 지금 시간쯤 묏등걸 쪽 공동 우물에 물을 길어나르느라 동네 아낙네와 처녀들이 물동이를 이고 큰 엉덩이 흔들며 부산하게 장터마당을 싸지르고, 농부는 똥장군을 지게에 받쳐 지고 선달바우산 산자락 밭으로 부지런히 오르겠건만, 지금의 장터마당은 그때에 비해 한적하다 해야 옳다. 기차 편으로 마산 학교에 다니는 통학생인지, 교복 입은 중고등학생들만 간간이 책가방을 들고 역 쪽으로 갈 뿐이다.

공동 우물은 집집마다 수도가 설치되어 대치되고, 밭에는 인분 대신 화학 비료를 사용하기에 고향 사람들도 한결 편해졌거나 게을러졌음이 사실이겠거니, 하는 생각이 든다. 갑자기 소방서 쪽에서 확성기를 통해 새마을 노래가 요란하게 쏟아진다. 아직도 잠에서 덜 깨어난 읍내가 한 순간에 분답해지고 헛배처럼 부풀어오른 듯 느껴진다.

"아버지가 사시던 집은 어디쯤 되나요?" 현구는 비닐 포장을 덮어 놓은 짐꾸러미가 여기저기 흩어진 장터마당을 둘러본다.

"저기로 가보자꾸나."

내 눈길이 활터 쪽으로 옮아간다. 나는 도랑골로 오르는 골목길로 접어든다.

"아버지, 새마을 사업으로 농촌도 많이 변했죠? 학교서 천연색 슬라이드를 보니 이젠 사진으로 봤던 덴마크쯤 되던걸요." 현구가 걸음이 빨라진 나를 따라붙으며 재잘거린다.

"여기 읍내는 농촌이 아냐. 꼭 도시 변두리 같잖아." 몇 년 전 살았던 서울 답십리 버스 종점 부근이 이랬다.

골목길은 흙담장이 블록 담장으로, 물길만 터놓았던 개골창은 시멘트 하수구로 바뀌어졌다. 그러나 무엇보다 골목길에서 만나는 고향 사람들의 낯선 얼굴이 나로 하여금 타향 같게만 느껴진다. 고향 사람들 생활이 향상되었다는 점을 집이나 골목길 개조 자체에 뜻을 둔다면, 고향이 예전에 비하여 겉보기는 나아졌다. 그만큼 건축에 우선적으로 쓰이는 시멘트만 하더라도 집과 길바닥을 덕지덕지 덮었다. 겨울철 빼곤 맨발로 누비고 다녔던 내 어린 시절에 비해 운동화를 신은 현구의 처지로 봐서, 전반적으로 우리 생활은 세월이 변해온 만큼 향상되었다. 그러나 읍민의 실제 생활을 들여다보기 전 내 마음은 반드시 그렇지만은 않았다. 나는 오히려 그렇게 달라진 생경스러움에 흐뭇하기보다, 없어진 옛 고향 모습이 쓸쓸하다. 설령 내가 백정 자식임이 현구 앞에 드러나게 되더라도 "갑수 아닌가베? 와따, 자네도 인자 중늙은 이가 되뿌렀어" 하는 목소리가 어디서 들려올 듯싶은데, 예전 장태문 선생 집 앞까지 갈 동안 여러 어른 아이를 만났으나 누구도 나를 알아보지 못한다. 내 쪽도 마찬가지다. 지붕과 담장을 고치고 하수도나 상수도 공사를 해나갈 동안 집주인도 여러 차례 바뀌었을 터이다. 늙거나 불의의 사고로 죽고 태어나고, 낯선 사람이 이사를 왔을 것이다. 장태문 선생 집 앞에 섰던 대추나무도 고사를 해버렸는지 보이지 않고 열린 대문 안을 들여다보니 빈 마당에 장닭 한 마리만 홰를 치며 기지개를 켠다. 세 칸 초가도 그때 불타버렸으니 새로 지어졌을 게고 집 구조도 예전과 딴판이다. 밤늦도록 등잔이 꺼지지 않던, 장선생이 쓰던 아랫방은 도막난 헛간으로 변해 새끼틀이 들어앉아 있다. 스물아홉 해 전 물금댁이 아직 그 집에 살고 있으리라고는 생각되지 않는데, 감처럼 뺨이 붉던 그네 딸 태분이가 불현듯 떠오른다. 당시 물금댁 나이가 마흔은 넘겼으니 이제 칠순 넘은 연세일 테고 태분이도 쉰을 바라다보는 중년 아낙네로 변했을 것이다. 어쩌면 물금댁은 세상을 떠났는지 알 수 없다. 태분이는 그 사건 뒤 오빠 때문에 자주 지서로 불려다녔다더니 그뒤 시집 가서 고향 어디에 묻혀 살고 있는지, 대처로 떠나버렸는지 알 수 없다.

　예전 우리 식구가 살았던 움집은 그 시절 불에 타버리기도 했지만, 자취조차 없어졌다. 그 주위의 언덕을 넓게 깎아 큰 축사가 들어섰다. 그 통에 집 뒤쪽 울창했던 대숲은 베어져버렸다.

축사 지붕에는 신흥목장이란 흰 페인트 글씨가 씌었으나 목장으로 보기엔 규모가 작다. 나는 전에 없던 시멘트 계단을 올라가 목장 철망 대문까지 가긴 했으나 안으로 들어가려던 생각은 포기한다. 우리는 서쪽 오솔길로 돌아 과수원을 끼고 선달바우산 언덕길로 접어든다. 그 탱자나무 울타리를 긴 길은 예전에 비추어 조금도 변하지 않은 눈에 익은 오솔길이다.

축사를 발 아래 두고 멀리 진영평야가 펼쳐져 보이는 데서 나는 걸음을 멈춘다. 들녘을 보자 속이 트여 맑은 공기를 마음껏 당겨 마신다. 내가 다시 담배 한 대를 피울 동안 현구는 길섶 등 골나물 한 송이를 꺾어 이슬 맺힌 꽃향기를 맡는다.

"우리나라가 해방되기 전후였으니 이제 삼십 년쯤 되나보구나. 저 축사 자리에 세 칸 움집이 있었다. 거기서 우리 식구가 살았지. 그때 내 나이가 아마 현구 네 나이쯤 됐을 게다." 회상조로 내가 말한다.

"어머니 얘기를 들으니깐 아버지가 고향에 계셨던 그 시절, 집안이 가난해서 어렵게 자랐다면서요?"

"그랬지. 그런데 현구야, 넌 굶주림이 어떤 건 줄 아니?"

"아버지두 참, 굶으면 배가 고프겠죠 뭘." 내 질문에 현구는 상식적인 물음이란 듯 멍뚱한 얼굴로 나를 본다.

"얼마만큼?"

"아주 고프면 뭐든 먹어야 되겠죠? 외상으로 라면 같은 거라도 사서 끓여 먹고……"

"그땐 라면도 없었어. 외상으로 빌려올 곳도 없다면 넌 어떻게 하겠니?"

현구는 말문이 막혀 머리를 갸우뚱한다. 녀석 입에서는, 거지가 되는 길밖에 더 있겠어요 하는 말을 삼가는 눈치다. 아니면, 설마 아버지가 깡통 들고 동냥 나섰을 리야 없을 테지 하는 짐작을 간추리는지 모른다.

"무서운 거다. 넌 아직 굶어보지 않아 그런 걸 모른다. 굶는다는 게 얼마나 끔찍한지 말야. 사람이 배가 아주 고프면 흙을 먹는다는 말도 빈말이 아니야. 아버지는 흙조차 먹어봤기 때문이다. 내가 육이오전쟁 직후 시골 장터로 책행상을 따라다닐 때, 눈물로 죽을 먹어보지 않은 사람관 벗으로 사귀지 않으려 결심했던 적이 있었다."

"말씀이 어렵네요. 근데, 아버지가 저만할 땐 왜 굶게 되었나요? 할아버지가 장사를 했담서요?"

이제 내가 말문이 막힌다. 하긴, 백정도 직업이라 말할 수 있긴 하다. 그러나, 네 할아버지가 백정질했다고까지 곧이곧대로 아들에게 밝힐 필요는 없다. 내 입에서 어느 사이 거짓말이, 그러나 거짓말이라기보다 곁길로 흐르는 거짓말 같은 대답이 뱉아진다. "그때는 육이오전쟁 전이지만 이 바닥에 큰 싸움이 있었다. 읍내가 온통 뒤죽박죽 되었어. 공산주의자들이 난리를 일으켰거든. 서로 피 흘리며 싸웠지. 그 당시 그 곤란을 겪느라 우리 식구 외도 세 끼니 밥을 제대로 먹지 못한 가족이 많았어."

"그럼, 그 싸움에 할아버진 우리 편이었겠네요?"

현구 물음을 어물쩍 피했다 싶은데 녀석은 끝내 아픈 데를 찔러온다. 어떻게 말해줘야 하나 나는 잠시 망설인다. 나는 그 점마저 현구를 속일 수 없다고 마음먹는다. 군에 입대하여 논산훈련소를 거쳐 강원도 대우산 최전방 오피에 배속받았을 때, 내가 쓴 신상 명세서를 보고 중대장이, 부친이 무슨 병으로 별세했냐

고 물었다. 그때 무심결에, 육이오전쟁 직전 병으로 돌아가셨다
고 말함으로써 내가 나를 속였지만, 핏줄인 현구마저 속여 궁색
하게 나를 방어할 필요까진 없다. 나는 세상 눈치 보며 살아오는
데 주눅이 들었고, 시키는 말 고분고분 듣는 소시민의 자기 안존
에 길들여져왔다. 그러나 어린 자식에게만은 그런 소심증을 퇴
물림할 수 없고 더욱 나는, 광적인 도취 끝에 끝내 파멸을 자초
한 아버지의 끝막음을 비난하는 입장이기에 그 문제만은 사실대
로 알려줘야 한다는 다른 한쪽의 내 마음이 나를 사로잡는다.

"미안하지만, 할아버진 우리 편이 아니었다. 저쪽 편이 되어 나
섰기에 우리 식구 처지가 더욱 어려웠던 거다."

"정말이에요? 할아버지가 공산당 편이었단 말이지요?" 현구에
게 내 말이 꽤 충격적인 모양이다. 녀석은 눈을 동그랗게 뜨고
과연 그럴 수가 있을까 하듯 나를 본다.

현구에게는 저쪽 사람이라면 반드시 휴전선 이북에 살아야 하
며 그들은 보통 사람과 유별난 어떤 종족이어야만 한다는 고정
관념을 쉬 버릴 수 없음을, 나는 녀석의 질리는 얼굴에서 감지한
다. 추상적인 그런 두려움으로보터 나는 현구를 해방시켜주고
싶다. 그 설명이 무척 힘들어 무슨 말부터 꺼내야 할지 몰라 잠
시 뜸을 들인다.

"어떤 시대나 둘로 쪼개질 땐 다들 자기 쪽 주장이 옳다고 고집
하는 법이지. 그때도 이쪽 편이나 저쪽 편이나 자기네 주장만이
옳다고 서로 헐뜯은 거다. 그런데 현구야, 공산당이 나쁘다고 북
한에 사는 사람들 모두 악독한 사람이라고 볼 순 없어. 사실은
그들도 우리와 한 형제고 핏줄이야. 다만 그들이 저쪽 공산주의
땅에 떨어져 살고 있을 뿐이지. 그러니 저쪽 백성도 마음속으론

자유를 사랑하는 거란다. 예로 하늘에서 내리는 비를 보자. 비는 구름 위에 실려 한 덩어리가 되었다 내릴 때는 제가끔 헤어져 여기도 내리고 저 멀리 보이는 들판에도 내린다. 풀에도 내리고 돌에도 떨어진다. 그러나 마지막은 저 멀리 보이는 낙동강에서 함께 만나게 되지. 그렇지만 처음 한동안은 서로가 그렇게 만나게 될 줄 모르고 흘러가는 거야. 그와 마찬가지로 할아버지대나 아버지대는 만나고 싶어도 만날 수 없어 한 민족이 다른 곳에서 따로 흘러가는 셈이지. 그러나 너희들이 어른이 될 땐 반드시 큰 강에서 합쳐질 거야. 남한과 북한이 말이다. 반드시 그래야 된다."

나는 힘주어 말하면서도 이런 이야기가 발전되지 않기를 바란다. 현구 나이로선 내 말이 도움은커녕 미로 학습처럼 혼란만 가중시킬 뿐이라 암담한 마음이다. 나는 걸음을 떼어놓는다.

길섶 풀을 차며 과수원 위쪽 동쪽 길로 휘적휘적 돌아 내려가니 여래리 끝머리가 나선다. 갑득이와 내가 책보를 허리에 두르고 등교하던 길이다. 그때서야 금병산 위로 해가 이마를 내민다. 내 눈이 철길 아래쪽으로 옮아간다. 여래천 방둑을 따라 늘어선 미루나무를 보자 나는 옛 추억의 감회가 처음으로 마음 적셔옴을 느낀다. 높게 뻗어오른 미루나무는 여름 아침 햇살에 짙푸른 자태가 자못 당당하다. 고향을 떠나 헤매어 산 이십구 년 동안 나는 꿈속에서 얼마나 많은 횟수로 저 방둑의 미루나무와 아버지를 만났던가 하는 감회에 젖는다. 꿈속에서 미루나무는 베개를 적시는 내 눈물을 닦아주며 늘 그때의 상처를 달래주었다. 어떤 때는 미루나무 잎새가 바람을 타며 풍금 소리처럼 들려주는 말이기도 했지만, 때론 그 미루나무 아래 피 흘리며 죽어가던 아버지가 들려주는 목소리기도 했다. "갑수야, 마 잊아뿌리라. 그 옛날 이바구는 잊아뿔고 살거라. 자슥새끼한테 숨카뿔고, 남은 평생을 읊던 이바구로 알고 살아라." 사나운 짐승 같던 아버지도 꿈에서 죽을 땐 늘 그렇게 약해져 내 손을 잡고 애원했다. 그러나 깨어보면 미루나무도 여래천도, 아버지마저 없었고 내 몸은 식은땀에 젖어 있었다.

"아버진 뭘 그렇게 오래 봐요?" 현구 말에 나는 예전 기억에서 깨어났다.

"오늘이 할아버지 제삿날이다."

"정말 그렇군요, 아버지."

"그런데, 할아버진 무덤조차 없다. 풍랑을 만나 바다에서 죽은 뱃사람들처럼."

"왜 무덤이 없나요?"

"그 얘길 다하자면 또 길지. 이담에 네가 크면 들려주마."

"할아버진 역시 나쁜 짓했기에 죽었겠군요. 그러다보니 무덤도 없구."

"그렇다고 볼 수 있지. 나 역시 아버지 죽음을 내 눈으로 보진 못 했지만 말야. 네 말처럼 할아버진 본받을 만한 사람은 못 돼. 그 시절은 세상이 온통 광란에 들떠 할아버지 같은 사람도 많았었지."

내 눈에 여래천 개울이 얼룩져 흔들린다. 햇살에 반짝이는 물줄기 속에 아버지의 옛모습이 떠오른다. 그해 여름, 아버지와 나는 여기서 목욕을 했다. "갑수야, 애비 등 좀 밀어도고…… 서른 분마 밀어라." 그날따라 왠지 정답던 아버지 목소리가 지금도 내 귀에 되살아난다. 나는 머리를 흔든다. 다 흘러간 옛이야기이다.

잊어버리고 사는 게 편한, 악몽 같은 얘기이다. 나는 눈길을 들어 젖봉 쪽에 눈을 준다. 변전소 오른쪽 젖봉 아래 있던 옛 도수장은 들었던 대로 간데없고, 거기에 예닐곱 채의 집이 옹기종기 맞대어 새 동네를 이루고 있다. 먼 소리로 들리지만 동네 쪽에서 유난히 돼지 울음과 닭 울음 소리가 요란해 대부분 양돈과 양계를 생업으로 삼고 있는 모양이다. 갑득이한테 언젠가 들은 말로는, 아버지가 그 사건으로 죽고 난 후 추서방과 삼촌이 도수장을 꾸려나갔다 했다. 육이오전쟁이 나자 두 사람은 도살업에서 손을 떼고, 그렇게 되자 도수장은 피란민들의 차지가 되었다 했다. 이태 뒤 겨울, 원인 모를 불이 나서 도수장이 소실됨으로써 옛 자취는 말끔히 없어져버렸다는 것이다.

"이제 되돌아가자. 숙모가 기다릴 테니깐."

예전에 추등학교로 가자면 서낭당을 지나 굼바우네 방앗간 앞을 거쳤으나, 나는 걸음을 돌려 극장이 있는 아랫장터로 꺾는다.

하관(下棺)과 봉분(封墳)이 끝났다. 산역을 도왔던 삼촌네 이웃 몇 사람은 먼저 하산했다. 산에는 아직 여러 사람이 남아 있다. 맏상주 종철이와 종호, 종숙이 남편 유서방, 추노인, 그리고 우리 형제와 치모다. 애들은 종철이 사내아이 둘과 현구가 남았다. 여래못 아래 삼촌 논을 소작하는 오영감도 뒤치다꺼리를 돕는다.

나는 삼촌 묘에서 조금 떨어진 소나무 밑에 앉아 담배를 피워 문다. 아침에는 볕이 따가웠는데 어느덧 하늘에는 구름이 무겁다. 몇 줄기 소나기라도 따를 기세다. 무덥게 찌는 날씨였으나 야산 팔부 능선께라 습기 밴 건들바람이 간간이 귓불을 훑는다.

나는 여래못을 멍하니 내려다본다. 삼촌은 이태 전부터 읍내 인근 산자락을 누비며 가족 묏자리를 보러 다녔다 한다. 이 선달바우산 양지바른 남향 삼종 분묘지 일천 평을 올봄에 매입했다는 것이다. 재작년이면 삼촌이 아직 건강할 땐데 왜 서둘러 묏자리를 보러 다녔을까 생각해본다. 천민 집안이라 그랬을는지 모른다. 어렸을 적 나는 할아버지의 묘가 어디 있다고 들어본 적 없다. 그 윗대 조상의 묘도 마찬가지였다. 지금은 읍 중심부인 역에서부터 서로 대흥초등학교에서 동으로 대창초등학교까지, 그 인구만도 일만을 육박하지만, 읍내는 예전부터 있어온 대촌이 아니었다. 1905년에 경전남부선 중 삼랑진서 마산까지만 먼저 철도가 놓이고, 철마가 괴성을 지르며 멎기 시작하고부터 큰 마을이 이루어지기 시작했다. 그러니 그 이전에는 농가나 띄엄띄엄 흩어져 있었을 것이다. 역이 생기고 설창에 있던 면사무소와 닷새장이 이곳으로 옮겨오자, 역을 싸고 마을이 차츰 부풀었다. 외지에서 흘러온 장사꾼이 집을 짓고 주저앉았다. 아마 나의 증조부나 아니면 할아버지가 저 밀양에서 그 시절 이곳으로 옮겨 앉아 도수장을 열었는지 알 수 없다. 길바닥에 차이는 모난 돌멩이, 아니 황소처럼 갖은 천대 받으며 이리 궁글 저리 궁글 뒤채이다 한줌 재나 흙으로 돌아갔을 내 조상들이다. 갯가에서 화장으로 사그라지거나 어느 돌산에 시신을 내던지면 승냥이나 솔개가 뜯어먹었을 그런 천민의 피가 시방 내 핏줄에 흐르고 있다. 삼촌은 자기의 대에서나마 그 억눌려 산 멍에를 벗겠다고 가족 묘터를 구입했음이 분명하다. 이태 뒤에 자기부터 먼저 여기에 쉬 묻히리라곤 당신도 미처 예감치 못했을 것이다.

 여래못은 수문이 있는 앞쪽만 웅덩이를 이루며 물이 고여 있었다. 못 이름이 여래이고 보면 어느 시대엔가 못 위에 절이 있은 듯, 지금도 밭을 갈면 기와 조각이 발견된다 했다. 못 위쪽 바닥은 반쯤이 말라 쥐색 펄이 드러났다. 아이들 댓이 천렵한다고 못 서쪽에서 얼쩡거리는 게 멀리로 내려다보인다. 수심이 얕아 펄 바닥이 비쳐서인지 우중충한 여래못을 하염없이 보자니 그 못 속에 얼굴 하나가 살아난다. 빨간 댕기 맨 외가닥 머리 땋은 처녀의 얼굴이 못물에 어슴푸레 떠오른다. 내가 태어나기 전에 죽었으므로 나는 그 처녀를 본 적 없다. 귀염성스런 동그란 모습이 못물에 떠올라 사라지지 않는다. 처녀의 표정은 슬픈 빛을 띠고 핏기 없는 입술에 미소를 머금었다. 나는 때때로 마치 봄밤을 적시는 실비처럼, 한 번도 본 적 없는 고모 얼굴을 떠올릴 때가 있었다. 고향을 생각할 때, 몇 가지 되잖는 아름다운 추억에 섞여 고모 이야기가 내 마음을 쓸쓸히 적셔주었다. "너ㄱ 곱단이 고무 말이데이, 곱단이는 진영 바닥서 알아주는 미인이었데이. 그런데 너그 고무가 여래골 백씨 집안 총각하고 눈이 맞았는 기라. 백씨 총각은 소학교 나와 면사무소 임시 서기로 있었제. 백서기도 곱단이를 끔찍하게 좋아했는 기라. 한말로 서로는 이도령과 성춘향이가 됐제. 그런데 어데 백정 딸이 양민과 혼인이 되나. 택도 읎는 소리제……" 내가 고향을 떠나기 전 열네 살 땐가, 삼촌이 들려준 이야기였다. "백씨 집안에서는 펄쩍 뛸 수밖에. 절대로 혼인을 몬 한다꼬 말이데이. 요새도 그기 심든 시상인데 어데 택이나 있는 소린가. 물론 어무이하고 행님하고 나도 말겠어. 뱁새가 황새 따라갈라 카모 가랭이 찢어진다 카는데 마 불장난이사 치아뿌라, 안 캤나. 그런데 시상에는 그 사랑놀음만큼 뜻대로 안 되는 일도 읎는 기라. 개화된 시상에 백정 딸이모 어떻노,

카미 백서기가 목을 매고 덤비지 않았겠나. 그저 둘이는 꼬아논 새끼줄맨쿠로, 살아도 같이 살고 죽어도 같이 죽는다 카는 기라……" 그러던 중 살구꽃이 만발한 봄이었다 했다. 선달바우산에 지천으로 피었던 진달래꽃이 다 진 사월에 백서기와 곱단이는 명주끈으로 서로 한쪽 발목을 함께 동여매고 여래못에 몸을 던지고 말았다는 것이다. "그때 곱단이 나이가 열아홉이었제. 눈이 서글서글하고, 팥알을 얹어도 안 떨어질 만큼 속눈썹이 길었던 곱단이가 마 물구신이 되어뿌린 기라. 살아 헤어지느이 죽어 같이 살겠다꼬. 저승에서 논 갈고 장 담고 같이 살겠다고, 백서기가 유서를 남겼지러. 그 일로 속병을 얻어서 그해 가실에 어무임이 시상을 배렸지 않았는가베……"

현구가 억새풀을 헤치고 내 쪽으로 달려온다. 그의 손에 흰 망초꽃과 노란 고추나물꽃 한 묶음이 들렸다.

"아버지, 지금 내려가는 건 아니지요?" 현구가 이마의 땀을 닦으며 묻는다. 내가, 왜 그러냐고 묻자, 사촌동생들과 산꼭대기까지 올라갔다 오겠다 한다. 걸어간대도 십 분이면 족할 높지 않은 정상이다. 선달바우산은 오 미터에 가까운 촛대바위가 정상께에 우뚝 서 있어 그런 이름이 붙여졌는데, 어릴 적 음력 정월 대보름이면 나도 달집을 만드는 틈에 끼여 달맞이하곤 했다. 도래맷방석만한 달이 두둥실 떠오르면 높게 쌓은 생솔가지에 불을 붙인 뒤, 달을 보고 일 년 신수가 활짝 펴게 치성을 드렸다. 그 생각을 하자 나도 한번쯤 정상에 서보고 싶은데 눈꺼풀이 무겁고 피곤하여 자리를 뜨고 싶지 않다.

"조심해야 한다. 너무 오래 있지 말고." 현구는 내 말이 떨어지자, 사촌아우들을 뒤따르게 하여 횡하니 산을 타고 오른다.

현구는 아직 죽음의 슬픔을 알 정도까진 철이 들지 않아서인
지, 선종조(先從祖) 장례 따위에는 관심이 없다. 답답한 도회 생
활을 벗어나 자연의 넓은 품에 안기자 한 마리 망아지다. 나는
현구 뒷모습에서 어린 시절의 나를 본다. 현구는 지금 굶주리고
있지 않다. 내세워 자랑할 만한 아버지는 못 되지만 나는 그를
건강하고 구김살없이 키우는 아버지 노릇 정도는 하는 셈이다.
그런 소시민적인 자기 만족이 왠지 내 어깨 힘을 뽑는다. 나는
담뱃불을 끄고 소나무 등걸에 등을 기댄다.
"행님. 남은 술 한잔 하입시더." 갑득이가 주전자와 잔을 내 쪽
으로 나른다. 사람이 모여 있는 저쪽에 대고 고함을 지른다.
"여, 치모군. 거기 안주하고 젓가락 좀 날라주게."
삼촌 묘에는 뗏장 입히기가 끝났는데 종철이 형제와 추노인이
묘 옆을 떠나지 않고 있다. 종호는 땀인지 눈물인지 연신 얼굴을
훔치며 상석이 놓일 아래쪽에 평토 작업을 한다. 추노인은 뗏장
을 다독거리며 노래를 흥얼거리고, 오영감은 묘 옆에 비켜앉아
유서방과 무슨 이야기인가 나눈다.

북망산 산천이 머어다 카더마는
여게가 북망산이네
자네는 가고 내만 남아
무신 재미로 우예 살꼬……

추노인이 측은하게 읊은 노랫가락이다.
"행님, 저게 보이지예? 저 밤나무 몇 그루 섰는 데 말입니더."
갑득이가 여래못 건너쪽 금병산 아랫도리를 손가락질한다. "저

밑쪽에 여덟 마지기 일등 답이 삼촌 낍니더. 내 논도 그 옆에 세 마지기가 붙어 있지예. 여태껏 오영감한테 소작을 내주고, 관리는 삼촌이 했심더. 이제 삼촌이 별세하셨으이 관리가 걱정이네예. 처분할까 어쩔까……" 갑득이가 내 앞에 놓인 스텐 밥그릇에 막걸리를 친다.

"네 논이야 네 뜻대로 처분한다지만 삼촌 논이야 종철이가 있는데 뭘 그래."

"허허, 내 논만 해도 그렇지예. 막상 처분할라 카인께 먼가 섭섭한 기라예. 사람은 어데든지 자기 농토 있다고 생각하모 마음이 든든하거던예. 내가 장사 벌이고 있지마는 그거야 흥하다가 운 기울고 때 잘몬 만내모 쫄딱 망하는 기 아입니껴. 그러나 땅이사 어데 변합니껴. 세상 사는 짓 뜻대로 안 풀리모 그래도 고향에 내 땅 있다고 생각하모 젤로 맘 든든한 기라요. 제기랄, 다 때리치아뿔고 농사나 짓지, 하고 맘 묵으모 위로가 안 됩니껴."

"오늘날 농지가 자작농 형태에서 가진 자들 부재 지주로 탈바꿈하는 꼴이 눈에 신데, 너까지 그런 생각을 하니깐 누가 제 땅에 농사 지어먹겠어."

내가 못마땅하다는 투로 말하자, 갑득이는 펄쩍 뛰듯이 내 말을 막는다.

"행님, 무신 그런 말씀 합니껴. 우리가 클 때 생각하모 치가 안 떨립니껴. 내 수중에 돈 읇고 재산 읇으모 누가 쌀 한 톨 주겠으며 옷가지 하나 던져줄 늠 있겠는가 말입니더. 우리나라만 해도 그렇지예. 좁은 땅덩어리에 인구는 빽빽하다보이 머니 캐도 앞으로 투자는 땅밖에 읇심더. 땅이 바로 새끼치는 금덩어린 기라예." 갑득이 말투로 보아, 그는 지구본에 바늘로 찍어 그 넓이만

한 자기 땅이라도 갖고 있는 자의 여유를 즐기고 있다. 그의 말이 시쁘다는 투로 내가 여래못을 내려다보자, 갑득이는 누그러진 목소리로 말머리를 바꾼다. "그런데, 행님, 내 땅은 마 팔아치아뿐다 캐도 종철이 생각이 또 내 생각하고 비슷한 기라예. 이번 기회에 재산을 정리해서 대처로 나가 식품점이라도 하나 채릴까 하는 눈칩디더. 종호도 자기 행님을 마산으로 나오라고 조르는 눈치고예."

종호는 마산에서 초등학교 교편을 잡고 있는데, 재작년엔가 결혼하여 아들 하나를 두고 있다.

"종호는 일찍부터 도회물을 먹었지만 종철이야 장돌뱅이로 입만 살은 촌사람인데 대처로 나가 뭘 하겠다고. 잘못했다간 삼촌이 애써 모은 재산 털어먹기 십상이지." 나는 막걸리 한 잔을 들이킨다.

"행님 말씀도 일리야 있습니다마는, 사실 곰곰이 생각해보이소. 종철이 지도 이 진영 바닥이 지긋지긋 안 하겠습니껴. 육이오전쟁 전에 살았던 사람이사 그 사이 많이 죽고 새사람이 또 이사를 왔지마는, 안죽 이 바닥에는 뒤돌아서모 백정 새끼라 손가락질하는 사람이 많은 기라예. 그러다보이 자슥들 교육상에도 안 좋은 기 아입니껴."

치모가 추노인을 앞세우고 이쪽으로 온다. 그 뒤로 종철이 형제, 유서방, 오영감이 따른다. 대충 뒷마무리가 된 모양이다. 그들은 나와 갑득이 주위에 둘러앉는다. 치모가 스텐 밥그릇을 돌리고 술을 친다. 오영감 잔에 술을 따르곤 여래못 위쪽에 눈을 준다.

"어르신예, 육이오 나기 두 해 전인가, 좌익 봉기 때 말입니더,

그 주동자를 저 골짜기에서 총살시켰다면서예?" 치모가 오영감
에게 묻는다.

"자네 부친이 거게서 총살 안 당했다 캐도 여래골짜기마 보모
사무치는 머가 있겠제. 암, 골수에 박힌 머시 있고말고." 오영감
이 치모의 마음을 꿰뚫기라도 하듯 머리를 주억거리며 알은체한
다. 오영감도 여래골짜기에 눈을 주자, 주위의 눈길이 모두 그쪽
으로 옮아간다.

금병산과 선달바우산 능선이 마주친 골짜기는 낙엽송 잡목과
소나무로 울울하다. 치모 부친 이중달씨나 아버지가 그때 그곳
에서 죽지 않았으나 외삼촌 뼈가 묻힌 그곳에 내 눈길이 머물자,
찌푸린 하늘처럼 금세 내 마음이 무거워온다. 그 화제를 꺼낸 치
모 심사가 못마땅하다.

"그 시절 얘기 좀 들려주이소." 치모가 말한다.

"육이오 때 여게까지사 인민군이 몬 내리와서 우리사 전쟁 구
경도 몬 했지마는, 그 폭동이야말로 전시가 따로 있겠나. 전쟁터
보다 더한 난장판이었으이까. 그래도 폭동을 가라앉추자 서슬
퍼런 검산가 판산가 부산서 와가꼬 잡은 늠들을 추달하고, 아,
또 그 있잖는가베, 배주사 아들 배판사도 잔치 때문에 서울서 내
리와 있던 참이라 한몫 거들고 해서, 폭동에 가담했던 늠들을 뽑
아냈으이께." 오영감은 반백 코밑수염을 훑으며 잔을 비워낸다.
흙 묻은 손을 바지에 닦곤 풋고추를 막장에 찍어 씹는다. 오영감
은 주름진 눈꺼풀을 껌벅이며 무엇인가 생각하는 눈치다.

"그때 그 주동자들을 그런 방법으로 재빨리 손을 써 측결해뿌
렸으이 불이 꺼진 기지 안 그랬다 카모 진영 바닥이 또 쑥대밭이
되어뿌렸을 낌더." 그 시절 종철이 나이가 겨우 열한둘밖에 안

됐을 텐데 자신 있게 말한다. 아니, 그는 그때의 상황을 훗날 손
윗사람들로부터 되풀이 들었기에 잘 알고 있을 터이다. 그는 문
득 큰아버지를 생각했던지 나와 갑득이를 힐끔 곁눈질한다.
"그늠들이 양민을 학살하며 난동 부린 일이사 시상이 다 아는
거 아입니껴." 그대로 참고 있다간 자기 입장이 이상한 쪽으로
몰리지 않을까 싶었던지 갑득이가 종철이 말을 거들고 나선다.
"머 다들 아는 이야기지마는, 우리 아부지도 그때 주모자라 카모
주모자라 칼 수 있지예. 그런데 그 양반이 얼매나 천방지축으로
설쳐댔는지, 마실 사람한테 잡혔다 카모 그 자리서 골통이 박살
났을 낌더. 애비 읎는 자슥이 어데 있노 카지만 나는 그뒤부터는
애비 읎는 자식 행세하며 살아왔심더. 그런 애비사 차라리 읎는
기 났지 무신 필요 있겠어예."
　갑득이 말을 듣자 그가 괴로워하는 만큼 내 마음도 어둡다. 나
는 누구에겐가 화풀이라도 하듯 스텐 밥그릇에 반쯤 따라놓은
술을 들이킨다.
"시상에 무덤 안 남기고 죽는 사람도 많지마는 그것도 다 팔짜
소관인 기라." 그런 내 심중을 이해하듯 추노인이 말한다. "자두
연기(煮豆燃箕)한 시상 만내가꼬 그 사람들도 붉은 물 들어 휩쓸
린 짓이사 우짤 수 읎지마는 우째 그 천성까지 나무래겠노. 갑수
자네나 치모나, 부친 이바구가 나오모 남 앞에 얼굴 들 낯이 읎
겠지마는 그걸 다 타산지석(他山之石)의 교훈으로 삼고 살아야
제."
"어르신 말씸 맞심더." 갑득이가 추노인 말에 수긍하고는 목청
을 높인다. "까짓 늠의 시상, 죽어서 무덤 남기모 머 우짜겠어
예. 살아서 잘 묵고 몸 편케 지내다 죽는 기 젤이제. 죽고 나모

226

썩어뿔 몸, 무덤이 있으모 우짤 것이며 뼈를 남긴다고 죽은 조상이 산 사람 밥 떠믹이주겠어예? 아무리 아부지라 카지만 내사 그 양반마 생각하모 왠지 골치가 지끈지끈 아파서……"

"그때, 봉기 진압되고, 후일담은 어떠했습니껴?" 치모가 오영감 말을 다그친다. 그는 남들이 폭동이라 말해도 '봉기'로 고집하며, 호기심으로 눈이 빛난다. 태어나서부터 육순이 다된 지금까지 여래리를 떠나지 않았다는 오영감은 그 시절 살아 있는 증인인 셈이다.

"그날이 음력 칠월 메칠이더라. 삼십 년 다된 이바구라 인자 날짜도 가물가물하네. 하여간 밤이 깊었지러. 그지음 내가 쟁기질하다 발목을 안 삐었는가베. 얼매나 아푸던지 밤에도 잠을 제대로 몬 자는 행핀이었으이칸." 오영감이 그 시절 이야기 실마리를 풀어낸다. 오영감은 말을 끊고 잠방이 주머니에서 담뱃대와 담배 쌈지를 꺼낸다. 종호가 얼른 자기 담배 한 개비를 건네주고, 갑득이는 라이터로 불을 댕겨준다. 오영감은 담배 연기 한 모금을 깊이 빨아 삼키곤 말을 잇는다. "아매 자정쯤 됐을 시간이라. 마당 평상서 목침 베고 누버 있었제. 끙끙 앓다가 설풋 선잠이든다 싶은데 먼데서 개 짖는 소리가 들리는 기 아이겠어. 눈을 떠보이 초승달이라도 있는지 사방이 희뿌염하더만. 가만 귀를 세워보이까, 치도 쪽 들머리에서 많은 사람들 발짝 소리가 들리잖는가베. 그라더이 그 발짝 소리가 점점 마실 쪽으로 가까바지고, 마실 개들은 짖어대기 시작하더만. 폭동에 엄청 놀라 그 놀란 가슴이 진정도 되기 전이요, 시상이 어수선한 판이라 왈칵 겁부터 앞서서 나는 평상에서 벌떡 일어났제. 절뚝거리며 방안으로 뛰어들고는 문고리 잠구자, 마누라도 기척을 알았던지 일어나 앉더군. 내사 좌익패들이 또 폭동을 일으키서 우리 마실로 들이닥친 모양이구나, 하고 짐작했지러. 마누라가 떨고 나도 오줌이 절로 나올 행펀이더구만. 근데 발소리가 점점 가깝더마는 마실 앞을 지나는 모양이라. 우는 소리도 들리고, 인밍공화국 만세라 외치는 소리도 들리고, 오늘이 내 죽는 날인께 그래 알고 제사나 지내도고, 카는 소리도 들리니, 어데 마실 개가 가만있겠어. 발악하며 짖어댔기 때문에 나중에 알고 보이 마실 사람 거지 반이 잠에서 깨어가꼬 있었는 기라. 그러나 감히 누가 삽짝 밖은커녕 방문 열 엄두를 냈겠는가. 그런데 그 발짝 무리가 여래못을 돌아 골짝으로 올라가더이 한동안 쥐죽은 듯 조용해졌어. 떨리는 마음을 쓸어내려 겨우 진정하자, 그때서야 먼 소리로 울어쌌는 고함에 이어 하늘을 쪼개며 땅땅땅 하는 총소리가 콩 볶드키 들리더군……"

"오첨지야, 엔간히 해둬라. 옛날 이바구 언슨시럽지도 않나. 인자 하산해야지러. 아무래도 소나기 한 줄기 씨원케 퍼지를 것 같데이." 추노인이 엉덩이를 털고 일어난다.

"열두서넛 되던 모양이던데, 그 시체는 우째 됐습니껴?" 치모는 끝장을 보아야 물러서겠다는 듯 오영감 말덜미를 놓지 않는다.

"그대로 저 골짜기에 모두 묻었지러. 총살당한 식구가 죽으나 사나 피붙이다보이 그 유족은 시체를 거둬 무덤이나따나 맹글어 줬음 했지마는 대역 죄인인데 그기 어데 당할 소린가. 폭동 때 늠들 죽창에 생목숨 잃은 양민이 수월찮고, 그쪽 유족도 눈 퍼렇게 뜨고 살아 있는데 말이다. 그러다보이 무덤 맨들었다가 다블로 혹 붙일까바 포기하고, 멀리 타지로 이사를 가뿌린 사람도 있었제. 그 후 이태 된가, 육이오전쟁이 안 터짓는가베. 그라이간 또 멫 년 묵고 산다고 시월이 바뿌게 흐를 동안 시체는 몽지리 썩어뿐 기제."

나는 순박한 농사꾼이었던 유등 외삼촌을 떠올린다. 아버지 사주를 받아 외삼촌 역시 폭동에 가담했고, 끝내는 여래골짜기에서 총살당해버렸다.

"그기 다 자업자득인 기라. 시상 만사는 수리와 이치가 있고, 인간사도 가만 두고 볼 양이모 그 이치에 다 맞는 기라." 추노인은 남은 잔을 비워내곤 빈 술잔을 챙긴다. 치모도 자리 털고 일어나며, 무슨 말인가 혼잣소리로 중얼거린다.

나는 선달바우 쪽을 향해 현구를 부른다. 현구가 부르는 소리를 들었는지 사촌 둘을 데리고 뛰어내려온다. 녀석은 그 동안 꽃묶음을 더 모아 이제 가슴으로 한아름이다.

"아버지, 저쪽 산에서 휘어돌아 저 들판으로 빠지는 큰 강이 바로 낙동강이지요?" 현구가 땀에 젖은 얼굴로 묻는다.

"그래. 저 앞 넓은 들판이 유명한 진영평야지. 강 건너 쪽은 밀양 땅이구."

"근데, 아버지. 산에서 보니 시골 새마을 사업이 근사하던데요. 길도 반듯하고 초가집도 없구요. 들판이 이 정도 넓다면 미국처럼 기계로 농사지으면 안 될까요? 콤바인으로 벼를 거둬들이고 비료는 경비행기로 뿌리고 말예요." 녀석은 새마을 사업 담당 행정관처럼 들판 쪽을 손가락질하며 말한다.

"네 말대로라면 대지주만 넘고 가난한 많은 농민은 식업을 잃을 텐데?" 녀석 다음 대답이 궁금하여 의중을 떠본다.

"그런 사람은 공업 인구로 빼돌리죠 뭘. 선생님 말씀이 중공업 발달과 수출만이 우리나라가 잘사는 길이래요."

"그래, 얼시구. 니 말 맞데이." 오영감이 현구 말을 받는다. "우리 마실도 수물 가구 중 테레비 있는 집이 열한 집이나 된데이. 경운기도 두 대나 있구. 농촌도 인자 보릿고개에 부황들린 얼굴로 넘기던 옛날 농촌이 아인 기라. 통일벼가 밥맛이사 좀 읎지마는 수확이 곱배기는 된데이. 또 겨울에 온상 재배도 하고, 과수도 심고 해서 소득을 꽤나 올리제. 그런데 그늠으 테레비 때문에 젊은 늠들은 모다 대처로 안 내빼나. 테레비에 나오는 대처 사람들 잘사는 꼴 보이깐 꼭 자기도 대처 나가 살아야 그래 될 줄 알고 말이데이. 아아들은 또 우짜고. 밤 열한시가 넘도록 테레비 앞에마 턱받이 하고 앉았으이 공부는 뒷전이고, 아침에 뚜디리 깨바야 뿌시시 일어나인게 어데 핵교 가도 공부가 머리에 들오겠나."

우리 일행은 그릇과 제기를 양동이에 담고 삽과 곡괭이는 한데 모으며 하산을 서두른다.

잠시 뒤, 빗방울이 듣기 시작한다. 하산하며 내가 돌아보니 양지바른 산등성에 어제까지만도 자취가 없던 무덤 하나가 동그마니 솟았다. 떼잔디를 촘촘히 입혔건만 녹음방초 한창 절기라 붉은 흙 봉분이 드러난다. 그 무덤을 외로이 남겨두고 빗발 굵은 소나기를 맞으며 하산하는 모두의 얼굴이 침울하다. 이렇게 깜깜한 땅속에 날 버려두고 너들만 가느냐, 날 이토록 답답하게 묻어버리고 그렇게 훌훌 내려가느냐, 하는 망자의 외침이 자꾸 목덜미를 나꿔채어 상주는 물론, 나조차 걸음이 쉬 떼어지지 않는다. 잠시든 긴 시간이든 의식 불명의 상태를 헤매다 숨 거둘 때의 간절한 슬픔도 보는 이는 억장이 무너지지만, 그래도 시신을 땅에 묻기 전까지는 아직 죽은 자가 육신이나마 곁에 있음으로써 어디로 홀연히 나들이 간 듯 느껴지기도 한다. 그러나 시신을 땅에 묻고 나면 산 자와 죽은 자를 냉엄하게 갈라놓는 이승과 저승이 갑자기 천길 벼랑이 되어 발 밑을 깎아지르고, 임종 때완 또 다른 슬픔이 유족 혼신을 뽑게 마련이다. 그래서 여자들은 아무래도 남자보다 심약하다 하여 장지에만은 못 따라오게 만류하는지 몰라도, 종철이와 종호는 술기에 감정까지 격해져 하산을 시작하며 눈물을 훔치더니, 선달바우산을 다 내려올 때까지 비안개에 가린 묘 쪽을 돌아보며 아이처럼 훌쩍거린다.

"쥑일 늠이 내지. 장자라고 무신 늠으 효도 한분 했나. 허구헌 날 건달로 빈둥거리미 아부지 부아나 끓게 하고……" 종철은 연방 허탈한 자책만 되씹는다. 미끄러운 풀을 밟아 몇 번은 나동그라져 그의 검은 바지는 흙투성이가 되었다.

"아이고, 아부지예. 찬바람만 불모 한려수도 돌아 해인사로 관광나설 때 우리 집에 들리겠다 카더마는, 그기 마지막 될 줄 우째 알았겠습니꺼……" 종호는 비에 젖는 푸른 산등성을 올려다보며 아버지를 부른다.

나는 나대로 찾아볼 무덤조차 없이 객사한 아버지와, 차라리 죽음보다 못한 명을 지겹게 연명하는 어머니가 생각혀 눈시울이 뜨겁다.

"내 쪼매 있다가 뒤따라가꾸마. 거게서 담배나 한 대 피우며 우리가 도우한 우공태자나 만내보거라." 추노인은 혼잣소리로 중얼거린다. 자식을 제외하고 죽바고우로 한생생을 이웃하며 살아온 추노인의 말이 절절하다. "……삼조행님 거게 잘 있제? 삼조행님이 이승 뜬 지도 벌씨러 스물아홉 해나 되었으이 터도 웬만큼 잡았을 끼다. 참, 그라고 보이 오늘이 삼조행님 제삿날이네. 성제간끼리 오손도손 미역국 끼리 묵거라. 읍내 간 날이 장날이라꼬, 니 묻고 나이까 이래 천금 같은 비가 오구나. 이 단비에 오곡백화 무성켔고, 니 무덤을 덮은 뗴도 뿌리 잘 내리겠데이. 하모, 니사 살아생전 어데 한 군데 입멜 데가 있었나. 상계에 계신 옥황상제도 어진 백성으로 살다 극락에 온 니를 알아볼 끼고, 속세 인간 위해 목숨 바친 우공태자들도 인자 화 풀고 니를 축수 환대할 끼데이……" 추노인은 빗물과 눈물로 얼룩진 얼굴을 쓸어내리며 읊어댄다.

여래못에서 장터마당까지는 1킬로 남짓한 거리이다. 못둑까지 내려오자 오영감은 둑 건너 자기 마을로 접어드는 샛길을 잡아 가버린다. 우리 일행은 선달바우산 자락과 물이 붓기 시작하는 수로를 끼고, 소낙비에 겉옷이 쫄딱 젖은 채 내처 걷는다. 오솔길로 여래리 입구까지 내려오자 길은 경운기 다닐 만큼 폭이 넓어진다. 삽·곡괭이·그릇·제기 따위를 바소쿠리에 담아 지게에 얹고 앞서 걷던 치모가 걸음을 늦추더니 나와 나란히 걷는다. 서울서 대학물 먹었던 그가 반바지와 러닝 셔츠 차림에 고무신 신고 지게진 모습이 왠지 안쓰럽다.

"선생님, 우민출판사서 편집 맡고 계신다면서예?" 치모가 말을 붙인다. 내가, 그렇다고 대답하자, "저도 우민출판사 책 몇 권 가지고 있심더. 하비 콕스의 『세속도시』가 거기서 나왔지예?" 하고 묻는다.

"몇 년 전에 그 책을 낸 적 있지. 기독교 학생들 반응이 괜찮아 삼 판 정도 찍었을걸." 하비 콕스의 논조라면 정치신학이라고 불릴 만큼 종교의 현실 참여에 앞장선 금세기 대표적 개혁 신학자다. "하비 콕스 얘기가 나왔으니 말이지, 자네도 어머님 영향으로 기독교 신잔가보군?"

"그러나 저야 뭐 예배당 문턱이나 밟고 다니는 셈이지예."

나는 재작년 사월, 그 떠들썩했던 민청학련 사건을 떠올리고, 거기에 기독교 학생회에 관계된 대학생들이 다수 연루되었음을 상기한다. 치모도 그때 홍역깨나 치른 끝에 학교로부터 제적당하지 않았을까 하고 나름대로 추측한다.

"자네 부친이야 그 당시 우리 아버지와 함께 팔 걷어붙이고 그 작당했으니 아직 그분 얼굴이 기억에 남지만, 자네 모친은 꼭 한번 설핏 봤을 뿐이라 도무지 기억이 안 나는군. 따지고 보면 폭동 이후론 내가 고향에 발걸음 하지 않았으니 그럴 수밖에 없는게 당연하지. 참, 자네 할머님도 몇 번 뵌 적이 있어. 고추대장이라구, 이건 그 당시 자네 부친 별명이었네. 고추대장이 지서에 잡혀간 날 아침이 생각나누만."

그 시절 배주사댁 잔치가 있었던 이튿날을 나는 떠올린다. 그날 아침, 지서 초소 앞에 퍼질고 앉아 땅바닥치며, 모레가 혼삿날인데 우리 중달이 붙잡아가모 우짤 끼요 하며 울던 고추대장 어머니가 눈에 잡힐 듯 선하다.

"지금 살아 계신담 연세가 꽤 됐을 텐데?"

"할무임예?" 치모가 고개를 틀어 나를 본다. 장발의 머리칼이 이마를 덮고 빗물이 얼굴 가리며 흘러내린다. "제가 유복자다보니 아부지야 얼굴조차 뵌 적 없지만, 할무임도 제가 채 크기 전에 별세를 하셨지예. 비록 아들이 대역죄인이긴 했시만 그래도 할무임으로선 피를 나눈 자식 아니었겠습니껴. 그러니 아부지가 사형 확정 판결을 받고 총살을 당하자, 그게 그만 속병이 되어 위장을 다쳤다더군요. 밥풀은 제대로 소화 못 시키니 노상 미싯가루로 식사를 대용했다는데, 함안 사는 큰고무집에 나들이 갈 적도 미싯가루 자루를 허리에 차고 나다녔다 안 캅니꺼. 그카다 제가 네 살 때 결국 위병으로 돌아가셨다고 들었심더." 치모가 얼굴의 빗물을 훑어 뿌리며 나직이 들려주는 말이다.

"그럼 자네 외가 쪽이 원래부터 기독교 집안이었나?" 하고 내가 묻자, 휴전이 되고 오 년쨌가 소록도에서 죽은 큰외삼촌이 생각난다. 한 번도 뵌 적 없고, 그 죽음도 인편으로 들었지만, 유등 외갓집에 부쳐오던 편지로 미루어 큰외삼촌은 독실한 신자였다.

"아니지예. 김선생님이 그 당시 제 집안 문제까지 잘 아시겠습니까만, 제 부모님 예식 당일날 이 바닥에 좌익 봉기가 안 터졌습니꺼. 그때 아부지는 지서에 잡혀 있었다더군예. 그러니 어무임은 쪽두리 한번 못 써본 처녀 몸으로 독수 공방 신세가 되고 말았지예. 요새 같으면 파혼을 해뿌리면 그만이겠지만 당시로는 당사자 의견은 필요 없고 양갓집 어른이 여필종부나 따지며 결정내루다보니 어무임은 대꺽 시가로 옮겨앉아 시집살이부터 시작했지예. 이제나저제나 신랑 될 사람이 돌아오려나, 그러면 뒤늦게나마 혼례식을 올리게 되겠거니 하고 말임더. 그렇게 기다린 게 휴전될 때까지 근 오 년 동안 아니었습니꺼. 그 동안 시가에서나 친정에서 재혼을 수차 권했지만 어무임이, 시댁에서 쫓아내지만 않으면 그냥 살겠다고 우겼다 안 캅니꺼. 그 시절에 이미 어무임은 일종의 정절 내지 절대 순결라기 지키기로 마음을 굳힌 모양 같아예. 이 점은 아부지를 위해서라기보다 하나님과의 약속으로 봐야겠지요. 왜냐하면 이미 어무임은 같은 마을 독실한 신자가 전도해서 하나님을 만났으니깐예. 그러다 휴전되던

234

해, 어무임의 기도 덕분이었던지 아부지가 고정 간첩원이 되어 집으로 숨어들고, 그렇게 아부지가 마루 밑창서 두더쥐 생활해 가며 어무임과 한지붕 밑에 산 한 달 만에 제가 생기게 되었으니, 저도 목숨 달고 나온 과정이 꽤나 기구한 셈이지예. 그러나 아부지가 곧 잡혀버렸으니 어무임은 쪽두리 한번 못 써보고, 평생중 결혼 생활이란 게 고작 한 달이 전부가 되고 말았잖겠습니껴. 박복하다는 말이 어무임 처지처럼 들어맞는 경우도 쉽지 않을 낌니더." 치모의 목소리가 떨리더니 말끝에 한숨이 스며든다.

"그럼 어머님이 재가 않고 자네 하나 키우며 살아온 게 신앙심 탓이구먼?"

"그렇다고 말할 수 있지예. 어무임이 영육을 모두 하나님께 맡기고 이 고난 많은 한세상을 건너기로 작정한 게 아부지 재판중 어무이가 기도원서 받았다는 성령 체험 탓이라 여겨집니더. 그래서 삼십 년 가까이 주일이면 눈비 가리지 않고 십 리 넘는 회계고개를 넘어 오추골서 여게 장터 교회까지 나오시는 기지예. 그러다보니 저는 어릴 적부터 어무임 등에 업혀 교회를 다닌 셈입니더."

치모와 내가 주거니받거니 이야기를 나눌 동안 우리 발걸음이 꽤나 느렸던지 일행과는 제법 거리가 멀어졌다. 빨리 오시라는 현구의 외침이 비안개 저편에서 들린다. 이제 우리도 그쯤에서 이야기를 거두고 잰 걸음을 놓는다. 먹장구름이 서쪽으로 빠르게 이동하는 것으로 보아 비는 지나가는 소나기다. 아니나다를까, 동쪽 먼 산마루 위 구름 사이로 푸른 하늘이 언뜻 보인다.

"선생님, 서울엔 언제 올라가실 예정입니껴?" 부산과 마산을 잇는 포장된 신작로까지 나오자 치모가 묻는다.

"글쎄, 오늘 밤차나 내일 오전 차편에 상경할까 해."

"그러시담 모레부터 직장엘 나가기로 돼 있습니껴?"

"아니지. 여름 휴가 겸해서 일주일을 쉬게 된 셈인데, 뭐 여기서 더 머물 필요가 없을 것 같구……"

"배도수 선생님 한번 안 뵈오시겠어예? 재작년인가, 재일동포 젊은이를 선생님께 소개해서 심려만 끼쳤다는 말씀은 들었심더."

"뵈오면 공연히 쑥스러울 것 같애. 나도 한때 그분 은덕을 입었으니 찾아뵙고 인사 드려야 마땅하겠지만, 내 성격이 워낙 소극적이어서, 마음이 선뜻 내키질 않구만" 하다, 나는 재일동포 진필제의 안경 긴 얼굴을 떠올린다. 그의 사건이 신문에 보도된 건 보았어도 그뒤 재판 결과에 대해선 모르고 있다. "자네 혹시 재일동포 진필제란 청년 지금 어찌 됐나 아는가?"

"그 사람예? 배선생님 말씀으론, 십 년 선고를 받았다더군예. 지금 대구교도소에서 복역중일 낌더. 한국엔 친척붙이가 없다보니 배선생님이 간혹 차입도 넣어주고 면회를 가지예. 배선생님이 전향을 시켜보려구 설득해본 모양인데 확신범이라 그게 쉽지 않은 모양 같아예. 꼭 젊었을 시절 자기를 보는 듯하다며 시무룩해하십디다."

"결국 그렇게 되었군."

"선생님, 집에 가서 점심 드시고 배선생님댁 과수원에 올라가 보입시더. 제가 모실 테니깐예." 치모가 다시 보챈다.

"상경하는 기차 시간부터 알아봐야지. 근데 난 사실 여러 점에서 그분 만나기가 두려워. 선생이 칭찬해주려 교무실로 불러도 거기 들어가기를 싫어하는 학생 심정이랄까. 그분 앞에만 서면 내가 너무 비참해질 것만 같아. 그 점은 내가 고향에 오기 싫어하는 이유와 비슷하달 수 있겠지. 어쩔 수 없는 일로 몇 년 만에 고향을 당일치기로 후딱 들렀다 가지만, 와봐야 내겐 늘 타향 같아. 고향이 나를 따뜻이 감싸준다기보다 비감한 심정만 들게 하니, 이게 무슨 남들이 말하는 정든 고향이겠는가? 작은아버님 별세도 그렇지만 그걸 떠나서라도 지금 내 마음은 그저 답답하네."

나는 하늘을 올려다본다. 빗발이 뜸해지고 있다. 멀리 동쪽 들판에는 햇살이 무대 조명처럼 밝게 드리워져, 비에 씻긴 푸른 벼들이 더없이 싱싱하다. 후텁지근하던 더위도 소나기가 걷어가버려 한결 싱그럽다.

"선생님 마음은 대강 알겠심더. 선생님이 고향에 계실 때 얘긴 저도 대충 들었거던예. 그러나 피맺힌 상처긴 해도 인제 와서 그걸 어짜겠습니껴. 그 상처를 자가 처방으로 치료할 수밖에 없고, 나아가선 그 비극을 사랑하도록 노력해야 되잖겠습니껴?" 치모가 힘주어 말한다.

"그럼 자네는 그 상처의 치료는 이미 끝났고, 오히려 그 당시의 비극조차 사랑하는 단계까지 이르렀단 말인가?"

"글쎄예. 남들이 어떻게 보든, 저는 그 당시 동족 상잔의 부산물 내지 찌꺼래기 아니겠습니껴. 그러다보니 제게도 알량한 국가관이 있다면, 그 비극을 증오하기보단 사랑하는 마음부터 가지는 게 제가 취할 태도라 여겨지니깐예. 우리 세대는 이데올로기 차원을 넘어서서 우선 서로가 서로를 증오하지 않는 마음부터 배워야 되겠지예. 이것은 흑이고 저것은 백이다, 이렇게 둘로 갈라놓는 단세포적 단견만은 지양돼야 할 줄 압니더. 이 점 적십자 정신이래도 좋고 다른 이름으로 불려져도 무방하겠지예. 만약 선생님이나 저까지 원수지간의 옛 악몽을 되씹으며 앙숙으로 이빨을 간다면 서로의 이질감은 분명 우리 당대를 넘어서게 되고, 통일은 그만큼 더 멀어질 낍니더."

나는 무슨 화제든 문제점을 곰파고들거나 따져보는 성미도 아니요, 딱딱한 이론이라면 이내 지쳐버리는 마흔 고개 넘긴 나이다. 더욱 지금과 같은 대화는 깊이 풀릴수록 해결점 찾기가 모호해지고, 세정인으로선 감히 허물기가 난처한 벽에 부딪히게 되며, 그러다보면 다람쥐 쳇바퀴 돌 듯 다시 원점으로 돌아오는 난점을 안고 있다. 더욱 아침에 현구를 말상대해줬을 때도 쩔쩔맸는데, 혈기 있는 젊은이와 이런 대화를 기탄없이 나누기에는 내가 적절한 상대자가 못 될 것 같다. 혼자 짐작하고 가늠할 일이지, 하고 속으로 뇌뇌며 나는 길 앞쪽에 눈을 준다. 그 동안 어디에 숨었다 나타났는지 고추잠자리떼가 한길의 낮은 공간을 누비며 자맥질해댄다. 아이들이 잠자리채를 들고 나와 잠자리를 쫓고, 앞서 걷던 현구는 비에 젖어 볼품없이 늘어진 들꽃 묶음을 든 채 또래들의 잠자리잡이를 부러운 눈길로 바라본다. 부산행 급행버스가 우리 옆을 지나간다.

"김선생님도 어젯밤에 들으셨겠지만 저는 재작년에 학교로부터 제적을 당했습니더. 그래서 어무임은 물론, 저한테 기대 걸었던 주윗사람을 실망시키고 말았지예. 그러나 저는 지금에 와서 당시 제 행위를 후회하지 않습니더. 후회한들 원상 복귀가 될 일도 아니고예. 뭐 꼭 대학을 나와 보란 듯 출세 해야 사람 사는 보람을 찾는 건 아니니깐예. 지게 지더라도 어떻습니껴. 그저 내 눈으로 세상 물정 분별 있게 파악하고, 옳고 참된 일이라면 만인이 모른체 넘어가도 내 혼자 부딪쳐 조금씩 밝은 사회로 개선하는데 보탬이 돼야지, 하고 생각합니더. 그런데 선생님, 부딪친다는말이 났으니 생각나는데, 선생님은 어릴 적 고향 시절과 부딪치려 하기보다 오히려 외면하시려는 것만 같심더?" 치모 눈과 내눈이 마주친다. 치모는 정면으로 내 눈을 깊이 들여다본다.

"내가 그렇게 보이나?"

"제 말이 부드럽지가 못해서……" 치모가 말꼬리를 빼다, 잘라말한다. "저한테는 그렇게 보입니더. 선생님은 고향을 두려워하고 있어예. 선생님 말씀이나 표정은, 이 진영이란 상처투성이 땅이 왜 아직 지구상에 그 이름을 붙이고 남아 있어 내 악몽을 반추시키냐는 듯, 그렇게 괴로워하시는 것 같아예."

"자넨 정말 자기 본위의 이상주의자로군. 그 시절 얘기만 해도그렇지. 자네가 직접 경험해보지 않은 상처니깐 자가 처방이란명목으로 쉽게 치료한 후, 이제 나를 임상 실험해보겠다는 투 아냐? 더욱 나는 자네완 신분이 다른 백정 자식이네. 신분을 안 따지는 세상이 됐다? 자네들이야 안 따질지 모르지만, 내가 고향을 떠날 때까지 아버지 신분 때문에 난 천대와 멸시를 받으며 컸어. 그걸 병이라 부를 수 있다면, 고향에만 오면 그 후유증이 재발한다네." 심문관이나 사건 기자처럼 집요하게 공격하는 치모의 언사가 불쾌하여 되쏜 말이다.

"선생님, 그 말이 진정 우러나온 본심입니껴?" 치모는 그쯤에서 쉽게 물러서지 않는다. "고향에 오면 선생님을 기억하는 사람들이 천민 자식이라고 쑥덕거리는, 그 이유만으로 고향을 외면하고 두려워하시다니. 선생님이 그런 편협한 사고 방식에서 벗어나지 못했다곤 절대 생각지 않습니더. 그런 이유가 때론 자조

(自嘲) 구실은 되겠지예. 그러나 명분 있는 이유는 못 될 겁니더."

치모는 마치 고양이가 쥐 다루듯 내 약점을 요모조모 건드린다. 나잇살 먹은 윗사람으로 화를 낼 수도, 그렇다고 입을 다물 수도 없는 묘한 입장에서, 나는 그의 말에 빨려드는 셈이다.

"내가 보기에 치모군은 그런 아전인수격 생각이 결점이라니깐. 어쩜 순진성이라 말할 수도 있겠지. 그러나 보기와 다르게 난 그저 세상에 묻혀 사는 속물이니 그토록 추켜세우진 말게. 이미 내 스스로 고향을 버리기로 작정한 지 오래야. 난 정말 고향을 사랑하지 않으니깐."

"아니, 선생님이 고향에 사실 때, 너무 일방적으로 피해를 당하셔서 그런 말씀하시는 게 아닐까예? 말을 바꾸자면, 그 고통이 너무 절절하여 도무지 잊어지지 않으니깐 사랑하지 않겠다는 투정이랄까…… 예를 들면, 어느 한 남자가 한 여자를 사랑했다고 칩시더. 그런데 그 여자가 남자를 헌신짝 버리듯 차뿌렸어예. 그라자 그 남자도 다른 사람 앞에서 그 여자를 험담하며, 자기도 이젠 다 잊은 과거라고 공공연히 말합니더. 그런데 홀로 있을 때는 뼈에 사무치는 그리움으로, 그 여자가 다시 돌아와주기를, 그러면 자기가 무릎 꿇고 맞아들이겠다, 이런 경우를 생각해보입시더. 선생님과 고향과 함수 관계가 그와 비슷하잖겠습니껴?"

"모르겠어. 스무고개 문답으로 치면 자네 말이 핵심에 가깝다고 해둘까. 우선 내가 귀찮아서 양보할 수밖에 없을 정도로 자네가 적극 공세를 취하니깐. 그러나 너무 정공법만 쓰지 말게. 이쪽도 말을 안 해 그렇지 자기 약점의 원인쯤은 이미 규명하고 있으니깐." 나는 짜증이 났다. 그 화제를 끌고 나가기가 싫다. 나는 나오지 않는 웃음을 허허 웃는다.

치모와 내가 집 안으로 들어가니 대청마루에는 큰 호마이카상이 놓였다. 산역 다녀온 사람들 점심 밥상을 차린다고 아낙네들이 부엌에서 소반으로 찬그릇을 상에 나른다. 시계를 보니 이미 오후 두시가 가까운데 나는 시장기를 느끼지 못한다. 산에서 마신 술 탓이려니 싶다. 안방은 방문이 활짝 열렸고 숙모가 넋 나간 사람처럼 멍한 눈으로 마당을 내다본다. 삼촌이 땅에 묻혔다는 사실이 아직 꿈같게 여겨지는 실성한 얼굴이다.

나는 갈아입을 옷과 수건을 챙겨들고 뒤꼍으로 간다. 수돗간에는 현구와 종철이네 아이들이 발가숭이가 되어, 종철이 작은 애는 수돗물을 받아내고 현구와 종철이 큰애는 합성수지 물통 안에 앉아 물장구치며 깔깔댄다.

나는 빗물을 대충 씻고 여벌로 가져온 새 러닝 셔츠에 남방을 걸치고 앞마당으로 나간다. 치모는 빈소 문턱에 걸터앉아 수건으로 머리 물기를 털고 있다. 그는 나를 보자, 이쪽으로 오시라고 말한다. 치모군이 또 무슨 문제를 잡고 늘어지려는군, 하며 나는 그쪽으로 간다. 무슨 일이든 자신이 넘치고 신념이 강한 한편, 읍내 기득권자의 눈총을 받아가면서도 무엇인가 고향을 위해 보탬 되는 일을 해보겠다는 치모를 두고 볼 때, 먹고 사는 데 매어 전전긍긍하며 보낸 내 젊었을 적이 부끄럽게 돌아보인다. 그러나 젊은이 특유의, 다분히 치기가 느껴지는 그와의 대화는 피곤만 중첩되어 그의 부름이 달갑지 않다. 빈소 안에는 물 낡은 흰 포플린 치마저고리를 입은 웬 아낙네가 등을 보인 채 기도하고 있다. 맞은편 벽 앞에는 젯상이 아직 그대로 차려졌고, 고인의 사진도 벽에 기대어 세워져 있다. 향과 촛불도 타오른다.

"제 어무입니더. 그저께 아저씨가 임종한 직후 기별 받고 일차 다녀가셨다 오늘 다시 오추골서 내려오셨심더." 치모가 내게 작은 소리로 말하곤, "어무이, 제가 말씀드렸던 서울 김갑수 선생님 있지예, 그분입니더" 하고 제 어머니에게 나를 소개한다.

무릎 꿇고 등을 반쯤 숙인 치모 모친 밤나무댁은 요지부동이다. 무슨 말인지 숭얼숭얼 기도만 읊는다. 한참 뒤에야 밤나무댁이 기도를 끝내고 성경책을 손에 쥔 채 돌아앉는다. 촌부답게 얼굴이 볕에 까맣게 그을렸달 뿐 곱게 늙은 오십 줄의 아낙네다. 반평생을 고달프고 외롭게 살았어도 외곬로 하나님만 붙들고 의지해온 탓인지 나이든 수녀를 대할 때처럼 청결한 느낌을 준다. 그 시절, 내가 편지를 전하려 오추골로 갔을 때, 몇십 년은 좋이 되었음직한 안마당 밤나무 그늘에서 물레를 젓던 그네를 한 번 보긴 봤으나, 그 시절의 모습은 물론, 지금 눈앞에 보는 얼굴도 낯설다.

"치모군한테 아주머님 얘길 잘 들었습니다." 내가 건숭 인사하자 밤나무댁은 그저 머리만 조금 숙여보인다. "기억 잘 안 나시겠지만, 진영에 난리났던 그해 여름 말입니다. 제가 치모 아버님 심부름으로 양식을 구하러 오추골로 들어간 적이 있었지요. 그때 안마당에서 물레 젓고 있던 아주머니를 뵈었더랬습니다."

내 말에도 밤나무댁은 성경책만 만지작거릴 뿐 반응이 없다. 표정도 담담하여 탈속한 상태가 아니면 좀 모자라는 여인 같다. 나는 내 말에 심한 곤혹을 느끼지 않을 수 없다. 치모는 그런 어머니가 답답하다는 얼굴이다.

"어무이, 오늘이 돌아가신 선생님 부친 제삿날이라 캅니더. 그 시절 봉기 때 돌아가셨잖습니껴." 치모가 말한다.

밤나무댁은 성경책을 비닐백 속에 넣는다. 나를 건너다보더니 엉뚱한 쪽으로 말머리를 돌린다.

"언신댁 성님한테 듣자이 어무임이 많이 편찮다 카더마는 우째 차도가 있으신지예?" 언신댁은 숙모의 호칭이다.

"말문 닫고 누워 지내시지요. 음식도 떠먹여드리는 형편입니다." 밤나무댁이 딴전을 피우다보니 내 대답이 떨떠름할 수밖에 없다.

"이 더븐 철에 그 고상이 보통이 아닐 낀데……" 밤나무댁이 말끝을 흐린다.

"아부지하곤 무척 가깝게 지내신 사이였다는데 어무임도 김선생님 부친 뵌 적 있겠지예?" 치모는 화제를 그 시절로 다잡아 몬다. 아버지의 짧았던 생애 중 숨겨둔 일화가 있다면 이번이 맞춘 기회란 듯 다부진 태도다.

밤나무댁은 아들 말을 무시한 채 문지방 아래 놓인 고무신을 신는다.

"시장하실 텐데 안채로 건너가입시더." 그네는 아들이 아니라 나를 보고 말한다.

"이거 또 내가 판정패하고 말았군." 치모가 뒤통수 긁적이며 안방으로 걷는 제 어머니 뒷모습을 보더니, 나에게 묻는다. "선생님, 제 모친이 좀 이상하지 않습니껴?"

"어떤 점이? 내 경우처럼 어머님마저 그 시절 화제를 외면한단 말인가?"

"하여간 그 한 많은 사연을 임종 때나 털어놓으시려는지, 저렇게 철저히 묵비권을 행사하잖습니껴. 누구 입에서 그 당시 얘기만 나오면 그만 입을 봉하고 돌아앉으시니 말입니더. 제가 여드

름 나고부터 여태껏 아부지 얘길 수십 번도 더 물었을 낌더. 그
럴 때마다 어무이는, 벌써 옛날 일이라 기억이 없구나, 카며 잡
아떼지 않습니꺼. 저는 여태껏 어무이가 아부지 얘기를 입에 올
리는 걸 들어본 적 없심더. 육이오전쟁이 나고 혹시 행방불명이
된 아부지와 무슨 연락이나 안 되는가 싶은지 읍내 지서에선 어
무이를 한 달이면 두서너 번 꼴로 불러디렸답디더. 아부지야 뭐
자기 좋아 나선 일이지만, 당시까지 처녀 몸으로 생판 남남과 진
배없던 어무이 입장에서는 어른들 혼택 잘못으로 그 무슨 생고
생이었겠습니꺼. 그래도 어무이가 아부지는 물론, 누굴 원망하
는 소리를 입 밖에 낸 적이 없었심더. 내 같으면 더 삭일 수가 없
어 곪아터져도 몇 번은 곪아터졌을 낀데 말입니더." 치모의 눈초
리가 슬픈 빛을 띤다 싶더니 눈동자에 물기가 어린다.
"자네 말대로라면 어머님의 그 점도 다 자가 치료의 한 방법일
테지." 나는 어색한 분위기를 적당히 수습하며 치모의 등을 밀었
다. 우리는 안채 쪽으로 걸었다.
　상추쌈으로 반 그릇 남짓 점심밥을 먹고 나자, 나는 혼자 집을
나선다. 역으로 나가 서울행 기차 시간을 알아보려 함이다. 소나
기 뒤끝이지만 볕살은 따갑다. 새로 갈아입은 러닝 셔츠가 어느
사이 땀에 차여 살갗에 붙는다. 시장 아랫길을 걸어, 어젯밤 버
스 정류소에서 거쳐왔던 우체국 앞을 지난다. 신작로를 따라 서
쪽으로 가면 버스 정류소가 나서지만 역은 신작로 건너 축대 아
래쪽에 있다. 계단에서 역을 내려다보니 역사는 예나 지금이나
변하지 않은 모습이다. 어쩌면 역사가 지어진 뒤론 증축이나 개
축을 하지 않았다고 보아야 옳다. 금이 간 시멘트벽이나 덧칠했
을까, 기울기가 빠른 왜식풍의 지붕이며, 철길과 역마당을 갈라

놓는 탱자나무 울타리며, 역사 앞 공지에 마련된 조그만 화단까지 예전 그대로다. 계단을 내려가 공지 앞에 서니 화단에는 타원형으로 전지 잘된 사철나무 세 그루와 무궁화나무 한 그루에, 활짝 핀 패랭이꽃이 그 둘레를 장식하고 있다. 화단의 꽃과 나무는 소나기에 먼지를 씻어 더없이 푸르고, 촘촘히 분홍꽃을 피운 무궁화나 흰색 붉은색이 섞인 패랭이꽃은 내 마음을 금세 동심으로 돌려세운다. 벌이 꽃과 꽃 사이를 윙윙대며 넘나드는 바쁜 노동을 보자니, 내가 고달픈 객지 생활을 시작하려 보퉁이 꿰차고 고향 역을 떠났던 스물아홉 해 전, 그 비 오던 날의 쓸쓸한 정경이 되살아난다. 내가 배도수씨 소개 편지 한 장을 들고 부산행 기차에 오른 그날, 여름 장마비는 왜 그렇게 억수로 쏟아져내렸는지, 눈물로 얼룩진 얼굴을 줄기찬 빗줄기가 끝없이 씻어주었다. 끝내 아버지와 떨어진 채, 어머니를 지서 감방에 남겨두고, 아우와 또출이할머니와도 헤어져 홀로 진영 땅을 떠날 때, 나는 평생 그때처럼 많이 운 적이 없었다. 차멀미로 내내 토하며 부산 초량역에 도착될 때까지 나는 줄곧 울었던 기억밖에 없다. 사람의 목숨이 얼마나 모질어 이렇게 되도록 살아야 하나, 그냥 낙동강에 몸을 던져 죽는 게 더 낫지 않을까, 만약 소개 편지의 주소를 부산에서 찾지 못한다면 나는 도회지 어느 길모퉁이에 옹크리고 자야 하나…… 나는 이런 절망과 불안으로 울음조차 목이 쉬었다. 그러나 어떤 일이 있더라도 굳세게 살아 남아 언젠가 어머니와 동생, 누나와 또출이할머니까지 되찾아 우리 식구가 한 솥밥 먹어야 한다는 결심이 나를 쉼없이 울리며 떨리는 어금니를 앙다물게 했다.

  좁은 대합실은 잠시 뒤 도착할 마산행 완행을 기다리는 여행

객으로 붐빈다. 예전보다 고향 사람들 티가 나아졌다는 점은 우선 그들 옷차림에서 잘 나타난다. 합성 섬유가 보편화되기 이전 내가 고향에 있었을 때는 생필품 중 우선적으로 귀한 게 옷이었고 색상 또한 거의 희지 않으면 검정이어서, 여름이면 읍내 유지는 되어야 풀먹이고 다림질한 모시옷을 입었을 뿐이었다. 서민들은 올 굵은 누런 삼베옷을 기워입고 걸쳐 꾀죄죄하기가 요즘 거지와 피장파장이었다. 양잿물로 삶아 입기도 귀찮아 방망이 몇 번 휘둘러 물에서 건져내어 입다보니 사람 모인 곳이면 땀에 절은 쉰내를 풍겼는데, 지금 나는 후각으로 그 시절 내음을 맡을 수 없다. 옷 색상도 다양하고, 여름 오후의 눈꺼풀 무거운 나른함을 빼곤 대합실 안 사람들의 혈색도 한결 생기가 있다. 참외를 깎아 먹는 장사치, 창원 공단이나 마산 수출 단지로 일자리 마련하여 가는지 남방을 멀쑥하게 빼어입은 장발의 젊은이도 있다. 대합실 천장에는 프로펠러형 대형 선풍기가 돌아가고, 이곳 출신의 국회의원이 선사했다는 아크릴 표식이 붙은 이십이 인치 텔레비전이 구매점 옆 높다란 선반에 얹혀 있다.

"아저씨, 구두 닦아예." 현구만한 애가 내 구두를 잡고 늘어진다. 진흙투성이 구두였으나 나는 괜찮다며 구두닦이를 물리곤 매표구 윗벽에 붙은 열차 시간표 칠판 앞으로 간다. 표를 끊으려는 줄이 늘어섰다. 알 만한 사람이나 나를 알아보는 사람도 없다.

호남선에서 경전남부선을 거쳐 경부선을 도는 순환 특급열차의 진영역 도착 시간은 이십시 이십오분이다. 부산행은 시간마다 있으나, 삼랑진서 경부선 상행차를 갈아타자면 역 대합실이나 다방에서 얼마간 기다려야 하는 불편이 있었다. 나는 오늘 저녁 순환 열차 편에 상경하기로 작정한다. 그 차를 타면 아마 통금 해제 시간 앞뒤에 서울에 떨어질 터이다. 나는 표를 팔지 않는 빈 창구 앞으로 간다.

새 차표에 스탬프를 찍는 얼개망 저편의 역원에게 나는, 상경하는 순환 열차의 오늘 차표가 있느냐고 묻는다.

"진영역에는 불과 열두 석이 배당되는데 요새 바깡스철이라 오늘 차표는 동이 났심더. 창원에 공업 단지가 들어서고부터 서울 사람이 붐비이까 순환 열차가 부쩍 인기가 있습디더. 그 차를 탈라고 창원 가서 표 끊는 사람도 있심더. 내년에 개통된다는 구마 고속도로나 뚫리면 사정이 좀 나아질란지……" 역원의 말이다.

나는 부득불, 내일 차표는 있겠군요 하고 물을 수밖에 없다. 석 장이 남았다기에 나는 현구 것 소인용을 합쳐 두 장을 끊는다. 대구까지 갑득이 표도 끊을까 하다, 여래못 밑 자기 논을 정리하겠다던 말이 떠올라 삼촌 삼우제를 지낼 동안 그가 진영에 더 머물는지 알 수 없으므로 그만두기로 한다.

담배를 피워 물고 나는 삼촌집으로 되돌아 걷는다. 왔던 길로 곧장 걸을까 하다, 둘러가는 쇠전걸 쪽 뒷길로 정한다. 신작로에서 샛길로 빠지자 예전 옹기점이 있던 자리는 세탁소와 종묘점으로 변했고 바닥을 살펴도 깨어진 까팡이 한 조각 박혀 있지 않다. 시멘트 블록으로 담장을 두른 텅 빈 쇠전걸만이 뜨거운 볕 아래 나를 맞는다. 예전에는 작은 말뚝에 소를 매어두었는데 이제는 높낮이가 다른 철봉대 틀이 늘어섰고, 쇠전걸마당은 말라붙은 쇠똥으로 추저분하다. 예전이면 장이 서고 난 이튿날 새벽, 방영감이 전세나 낸 듯 망태기를 지고 나와 괭이로 쇠똥을 떠가곤 해서 마당이 깨끗했는데 지금은 쇠똥이 비료 구실을 제대로 못 한다. 쇠전걸 서쪽에 '내 고장은 내가 지키자' '초전박살'이란 팻말이 붙었고 예비군 총검술 훈련용 모래포대가 일렬 횡대로 세워졌다. 그 시절만 해도 육이오전쟁 전이라 이 바닥에는 검은 콩에 흰 콩 섞이듯 두 패가 뒤섞여, 상대가 저쪽 편에 경도된 줄 번히 알아도 그가 파렴치한 행위를 하지 않으면, 옆집 쌀독의 양식이 얼마 남았는지 가늠하는 이웃사촌 정리로 모른체 눈감아주던 때였다. 세월은 그만큼 변했고, 둑을 막아 줄기를 끊어버린 강처럼 막혀버린 길고 긴 시간이다.

나는 뒷짐을 지고 쇠전걸 마당 가운데로 걸어 들어간다. 땀이 쏟아진다. 땅바닥 누런 흙이 햇살에 반사되어 백지처럼 하얗게 바래고, 멀리 푸른 들 건너 변전소 쪽 아지랑이가 가물가물 어려 보인다. 어지럽다. 쇠전걸의 숨막히는 정적이 무수한 침이 되어 나를 쏜다. 나는 그 정적 속에서 스물아홉 해 전, 그 엿기름 같은 더운 햇살이 녹아내리던 날을 생각한다. 허기져 쓰러질 것만 같던 그해 여름 어느 날, 아버지와 함께 여래천 방둑을 따라 내려올 때 나는 생전 처음 신기한 소리를 들었다. 얼굴 헬쑥한 야학당패 젊은이가 켜던 바이올린 소리였다. 뜨거운 햇살에 녹아버리기는커녕 제 혼자 살아 우쭐우쭐 춤추던 그 경쾌한 음률이 소롯이 살아난다. 구레나룻 시커먼 강건한 젊은이가 둥둥 치던 손북 소리도 환청으로 들을 수 있다. 그랬다, 그 야학당패를 내가 여기서 처음 만났던 그날부터 이 소읍 진영에 그 가당찮은 사건이 불안한 조짐을 보였다. 나는 격류에 휩쓸리듯 내 자신이 그 시절 폭풍 속으로 휩쓸려들어감을 느낀다.

제 6 장

"갑수야, 갑수야. 와 그카노?"

누군가가 내 팔을 잡고 애달프게 불렀다. 엄마 목소리 같았다. 눈을 뜨니 방안이었다. 나는 된숨을 몰아쉬었다. 조금 전까지만도 무지막지하게 나를 패던 아버지가 없었다. 눈을 감으면 다시 아버지를 만날 것만 같았다. 천장 들보와 서까래가 연자방아 맷돌 돌 듯 내 눈앞에서 돌고 있었다. 엄마 목소리가 들리던 쪽을 돌아보려 해도 목이 움직여지지 않았다. 입술과 입 안이 어떻게 되어버렸는지 말을 할 수 없었다. 방안은 찌듯 무더웠다. 갑갑하고 목이 탔다. 방도 큰방이 아니라 또출이할머니가 거처하는 부엌방이었다. 눈이 저절로 감겨졌다.

"명은 타고난다 카더마는 니가 안죽 안 죽고 살았구나. 인자 정신이 좀 드는가보제?" 누군가 말했다. 또출이할머니 목소리였나.

"갑수야. 어제까지만 해도 멀쩡하던 니가 이 꼴이 머꼬. 쥑일라모 나를 쥑이지 어린 자슥이 무신 죄 있다꼬……" 엄마의 흐느낌이었다.

내가 다시 눈을 뜨니 대들보와 서까래 대신 쪼그락진 얼굴이 나를 내려다보았다. 또출이할머니는 저승꽃 거뭇한 손으로 눈꼬리 눈물을 훔쳤다. 그 옆에 엄마는 수건으로 입을 막고 섧게 울었다.

"아아들 꿈이사 개꿈이라 카지마는 어린것이 우째 그래 꿈은 많은지. 몬 묵어서 대낮에도 허깨비가 뵌다 캐싸터마는 저 꼴 돼서도 꿈자리가 어수선한가보제."

또출이할머니 말을 듣자, 지난 일이 어렴풋이 떠올랐다. 큰방 뒷봉창을 몰래 들여다보다 바이올린 켜던 젊은이에게 들켰고, 나를 죽여버리겠다고 달려들던 아버지 손찌검에 까무러쳤던 기억이 어릿어릿 살아났다. 비로소 아직도 내가 살아 있음을 알았다. 왜 진작 죽지 못하고 살아 있는지, 어떤 상태로 누워 있는지 생각조차 귀찮아졌다. 오직 엄마가 유등 외갓집에서 집으로 돌아왔다는 사실만이 내 마음을 적이 편안케 해주었다. 곧 이어, 나는 죽음인지 꿈인지 알 수 없는 세계로 다시 떨어졌다. 깜깜한 망막 앞에 별똥별이 긴 꼬리를 끌며 사라졌다.

얼마쯤 시간이 흘렀는지 몰랐다. 나는 심한 목마름에 눈을 떴다. 물 좀 주이소, 하고 말했는데 그 말이 내 목소리 같지 않았다.

"머라 캤노, 물 돌라 캤나?" 엄마가 물었다.

내가 겨우 턱을 조금 움직였다. 엄마는 벌어진 내 입에 물을 흘려넣어주었다. 물은 입 안에 괴었다간 그대로 되흘러나왔다. 마음 같아선 벌떡 일어나 물사발을 통째 마셨으면 싶었으나 몸을 움직일 수 없었다. 다리만 조금 자유스러울 뿐 허리·어깨·

팔이며, 어디 한 군데 쑤시고 아리지 않는 데가 없었다. 뒷살창에 여린 빛살이 누렇게 바래지고 있었다. 저녁 무렵이 아니면 아침녘일 것 같았다.

"어금니가 두 개나 뿌사지고 입 안이 그렇게 부었으이께 우째 물이라도 제대로 넘기겠노, 쯔쯔." 또출이할머니가 혀를 차며 내 가슴에 부채를 흔들어 바람을 일구었다. "원쑤야, 원쑤야. 자슥 든 골짝은 범도 돌아본다 카던데, 인간 종자가 우째 지 새끼를 복날에 개 잡듯이 이래 팼겠노. 그때 내가 삽짝걸로 들어오지 않았쓰모 우째 됐을란지 몰랐을 끼라. 니는 죽은 듯 늘어져 있제, 니 애비는 니 팔다리를 묶을라꼬 뒷간에서 새끼줄을 들고 오던 참이더라. 그래도 여태 숨질이 붙은 기 용타."

또출이할머니가 아버지를 들먹이자 나는 꿈 생각이 떠올랐다. 눈에 불꽃을 튀기던 아버지의 핏발 선 방울눈이 눈앞에서 사라지지 않았다. 언젠가 아버지를 두고 엄마가 했던 말이 되살아났다. "범이 무서븐 줄 아나? 아이데이. 증말 무서븐 거는 광폭한 사람인 기라. 바로 니 애비 같은 사람은 범보다 몇 갑절 더 무섭지러. 꿈에마 나타나도 그 꼴이 얼매나 언슨시럽던지 간이 다 떨리더라."

"아, 아부지는 어데 가뿌렀어예?"

또출이할머니가 조금 전 하던 말을 계속했다.

"……그래서 내가 까물쳐 늘어진 니를 부둥켜안고, 이 어린 아아를 와 쥑일라 카노, 하미 니 애비를 보고 내가 패악쳤지러. 그라이까 조 아래 사는 상선상이, 삽수가 궁금승에 그랬을 텐께 마 놔두시오, 하고 니 애비를 말기더라. 니 애비도 몬 이긴 체 새끼줄을 내던지며, 할마시요, 저 자슥이 안 죽고 깨나모 삽짝 밖으

로 한 발짝도 몬 떼놓게 하소, 만약 주디 띠거나 바깥에 나갔다
카모 그때는 증말 다리몽댕이 뿐질러뿔 낀께 그래 아소, 하고 말
뚝을 박더라. 그라고 짐서방과 둘러섰던 사람이 그 밤중에 어데
로 가는지 우루루 나가질 않겠나. 내가 니를 안아다 내 방에 눕
히놓고 피 묻은 니 몸을 보고 있으이께, 너거 에미가 허겁지겁
들이닥쳤제."

"갑득이 델로 간 니가 밤이 으슥도록 안 오길래 그제서야 무신
일이 생긴 줄 알았지러." 또출이할머니 말을 엄마가 받았다. "아
무래도 짚이는 기 이상해서 니 애비한테 맞아죽더라도 가바야
되겠다꼬 유등을 나서서 집구석이라꼬 돌아와보이 니가 이 지경
이 안 돼 있겠나" 하더니, 엄마가 내게 물었다. "갑수야, 니가 머
를 우쨌길래 니 애비가 이토록 패더노?"

엄마 물음에 나는 대답할 수 없었다. 내가 뒷봉창에서 엿들은
그들 비밀을 엄마한테 말해야 할지 어떨지 따지기 전, 나는 온몸
이 쑤시는 통증으로 연방 앓았다. 눈꺼풀이 절로 닫겨졌다. 콧숨
을 쉬자 된장 냄새가 코끝에 묻었다. 나는 다시 몽롱한 잠에 잦
아들었다. 팔베산으로 간 갑득이가 어찌 됐는지, 또 다른 여러
갈래의 생각이 머릿속에서 어지럽게 끓었다. 그런 생각들마저
바래지자, 이 길로 다시 깨어나지 못하는 게 아닐까 싶었다. 나
는 의식을 잃었다.

내가 눈을 떴을 때는 밤이었다. 호롱불이 켜져 있었다. 엄마가
물수건으로 내 왼쪽 허리를 찜질해주었다. 목이 조금 움직여져
옆을 돌아보니 또출이할머니는 몸을 옹크린 채 잠들었고, 그 옆
에 갑득이가 자고 있었다. 먼데 개 짖는 소리가 아련하게 들려왔
다.

"어무이, 물, 물 좀 주이소."

엄마가 숟가락으로 물을 떠서 내 입 안에 흘려넣었다. 물이 목구멍으로 조금씩 넘어가자 물맛이 시원하고 달았다. 골치는 여전히 쑤셨으나 차츰 머릿속이 트였다. 여러 마리의 개 짖는 소리가 다시 들렸다. 밤기차 기적도 들려왔다.

"갑수야, 미음 쪼매 끼리났는데 묵어볼래?" 엄마가 물었다.

엄마 말에 나는 심한 허기를 느꼈다. 지금이 오밤중이라면 하루 세 끼는 꼬박 굶은 셈이었다. 엄마는 쌀겨로 쑨 미음을 내 입 안으로 넘겨주었다. 엄마가 돌아온 것도 반가운데 죽까지 먹여주자 그 고마움으로 나는 목이 메었다. 내가 이 지경이 되지 않았다면 지금쯤 엄마는 다시 부산으로 가버렸을 터이다. 그런 생각을 하자, 나는 며칠 이렇게 누워 엄마 시중을 받고 싶었다. 염치없는 짓일는지 모르지만 그렇게라도 해서 엄마를 집에 잡아두고 싶었다.

"어무이, 아부지 만냈습니껴?"

"어언제. 니 애비는 어제 췻일 안 들어왔데이. 노름판에 붙어 살겠제." 엄마가 한숨을 내쉬었다. "니를 몬 줶었으이께 날 보모 인자 날 줶이겠다고 달려들겠제. 너그들만 읎다 카모 내 목숨 하나 죽는 기사 머가 그래 슬푸겠노……"

나는 무슨 말로 엄마를 위로하고 안심시켜야 할는지 말머리를 잡지 못했다.

"갑득이는 언제 집에 왔습니껴?"

"내가 집에 오고 한 시간 넘게 지났으이, 새북 한 시참은 됐을 끼라. 백태애비 장서방이 갑득이를 업고 왔더라. 갑득이가 팔베산 암벽 타고 올라가다 떨어져 팔뼈를 삐이고 기절해뿠다 안 카나. 그라이 같이 있던 백태는 갑득이가 죽은 줄 알고 혼겁이 나서 지 호문차 오추골 저거 숙모 집에 내빼뿌린 기라. 밤이 돼서 장서방이 아들 찾아 오추골로 갔다가 아들을 만내자, 갑득이는 우째 됐노 하고 추달하이까 그제서야 그늠으 자슥이, 갑득이가 팔베산에서 떨어져 죽었다고 바른말 안 했는가베. 장서방하고 저거 숙부가 밤중에 백태를 앞세워 횃불 맹글어 들고 갑득이 시체를 찾을라꼬 암벽 밑으로 갔다가 숨이 겨우 붙은 갑득이를 찾아내서 업고 왔지러. 갑득이가 만약 거게서 밤을 넘겄다 카모 승냥이한테 뜯어믹히서 죽었을 끼라. 정신이 깨어나서 끙끙 앓는 갑득이를 업고 온 장서방 말이, 삐인 팔뼈는 심이원 침집에서 맞췄다 카민서 자슥늠 대신 백배 사죄하고 갔데이. 아침에는 백태에미가 와서, 백태 때문에 죄송하다고 쌀 반 되하고 볼살 멫 되 놓고 갔다." 엄마는 갑득이가 자는 쪽을 돌아보곤 말을 이었다. "낮에는 내도록 오른팔 잡고 앓더마는 저녁답에사 잠이 들었다. 아이구, 이 집구석에는 무신 액귀가 붙었는지 니는 이 지경이 되고 갑득이는 또 저래 팔을 뿔가고…… 죽어라, 죽어라 카는구나."

엄마 넋두리를 들으며 나는 눈을 감았다. 나는 된장 냄새를 다시 맡았다. 내 머리에서 나는 냄새였다. 어디든 다쳐 피가 나면 사람들은 상처난 데 된장을 바르곤 했다.

"어무이, 날 좀 일바시주이소. 오줌 마렵심더." 눈을 뜨며 내가 말했다.

"그 몸으로 우째 일나 앉겠노? 마 누버서 눠라. 내가 요강 받치 주꾸마."

엄마는 문께에 놓인 요강을 당겨왔다. 나는 누워서 오줌을 못

눌 것 같았다. 몸을 일으키려 용을 써보았다. 어깨와 허리 뼈마디가 쑤셨다. 몸을 움직일 수 없었다.

"누버서는 오줌이 안 나옵니더. 일바시달라 카인께예."

엄마가 머리맡으로 돌아가 내 윗몸을 받쳐 일으켰다. 엄마 팔에 의지하여 양손을 지팡이삼아 내가 겨우 일어나 앉자, 엄마는 내 사추리에 요강을 가져댔다. 엄마는 내 반바지를 까내려주었다. 자지를 요강 아가리에 얹고 힘을 주는데도 오줌이 잘 나오지 않았다. 힘을 더 쓰자 갑자기 불두덩이 칼로 째듯 아파 나도 모르게 비명을 질렀다. 피 몇 방울이 자지 끝으로 흘러 떨어졌다. 눈앞에 뭇별이 반짝였고 진땀이 솟았다.

"오메, 이기 머꼬. 갑수야, 피가 나온다!" 엄마가 울먹이는 목소리로 말했다. "아이고, 얼매나 오지기 맞았으모 자지에서 피까지 나올꼬……"

피 끝에 나는 겨우 오줌을 누었다. 나는 불두덩과 허리 통증으로 더 앉아 배겨낼 수 없었다. 삿자리 바닥에 등을 붙였다. 한 차례 더운 기가 온몸을 달구자, 살갗 땀구멍마다 땀이 쏟아졌다.

"아이구, 이 눈깔 돌아가는 거 바라. 죽는 기가? 갑수야, 이 질로 그냥 가는 기가! 우짜겠노……"

엄마 고함에 또출이할머니가 눈을 비비며 일어났다.

"우째된 기고? 갑수가 죽나? 맹신한(명신환)이라도 있으모 믹일 낀데, 이 밤중에 우짜모 좋을꼬? 에미야, 퍼뜩 차분 물수건이라도 좀 가꼬 온나."

또출이할머니는 부재로 내 몸을 부쳤다. 홉떴던 내 눈이 감겨졌다. 나는 다시 잠에 들었다.

대나무밭에 불이 난 듯 폭죽 소리가 연이어 들렸다. 많은 사람이 질러대는 고함과 비명 소리가 아련하게 들렸다. 그 소리에 놀라 내가 눈을 뜨니 또 얼마의 시간이 흘렀는지, 방안은 칠흑같이 깜깜했다. 자세히 들으니 폭죽 소리는 집 뒤 대나무밭이 아니라 장터마당이나 지서와 읍 사무소가 있는 신작로 쪽에서 나는 소리가 분명했다. 총소리였다. 총소리는 간격을 두다 콩 볶듯 다시 이어졌다.

"어무이, 어무이, 이기 무신 소립니껴?" 깜깜한 주위를 두리번거리며 내가 외쳐 물었다.

"가만있거라. 원 시상에 무신 난리가 났는지……, 아이고, 가슴이 뛰어싸서 숨도 몬 쉬겠구나." 엄마 대신 또출이할머니 말이 머리 위쪽에서 들려왔다. 할머니는 문살에 귀를 붙이고 있었다.

"할무이, 방문은 와 그래 꼭 닫고 있습니껴. 문 좀 열어보이소. 아무래도 무신 큰일이 벌어진 거 같심더."

나는 자리에서 일어나려 팔에 힘을 주었다. 혼자 힘으로 일어나 앉기는 무리였다. 그럴 동안도 총소리는 계속 들려왔고, 아우성도 그치지 않았다. 개들까지 맹렬히 짖어댔다.

"어무이는 어데 갔습니껴?"

"무신 난리 났는고 알아보로 밖에 나갔데이."

"그라모 할무이도 퍼뜩 나가보이소."

또출이할머니는 붙잡고 있던 문고리를 밀었다. 총소리와 아우성이 한층 가깝게 들렸다. 할머니가 축담에 내려서서 앞마당으로 걸었다. 나는 이 소란스러움이 무엇을 뜻하는지 어렴풋이 짐작할 수 있었다. 그저께 밤, 큰방에 모인 무리가 당기느니 늦추느니 실랑이 벌이던 봉기가 밤중에 시작되었는지 몰랐다. 그렇게 생각하자 머릿속이 화끈 달아올랐다. 끝내 일이 벌어졌고, 저

왁자지껄한 소란 속에 분명 아버지가 섞여 있을 터였다. 당신은 소 잡는 메나 곡괭이를 들고 설쳐댈 것이다. 이제 아버지를 그 무리에서 빼내어 우리 가족 품으로 돌려받기에 늦어버렸다.

"개만도 몬한 자슥……" 어느 사이 내 입에서 욕설이 뱉아졌다. "죽어뿌려. 총알 맞아 뒈져뿌려! 이제 우리 앞에서 영영 사라져뿌려!"

나는 자리에 누워 뭉개고 있을 수만 없었다. 어깨와 다리에 힘을 주어 몸을 뒤집었다. 배를 방바닥에 붙이자 엉금엉금 기었다. 문지방까지 가자 문설주를 잡고 몸을 일으키려 안간힘을 썼다. 허리가 결리고 숨이 가빴다. 가슴으로 진땀이 흘렀다. 겨우 윗몸을 일으켜 방문턱에 걸터앉았다. 새벽녘이 돼가는지 바깥 한기가 차가웠다. 나는 흙벽에 의지하여 축담으로 내려섰다. 또출이 할머니가 종종걸음으로 달려와 내 팔을 붙잡았다.

"갑수야, 불이 났데이. 지서에 불이 나 활활 타오른데이. 배주사 어르신댁에도 불 났고. 그쪽이 대낮같이 환하데이. 사람들이 다 깨나서 바글바글하는지, 읍내가 온통 난리났데이!"

"할무이, 날 좀 붙잡아주이소. 나도 좀 보구로요!" 내가 두 팔을 벌렸다.

"그 몸으로 우째 마당에 나서겠노?" 할머니가 나를 안았다. "갑수야, 누, 누가 저래 불질렀을꼬?"

"아부지 안 들어왔지예?" 할머니 허리에 한 팔을 감고 나는 마당으로 내려섰다. 큰방 쪽에 눈을 주었다. 깜깜했다. "할무이, 놀래지 마이소. 아부지가 불 질렀는지 모릅니더."

"머라꼬, 짐서방이?"

"아부지는 좌익패가 되뿌렸심더." 나는 달아오르는 가슴처럼 조바심이 났다. 허리 아픔마저 감각이 없었다.

"능지처참 당할 미친갱이. 아이구, 인자 너그 집은 폭삭 망했데이. 내가 메칠 전에 피 묻은 빗자루 꿈 꾼 기 우째 이리 들어맞을꼬. 너거 애비가 니 에미 쥑인 꿈 말이데이."

나는 마당 멍석에 주저앉자 장터마당 쪽을 바라보았다. 자욱한 안개 저 아래, 신작로변에 있는 지서를 태우며 불기둥이 치솟고 있었다. 지서 옆 윤주임 관사에 흰 연기가 피어올랐다. 잡아라, 쥑이라는 고함과, 내 죽는다는 비명 소리가 간간이 들려왔다. 지서 밑 철하 동네 고래등 같은 배주사네 집도 주황색 불꽃이 날름거렸다. 거기만 아니었다. 읍장 관사도 연기가 피어올랐다. 나는 변소 지붕에 얹어놓은 새 고무신을 신고 당장 그리로 달려가고 싶었다. 우선 저 수라장 속을 뒤져 아버지를 찾아내야 했다. 당신이 불을 지른 무리에 섞였는지 아닌지 그 확인이 급했다. 어느 사이 내 마음은, 조금 전 죽어버렸으면 싶던 아버지로 향한 미움이 사라지고 없었다.

엄마가 쓰러질 듯 삽짝에서 달려들어왔다. 엄마 숨소리가 목에 차 있었다. 엄마는 멍석에 몸을 던지듯 퍼질고 앉더니 통곡부터 시작했다.

"우짤고, 우짤고…… 갑수야, 좌익패가 난리를 일으켰단데이. 니 애비가 그 패라 안 카나. 니 애비가 앞장서서 지서를 불 지르고 윤주임 집으로 쳐들어갔단데이. 물금때기는, 자기 아들 장선상도 그 패라 카미 장터마당서 길길이 뛰며 울어쌌더라. 쇠스랑 휘두르던 니 애비 본 사람이 있다 카인께, 이 일을 우짤고. 아이구, 신령님요, 하눌님요, 불쌍한 우리 새끼들 우짤고예……"

어둠 속에 어렴풋이 드러난 엄마 얼굴이 일그러졌다. 곯아버린 호박처럼 찌그러진 얼굴이 눈물로 범벅되었다. 헝클어진 머리칼과 똑딱단추가 떨어져 홑적삼 앞섶이 벌어진 꼴이 실성한 여자 같았다. 나는 덜덜 떨며 엄마를 보고 있었다. 아버지를 그토록 지긋지긋하게 여기던 엄마가 왜 저렇게 흥분하는지 이해되지 않았다. 엄마도 나처럼 아버지만 떠올리면 미움과 사랑이 한데 섞갈려 때와 곳에 따라 한 가지씩만 나타나는지 알 수 없었다. 엄마 넋두리에 나는 오히려 침착을 되찾았다. 부모님을 위해 내가 도울 일이 아무것도 없음만을 깨우칠 뿐이었다. 오직 그저께 밤, 아버지 매타작에 죽지 못하고 살아나 이런 곤경에 처한 내 자신이 원망스러울 뿐이었다.

"내가 니한테 말은 안 했다만, 아무리 막바우 같은 니 애비지마는 우째 정신 좀 차렸으모 그래도 너그를 에미 읂는 자슥으로 안 키울라꼬, 내가 죽어 들어오기로 맹세 안 했나. 인자는 만사가 허사데이. 이 년이 대들보에 목매는 일밖에 머시 남았겠노."

엄마는 나를 껴안았다. 엄마는 떨며 울음을 되삼켰다. 엄마 눈물이 내 뺨을 적셨다. 내 눈에서도 눈물이 흘러내렸다. 슬픔으로 목구멍이 아팠다.

"모진 기 목숨인데 운다고 될 끼가. 죽는 기 사는 거보다 백배 심들데이. 이것아, 이 나이 되도록 고공살이 하는 내를 바라. 천지 강산에 홀홀 가랑닢 같은 내를 봐. 니사 그래도 자슥새끼가 안 있나." 또출이할머니가 엄마에게 야멸차게 말했다. "이승에 읂는 서방 덕, 자슥새끼나 보듬고 살아야제. 개구신 같은 날파람동이 짐서방이사 인자 제 밍(명)껏 살겠나. 저 짓하고 밍 붙이겠나 말이데이."

건넛방에서 갑득이의 칭얼거리는 소리를 듣자, 장터마당 쪽을 바라보던 또출이할머니가 신을 꿰신었다.

엄마는 한참을 흐느끼다 나를 풀어놓더니 장터마당 허공에 눈을 주었다. 탈진한 얼굴이었다. 멀리 봉화산 위 동녘 하늘에는 별빛이 여위어가고 있었다. 차츰 암청색 하늘을 밝히며 부챗살 같은 빛이 살아났다. 날이 새는 참이었다. 이제 화염도 사그라들어 지서만 검은 연기와 흰 연기가 섞여 피어올랐다. 고함과 비명 소리도 차츰 잦아들었다.

"어무이, 우째 됐을까예?" 엄마 옆구리에 허리를 기대며 내가 물었다.

"한쪽이 이깄으모 한쪽은 졌겠제. 어른들 패싸움도 너그들 운동회 기마전하고 똑같은 기라. 진짜 피를 보는 기나 다를까." 피, 소리를 하며 엄마는 어깨를 떨었다.

새벽녘 한기 탓으로 나도 어깨를 움츠리며 작은 새처럼 몸을 떨었다.

"어무이 들어가입시더. 배 고파 죽겠심더. 미염이나따나 쪼매 묶어야겠심더."

"그래, 들어가제이. 방구석에서 죽은 드키 지내모 시간이 우리를 쥑이든 살리든 하겠제. 죽을 목숨이모 너거 애비가 안 쥑이도 염라대왕이 불러갈 끼고, 살 목숨이모 뭇짐승도 사는데 우째 밍줄은 잇게 되겠지러." 엄마는 꺼질 듯 한숨을 쉬며 나를 부축하여 일으켰다.

우리가 마당을 질러 건넛방으로 걸을 때, 장터마당 쪽에서 돌연 나팔 소리가 새벽 공기를 찢으며 날카롭게 들려왔다. 맑고 신나는 행진곡이었다. 야학당패가 부는 나팔 소리가 무엇을 뜻하는지 나는 알 수 없었다. 나팔 소리는 쉼없이 이어졌다. 끊어진다 싶으면 숨을 돌려 다시 이어졌다. 나팔 소리에 맞추어 여러 사람이 질러대는 고함이 들려왔다.

"조슨민주주이 인밍공화국 만세!" "푸로레타리아 무산 대중 만만세!" 이어, 만세 소리가 봇물 터지듯 연달아 울려퍼졌다. 노래도 시작되었다. 한이 맺힌 듯 서럽고 절절한데 가락이 빠른 노래였다. 해방 후 한동안 밤이면 미창이나 철길에 모인 좌익패들이 주먹을 내두르며 노래를 불렀다. 그들이 즐겨 부르던「적기가」노래가 장터마당에서 들려왔다.

높이 들어라 뿕은 깃발을
그 밑에서 전사하리라
비겁한 늠은 갈라모 가라
우리들은 뿕은 깃발을 지킨다……

여러 사람이 불러대는 노래가 읍내 하늘을 뒤덮었다.

"아이구, 이 일을 우짜모 좋을꼬……" 엄마가 울가망하게 읊조렸다.

"저 사람들 중에 아부지도 끼이 있을까예?" 내가 물었으나 엄마는 대답하지 않았다.

방에는 호롱불이 켜져 있었다. 벽에 기대앉았던 갑득이는 나를 보자 멋쩍은 웃음을 흘렸다. 그는 무명으로 싸맨 오른팔을 조금 들어 보였다.

"세이야, 아차했으모 골로 길 뿐했지러. 그래도 어무이가 왔으이께 나는 하나도 안 아푸데이." 갑득이는 헤벌쭉이 웃었다. 나는 세상이 어떻게 돌아가는지 모르는 갑득이가 부럽고 측은했다. "근데 새이야, 장터가 시끌바끌한 기 머꼬? 오늘이 장날인데 새북부터 무신 지랄이고? 말시마이 왔나, 날라리패가 왔나?"

조금 전 엄마처럼 나는 대답하지 않았다. 힘없는 어깨를 옆으로 기울여 모로 누웠다. 아버지가 집으로 불쑥 들이닥칠는지 모른다고 나는 생각했다. 아버지가 엄마를 보면 쇠스랑으로 찍어 죽이겠다고 달려들 터였다. 엄마가 없을 동안 아버지는 엄마를 두고, 붙잡기만 하면 가랑이 찢어 죽인다느니, 그 구멍에 말뚝을 박아 죽이겠다고 별러왔다. 그런 생각을 하자 괴로움이 더할 수 없는 아픔으로 머릿속을 쑤셨다. 뛰어들 아버지 발소리가 들릴 것 같아 내 귀가 바깥쪽에 모아졌다.

"새이야, 니도 많이 아푸제?" 갑득이가 내 얼굴을 내려다보며 물었다. "아부지는 참말로 나쁜 사람이데이. 왜놈 순사보다 더 악질이다 그자? 한분 차뿌리거나 꿀밤 주는 기 아이고 우째 이래 오지게 패겠노 말이다. 새이 니가 머를 우쨌다고 그카더노?"

갑득이가 자꾸 말을 시켰으나 나는 귀찮아 눈을 감고 말았다. 엄마가 부엌에서 미음을 데워와 떠먹여주었으나 나는 입맛이 당기지 않았다. 숟가락을 든 엄마 손이 떨렸다. 나는 질린 엄마의 풀죽 같은 얼굴 보기조차 괴로웠다. 이제 방안에는 누가 말하거나 우는 사람이 없었으나, 방안이 온통 울음으로 차 있듯 느껴졌다.

"새이야, 엄마가 니 새 옷 사왔더나? 엄마가 내 흰 고무신 사왔데이. 신어보이까 발에 꼭 맞더라. 인자 날마 밝으모 새 신 신고 나가야제. 장터걸에 가서 자슥들 기를 팍 쥑이놀 끼라. 저거사 삼시 세 끼 밥이사 처묵는다 캐도 촌늠들이 어데 이런 먹고무신 아인 신 신어보겠노 말이다."

갑득이의 젠 척하는 말을 듣다, 나는 엄마가 떠넣어주는 숟가락을 입에 문 채 끝내 울음을 터뜨렸다. 울음은 멈춤이 없이 쏟아졌다. 나는 큰 소리로 목놓아 울었다.

"갑수야, 마 치아라. 그만 그치라." 엄마와 또출이할머니가 번갈아 말렸다. 엄마가 내 눈물을 닦아주었다.

나는 우는 방법 외 다른 방법이 없다는 듯, 울고 울었다. 흐느낌이 흐느낌을 부르고, 눈물이 마르지 않는 샘처럼 쏟아졌다. 내 울음이 아버지 문제를 해결해준다고 나는 믿지 않았다. 그러나 이렇게 오래 울고 나면, 더 나올 눈물도 말라버릴 때쯤 하나님이 우리 가족을 도와 지켜줄 것만 같았다.

날이 밝았다. 집 뒤란 대나무숲에서 새떼가 울었다. 엄마는 기름장수 장서방댁이 가져온 보리쌀로 아침밥을 지었다. 엄마가 집으로 들어올 때 사왔는지 반찬으로 구운 전갱이 도막이 상에 올랐다. 아버지가 빠졌지만 오랜만에 우리 네 식구가 둘러앉아 아침밥을 먹었다. 그때까지 아버지는 집에 발걸음하지 않았다. 왼손으로 서툰 숟가락질을 하며 갑득이는 나에게, 퍼뜩 묵고 장터마당 구경가자며 나를 채근했다. 너 형은 아파 못 걷는다고 엄마가 말렸다.

"내가 새이 한 팔 붙잡고 새이는 짝대기 짚으모 걸을 수 있을 낌더." 갑득이가 우겼다.

갑득이가 장터마당 구경가자는 말이 내 속셈과 달랐지만, 아우 말이 옳았다. 어떡하든 나는 장터마당이나 지서로 내려가보고 싶었디. 아비지와 엄마가 집에서 맞닥뜨리기 선 내가 먼저 아버지를 찾아내야 했다. 지난밤 난리에 아버지가 무사하다면 내가 당신 앞에 무릎 꿇고, 엄마가 집에 왔으니 아버지가 엄마를 한 번만 용서해달라 비손하는 길 이외 다른 방법은 생각나지 않았다. 밤 사이에 이 읍내가 어떻게 달라졌는지도 내 눈으로 직접 확인하고 싶었다. 내가 숟가락을 놓자, 갑득이는 부리나케 밖으로 나가더니, 잠시 뒤 자 반 됨직한 생대나무를 구해왔다.

"새이야, 이거 짚고 일나바라. 어서." 갑득이가 보챘다.

"어무이, 아무래도 지가 아부지 먼첨 찾아바야 되겠심더. 총소리가 콩 볶듯 시끄럽더마는 죽었는지 우째 됐는지 소문이나 들어바야지예."

내 말에 엄마는 대답이 없었다. 쇠전걸에서 주인 손을 떠나 아버지에게 고삐 넘겨지는 소 눈망울처럼, 엄마의 눈물 글썽한 그늘진 눈이 나를 바라보기만 했다.

"유등서 갑득이 저 자슥마 만내으모 내가 마 부산으로 가뿌릴 낀데…… 이 꼴이 된 너그들 남가두고 내 입 하나 살겠다고 도망가모 머 할 끼고……" 엄마는 넌주룩한 얼굴을 상 아래로 떨구었다. 엄마는 어깨를 들먹이며 혼잣말을 중얼거렸다. "마 죽어뿌렸으모, 니 애비가 이 난리통에 죽어뿌렸으모……"

변소 지붕에 얹어둔 새 고무신을 신고 나는 갑득이와 함께 집을 나섰다. 갑득이도 엄마가 사온 새 고무신을 신었다. 나는 갑득이 어깨에 한 손을 걸치고 대나무 지팡이에 의지하여 걸었다. 다행히 다리는 아픈 데 없어 걷는 데 불편하지 않았다. 허리가 결리고 어깨가 자꾸 앞으로 숙여졌다.

"새이야, 한 분은 발끝으로 땅을 살짝 딛고, 한 분은 발뒤꿈치로 살짝 디디모 고무신 설까지 신어도 새거 한가질 끼라 그자?" 갑득이가 자기 고무신을 내려다보며 말했다.

"우쨌든 애끼 신어야제. 이런 고무신 신으모 겨울에는 발 안 시럽으이까."

"그런데 새이야, 오늘 새북에 장터에서 무신 일 있었노? 내가 물어도 할무이는 아무 말도 안 하데?"

"몰라, 가보모 알겠제."

장태문 선생 집 앞을 지나 장터마당 어귀가 보이는 데까지 왔을 때였다. 백태가 우리 쪽으로 뛰어왔다.

"너거 집에 가는 길 아이가. 갑득아, 미안타. 니 내뿌리고 도망질 가서 말이데이. 그런데 말이다, 그때 나는 하도 무서버서 내 정신이 아니었데이. 니가 죽어뿐 줄 알았지러. 나도 막 울민서 오추골 숙모 집으로 가뿌린 기라." 백태가 달려오며 갑득이에게 말했다.

"저 자슥 한쪽 눈까리마저 탱자 까시로 폭 찔러뿔라." 갑득이가 늘어뜨린 자기 오른팔을 보며 말했다.

"아이구, 갑수 니가 우째 된 기고? 낯짝이 우룽시(멍게)에 모개 붙이논 꼴이네. 누구한테 오지게 맞았노? 삼신할망구맨쿠로 짝대기까지 짚고 말이데이." 백태가 머쓱한 자기 입장을 얼버무리듯 나를 보고 깨방정을 떨었다. 그는 썰렁한 장터마당을 둘러보았다. "너그들 모르제? 오늘 새북에 난리난 거 말이데이. 오늘이 장날인데 장이 안 서는 기라. 장꾼도 혼겁 나서 다 내빼뿌렀어. 인자 시상이 반대쪽으로 확 바끼뿐 기라. 인밍공화국인가 먼가, 하여간에 좌익하던 사람들이 읍내를 차지해서 빨간 깃대를 올린 거 아이가. 지서는 불타뿔고 읍사무소도 그 사람들이 사무본데이."

"머라꼬? 그라모 우리 핀이 지고 저쪽 핀이 이긴 기가?" 토끼가 제 방귀에 놀라듯 갑득이가 숨가쁘게 물었다.

“참, 내 정신 좀 바라.” 백태가 성한 한쪽 눈을 깜박거리며 말했다. “아까 보이까 너거 아부지 개삼조 말이데이. 붉은 완장 차고 읍사무소 앞에서 억시기 큰 소리로 모이선 사람을 부리묵더라. 읍내 사람들이 너거 아부지 앞에서 쩔쩔 안 매나. 시상이 바끼이까 백정이 대분에 높은 양반이 된 거 아인가” 하더니, 백태가 미안쩍은 표정으로 뒤통수를 긁적거렸다. “내가 개삼조라 캐서 미안하데이. 인자 절대로 그런 말 안 하꾸마.”

“머시, 그기 증말이가?” 갑득이가 백태 뒷말은 듣지 않고 자기 고무신을 내려다보았다.

“내가 어데 거짓말하는 거 밨나. 인자 너그 집도 억시기 부자될 끼라. 좋제, 갑득아?” 백태는 나와 갑득이가 신은 새 고무신을 보고 탄성을 올렸다. “햐, 벌씨러 너그들이 새 고무신 신었네. 시상이 바끼이까 밤새 신수가 팍 달라져뿌렀구나. 너거 아부지가 증말로 한가락했구나!”

“퍼뜩 가자, 읍사무소로.” 백태의 호들갑을 무시하며 나는 갑득이 등을 밀었다.

언젠가 극장에서 본 춘향전 창극의 방자처럼 백태는 연방 수선을 피웠다. 내 한쪽 겨드랑 밑에 손을 넣어 나를 부축해주기까지 했다. 장터마당에는 사람이 눈에 띄지 않았다. 장날 아침이면 장꾼들이 차양을 치고 소달구지 말달구지가 꾸역꾸역 물건을 실어 날라 장바닥이 북적거릴 텐데 오늘은 무싯날(장이 서지 않는 날)보다 장터마당이 더 한적했다. 사람들이 모두 삽짝을 닫고 방안에 박혔는지, 장터마당에는 아침볕만이 말갛게 내리쬐었다. 그런 현상이 내 눈에는 괴이쩍고 신기해 보였다. 아래쪽 어물전에서 한 사내가 장터마당으로 나오며 소리쳤다.

"여러 읍민 동지들, 에또 가서는, 내 말 좀 들어보이소. 대창초 등학교 운동장에서 곧 인밍대해가 열리이까네, 에또 가서는, 어른은 몽지리 그리로 퍼뜩 나가시소. 내 말 잘 들으이소. 쪼매만 있으모 소방서서 오포 불 테이까네, 에또 가서는, 그 소리 들으모 몽지리 대창초등학교로 나와야 됩니더. 안 나오는 사람은, 에또 가서는, 반동이요. 반동이 머신지 알고 있지예. 반동으로 찍혔다 카모 우째 되는 줄, 에또 가서는, 읍민 동무도 잘 알 낀께 꼭 나와야 됨더!" 그는 마분지로 만든 깔때기 좁은 구멍에 입을 대고 같은 말을 되풀이 외쳐대었다. 그는 붉은 완장을 차고 있었다.

"갑득아, 저, 저 사람 우리 외삼촌 아인가?" 내가 깜짝 놀라 외쳤다.

여염집 담벼락을 따라 빠른 걸음을 걸으며 소리치는 사람은 분명 유등 외삼촌이었다.

"증말이다. 귀순이아부지, 외삼촌 맞다!" 갑득이도 놀라 입을 다물지 못했다.

"햐, 너거 외삼촌도 인자 팔짜 곤쳤네." 백태가 말했다.

"개소리 치아라." 내가 침을 뱉자 어금니 부러진 잇몸에 엉겼던 핏덩이가 함께 나왔다.

"외삼촌요, 외삼촌요!"

갑득이가 외삼촌 쪽으로 달려갔다. 외삼촌이 걸음을 멈추고 우리 쪽을 돌아보았다. 외삼촌이 벙긋 웃었다.

"갑수하고 갑득이구나."

나도 걸음을 잽싸게 놀려 아우를 쫓았다. 외삼촌은 달려온 갑득이를 번쩍 안아들었다.

"자형 덕분에 나도 이 일에 끼여들었더이 우리 집안도 인자 고상 면하게 된데이." 외삼촌이 웃으며 말했다. "지주 땅을 우리 같은 작인들한테 나나준다 안 카나. 지 논에 지가 나락 심어 지 뒤주에 챙겨넣고 살밥 묵는 시상이 왔는 기라. 그래서 나도 배주 사집부터 불 질렀지러. 내가 그 양반 논을 부쳐묵으이께."

"남으 집 불 지르모 나뿐 짓 아입니껴? 근데 외삼촌예, 어무이 온 거 압니껴?" 외삼촌의 들뜬 목소리와 달리 내 목소리는 풀이 죽었다.

"와 몰라. 누님 온 거 나도 알지러. 내가 자형한테 말했데이." 외삼촌이 안고 있던 갑득이를 내려놓았다.

"그 말 하이 아부지가 골(성) 안 냅디껴?"

"얼굴이 뻐덩해지더마는, 내가 바빠 그년 만낼 틈이 읎다 카더라. 내가 자형 불알을 살살 간지랐지러. 가난이 재(죄)라 식구가 뿔뿔이 헤어졌는데 인자 자형도 그 성질 좀 누그르떠리고 잘살아보소, 하고 말했제. 그카이, 내가 이래 출세하는 거를 그년이 우째 알고 왔을꼬 카미 씩 웃더라. 더는 말 몬 했지러. 하도 바뿌이께 말이데이. 장태문 동무가 자형을 불렀거던."

"오늘 새북 난리에 사람들이 많이 죽었다민서예?" 백태가 끼여 들어 외삼촌에게 물었다. "그라모 갑수아부지는 사람 및 명 쥑있습니껴?"

"허허, 그늠으 자슥. 쥑인 기 그래 알고 시푸나? 다른 거는 마 관두고, 자형이 사루마다 바람에 내빼는 지서 윤주임을 뒤쫓아 가서 쇠스랭이로 찍어 쥑있다. 단박에 핵명으 영웅이 되뿌렀제."

"핵명으 영웅이 먼데예?" 백태가 물었다.

"난도 잘 몰라. 높은 사람들이 그런 말 써쌓이께 나도 해보는 소리제. 아매 많은 사람 중에 꼭대기 가는 대가리란 말일 끼라" 하더니, 외삼촌이 허둥지둥 말했다. "내가 이카고 있을 때가 아인데. 장터걸하고 여래리를 내가 맡았는데 이래 이바구할 짬이 어딨노."

외삼촌은 데바빠하며 우리 곁을 떠났다. 외삼촌은 삼촌 집이 있는 뭇등걸 쪽으로 뛰며 조금 전에 외치던 말을 되풀이 소리쳤다. 말에 두서가 없는 데다 숨이 턱에 닿아 몇 사람이나 그 말을 새겨들을지 알 수 없었다. 그 동안도 장터마당에는 사람 그림자조차 보이지 않았다. 개 몇 마리만이 좋아라 빈 장터마당을 싸지르며 분탕쳤다. 고추잠자리떼가 장터 낮은 공간을 누비며 맴돌았다.

백태와 갑득이의 부축을 받으며, 우리 셋은 극장이 있는 작은 장터로 걸었다. 그 동안 한길을 허둥지둥 건너가는 몇 사람을 만났으나 그들 얼굴이 두려움에 질려 있었다.

"갑수야, 증말 너거 아부지가 윤주임을 쌔리 쥑이뿌렸으모 기수는 우째 됐을꼬?" 백태가 물었다.

"몰라."

"불에 타 죽었을지도 모른데이, 그자?"

"그럴지도 모르제."

"너거 아부지는 심쎈 황소도 잘 쥑이는데, 사람이사 머 파리 죽이드키 쥑일 끼라, 헤헤."

"땡삐 같은 새끼, 자꾸 주디 놀릴 끼가!" 내가 윽박질렀다.

나는 가슴이 떨렸다. 외삼촌 말로는, 아버지가 이제 실갱이 팔을 자른 게 아니라 사람을 죽였다 했다. 그 사람도 보통 사람이 아닌 지서 윤주임이라 했다. 윤주임은 며칠 전까지 살아 있었고,

배주사댁 사랑채에서 좌익패를 몇 명 잡아들이겠다고 말했다. 그런 그가 끝내 아버지 쇠스랑에 찍혀 죽고 말았다. 그렇다면 아버지는 엄마쯤 더 쉽게 죽일 수 있었다. 나는 숨을 제대로 쉴 수조차 없었다. 우리 형제는 이 바닥에 남더라도 엄마는 부산으로 피하는 게 상책이었다. 그런 생각을 하며 나는 아랫장터를 거쳐 갔다. 신작로를 나서면 건너쪽에 읍사무소가 있었다. 어쨌든 아버지를 만나고 볼 일이었다. 아직도 아버지가 읍사무소에 있다면, 엄마는 벌써 부산으로 가버렸다고 말하기로 마음먹었다.

읍사무소 앞은 많은 사람들로 붐볐다. 죽창을 든 자들은 그 얼굴이 한결같이 사나웠다. 무엇이나 닥치는 대로 해치우겠다는 험상궂은 표정이었다. 밀짚모자에 어울리지 않게 구구식 소총을 멘 농부가 읍사무소 정문을 지켰다. 그는 왼팔에 붉은 헝겊 완장을 차고 있었다. 우리 셋이 사람들을 헤치고 읍사무소 안으로 들어가려 쭈뼛거리자, 총을 멘 농부가 물었다.

"이 자슥들이 어데 들어갈라 카노?"

"야들 아부지가요, 개삼조라고, 아이……" 하다, 백태가 나를 보고 물었다. "김삼조가 너거 아부지 이름 맞제?" 하곤, 농부에게 말했다. "김삼조라는 높은 분임더. 핵명으 영…… 아이고, 꼭대기에 대가립니더."

"그래에? 짐삼조 동무가 너거 아부진가?" 농부가 턱을 빼며 나를 보았다.

"예." 나는 머리를 숙였다.

"그라모 들어가바라. 있을란지, 악질 반동 묶아가꼬 갔는지 모리겠다만."

우리는 읍사무소 안으로 들어갔다.

"그거 바라. 너거 아부지가 꼭대기에 대가리 맞데이. 이래 쑥 들라보내주는 거마 봐도 틀림읎어." 백태가 말했다. 그는 아버지 덕분에 읍사무소 안을 당당하게 들어온 게 의기양양한 모양이었다.

읍사무소 본관 목조 건물 안으로 들어가자 고함 소리가 들렸고, 먼저 눈에 뜨인 사람이 오추골 고추대장 이중달씨였다. 지서 감방에 갇혔던 그가 언제 풀려나왔는지, 저쪽 구석에서 악다구니를 쓰고 있었다.

"이 개자슥아. 주디 몬 다물어! 니 같이 고리채 놓는 반동은 인민 재판에서 즉결 처분이다!" 이중달씨는 도지게 발길을 내질렀다.

내가 그쪽을 살피니 이마 벗겨진 중늙은이가 포승에 묶인 채 벽 모서리에 꿇어앉아 있었다. 금융조합장이었다. 주위를 살펴봐도 아버지 모습은 눈에 띄지 않았다. 모두 바빠했으므로 누구에게 물어볼 마땅한 사람이 없었다. 나는 사무소 옆문을 통해 우물가로 나갔다. 갑득이와 백태는 내 뒤만 졸졸 따랐다. 뒷마당 공터 뙤약볕 아래 스무 명은 좋이 됨직한 남자들이 포승에 묶여 꿇어앉아 있었다. 어떤 사람은 머리를 땅에 박은 채 엉덩이를 쳐들었다. 우는 사람도 있었으나 두려움 탓으로 모두의 얼굴이 우거지상이었다. 수염 텁수룩한, 총 멘 장정 둘이 그들을 지켰다. 한여름인데도 상거지같이 여러 겹 껴입은 남루한 옷매무시로 보아 나는 그들이 산에서 내려온 산사람임을 알았다.

"저 사람들이 멘 총은 지서에서 오벤(훔친) 기 틀림읎을 끼데이." 백태가 갑득이에게 소곤소곤 말했다.

갑득이는 외삼촌을 만난 뒤부터 뭐가 뭔지 알 수 없다는 듯 도

스른 얼굴에 토끼눈으로 깜박거렸다.

"야, 너거들은 집에 가? 씨발늠으 새끼들, 쪼매는 너그들이 멋 때문에 여게 들오는 기고." 구구식 소총을 멘 장정이 우리를 보고 욕지거리를 했다.

우리 셋은, 마치 그가 우리까지 잡아 묶기라도 할 듯 여겨져 정문으로 내달았다. 끝내 나는 넘어지고 말았다. 허리가 부러지듯 아프고 눈물이 쏟아졌다. 몇 발 앞서 뛰던 백태가 겁을 덜 먹어 돌아와 나를 일으켜주었다.

읍사무소 정문을 나서자 나는 모여선 사람들 속에서 장태문 선생 누이 태분이누나를 보았다. 그녀는 모여선 사람들 중에 유일한 여자였다. 검정 치마 입은 태분이누나 뺨이 복숭아처럼 익어 있었다. 그녀는 누구를 찾는지 발꿈치를 들어 여기저기를 기웃거렸다.

"태분이누부야, 우리 아부지 몬 봤어예?"

"너거 아부지, 아까 대창학교로 가더라. 우리 장선생님 몬 봤나?"

"어언제예."

경황이 없어 보이는 태분이누나를 남겨두고 우리는 사람 틈을 빠져나왔다. 대창학교로 걸음을 옮겼다. 신작로에는 남정네들이 무리지어 대창학교로 가고 있었다.

"빨리들 가예, 빨리. 인밍 재판도 열릴 낌더!"

붉은 완장 찬 사람이 호루라기를 불며 뛰어갔다. 읍사무소 안에서 넘어진 탓인지 나는 걷기가 더 힘들었다. 잠시 뜸하던 허리와 어깨, 잇몸까지 다시 쑤셨다.

"새이야, 빨리 좀 가자. 인밍 재판이 먼고 구경하구로." 갑득이가 말했다.

"머, 인밍 재판은 사람 쥑이는 기겠제. 우리 숙부가 그카던데, 좌익하는 패들은 사람을 개구리 잡듯 쥑인다 안 카나." 백태가 말했다.

"니, 울 아부지 보고 하는 소리가?" 갑득이가 백태에게 대들었다.

"어언제. 너거 아, 아부지는 꼭대기에 대가리 아인가." 백태가 말을 더듬으며 꽁무니 뺐다.

"울 아부지 무섭제?" 갑득이가 웃으며 양양하게 물었다.

"소 잘 잡으이까 소가 젤로 무섭어할 끼라, 히히."

"데데한 소리 치아라." 내가 둘을 나무랐다.

걸을수록 나는 숨길이 가쁘고 어지러웠다. 눈앞에 거미줄 같은 게 어른거리고 반딧불이 반짝거렸다. 나는 땀을 흘리며 절룩이는 다리로 부지런히 걸었다. 어디든 주저앉아 쉬고 싶었으나 학교 교문으로 들어설 때까지 참아내기로 용을 썼다.

학교 운동장에는 많은 사람이 모여 있었다. 실히 백 명은 넘을 것 같았다. 이곳저곳을 살펴도 아버지는 쉬 눈에 띄지 않았다.

전체 조회 때 교장 선생이 올라가는 단상에는 젊은이가 주먹을 내두르며 열변을 토했다. 그는 야학당패 중 말재간꾼인 구레나룻 시커먼 손북치던 젊은이였다. 이제 그는 왜정 시대 독립운동가 이야기를 하고 있지 않았다.

"아무래도 안 대겠데이. 내사 어데 좀 앉아야 되겠으이께, 갑득아, 니가 백태하고 아부지 찾아바라."

나는 버즘나무 그늘 아래 주저앉았다. 아이들 칼자국으로 흉터 옹이 많은 나뭇등걸에 등을 기대어 나는 가쁜 숨길을 가라앉했다. 혼이 빠져나간 듯 정신이 가물가물했다.

"새이야, 어데 가지 말고 꼭 거게 앉아 있거래이." 갑득이가 말했다.

갑득이는 백태와 함께 사람들 사이로 숨어버렸다. 나는 눈을 감았다. 귀에서 윙윙대는 소리에 섞여 구레나룻 젊은이의 외침이 들렸다.

"……이제 진짜 해방이 된 겁니다. 여러 동무들, 우리는 함께 힘을 뭉쳐 이 조선 반도 땅에서 미 제국주의자와 그 앞잡이 매국노들을 몰아내야 합니다. 그래서 무산자 노동자와 농민이 잘사는 공산 사회주의 혁명 국가를 건설해야 합니다……"

그 말을 듣자 불현듯 해방 전이 생각났다. 군사 훈련이랍시고 아직 귓부리에 솜털 보송한 저학년까지 제식 훈련을 받을 때, 긴 칼 찬 교관 또한 그런 말을 했다. "우리 황국 신민은 너나없이 영국놈 미국놈을 쳐부수고 대일본 제국 히노마루 깃발을 드높이 세우는 데 혼신 일체가 되어야 한다……" 그 시절, 선생들은 모두 가슴에 일본식 이름을 붙이고 출근했다. 곧 전장터에 나갈 듯 전투모를 쓰고 지까다비에 각반을 찼다. 생도들은 훈도 인솔 아래 열병 사열식을 했다. 아침마다 황국 신민 맹세를 큰 소리로 외었고, 집으로 돌아갈 때는 일본 국기 앞에서 「우미유까바」를 불렀다. 상급생은 짚으로 묶어 만든 영국군 미국군을 죽창으로 찌르는 훈련을 했다. 나는 지금이 해방 전 그 시절과 비슷하다고 느꼈다. 내 머릿속에, 이찌, 니, 산, 시 하며 구령에 맞춰 부르던 열병식 때의 긴 행렬이 가물가물 사라졌다. 나는 다시 몽롱한 상태로 가라앉기 시작했다. 이제 귀에서 전선줄이 우는 윙윙대는 헛소리도, 구레나룻 젊은이의 외침도 들리지 않았다. 배가 고프지 않은데 나는 혼곤한 등걸잠에 빠져들었다.

　아주 불쾌하고 끔찍스런 꿈이었다. 장터마당이었다. 햇살 쨍쨍한 한낮이었다. 마을 사람이 죄 몰려나와 엄마 꼬락서니를 구경하고 있었다. 엄마는 기둥에 묶여 있었다. "요 베라먹을 년은 서방과 지 자슥새끼까지 내뿌리고 도망질 쳤기에 쥑이는 김더. 쥑이는 방법도 가지가지겠지예. 찔러 쥑이고, 찢어 죽이고, 목 베 쥑이고, 목 졸라 쥑이고, 물믹이 쥑이고, 불태워 쥑이고, 굶가 죽이고…… 그러나 이 년은 내가 히안한 방법으로 쥑이보겠심더." 아버지가 구경꾼을 둘러보며 말했다. 아버지 손에는 아궁이 고래나 굴뚝 청소할 때 쓰는 긴 철사가 들려 있었다. 많은 구경꾼 중에 장터 주변 아이들도 있었는데 삼촌네 아이들, 백태와 미송이, 콩뜰이도 있었다. "그라모 인자 슬슬 시작해보겠심더. 이 철사줄을 아가리에 솔솔 밀어넣으모 이 철사가 어데로 나오겠습니껴. 여러 동무들, 어데로 나오는가 구경해 보이소." 아버지는 너스레를 떨곤, 엄마 입을 억지로 한껏 벌리더니 철사줄을 엄마 입에 밀어넣었다. 엄마가 온몸을 틀며 나무에 목 매단 개처럼 캑캑거렸다. 구경꾼들은 허수아비같이 멀뚱히 서서 아버지의 그 끔찍한 짓거리를 보고만 있었다. 끔찍하다는 점은 아버지도 그랬지만, 아버지의 강포한 짓거리를 보고 섰는 구경꾼의 흐리멍덩한 얼굴도 내 눈에는 끔찍하게 보였다. 어무이 좀 살리주이소, 하는 소리가 목구멍 안에서 맴돌았지만 내 입이 얼어붙었는지 말이 되어 나오지 않았다. 구경꾼 속에 비명이 터졌다. "저 피, 피 좀 바!" 엄마 입에서 피가 쏟아졌다. 그럴 동안도 구경꾼은 멍한 얼굴로 아버지의 짓거리를 보고만 있었다.

"새이야. 자불면서도 와 그래 자꾸 우노?" 갑득이가 나를 깨웠다.

눈을 뜨니 꿈이었다. 아버지도 엄마도 없는데, 사람들이 웅성거렸다. 장터마당이 아니고 학교 운동장이었다. 버즘나무잎도, 운동장에 모인 사람도 눈부신 햇살에 반사되어 하얗게 바래져 보였다. 겨우 숨길을 가라앉히자 온몸이 땀으로 멱 감듯 했다.

"백태는 어데 갔노?" 무더위에 녹초가 되어 늘어졌는데 나는 한기를 느꼈다.

"기수 집에 가본다 카미 지서장 사택에 갔데이. 그런데 새이야, 아부지가 도살장에 있다 카더라."

"도살장에? 좌익패 시상이 왔다고 소 잡아서 잔치할라 카나?"

"그기 아, 아이고……" 갑득이가 말을 더듬었고 그의 표정이 두려움에 질렸다. "거게서 사, 사람 쥑인다 안 카나. 소 잡드키."

"머시, 사람을? 누가 그카더노?"

"반 아아 신걸이 만냈는데 그 자슥이 그카더라."

"날 좀 일바시도고. 빨리 가보구로."

"새이 니는 안 무섭나?" 갑득이가 나를 부축했다.

우리는 측백나무 사잇길로 빠져 교문으로 돌아 걸었다. 잠시 쉰 탓인지 발걸음이 가벼웠다. 교단에는 이제 흰 노타이 차림의 배도수씨가 연설하고 있었다. 그의 연설은 구레나룻 젊은이와 달리 차분한 목소리였다. 교문을 나서자 읍내 쪽 신작로가 왁자지껄했다. 포승에 묶인 사람이 무리지어 이쪽으로 오고 있었다. 작달막한 이중달씨가 막대기를 들고 그들을 인솔했다. 묶인 사람이 도망칠까봐 총 멘 남루한 복장의 장정들이 그들 옆을 따랐다. 묶인 사람보다 더 많은 가족이 울부짖고 고함 지르며 따라왔다.

“왜정 때 부읍장은 시키이게 한 기제 술선해서 한 거는 아이잖 아예?”“자슥이 전경대에 뽑히갔다고 그 애비를 잡아가는 시상이 어딨노?”“당신네는 부모 행제도 읎소?”“이북서 왔으니 서북청년단이지, 바깥 사람이 뭘 어쨌다는 겁니까?” 땡볕 아래 사람들은 발을 구르며 악을 써댔다.

“새이야, 고추대장이 저 사람들 어데 델고 가노? 증말 저 사람들은 피 보는 기 재미 있는 모양이제?”

“학교 운동장서 인밍 재판이란 거 할 모양이데이.”

우리는 신작로를 버리고 변전소로 빠지는 논둑길로 접어들었다. 멀리 여래천이 보였고, 키 큰 미루나무가 산들바람에 잎새를 반짝이고 있었다. 동쪽 하늘 멀리에는 구름이 무겁게 실려 있었다.

“새이야, 아부지 그카는 거…… 무서버 나는 마 집에 갈란데이.” 갑득이가 울먹이는 목소리로 말했다. “새이 니 호문차 가바라. 나는 집에 가서 어무이하고 놀 끼라. 오랜만에 어무이 젖 쪼물락거리고, 누부야 이바구도 듣고.”

“그래, 그라모 집에 가바. 내 호문차 도살장에 가보고 집에 가꾸마.”

“새이 니 호문차서 우째 걷겠나?” 갑득이가 부축한 내 팔을 놓고 물었다.

“천천히 가지 머.”

나는 지팡이에 의지하여 걸음을 옮겼다. 갑득이는 쇠전걸 쪽으로 뛰어샀다. 나는 설핏 학교 운동장에서 꾼 꿈을 떠올렸다. 치가 떨려 오줌까지 찔끔 나오려 했다. 나는 오줌을 오래 참기로 마음 먹었다. 오줌을 눈다면 피가 나오고 자지 속이 찌르듯 아플 터였다.

"참, 갑득아. 여게 좀 와바라." 갑득이가 내 쪽으로 되돌아왔다. "집에 가거던 어무이보고 외갓집에 가 있어라 캐라. 아무리 생각해도 아부지가 집에 오모 어무이를 해꾸지(해롭게)할 거 같으이께. 오늘밤 외갓집에서 자모 낼 아침에 우리가 가서 기별하겠다고."

"그라모 나도 어무이하고 외갓집에 가모 안 대나?"

"그래, 그라거라."

갑득이가 뛰어갔다. 나는 걷는다기보다 걸음을 옮겨놓듯 하며 한참을 가다 잡목 우거진 둔덕으로 올라섰다. 도수장의 너즈레한 썩은 판자벽과 도수장 앞마당에 선 버드나무가 보였다. 나는 다시 걸음을 옮겼다. 여래천 방죽까지 내려오자, 버드나무 아래 아버지와 추서방이 쪼그려앉아 있는 게 보였다. 추서방은 등거리를 걸쳤으나 아버지는 나처럼 윗몸을 드러낸 채였다. 아버지를 보자 나는 두려움으로 숨이 막혔다. 나는 아버지 눈에 띄는 게 두려워 왕벚나무 뒤로 몸을 숨겼다. 엎드려 무릎걸음으로 기었다. 두 사람의 말싸움 소리를 들을 수 있는 지점에서 나는 기어가기를 멈추었다.

"삼조행님, 행님은 공산주이가 먼지 제대로 알기나 해예? 제대로 알고 사람을 소 쥑이드키 쥑이나 말임더."

"모른다, 와. 부자와 가난뱅이 차뱉 읋어지는 시상이 되고, 양반 상늠 차뱉 않고, 똑같이 일하고 똑같이 나나 묵는다 카는 기 공산주이라는 것쯤은 안다. 배선상도 장선상도 내한테 똑같은 말을 배아줬다. 와, 내 말 틀리나?"

"그라모 부자 논을 뺏아서 작인한테 나나주는 사람은 누군교?

그렇게 논 나나주고 그 문서 맹그는 사람, 즉 지도하는 사람이 높은 사람되서 세력 잡는 기 아이겠소. 그기 우째 공평한 시상인교? 사람을 개 쥑이듯 쥑이미 서로 동무, 동무 카모 단교?"

"이 자슥이, 말이라 카모 다 말인 줄 아나? 순사나 남조선 군대는 좌익하는 사람 안 쥑이더나? 남조선 개늠들, 해방되고 좌익하는 사람들 오죽 많이 쥑있나. 좌익하는 사람 근처에마 가도 헴으를 잡아서 고문하고 쥑이고 안 했나. 그래 쥑인 사람이 수만 밍도 넘을 끼라."

"그 말이사 맞아예. 그러나……"

"그러나 또 머꼬? 내 말이 사실 아이가. 그러이 어데 우리만 쥑이는 기가? 우리도 원쑤 갚는다꼬 반동늠들 처단하는 기제. 핵명 첨에는 다 이런 빕이라 카더라. 반동분자 처치하는 기 내한테 맬겨진 일이데이. 햅력 몬 하겠다고 니가 니 손가락 짤라뿔린 짓도 반동이기사 하지마는, 니 증말 그캐싸모 인자 니 손목을 끊어뿔 끼다!"

"손목을 끊든, 쥑이든 행님 맘대로 하소. 어젯밤도 누누이 말했지마는 내사 절대로 이런 핵명 찬성 몬 함더!"

"햐, 요늠 자슥바라. 간뎅이가 부었구나. 내 아이라 카모 어젯밤에 니는 우리 핀 손에 벌써러 죽었을 끼다. 여태꺼정 진일 궂은일 참아가미 같이 소 잡은 정리도 있고, 푸로랜타리아라서 살리뒀더이 니가 씹소리 나불대네!" 일어서는 아버지 손에 칼이 들려 있었다. 소잡이에 쓰는, 끝이 날카롭고 예리한 칼이었다. "니한테 한마디마 묻겠다. 니는 여태꺼정 백정으로 천대받고 살아온 시월이 원쑤 같지도 않나? 우리가 언제 사람 대접 한분 받아본 적 있나 말이다. 그러나 인자 시상이 바낏으이 나도 한자리

할 끼데이. 우리 같은 사람을 더 떠받들어준다 카는 기 공산주이
인께 얼매나 좋노. 니가 자꾸 이래 아가리 떼싸모 증말 재미 적
어. 인자 내가 가만 안 둘 끼라. 니는 반동인께, 내가 반드시 니
를 쥑이고 말 끼라. 니 목심 하나 쥑이는 거사 문제도 아이다!"
  그때, 도수장 안에서 마치 까마귀가 우짖는 듯한, 살려달라는
비명이 터져나왔다. 아버지 머리가 그쪽으로 돌아갔다. 아버지
는 추서방을 남겨두고 도수장으로 까치걸음을 걸었다.
  "산중늠은 도끼질, 야지늠은 괭이질, 그라모 나는 난도질이다
아!" 아버지는 팔을 벌리고 넋 오른 무당처럼 소리높여 외쳐댔
다. "도수(刀手) 개삼조가 이래 인민으 영웅이 될 줄 몰랐지러.
하눌님도 몰랐을 끼라! 인자 앞질이 신작로같이 탁 트인 내 앞에
어느 늠도 대가리 쳐들고 몬 지내갈 끼다!"
  "행님이 속은 기요. 좌익들이 행님 칼잽이라고 이용하고 있는
거를 알아야 돼예!" 추서방이 외쳤다.
  "읍장 집이 내 집 되고, 저 들판 곡식이 내 꺼 한가지데이. 얼시
구 조오타……" 아버지는 추서방 말이 귀에 들어오지 않는지 길
길이 뛰며 노래 아닌 노래를 읊었다.
  아버지는 도수장 안으로 들어갔다.
  "눈썹만 뽑아도 똥 쌀 늠으 색끼, 니는 그물에 든 괴기요, 쏘아
놓은 범이다. 인자 녹신녹신하게 죽을 차리다! 니는 인밍 재판이
고 머고 필요가 읎어. 좌익 잡아다가 지하실서 물 믹이고, 바늘
로 손톱 밑 찌르고, 싸릿대로 팬 거 다 기억하제? 그 여핀네까지
빨가배끼서 고문한 거 다 알제? 최순사, 그렇게 진 니 죄를 니가
알겠제? 왜 니가 죽어야 하는가 말이데이!" 아버지의 외침이 들
렸다.

　이어, 도수장 안에서 비명이 터져나왔다. 그 소리를 들으며 나는 질경이풀에 얼굴을 묻었다. 눈물은 나오지 않았으나 울음이 목구멍을 넘어왔다. 부드러운 풀에 얼굴을 비비며 오열을 삼켰다.

　나는 천천히 일어났다. 지팡이를 짚고 도수장 쪽으로 걸었다. 추서방은 버드나무 아래서 신음과 고함이 낭자한 도수장을 보며 넋 나간 사람같이 서 있었다. 그때, 여래천 쪽에서 누군가 헐레벌떡 달려왔다.

　"행님. 전경대가 몰리와예! 수산 쪽, 덕산 쪽에서 전경대 수백 명이 들어닥침더!" 삼촌이었다.

　"머라꼬, 전경대가?" 추서방이 외쳤다.

　"그래, 갈가마구떼맨쿠로 양쪽서 몰리오이 핵맹이고 봉기고 머고, 좌익 패거리는 인자 독 안에 든 쥐 꼴이데이."

　"누가 그카더노? 니가 봤나?"

　"어언제. 가숩서 들어오는 장꾼이 소문을 퍼잤는데, 밀양서 출동했다 안 카나. 그쪽은 인자 수산쯤 왔을 끼라. 그라고 마산서 출동해서 덕산 쪽으로 도라꾸 타고 오던 순사들이 좌익패하고 맞총질까지 벌맀단데이. 수가 적다보이 좌익패 야산대가 밀리서 산 쪽으로 도망질 가뿌렀다 카더라."

　"그라모 그렇제. 야산대사 어데 상대가 되나. 중과부적(衆寡不敵)이제. 개화당 삼일 천하라더이, 하루 해 몬 넘기서 사면초가로구나. 날 샌 올빼미 신세가 따로 읎지러."

　추서방이 삼촌을 맞아 노수상으로 올 농안도 도수장 안에서는 아버지 고함과 비명이 들려왔다. 나는 지팡이를 짚고 도수장 마당으로 들어섰다. 삼촌이 듣고 온 새 소식이 기쁨 반 슬픔 반으로 내 가슴을 후들거리게 했다. 이 바닥이 좌익 세상이 된다는 게 왠지 무서웠는데, 이제 우익 전경대가 쳐들어오면 필경 좌익 패거리는 항복하거나 산으로 올라가버릴 테고, 그렇게 되면 아버지 역시 이 바닥에 남을 수 없을 터였다. 깊은 산으로 도망가지 않는다면 아버지는 꿈에서 본 엄마처럼 장터마당에서 그렇게 죽임을 당할 것이다. 당신은 지금도 도수장 안에서 잡아온 사람을 소 잡듯 죽이기 때문이었다.

추서방과 무슨 이야기인지 쑥덕거리며 도수장 마당으로 들어서던 삼촌이 버드나무에 기대어 선 나를 보았다.

"갑수 아이가, 니가 여게 우짠 일이고?"

"아부지 만내볼라꼬예."

"니 꼴이 숭축하구나. 누구한테 오지게 맞았는가보제?" 추서방이 물었다

"예, 그저…… 쪼매 다쳤심더."

"이 자슥아, 인자 아부지고 머고 읎다. 전경대가 밀리닥치는데 야산대며 좌익패가 무신 용뺄 재주 있다꼬……" 삼촌이 탄식하더니 추서방을 보았다. "추가야, 나는 우짜모 좋을꼬? 내가 좌익 핀 들어 질거(먼저) 나선 일이사 읎지만서도 그들 장부에 손도장 안 찍었나. 좌익패가 밀리가뿌리모 지서에 추달당할 낀데, 이 일을 우짤꼬?"

그때, 도수장 안에서 거위 울음 같은 아버지 목소리가 터져나왔다.

"당나구 귀치레라 카더마는 이 자슥 좆 하나는 증말 강원도 산골째기 강냉이만하구나. 이 더븐 오뉴월에 내가 니 좆이나 꾸버 묵고 몸보신 좀 해보까."

"폭도들이 산으로 도망가뿌리모 저래 개지랄 치는 삼조행님이니 행이니까 아무래도 니 신상이 해롭을 끼데이." 추서방이 삼촌에게 말했다.

"하모, 내 말이 그 말 아이가. 처자슥 두고 어데 도망질 가뿌릴 수도 읎고…… 도장 찍으라고 행님이 쪼를 때 내가 와 딱 잡아떼지 몬 했을꼬. 이거 참말로 바지에 똥쌀 노릇이네." 삼촌이 덴겁을 떨며 발을 굴렀다.

"니가 이 바닥서 추달 안 받을라 카모 좋은 수가 있기사 한데……" 추서방 눈이 빛났다.

"그기 먼데?"

"그라모 저 최순사를, 지금 당장 요절날 목심인 최순사를 니가 한분 살리내바라. 무신 수를 써서라도 최순사를 살리내모 그 사람이 필경 니 뒤를 바줄 끼라."

삼촌은 추서방 말에 귀가 트인 듯, 도수장 안으로 달려들어갔다.

"행님요, 제발 날 쥑이소. 나도 우익인께 날 쥑이소. 한 성제지간인데 행님은 우째 그래 모지요!" 삼촌의 악쓰는 목소리였다.

"이 핀도 될라 카다 저 핀도 될라 카다, 쯔쯔. 지가 무신 광대 출신이라고. 하기사 난세에는 그래야 살아 남겠제……" 추서방이 혼잣말을 하더니, 내 어깨에 손을 얹었다. "갑수야, 우리사 그만 돌아가제이. 니도 안죽 점심 안 묵었을 낀께 우리집에 가서 내하고 밥 묵자."

추서방은 내 손을 잡고 여래천 쪽으로 천천히 걸었다. 여래천 얕은 물이 한낮의 단 햇살에 종다리로 건져올린 송사리떼처럼 바스락댔다. 둑에 섰는 미루나무 높은 가지의 잎새가 바람에 일

렁였다. 아우성이 터져나오는 도수장 안과 달리 추서방은 태연한 걸음으로 여래천 방죽을 접어들었다. 나는 추서방 손에 잡혀 마치 지남철에라도 끌려가는 마음이었다. 내가 지금 무엇 때문에 이렇게 추서방을 따라가고 있을까, 하고 생각하다 나는 걸음을 멈추었다. 추서방 집에서 한 끼니 때우는 게 당장 급하진 않았고, 밥 때문에 내가 도수장까지 힘들게 걸어오지 않았던 것이다.

"아님더. 나는 아부지 만내바야 합니더." 나는 추서방 손을 뿌리쳤다. 이제와선 아버지를 만날 이유나 할 말이 없지만 지금 아버지를 보지 못하면 영원히 만나지 못할 것 같았다.

"이 자슥이 머라 카노? 너그들 볼 끼 따로 있제, 니가 저 도살장 가바서 멀 어쩌겠다는 기고?"

"그라모 지가 멋 때문에 여게까지 왔는데예?"

나는 몸을 돌려 지팡이를 발 앞에 내찍었다. 추서방이 내 어깨를 잡더니 멱을 틀어쥐었다. 새끼손가락을 삼베로 감은 손이었다. 내가 숨을 못 쉬어 캑캑거리자, 추서방이 틀어쥐었던 내 멱을 놓았다.

"너거 애비는 미친갱이데이. 니가 저 도살장에 들어가보모 필경 까물칠 끼라. 니 애비가 사람을 결창내고 안 있나. 그것도 벌써러 두 명이나 쥑였어. 그 꼬라지 보모 아무리 친아부지라 카지마는 니가 두 번 다시 니 애비 안 볼라 칼 끼데이." 부라렸던 눈을 풀며 추서방이 타이르듯 말했다.

"머시, 머라꼬예?" 나는 두어 발 뒤로 물러서며 추서방의 빤질 머리 얼굴을 보았다. 나는 울고 있었다. "아재요, 좋심더. 개잡 늠이라 캐도 좋고 개썹조라 캐도 좋심더. 어차피 뒈질 아부지 아인교. 그 아부지 내가 한분 만내보는 기 머가 그래 나쁨니껴!"

나는 눈물을 보이지 않으려 돌아섰다. 지팡이를 내두르며 도수장 쪽으로 헐레벌떡 걸었다. 추서방이 곧 내 뒷덜미를 나꿔챌 것 같은데 그는 무슨 마음에선지 나를 버려두었다.

나는 무엇을 때려부수는지 난장판을 벌리는 도수장 안으로 들어섰다. 밝은 데 있다 갑자기 들어갔기에 눈앞이 캄캄했다. 나는 아버지 얼굴을 보기 전 끼얹어오는 비린내부터 맡았다. 느끼하고 역겨운 피냄새였다. 컴컴하던 도수장 안이 조금 밝아지자, 먼저 내 눈에 띈 게 추서방 말처럼 끔찍한 광경이었다. 얼굴을 핏물로 뒤집어써 누군지 알아볼 수 없는 몸뚱이 여럿이 동아줄에 거꾸로 매달려 있었다. 벌거벗은 알몸이 푸줏간 갈고리에 매달린 육괴 같았다. 거꾸로 늘어진 머리와 팔을 타고 피가 떨어졌고 시멘트 바닥은 피로 흥건했다.

나는 게걸음 걷듯 물러서다 비명을 지르며 도수장을 뛰쳐나왔다. 나는 지팡이를 버린 채 여래천으로 절뚝이며 달려갔다. 허리와 어깨가 아픈 줄 몰랐다. 핏덩이 몸뚱이가, 아니면 아버지가 내 다리를 붙잡기라도 하듯, 나는 차마 뒤돌아볼 수 없었다. 땅만 내려다보고 한참 정신없이 달려가는데, 무엇인가 내 앞길을 막고 부딪쳤다. 쓰러지려는 나를 누군가 붙잡았다. 추서방이었다. 나는 추서방 가슴에 얼굴을 묻었다. 떠는 나를 추서방이 부드럽게 안아주었다.

"내가 머라 카더노. 가지 말라 카인께." 추서방이 내 등짝을 토닥거렸다. "인사 두고 바라. 니가 본 그 언슨시럽은 시체가 평생 대갈통에 남아 있을 끼데이. 밤이모 무서버 통시도 몬 갈 낀께."

추서방은 내 어깨에 팔을 두르고 굼바우네 방앗간 쪽으로 걸었다. 그제서야 도수장 안, 그 거꾸로 매달린 몸뚱이 뒤켠에서 삼촌이 아버지와 싸우던 장면이 어슴푸레 떠올랐다. 삿대질하며 말로 싸우는 게 아니라 아버지가 쥔 칼을 삼촌이 움켜잡고 빼앗으려던 장면이었다. 그 옆에는 지서 앞에서 자주 입초 서던 최순경이 발가벗긴 채 거꾸로 매달려 있었다.

"갑수야, 인자 바라. 읍내 바닥에 또 한 분 난리가 날 낀께. 이랄 때는 그저 집에 죽치고 들앉아 있는 기 상인 기라."

"아재는 와 작은아부지하고 같이 우리 아부지 몬 말깁니껴?" 앙칼진 목소리로 내가 다그쳤다.

"음……" 추서방이 신음 비슷이 말꼬리를 뺐다.

"좌익 핀 몬 들겠다고 손가락까지 짤랐다 카민서 아재는 와 몬 말겠나 말임더. 아부지 칼을 아재가 뺏으모 안 됩니껴?" 울음 스민 내 목소리가 한 음절 높았다.

"그기사 내 하고 싶은 대로제. 내가 내 손가락 안 짤랐으믄 우둘러선 그늠들 패거리 손에 내가 몰매로 죽었을지도 모르는 거 맨쿠로, 너거 아부지하고 쌈하모 누구 한 사람은 필경 죽게 될 끼데이. 그보다 나는 무신 일이고 내가 하기 싫은 일에느 끼이들지 않으이까. 차라리 봉사가 돼서 시상 꼴 안 보는 기 낫제, 도넘는 짓은 안 한다 카인께."

"치, 그런 말이 어딨어예. 아재는 거짓말대장임더. 겁쟁이 맹꽁임더!" 추서방 말이 마치 약올리듯 들려 나는 분김에 헐떡이며 울었다. 눈물 콧물이 범벅이 되어 흘러내렸다. "아재는 꾀보야, 증말 꾀보 같은 사람임더. 내 혼자 핀키 살겠다는 사람 아이고 머꼬예?"

"허허, 그래도 중국 때늠맨쿠로 속셈은 있어서…… 그런 말 다

하는 늠이 울기는 와 우노." 추서방이 손바닥으로 내 눈물을 닦아주었다. "니는 안죽 모를 끼데이. 이담에 크모 내 말뜻을 알끼라. 내사 아부지가 왜늠 고문에 죽고 난 담부텀 그렇게 살라꼬 작정 안 했나. 모난 돌멩이가 징 맞고, 별나게 예쁜 꽃이 잘 꺾이고, 열매 많은 과실이 돌팔매 맞는다 카는 말도 몬 들었나? 시상이 이래 수선시럽을수록 있듯 읎듯 조용히 지내미 지 일신이나 살핌이 좋은 기라. 찰나 같은 시상을 잠시 쉬었다 가미 수원수구(誰怨誰咎)할 일 머 있겠노. 물외한인(物外閒人)으로 사는 기 젤이제." 추서방의 우훈장다운 말이었다.

앞산 불 보듯 한 추서방의 이런 희떠운 소리를 듣자니 나는 도무지 그에게 엉기기도, 질펀히 울 기력마저 없었다. 추서방 말뜻을 깊이 헤아릴 수 없었지만 그는 이미 내 말상대가 아니었다. 우리는 한참을 묵묵히 걸었다. 멀리로 쇠전걸이 보였다. 오늘이 장날이라 한낮이면 소떼가 보일 텐데, 지금 쇠전걸은 텅 비었다. 사람조차 보이지 않았다. 거기에는 햇살의 번쩍임과 하얀 마당만 침묵에 쌓여 있었다. 대부분 읍민들은 어느 쪽 편에도 나서선 안 된다고 생각하는지 바깥 세상이 텅 빈 듯했다.

"아재요, 전경대가 오모 울 아부지는 우째 되겠어예?"

"우째 되기는 우째 돼. 오늘 안으로 결판 나겠지러. 전경대 총에 맞아 죽거나, 읍내 사람들 몽둥이에 맞아 죽거나, 그것도 아이모 똥줄 빠지라 도망치겠제." 추서방이 걸음을 멈추더니 나를 보고 힘주어 말했다. "그러이께 갑수야, 니는 인자 아부지를 몬 보게 될 끼데이. 니 애비가 다시 신엉 바닥에 나타날 수 읎데이. 내 말 알아듣겠나?"

나는 고무신만 내려다보며 어깨 들먹이며 훌쩍거렸다.

"저게 저 먹장구름이 밀리오는 거 바라. 인자 장마질 끼다. 달
포 넘이 비 한 방울 안 왔으이께. 이래 천기 보드키, 사람이란 코
앞 일 정도는 분별할 줄 알아야제. 더러 그 분별이 틀리기도 하
겠지마는, 살다보모 지조라는 것도 가져야 되니라. 그라고 자지
찬 사내 대장부가 울 일이 있겠지마는, 울 일에 안 울 줄도 알아
야제." 말을 마친 추서방 걸음이 빨라졌다.

"비가 와야제. 머라 캐도 농군은 비보다 반가분 기 읎으이께.
좍좍 오너라. 초가 삼간 떠내리가도 좋으이 씨원케 쏟아지거라.
점심맞이 나구로 그래 한 줄기 퍼질러라." 쇠전걸을 지나자 추서
방이 혼잣소리로 중얼거렸다. 그의 얼굴에는 전경대가 밀어닥치
는 데 따른 반가운 기색도 사라지고, 장마나 지고 평일대로 점심
먹는 일이 중요하다는 그런 말투였다.

추서방 집으로 가서 넘어가지 않는 꽁보리밥을 찬물에 말아
울음 삼키듯 먹을 때야, 먼데서부터 콩 볶듯한 총소리가 들려왔
다. 삽짝 앞에 추서방 아들 득보와 득구가 땅따먹기를 하다 총소
리가 나자 신작로 쪽을 바라보았다.

"전경대가 들어오는 모양갑지예?" 쪽마루에 앉아 숟가락을 든
채 내가 물었다.

"그렁갑다." 추서방이 삽짝께를 보며 땡고함을 질렀다. "이늠으
자슥들, 집구석에 몬 들어올 끼가. 한 발짝이라도 밖에마 나가모
모가지 삐틀어뿔 끼다!"

"어젯밤에도 난리 났다 카던데 누버 잔다고 구경도 몬 하
고……" 나보다 한 학년 아래인 득보가 집 안으로 들어오며 중
얼거렸다.

"저 자슥, 머라 카노. 사람 쥑이는 기 머가 구경꺼리고. 방에 안

드가나. 방 밖에마 나오모 쥑이뿔 낀께." 추서방이 닦달을 놓았
다. 형제는 아비 호통에 큰방으로 들어가버렸다. "방에서 죽치고
방학 숙제나 해라. 내가 회초리 들고 뒤따라 들어갈 낀께" 하곤,
추서방이 나를 보았다. "우리도 퍼뜩 밥 묵고 방에 드가자."
 "아재는 어른인데도 총쌈하는 기 그래 무섭습니꺼?"
 "허허, 그늠, 무섭기는. 왜늠하고 쌈질하는 기 아이고 동족이
동족 쥑인께 구경 안 하지러." 추서방은 수저를 놓고 냉수로 입
안을 헹궜다. "이럴 때 군자는 물외한인으로 책을 읽는 벱이니
라. 진짜 농군은 지 농사 돌보고. 나는 아무짝도 쓸모 없는 칼잽
이인께 낮잠이나 잘란데이."
 "아재요, 밥 잘 얻어묵었심더." 나도 숟가락을 놓고 쌀쌀맞게
말했다. "그라모 지는 집에 올라가볼랍니더."
 "집에?"
 "예. 어무이가 와 있거던예."
 "머라꼬? 행수님이 왔단 말이가? 언제 왔는데?" 추서방이 눈을
크게 떴다.
 "어제예. 아부지도 알기는 압니더. 만내지사 몬 했지만서도."
나는 축담 아래 놓인 새 고무신을 신었다.
 "그라모 집에 올라가바라. 근데 갑수야, 총소리 나는 데는 가지
마래이. 어른만 다치는 기 아이고 아아들도 다친데이." 추서방은
쪽마루에서 일어서며, "행수님이 지금도 집에 있나?" 하고 물었
다.
 "몰라예. 유등 외갓집에 갔는지도 모릅니더."
 "알았다. 내 쪼매 있다가 조용해지모 올라가보꾸마." 추서방이
머리를 갸우뚱하며 혼잣말을 했다. "행수가 집에 있으모 해롭을

낀데……"

추서방 집을 나서자 나는 장터마당을 향해 걸었다. 덕산 쪽, 대흥초등학교 부근이라 짐작되는 곳에서 계속 총소리가 들렸다. 그 소리는 추서방 집에서 듣던 것보다 훨씬 가까운 거리였다. 집집마다 삽짝을 닫았고, 골목길에는 사람이 눈에 띄지 않았다. 총소리를 흉내내어 개들만 맹렬히 짖어댔다. 결리는 오른쪽 허리를 누르고 대낮의 텅 빈 골목길을 걸어올라가자니 나는 왠지 섬뜩한 느낌이 들었다. 어느 집에서든 죽창이나 쇠스랑 든 눈 붉은 사람이 튀어나올 것만 같았다. 장터마당으로 나오자, 머리에 수건 싸맨 한 무리의 젊은이들이 모여 있었다. 스무 명 남짓한 그들은 죽창을 들거나 살포·괭이·쇠스랑 따위의 농기구를 들고 살기등등하여 외쳐댔다.

"좌익늠들 쳐부수자!" "사지를 찢어 능지처참하자!" "한 늠도 남구지 말고 몽지리 때리잡자!" 의용청년단 단원들이었다.

그들의 성난 부르짖음은 먹장구름이 덮여오는 나지막한 하늘을 울렸다. 그 중 예닐곱 명은 읍사무소 쪽으로 몰려 내려갔다. 나는 고양이 옆을 피해가는 쥐처럼 천주교회당 쪽으로 살금살금 걸었다. 내가 마치 좌익패이기나 하듯 그들 눈에 띄지 않으려 몸을 사렸다. 가슴이 숯등걸 타듯 했다. 장터 축변을 끼고 도랑골로 올라가는 어귀를 들어서자, 나는 활터 쪽 언덕에 눈을 주었다.

"아이구, 우짜모 좋으노……" 나도 모르는 사이에 탄성이 흘러나왔다.

우리가 사는 움집이 불길에 휩싸이고 있었다. 우리집만 아니었다. 장태문 선생네 집에도 검은 연기가 피어올랐다. 엄마와 갑

득이와 또출이할머니가 불길에 타 죽는지 모른다 생각하자, 정
신이 아찔했다. 나는 우리 식구를 부르며 눈을 감다시피 하여 집
으로 뛰었다.

장태문 선생 집 앞에는 동네 사람 서넛이 둘러섰고, 땅바닥에
앉은 물금댁이 두 다리를 버둥대며 통곡을 쏟고 있었다.

"아이구, 아이구, 내 죽는데이. 태문아, 우리 자슥 태문아……
니 지금 어데 있노? 어데서 머 하노?" 물금댁 머리칼이 풀어져,
산발한 모습이 미친 여자 같았다. "내가 니를 우째 키았다꼬 니
가 그래 됐노. 청상에 생과부 돼서 오매불망 니 하나 신주같이
믿고 살아온 에민데, 이 에미 어쩔라고 니가 그 짓 하미……"

저고리섶이 찢어지고 치마말기가 풀어진 물금댁 옷은 흙고물
투성이였다. 나는 물금댁만 넋놓고 보고 있을 수 없었다. 옆구리
가 결려 허리를 접고 집을 향해 허겁지겁 언덕길을 올랐다. 삽짝
안으로 들어서니 불길은 이제 누구도 손댈 수 없게 세 칸 움집을
몽땅 태우며 기세좋게 타올랐다. 썩은 이엉 덮었던 지붕은 자취
도 없어져버렸고, 뼈대만 남은 서까래와 들보를 태우는 참이었
다. 먹장구름 덮인 하늘로 연기가 피어올랐다. 우리 식구가 오늘
밤부터 어디에서 잠을 잘 자는지는 둘째 문제였다. 나는 엄마·갑
득이·또출이할머니를 찾기에 바빴다.

"어무이요, 할무이요!"

나는 그들을 외쳐부르며 집 뒤란 채마밭으로 돌아갔다. 있어
야 할 식구는 보이지 않았고, 대숲에서 젊은이 셋이 굵은 대나무
를 골라 톱으로 밑동을 썰고 있었다. 그들은 일에 몰두해 뒤에
있는 나를 보지 못했다. 젊은이 하나가 톱을 놓더니 낫을 들고
대나무 잔가지를 쳐냈다. 그들이 우익 편인지 좌익 편인지 구별

할 수 없어 숨을 헐떡이며 보고 섰자니, 잔가지 치던 젊은이가
다듬은 죽창을 한아름 안고 채마밭으로 나오다 나를 보았다. 장
터마당 목수집 조수 언청이였다.
"옳치, 니늠 잘 왔데이. 너거 애비 개씹조가 어딨노?" 언청이가
죽창을 한켠에 부리곤 내 어깻죽지를 잡고 윽박질렀다.
"모름더. 어데 있는지 몬 봤심더."
  엉겁결에 대답하며 도리질하자, 언청이는 들고 있던 낫을 갈
고리처럼 내 목에 걸었다.
"바른 대로 말 안 하모 모가지 당장 끊어뿔 끼다!" 언청이가 낫
쥔 손에 힘을 주자 목 뒤에 닿은 칼날이 벼포기 베듯 금세 내 목
을 벨 것 같았다. "퍼뜩 말 몬 하나?"
"모, 모른다 카인께예. 증말 모릅니더."
  나는 거짓말이 두려워 눈을 감았다, 눈앞에 불이 번쩍하더니,
나는 상추밭에 모잽이로 내팽개쳐졌다. 목이 끊겼나 했으나, 턱
이 떨어져나간 듯 턱뼈가 얼얼해왔다. 일어날 힘도 없었지만 나
는 죽은 듯 늘어지고 말았다. 눈을 뜨거나 꿈틀거리면 처참한 변
을 당할 것 같았다. 언청이는 내 광등뼈를 걷어차곤, 기다릴 끼
데 퍼뜩 가자며 다른 두 젊은이를 채근했다. 잠시 뒤, 어수선한
발소리가 멀어졌다.
  나는 몸을 일으켰다. 화염 열기 탓으로 내 살갗이 오디처럼 익
어 있었다. 나는 가쁜 숨을 몰아쉬며 불에 타는 움집을 물끄러미
바라보았다. 초점이 맞지 않는 눈길에 연기와 불꽃이 어른거렸
다. 우리 식구가 불에 타 죽었단 말인가, 아니면 유등 외갓집으
로 갔을까 하고 생각하는 사이, 들보가 무너져 내려앉는 소리에
이어 조각난 불티가 하늘로 튀었다. 엄마가 사온 새 옷과 공책은

물론 숟가락까지 몽땅 타는구나 하고 망연자실하여 중얼거릴
때, 장터마당에서 만세 소리가 들렸다. 대한민국 만세란 그 들뜬
외침은 몇 해 전 해방되던 날도 듣던 말이었다. 오직 조선 독립
만세 소리만은 들리지 않았다.

선달바우산 위에서 한 차례 번개가 우지끈 깨어졌다. 마른번
개는 들판 쪽으로 내달아 천둥을 일으켰다. 우레 소리가 요란하
자, 번개가 섬광을 뻗었다. 뇌성이 연달아 번개를 튀기더니 딱총
소리를 내며 잦아들었다. 이윽고 굵은 빗발이 후드득 듣자, 탈
것 다 태워버린 우리 움집의 불길도 삭아들었다.

삼베 홑이불을 머리까지 둘러썼는데도 잠이 오지 않았다. 천
지가 깜깜한데 세찬 빗소리만 귀를 적셨다. 빗물이 도랑을 이루
며 귓속으로 넘쳐들 듯했다. 토담 호박잎에 떨어지는 빗소리, 마
당에 꽂히는 빗소리, 지붕 이엉에 스며드는 빗소리, 함석 지붕을
두드리는 빗소리, 고인 물에 떨어지는 낙숫물 소리까지 합쳐, 세
상은 온통 비의 소리로 가득찼다. 빗소리 바람 소리 이외 다른
소리는 들리지 않았다. 세상은 온통 비에 갇히고 젖어 있었다.
사람들은 집집마다 대문과 방문을 걸어 잠그고 얕게 숨쉬며 비
가 그치기를 기다리고 있었다. 먼 소문으로 들어온 좌익패 폭동
이 얼마나 처참한지 처음으로 목격한 읍민은 밤이면 문고리 잠
근 방문에 이불까지 덧치고 빗소리에 떨고 있음이 분명했다.
사흘째였다. 사흘 동안 비는 멈춤이 없이 줄기차게 내렸다. 굵
게 쏟아지다 조금 약해지다, 그렇게 강약을 빈길아가며 비는 쉼
없이 쏟아졌다. 그 동안 나는 비의 강약처럼 신열에 들떠 정신이
깨어났다 까무러쳤다 하며 앓았다. 묏등걸 삼촌네 단칸방 아랫

목에 누워 끓는 열을 가누지 못해 경기 하듯 헛소리를 질러댔다.
열이 내리면 식은땀이 팥죽같이 쏟아지고 잠이 퍼부어왔다. 잠
은 내 머릿속을 혼란하게 만들었다. 나는 잠속에서 악귀와 싸웠
다. 도수장에 거꾸로 매달려 피흘리는 시체를 꿈에서 보았고, 사
람 사지와 몸통을 소 육괴 가르듯 칼로 토막내는 끔찍한 아버지
도 만났다. 소스라쳐 놀라 잠에서 깨면 온몸은 수초 많은 강바닥
에 누운 듯했고, 머리가 더웠다. 입 안은 깔깔하고, 눈앞은 늘 습
자지로 가린 듯 흐렸다. 흐린 망막에 삼촌의 근심스런 얼굴도,
숙모의 한숨 쉬는 얼굴도 어릿어릿 보였고, 종순이와 종철이 형
제가 나를 내려다보기도 했다. 빗소리도 들렸다. 그 비가 한 시
간만 빨리 내렸어도 우리집은 불타지 않았을 테고 내가 삼촌 집
에 누워 있지 않을 텐데, 하는 공연스런 걱정이 스쳐가기도 했
다. 나는 끙끙 앓으며 누가 들을세라 낮은 목소리로 나누는 삼촌
과 숙모의 말소리를 들을 수 있었다. 그 소곤거림은 모두 불행하
고 불길한 소식이어서, 나는 내 열병이 쉬 나을 것 같지 않았다.
좌익 폭동으로 죽은 사람이 마흔에 가깝고, 전경대가 난리를 평
정하자 좌익패를 잡아들였는데 그 인원이 칠팔십 명도 더 된다
고 삼촌이 말했다. 유등 외갓집에 갑득이와 함께 피해 있던 엄마
가 아버지 대신 지서에 잡혀갔다는 이야기도 했다. "행님이 좌익
들 중 젤로 악질이라 행수가 고초를 당하는 모양이라." 삼촌의
말이었다. 아버지한테 당할 줄 알았던 고초를 엄마가 이제 아버
지 대신 당한다고 생각하자, 산 넘어 산이란 말처럼 이쪽을 피하
면 저쪽에 치이는 엄마가 불쌍했다. 흘러내린 눈물이 베개섶을
적셨다. 산으로 미처 도망 못 간 좌익 무리는 모두 잡혀 문초를
당하는데 유등 외삼촌이 끼었다는 소식도 그 중 한 가지였다.

"물통걸 수리조합 허서기 있제, 그늠하고 야학당 패거리 깽깽이 꾼하고 산도둑 같은 텁석부리 재담꾼은 아매도 총살당할 끼라. 유등 귀순이애비도 배주사 집에 불을 질러 질 나뿐 좌익으로 찍히서 살아나기 심들다더군. 지서에 불리가서 증인한 사람이 모두 나뿌게 말했다 안 카나." 두려움에 움츠러든 삼촌의 말이었다. "설마 날 더 불러디리지사 않겠제." 삼촌이 몇 차례 지서로 불려다녔으나 천신만고 끝에 살아난 최순경 덕분에 풀려나왔다는 말도 나는 들었다. 그 소문만 아니었다. 집이 불타자 또출이 할머니가 불 속을 헤쳐 들어가 물건을 꺼내려다 화상을 입고 초죽음이 된 뒤, 그만 실성해져 장대비를 마다 않고 청승스레 노래를 읊으며 이 집 저 집 문전걸식 한다는 소식도 숙모가 삼촌에게 이야기했다. "화기(火氣)를 너무 마싰는가바. 이 장대비에도 가슴에 열이 난다미 적삼까지 벗고 설쳐대이……" 또출이할머니를 두고 숙모가 한 말이었다. 종철이는 종철이대로 내게 새로운 소식을 전해주었다. 좌익패가 불을 지르던 밤 기수가 잠결에 불에 타 죽었다는 이야기며, 전경대가 들어오던 날 백태가 전경대와 좌익패 사이에서 총싸움 구경하다 총알이 어깻죽지를 차고 나가 다 죽어간다고 했다. "새이야, 백태자슥 말이다, 오늘낼 칸다 카더라. 피를 많이 흘리서 살기 심들다고 기름때기가 말 안 하나." 왈패 백태 부하 노릇만 했던 종철 말이었다. 종철이 그 말을 듣자 나도 열병으로 쉬 죽을 것 같았으나, 사흘째 아침부터 차츰 열이 내렸다. 엄마가 오던 날부터 집이 불에 타버린 날까지 이틀 동안 당한 기쁨·슬픔·뭇매·실신·경악에 따른 충격이 고열의 몸살을 앓게 했고, 그 악몽을 다독거리고 열병이 떠난 듯, 내 몸은 다시 살아 남기 위해 가벼워진 것이다.

나는 추웠다. 으스스한 한기가 소름을 돋게 했다. 방문고리에 놋숟가락을 걸고 가마니 친 바깥쪽에 삼촌이 자고, 그 다음이 종철이·숙모·종순이·종호가 차례대로 누웠고, 아픈 나는 안쪽 구들목 차지였다. 모두 잠이 들었는데 낮잠을 늘어지게 잔 탓인지 나만 눈이 말똥하여 쥐처럼 바스락대고 있었다. 몇 시쯤 되었는지 나는 시간을 짐작할 수 없었다. 언제쯤 닭이 홰를 치며 울는지, 그때까지 수를 몇 단위까지 헤아려야 될지 알 수 없었다. 아니, 몇 단위까지 헤아려야 잠이 들는지 따져보는 게 쉬울지 몰랐다. 오백 번, 아니면 일천 번까지 헤아리면 잠에 들까 문살이 밝아올까 하며, 나는 하나부터 입속말로 수를 세기 시작했다. 백 번을 못 넘겨 수를 까먹고 빗소리에 귀를 기울이는 나를 알아챘다. 빗소리에만 귀기울이고 있지도 않았다. 빗소리 속에 또 다른 어떤 소리가 섞였나를 가늠해보고 있었다. 바람 소리만 간간이 들릴 뿐 아무 소리도 들리지 않았다. 한참 빗소리를 듣자니 먼데서 철벅철벅, 물 밟는 발자국 소리가 들리는 듯싶어 그 소리를 오랫동안 따라가보았다. 우장하여 소총 거꾸로 멘 전경대원이 비 오는 밤중에 순찰을 돌고 있을까, 아니면 우리 다시 한분 핵명 일으켜서 지서에 갇힌 동지를 해방시킵시더, 하는 쪽지를 돌리는 좌익패일까 하며 자세히 들어보면 그 발자국 소리는 내 머릿속에서 만들어낸 철벅거림임을 알았다. 나는 괸 물을 되밟고 누운 데까지 다시 돌아왔다.

마음이 비에 젖은 탓인지, 한기가 느껴져 나는 몸을 옹크렸다. 두 다리를 깊이 꼬부려 정강이를 가슴 앞에 모아 박고 따뜻한 사추리 사이에 손을 꽂았다. 잠이나 자야지 하며 나는 다시 수를 하나부터 세어나갔다. 지서 습기찬 감방에서 이 빗소리 들으며

잠 못 이룰 엄마가 떠올라 나는 수를 세다 오십둘에서 또 까먹고
말았다. 갑득이는 유등 외갓집에 있다지만, 또출이할머니는 비
오는 밤에 어디에서 잠을 잘는지 알 수 없었다. 타령이나 읊조리
며 남의 집 처마 밑에 쪼그려앉았지나 않는지 몰랐다.

　　타작매에 죽은서방 거적때기 말아묻고
　　굶어죽은 자슥새끼 또랑걸에 내뿌리고
　　서방죽고 오매불망 자슥죽고 오매불망
　　여름가고 잎다지고 천대받는 이내신세
　　사대부집 문전걸식 살붙일데 없는팔자……

또출이할머니는 노래처럼 강대 같은 신세가 되고 말았다. 실
성했다니깐 장터마당 거지 떠벌래영감보다 더 가련한 꼴이 되어
비 오는 밤에 장터마당 주변을 싸돌 터였다. 외할머니는 큰외삼
촌이 풍병에 걸려 소록도로 떠났고, 작은외삼촌마저 총살당한다
면…… 그 생각을 하자, 나는 목이 메었다. 빡빡 얽은 외할머니
의 곰보 자국마다에 눈물이 옹달샘으로 괴는 모습과, 여섯이나
되는 부황들린 자식을 조롱박처럼 매단 외숙모의 검누른 얼굴이
떠올랐다.
　내가 아마 설핏 잠에 들었던가 보았다. 얕은 잠을 가르고, 문
두드리는 소리가 들렸다. 꿈속이 아닐까 하고 나는 생각했다.
　똑똑똑……
　다시 문 두드리는 소리가 들렸나. 나는 살며시 눈을 뜨고 머리
까지 둘러썼던 홑이불을 걷어내렸다. 가슴이 콩 튀기듯 뛰었다.
나는 방문 쪽으로 돌아누웠다. 어둠 속에 삼촌 얼굴이 어슴푸레

드러났다. 자세히 보니 삼촌도 잠이 깨어 있었다. 삼촌은 얼음판에 넘어진 황소처럼 눈을 꿈벅이며 천장을 멀뚱히 보고 있었다.

똑똑, 똑똑똑.

밖에서 다시 대창살을 여러 차례 두드렸다. 덧쳐진 가마니 옆으로 삐죽 꼬리를 내민 문고리에 꽂힌 숟가락 끝이 달싹거렸다.

"보소, 자요? 누구가 오, 온 모양 같심더." 숙모도 잠에서 깨어 있었던지 말소리가 더듬거렸다.

바람이 한 차례 방문을 흔들며 지나갔다. 빗발이 후드득 다시 굵어졌다. 아직도 날이 새지 않았다면 도대체 몇 시쯤 됐는지 나는 알 수 없었다.

"이 빗속에 누굴꼬." 삼촌의 겁에 질린 목소리였다. 삼촌은 꼼짝을 하지 않았다. 어둠 속에서 빗소리만 새겨들었다.

"삼수, 자나?" 이제 밖에서 목쉰 말소리가 들렸다. 그 목소리 임자는 분명 아버지였다. "내다. 행님 삼조데이. 퍼뜩 문 솜 열어바라."

"아이구, 무서바라. 시아주버님이구나." 숙모가 입속말로 외치며 일어나 앉았다. 어둠 속을 더듬어 발치에 던져둔 홑적삼을 속치마에 걸치는 모습이 희끄무레 보였다. 옷을 입자 숙모는 방 모서리로 옮겨앉아 몸을 사렸다. "보소, 내 죽는 꼴 볼라 카모 문 열어주든지 말든지 하소."

삼촌도 그제서야 부스스 몸을 일으켰다. 방문을 열지 않고 방문고리에 꽂힌 숟가락만 지켜보았다.

"삼수야, 문 좀 열어보라 캐도. 아무도 안 델고 내 호문차 왔데이. 누가 본 사람도 읎고, 내 한마디마 하고 퍼뜩 가꾸마." 아버지의 애타하는 목소리였다.

아버지는 이제 문을 두드리지 않고 바깥 문고리를 잡고 흔들었다. 덧쳐둔 가마니가 움찔거렸다. 나는 숨을 할딱거리며 어둠 속에 뚫어져라 방문만 바라보고 있었다. 바람이 거세어지자 바깥 빗발이 땅을 파듯 쏟아졌다.

"에헴." 비로소 삼촌이 떨떠름한 헛기침을 했다. "행님이 무신 일로 이 밤중에 찾아왔심니껴? 할말 있으모 거게서 하고 쌔기 가소."

"삼수야, 쪼매마 문 좀 열어바라. 내가 아무리 숨어사는 몸이지마는 성제지간인데 우째 그래 매정하노."

비와 바람 탓도 아닌데 아버지 목소리는 추위에 얼어붙은 듯 사뭇 애걸조였다. 나는 그 얼굴을 보지 않아도 표정을 짐작할 수 있었다. 칼을 들고 춤까지 추며 서슬 등등하던 아버지가 며칠 사이 어떻게 저토록 달라질 수 있을까 싶었다. 삼촌이 숙모 쪽을 힐끔 곁눈질하곤 방문 앞에 바싹 붙어앉았다.

"이카다 행님 경찰에 잡히모 요절나겠지마는 우리 식구도 팬치 몬 함더. 아무리 성제간이라도…… 문을 열 수 없소."

"니가 증말로…… 니까지 하루아침에 이래 빈할 수 있나? 내가 이 장대비 맞고 이십 리 넘는 밤길 나서서 여게까지 허기지게 왔는데, 우째 낯짝 한분 안 비추고 이래 몰인정하노?" 아버지는 이제 방문을 부수기라도 할 듯 세차게 흔들기 시작했다. 죽기 아니면 까무러치겠지, 하는 태도였다.

"그래도 방문 절대 열지 마소. 나는 시아주버님 몬 바넴더. 내 눈에 흙 드가는 꼴 볼라 카모 번 같은 사람 디리보네소……" 숙모가 앓는 제비 새끼처럼 신음을 흘리며 말했다.

"행님, 할말 있으모 거게서 하모 안 됩니껴?" 삼촌이 숙모 눈치를 살피곤 말했다. 아버지가 방문을 밀어 부술까봐 겁이 나는지 삼촌은 문고리를 눌러 잡았다.

"자꾸 그카모 내가 동네방네 들으라꼬 고함 지를 끼라예. 시아주버님이사 도망 가든지 잡히든지, 죽든지 살든지……" 숙모가 바깥까지 들릴 만큼 큰 소리로 말했다.

숙모의 말을 듣다 나는 나도 모르게 일어나 앉았다.

"아부지, 갑숩니더! 내가 여게 있습니더." 숙모 입을 틀어막을 수 없어 나는 고함을 질렀다. 내가 생각해도 당돌했다. 삼촌과 숙모가 놀라 나를 노려보았다. 어둠 속이지만 눈초리가 매서웠다. 나는 머쓱해져 얼굴이 달아올랐다. 방안이 어둡다는 게 다행이었다. 내가 뛰어들 순간이 아님을 후회했으나, 아버지는 이미 내 목소리를 들었다.

"집에 가봤더마는 불나서 몽땅 읊어졌길래 이리로 왔데이. 내 생각이 맞구나. 갑수가 여게 있었구나." 아버지가 반가운 목소리로 말하곤 삼촌에게 말머리를 돌렸다. "삼수야, 내 자슥 얼굴 한분 보고 가는 거꺼정 니가 이래 말길래? 증말로 니 이카기가? 내가 꼭 문 뿌사고 뛰어들어야 하겠나?"

"참말 이거 사람 생똥싸게 만들구먼." 삼촌이 안절부절못해 하며 숙모를 건너다보았다. 숙모도 이제 체념했다는 듯 방 모서리로 등을 보이고 돌아앉아 메주덩이 담은 포대 꼴로 웅크리고 있었다. "이 일을 우째 처리해야 좋을꼬. 이럴 때 추가라도 있으모 물어보제."

삼촌이 하는 수 없다는 듯 방문 가린 가마니를 걷었다. 삼촌이 숟가락을 뽑고 문고리를 벗기자, 잠에 든 종철이를 한켠에 밀어붙이고 자기도 두어 발 물러앉았다. 삼촌은 마치 미친개를 방안에 불러들이듯 떨어댔다. 떨기는 돌아앉은 숙모도 나도 마찬가지였다.

아버지가 방문을 열었다. 몰아치는 습기 밴 바람이 방안으로 밀려들었다. 아버지는 둘러쓴 접사리를 벗어던지고 방안으로 뛰어들었다. 어둠 속에서 나와 삼촌이 앉은 위치를 확인했다.

"모다 안죽꺼정 안 죽고 살아 있는 기 용타." 아버지는 첫말을 던지곤 얼굴의 빗물을 훑어 뿌렸다. 소매와 어깻죽지가 찢어져 너덜너덜한 아버지의 긴 저고리는 비에 흠뻑 젖었고 흙투성이 바지는 허벅지까지 걷어붙인 채였다. 어둠 속이지만 아버지 얼굴은 수염이 숯검정처럼 덮여 그 몰골이 화적떼 같았다. 며칠 사이 아버지는 완연한 산사람으로 바뀌어 있었다. 야산대가 따로 있는 게 아니고, 거기에 끼여들면 누구나 저 꼴이 되는구나 싶었다.

"아부지, 어무이가 지서에 붙잡히 있어예." 내 목소리가 울먹였다.

"음. 반동들 손에 고상이 많겠구나. 그년이사 어느 손에 죽어도 싸지러." 아버지는 대수롭지 않게 말하곤 삼촌을 보았다. "삼수야, 난 바뿐 몸이라 날 새기 전에 산으로 돌아가야 한데이. 내 니한테 달리 할말은 읎고, 머 묵을 거 있거던 쪼매마 도고."

"행님도 보다시피 우리 처지에 머가 있겠소. 여름이라 소 잡는 일도 읎었고, 내나 여편네가 이 집 저 집 남으 품 팔아주고 양석 쪼매썩 구해다 묵는 기 뻔한데 말임더."

"내가 어데 니 사정 모리나. 그래도 너그사 옆집에 빌리다 묵어도 묵을 끼 아인가. 내남읎이 이 삼복에 살이사 있을 리도 읎을 끼고, 볼살 서너 말마 도고, 잡곡 같은 것도 있거던 쪼매 주고."

아버지는 한쪽 무릎을 꿇은 채 삼촌에게 부드럽게 떼를 썼다. 비바람이 몰아쳐 방문이 덜렁댈 때마다 아버지는 문 쪽을 돌아보곤 했다.

"인자 비가 오지마는 이 가물에 양석 재아놓고 묵는 집이 몇 집이나 되사서……" 삼촌은 아버지로부터 외면하며 말꼬리를 접었다.

숙모는 아버지의 눈에 띄지 않는 게 다행이란 듯 방 모서리에 돌아앉아 옹송그린 채 운신을 안 했다.

"장마철은 접어들었제, 숯 굽는 화전촌은 다 빈집들이제, 사람이 산다카는 마실은 전경대늠들이 주둔해 있제, 우리들도 어데 꼼짝 할 수 있어야제. 빨치산도 인자 앉아서 굶어죽을 지경이다. 그래서 양석 조달할라꼬 몇이서 뿔뿔이 나선 기 아이겠나. 내가 빈손으로 돌아가모 꼴이 머가 되겠노. 그래도 짐삼조라 카모 푸로렌타리아 영웅이라고 떠받드는데 말이다." 아버지는 조갈증이 나는지 소리나게 침을 삼켰다. "삼수야, 내 다시는 산에서 안 내리오꾸마. 제발 날 좀 살리도고. 내가 노름돈 꾸갈 때 말고 니한테 어데 이래 손발 닳도록 빌 적 있었나. 증말이다."

"구신 씨나락 까묵는 소리 하네. 노름돈이라도 언제 한 분 갚은 적 있었소?" 삼촌의 목소리가 비로소 느슨해졌다. "볼살은 읎구마. 강냉이 뽀싼 거하고 감자나 쪼매 갖고 가소."

"오냐, 고맙다. 머든지 묵는 기모 다 좋다." 아버지가 삼촌 손을 덥석 잡았다. "언젠가 읍내를 해방시키모 니한테는 꼭 리(里) 인밍이원장 한 자리 주꾸마. 내가 대장한테 이바구해서 말이다. 사실 니도 논밭 한 뙈기 읎으이께 푸로렌타리아가 아닌가, 헤헤."

"이원장이고 머고 다 싫심더. 퍼뜩 일어서기나 하소. 누가 봤다 카모 내 모가지도 위태로븐께." 삼촌은 자리에서 일어나 방문을 살금 열고 밖으로 나갔다.

"설마 니가 날 꼬아다바칠 연락이사 안 하겠제." 아버지는 뒤가 염려스러운지 삼촌에게 한마디하곤 나를 보았다. "갑수야, 내가 니 만날라고 내리왔데이. 내하고 같이 가제이."

"어, 어데로예?"

"이 애비 따라 산으로."

나는 머리를 흔들었다. 엄마마저 지서에 갇힌 데다 등 붙일 집조차 없어 갑득이와 내 살아갈 길이 막막했지만, 나는 산에 산다는 산사람을 만나기 싫었다. 그들과 섞여 사느니 차라리 실성한 또출이할머니 지팡이가 되어 문전구걸하고 다니는 게 나을 것 같았다.

"와, 싫나?"

덩더꿍이처럼 껑쭉거리고 너스레나 떨던 아버지가 내 의견 따위를 묻는다는 게 오히려 이상했다. 이토록 풀이 죽어버린 아버지의 또 다른 면을 볼 적도 흔치 않은 일이었다. "아부지, 그카지 말고 우리 부산으로 가예. 거게 가서 숨어살미 어무이 지서에서 나오모 같이 살아예. 누부야도 부산에 있다 안 캅니꺼."

"그래 몬 한다. 남조선이 해방되기까지 나는 인자 남반부서는 몬 산데이. 삼팔선 넘어갔으모 갔지, 이 땅에 살 수 없는 기라."

삼촌이 자루를 들고 방으로 들어왔다.

"행님, 퍼뜩 가소. 다시는 날 성제간이라 생각지 말고, 오지도 마소. 그라고 질 가다가 전경대한테 붙잡히더라도 이거를 우리 집에서 얻어간다 카는 말 절대로 하지 마소."

삼촌의 냉갈령한 말을 들으며, 아버지는 한동안 삼촌을 물끄러미 바라보았다.

"그래, 알겠다." 아버지가 탈진한 목소리로 말하곤 나를 보았다. "갑수야, 그라모 내하고 쪼매 나가서 저, 너거 핵교 풍금 선상 있제, 그 처자 선상 집마 좀 갈키도고."

"주신례 선생님 집 말입니껴?"

"그래, 맞데이. 산에 같이 있는 장태문 동무가 무신 말을 좀 전하라 캐서 그칸데이."

"비가 이래 억상으로 쏟아지는 밤중에 아푼 아아 어데 델고 갈라 카는교?" 삼촌이 퉁명스레 말했다.

"주선상 집마 갈키주고 돌리보내모 안 되나." 아버지는 삼촌이 가져온 자루를 어깨에 메고 일어섰다. 아버지는 여태까지 굽신거리던 태도가 돌변하여 삼촌에게 목소리를 높였다. "이 자슥아, 내 아들 내가 십부름 좀 시키묵는데 니가 무신 간섭은 간섭이고. 끌난 거 이거 쪼매 줬다꼬 유시하는 기가, 머꼬!"

"참말 머 주고 뽈대기 맞는다꼬, 이거는 물에 빠진 늠 건져주이까, 보따리 찾아달라 카는 거 한가지네. 내한테 화풀이는 와 하요?"

"내한테 달라붙을 때는 언젠데, 박쥐같이 달라진 니 꼴 보이까 내 하는 소리다. 더 이상 주디 띠지 마라. 배때기를 칼로 푹 쑤시뿔라!" 아버지는 한 손으로 허리춤을 만졌다. 정말 거기에 칼을 꽂았는지 허리춤 옆구리가 불쑥 나왔다. 삼촌이 뒤로 물러앉으며 아무 말이 없자, 아버지는 거센 악력으로 내 팔을 나꿔채곤 삼촌에게 씹어뱉듯 말했다. "갑수는 내가 델고 간데이. 말기모 너거 식구 몽지리 쥑이뿔 낀께 그래 알아. 삼수야, 내 마지막 될란지 모르이께 한마디 한다만, 내 눈에는 인자 아무것도 보이는 기 읎다. 사람 쥑이는 거 빼고 남은 기 읎는 개삼존 줄 니도 잘 알제? 사람이 죽으모 한 분 죽지 두 분 죽는 거 아이다!"

아버지는 사납게 내 팔을 끌어 문밖으로 집어냈다. 아직 바깥은 깜깜했고 장대비가 쏟아지는 속에 바람이 세찼다. 아버지는 덜덜 떠는 내 등거리에 자기가 쓰고 왔던 접사리를 입혀주고 머리덮개까지 씌워주었다. 물기가 느껴졌지만 두터운 접사리를 쓰자 소름이 가라앉았다. 나는 디딤돌 옆, 구석에 놓인 내 흰 고무신을 찾아 신었다.

"아부지, 철하에 있는 옥자집마 갈키주모 되지예? 그 집 뒷방에 주선생님이 살고 있으이께예." 나는 조그맣게 말하며 어둠 속 아버지 얼굴을 쳐다보았다. 아버지는 삼촌이 쓰고 다니는 큰 삿갓을 집어 썼다. "아부지, 나는 절대로 산에는 안 갈랍니더."

"알았데이."

아버지는 자루를 메지 않은 손으로 내 팔을 잡고 발소리 죽여 삼촌 집을 나섰다. 아버지 손에 끌려가며 뒤돌아보니 삼촌은 방문을 빠끔 열고 떠나는 우리 부자를 내다보고 있었다.

"갑수야, 니는 산에 가지 말고 돌아온내이." 삼촌이 입소리로 외쳤다.

나는 아무 대답도 못 한 채 어둠과 빗발에 묻힌 삼촌을 보며, 이제 다시 삼촌을 만나지 못할까봐 서러워졌다. 아니, 이대로 끌려 산 속으로 간다면 엄마와 갑득이도, 또출이할머니마저 만나지 못할 것 같았다. 아버지 손을 뿌리칠 용기가 나지 않았고 설움만 자꾸 복받쳐 올랐다.

"이노므 자슥, 살살 걸어야제. 누구한테 들키모 우짤라 카노." 아버지가 말했다.

나는 고인 물을 절벅거리며 밟고 있었다. 골목길을 굽어돌 때
마다 아버지는 걸음을 멈추고 담벽에 몸을 붙여 트인 앞길을 살
폈다. 어둠 속이지만 그림자 하나 어른거리지 않음을 확인하곤
다시 걸음을 떼어놓았다. 꼽추집 다릿목까지 내려오자 길이 쌍
갈래로 나섰다. 다리 아래는 물이 불어 흙탕물이 요동치며 흘러
내렸다. 우리는 아랫장터를 지나 신작로를 건넜다. 빗발은 조금
도 느긋해짐 없이 퍼부어내렸다. 이따금 번개가 하늘을 갈랐고,
그럴 때마다 선달바우산 배주사네 감나무밭과 능선이 드러났다.
 아무도 만나지 않고 우리는 용케 옥자네 집에 다달았다.
 "아부지, 이 집임더. 그라모 나는 인자 작은아부지 집에 가도
되지예?"
 "짜슥, 거게가 어데 니 집이가?"
 나는 할말을 잃고 오도카니 서 있었다. 아버지가 옥자네 낮은
토담 위로 목을 내밀고 집 안을 넘겨다보았다.
 "개는 없는 거 같고, 조 헛간 뒤로 돌아가모 처자 선상 방이라
말이제?" 아버지가 물었다. 내가 머리를 끄덕였다. "갑수야, 그
러이께 내 하는 말인데, 이 밤중에 내가 처자 선상을 우째 불러
내겠노. 니가 좀 불러내줘야 내가 말을 할 꺼 아인가." 아버지
목소리가 부드러워졌다. 아버지는 내 팔을 놓고 몇 발 옮겨 대쪽
으로 엮은 외짝 대문을 조금 밀었다. 요령 소리가 딸랑 하며 울
렸다. 아버지는 전기나 탄 듯 흠칫 놀라며 삽짝에서 손을 떼었
다. "빗소리 아이라모 큰일날 뿐했구나" 하더니, 아버지가 나를
보았다. "짝대기를 공가(받쳐)논 모양인께, 내가 떠받히 올리주
꾸마. 니가 담을 넘어가서 문 좀 열거라. 문 땡길 때는 요롱불알
꼭 잡고 소리 안 나게 살째기 땡기야 된데이."

"나무(남의) 집 담 넘어가모 도독늠 아입니껴?"

"드들키모(들키모) 도독늠이고 안 드들키모 도독늠 아인 기라. 그보다 갑수야, 이 애비가 삽짝 열고 드가다 드들키서 잡히모 좋겠나? 잡힜다 카모 그 자리서 몰매에 뒈질 낀데, 니는 아부지가 그래 돼도 좋겠나 말이다?" 아버지가 허리를 낮추어 삿갓 앞챙을 들곤 나를 빤히 바라보았다.

"모르겠심더." 나는 차마 아버지 말을 거절할 수 없어 그 눈길을 피하고 말았다.

"그러이께 니가 문 좀 열어 처자 선상을 깨바줘야제."

아버지는 땅에 자루를 놓곤 삿갓을 벗어 자루를 덮었다. 아버지는 맨머리에 장대비를 맞으며 나를 안아 들어올렸다. 쪼매 무겁네, 하곤 나를 담 위에 올려 앉혔다. "뛰어내리겠나?"

"예."

"소리 안 나게 말이다?"

"해봐야지예."

"담 붙잡고 살살 기어내리라."

나는 무사히 담을 넘자 아버지 말대로 외짝문을 받쳐둔 작대기를 걷었다. 요령을 잡고 문을 살짝 당겼다. 아버지는 자루를 메자 삿갓을 다시 쓰곤 마당 안으로 들어섰다.

"내가 저 헛간 뒤에 숨어 있어꾸마 처자 선상 그리로 델고 온나." 아버지가 내 귀에 입을 대고 말했다. "잘해야 된데이. 처자 선상이 놀래서 고함 지르모 니 죽고 나 죽거던."

아버지는 헛간 뒤로 봄을 숨겼다. 선달바우산 위에서 큰 뇌성이 치자 번개가 쪼개져 떨어졌다. 나는 빗발을 피해 주선생 방문 앞에 쪼그려앉았다. 접사리를 벗을까말까 하며 얼굴의 빗물을 훑어 뿌렸다. 한 차례 소름이 돋자 기침이 나오려 했다. 침을 삼켰다. 깜깜한 방문을 보며 숨을 죽이자 새삼 가슴이 뛰었다. 조마조마하고 짜릿짜릿하기까지 했다. 아버지가 주선생 집으로 가자 했을 그때, 내 마음도 주선생을 만나고 싶어했는지 몰랐다. 자다 깨어난 주선생이 문을 열고 나를 맞으며, 갑수는 무섬 안 타는 용감한 학생이군요 하며 내 머리를 쓰다듬어주실지 몰랐다. 어두워 부스럼 따위도 보이지 않을 테니 이번은 갑득이 정수리가 아닌 내 정수리를 쓰다듬어줄 거라고 달콤한 상상을 했다.

똑똑.

나는 문을 두드렸다. 잠시를 쉬었다 삼촌 집에서 아버지처럼 다시, 똑똑똑 문을 두드렸다. 방안에는 아무런 기척이 없었다.

"선생님예, 저어, 심부름 온 김갑숩니더." 내가 모기 소리만하게 말했다.

"누구예요?" 방안에서 소리가 들렸다. 주선생 목소리였다.

"저어, 오학년 일반 김갑숩니더." 아버지 이름을 댈까 하다 나는 고쳐 말했다. "장태문 선생님 심부름왔어예."

"장선생님 심부름?" 방안에서 부스럭거리는 소리가 들리고 방문이 조금 열렸다. 주선생이 들뜬 목소리로 물었다. "김삼조씨 아들 갑수구먼요. 장선생님은 지금 어디 계세요?"

나는 숨을 크게 삼키며 주선생의 그윽한 향내를 맡으려 했다. 코끝에 눅진한 습기밖에 묻어오지 않았다.

"저어, 아부지가 헛간 뒤에 숨어 있심더. 아부지가 장선생님 소식 갖고 왔는데, 내 보고 심부름시킨 깁니더."

"비가 이렇게 오는 밤중에……" 주선생은 비가 쏟아지는 어두운 하늘을 올려다보았다. "그럼 잠시 기다려요. 곧 나갈 테니."

　방문이 닫기자 나는 헛간 뒤로 돌아갔다. 아버지는 헛간 처마 밑에 자루를 내려놓고 쪼그려앉아 있다 나를 보자 일어섰다.

"우째 됐노?"

"금방 나올 낌더."

"니도 인자 한몫 단단히 하구나." 아버지가 내 등짝을 쓸어주었다.

　잠시를 기다리자 주선생이 어둠 속을 살피며 헛간 뒤쪽으로 돌아왔다.

"납니더. 짐삼조 동뭅니더, 헤헤." 아버지가 허리를 굽신하며 주선생을 맞았다.

"삼조 동무구먼요. 그러잖아도 걱정되어 잠 못 이루던 참인데, 이 밤중에 어떻게?" 주선생은 아버지를 보자 반갑게 물으며 주위를 둘러보았다. "그럼 장선생님은 어딨어요? 같이 오신 게 아니예요?"

"아님더. 짚은 산에 있심더." 아버지는 말을 끊고 잠시 머뭇거렸다. "장동무가 긴히 할말이 있다민서 처자 선상을 모시고 오라 캐서 지가 심부름 왔습니더."

"어디, 그럼 봉화산에요?"

"예. 산생활 더 버티기도 심들고 해서 아무래도 월북해야 될 거 같다민서, 그 전에 선상님 한분 만냈으모 합디더."

"그런데, 이 비 오는 밤중에 어떻게……" 주선생이 어둠에 가려 보이지 않는 먼 봉화산 쪽에 눈을 주었다.

"비가 오이세 질 나서노 드늘킬 염려 읎고, 다불로 좋잖심니껴." 아버지가 말하자, 주선생은 말이 없었다. 아버지가 재촉했다. "갈라 카모 날 새기 전에 퍼뜩 떠나야 합니더. 안 그라모 장동무 영영 다시 몬 보게 될란지 모릅더."

"길만 가르쳐주시면 저 혼자 찾아나서면 안 될까요? 아무래도 날이 밝아야…… 또 준비할 것도 있고."

"말이 봉화산이제, 봉화산에서도 십 리 길은 더 들어가야 하는 첩첩산중임더. 산이 험해서 처자 선상님 호문차선 우리가 숨은 데를 몬 찾을 낌더." 아버지는 주위를 둘러보곤 둘된 목소리로 말했다. "혹시 지가 무신 이심 품고 거짓말 하는 줄 알란지 모르지만서도, 지 자슥늠을 델고 가는데 어데 그칼 리 있습니꺼. 또 우리는 서로가 한목숨으로 살고 죽자꼬 맹세한 핵명 동지 아입니꺼."

아버지 말을 듣자 나는 깜짝 놀랐다. 아버지는 기어코 나를 산으로 데리고 갈 작정이었다. 소름이 온몸을 훑고 내려갔다.

"아부지, 나는 인자 마 삼촌 집에 갈랍니더." 덜덜 떨며 내가 말했다.

"갑수야, 니 와 자꾸 그카노? 처자 선상님도 가는데, 어떻노? 내일 저녁답쯤 처자 선상님 읍내로 내리올 때 니도 같이 내리오모 안 되나."

"그럼 여기서 잠시 기다려주세요. 제가 준비해서 나올 테니깐요." 주선생이 나를 보더니 결심을 굳힌 듯 말했다.

"묵다가 남은 살이나 볼살 좀 가주고 나오이소." 아버지가 주선생 등에 대고 말했다.

주선생은 뒤를 돌아보곤 헛간 앞을 돌아나갔다. 아버지는 쪼그려앉더니 비가 쏟아지는 어두운 하늘을 올려다보았다. 이럴 때 심심초라도 있으모 한 대 피우제, 하더니 한숨을 내쉬었다.

"갑수야, 이 비를 내루는 구름 말이데이. 그 구름 우 하늘에는 해도 달도 별도 있겠제?" 아버지가 뚱딴지같이 내게 불쑥 물었다. 나는 가만 있었다. "핵교서 배우는 책에 그런 말 있제? 비 오는 하늘 우에 해나 달이나 별은 그대로 있고, 거게는 대낮같이 환하다 카는 거 말이데이?"

"모르겠심더. 그런 거는 안 배았어예. 비행기 타보모 알 수 있을 거로예."

"별이나 해나 달이나 그렁 거는 참 좋을 끼라. 높은 디서 시상 돌아가는 거 다 알 낀께 말이데이. 종국에는 어느 핀이 이기고 어느 핀이 지는가, 그런 거도 하늘에 계신 하눌님은 다 아실 끼고. 거게 천당과 극락이 있다는 거 아이가." 아버지가 아버지답지 않게 나직이 말했다. 꼭 내게 묻는 말 같지도 않았다.

"아부지도 그런 생각할 때 다 있어예? 죄 안 짓고 살모 여게도 극락임더."

"치, 땅에사 절대로 극락이 읎데이. 살 부비고 살라모 언 늠이 죄 안 져. 죄 하나도 읎는 늠 있다 카모 내 손가락에 장 찌지제." 아버지가 제풀에 화를 내곤 일어섰다.

그때, 주선생이 제법 큼지막한 보퉁이와 따로 작은 보퉁이를 함께 들고 헛간 뒤로 돌아왔다. 머릿수건을 썼고, 검정 저고리에 통바지 차림이어서 중년 아낙네 같았다. 한 손에는 지우산을 들었다.

"준비 단단히 했군예." 아버지는 웃었다.

"이건 쌀이에요." 주선생이 작은 보퉁이를 내밀었다.

아버지는 네고 온 사무에 그섯을 남아 어깨에 메었다.

"그 우산은 비 받는 소리가 요란한께 이걸 쓰이소. 내사 그냥 비 맞고 가도 괜찮심더. 사내 대장부인게예." 아버지가 삿갓을 벗어 주선생에게 건네주었다.

"미안해서 어떡하죠." 주선생은 아버지로부터 삿갓을 받아 썼다. 삿갓은 주선생 어깨까지 덮였다. "그럼 우리 가요."

주선생이 내 손을 잡았다. 주선생 손은 따뜻하고 부드러웠다. 그 말캉한 손에 잡힌 내 손을 통해 새삼스레 가슴이 두근거렸다. 주선생과 나는 아버지 뒤를 따라 옥자네 집을 나섰다. 어쩜 우리 식구를 못 만나게 되는지 몰라, 하고 생각하면서도 나는 주선생과 같이 가는 게 그저 좋았다. 주선생과 함께 읍내로 돌아올 동안 아버지와 산생활을 함께하면서, 멀리 부산으로 도망가자고 아버지를 졸라볼 또 다른 생각도 해보았다. 머리칼과 수염을 기르면 아버지는 다른 사람 같게 보일 테고, 그러면 순경도 아버지를 알아보지 못할 거였다.

우리는 줄기차게 쏟아지는 밤비를 맞으며 어두운 골목길을 빠져나갔다. 빗속에 바람이 몰아 불었다. 하늘은 아직 어두워 날이 쉬 샐 것 같지 않았다. 우리는 발소리를 죽여 논배미 따라 굼바우네 방앗간 쪽으로 걸었다. 들길로 나서자, 이제 사람을 만날 위험이 없어서인지 주선생이 안도의 숨을 내쉬었다.

"갑수, 춥지?" 주선생이 내 이름을 부르며 처음 낮춤말로 물었다.

"어언제예. 선생님, 그 보따리 주이소. 지가 들고 가께예."

"선생이 어떻게 생도한테 짐을 맡기겠니. 내가 들고 가지." 주선생이 삿갓 앞챙을 들고선 나를 보고 웃었다. 빛나는 눈이 어둠 속에 상큼하게 드러났다.

나도 무슨 이야기인가 말을 건네보고 싶었으나 가슴만 두근거릴 뿐 아무 말도 생각나지 않았다. 콩뜰이완 그렇지 않은데 주선생 앞에만 서면 도무지 화젯거리가 없었다.

"산생활이 여간 고생스럽잖지요?" 앞서 길을 여는 아버지에게 주선생이 물었다.

"머, 다 하는 고상 아입니꺼. 핵명하는 사람들이 우째 천장 보미 다리 뻗고 자겠습니껴."

"그럼 노천에서 야숙으로 지냅니까?"

"야숙요? 아님더. 굴 파서 그 속에 삽니더. 양석 조달이 심들지 다른 걱정이사 머 읎심더. 이틀 전 저 진례 가는 질목에 민둥골이라는 마실을 습격했지예. 거게는 우리가 산에 들어가기 전에 다른 동무들이 여러 븐 친 데라 살이고 소고 머 남은 기 있어야지예. 수수를 쪼매 구해오고 개를 두 마리 끌고 와서 포식했지예. 돌아오는 질에 반동 개떼(경찰)를 만내서 죽을 고비를 넘갔심더. 지가 앞장서서 질을 안 뚫었다 카모, 여덟이 꼽다시 개죽음 당했을 낌더." 아버지가 자랑스레 말했다.

대화가 끊기자, 우리는 발만 내려다보고 열심히 걸었다. 아버지 걸음이 빠른 탓인지 길이 부쩍 불어, 우리는 금세 여래천 방죽을 지났다. 방죽에 늘어서서 비바람을 맞는 미루나무의 검은 자태가 오늘따라 키가 더 큰 듯 보였다. 우리는 고개티를 지나 젖봉이 흘러내린 높드리를 빠져들었다. 숲이 짙었고, 나뭇잎에 떨어지는 빗소리가 시끄러웠다. 산에서 흘러내리는 도랑물 소리가 빗소리보다 우렁찼다.

"그기 다 멉니껴?" 아버지가 주선생이 든 보퉁이를 보고 물었다.

"산에서 지내시자면 추울까 싶어 옷을 좀 장만했는데……"

"참말 지성이네예. 장동무는 행복합니더. 처자 선상 같은 색시를 뒀으이까예."

"월북한다는 말이 정말입니까?"

"예. 더 배기내기 심들어서예. 마, 주동무도 이번에 같이 삼팔선 넘어가지예?"

아버지가 이제 주선생을 동무라고 불렀다. 주선생은 대답이 없었다. 발만 내려다보고 걸을 뿐이었다. 한참을 걷다 주선생이 얼굴을 들었다.

"저야 뭐 좌우익을 제대로 알기나 합니까. 그저 장선생님을 사모하니, 장선생님 가시는 길이라면 어디든 따라가겠지만…… 부모형제 다 두고, 더욱 장선생님은 홀어머니를 모시고 계신데……" 주선생의 목소리가 차츰 울먹이더니 기어이 눌러쓴 삿갓이 들썩거렸다.

아버지는 걸음을 더욱 다잡았다. 낮은 재를 넘자 우리는 봉화산 어귀로 접어들었다. 날이 밝아오기 시작했다. 빗발도 뜸해져 보슬비로 변했다. 안개비가 울창한 숲을 덮으며 풀어져내렸다. 우리가 이미 높드리까지 올라왔는지 뒤쪽 아래로 넓은 들판이 뜸한 빗발 속에 연두색으로 드러났다. 이제 오솔길도 잡초 더미에 묻혀 길조차 지워졌다. 앞장선 아버지는 허리에 찬 칼을 꺼내어 길 앞을 막는 덩굴과 잔가지를 쳐내며 익숙하게 산을 타고 올랐다. 길섶에는 등골나물·개망초·애기똥풀·고추나물꽃이 지천으로 피어 있었다. 야생화들은 빗발에 모가지를 꺾고 후줄근히 늘어져 있었다. 아버지가 걷는 앞쪽에서 꾀꼬리 한 마리가 금빛 날개를 파닥이며 숲을 건너뛰었다. 꾀꼬리가 구슬 구르듯 목청을 뽑았다. 나는 짙은 산내음을 흠씬 들이마셨다.

"갑수야, 발 안 아푸나?" 아버지가 자루를 멘 채 돌아보며 물었다. 아버지 머리며 어깨에서 더운 김이 올랐다.

"괜찮심더."

"메칠 전에 말이데이, 내가 니 때린 거 있제, 산에서 가만 생각 해본께 아무리 자슥늠이지마는 미안한 마음이 들더라."

"머, 괜찮심더……"

"니가 밉어서 때린 거 아이데이. 내가 그래 안 하모……"

"머, 괜찮다 카이께예……"

"장터 사람들이 내 욕 많이 하제?"

"예……"

"니도 애비 욕 많이 했제?"

"………"

"내가 나뿐 사람이지마는……" 아버지는 멈춰서더니, 나를 돌아보았다. 네가 내 아들이 틀림없제, 하듯 아버지가 눈을 크게 뜨고 내 눈을 들여다보았다. 그 왕방울 눈은 어느 누구의 눈일 수 없는, 아버지의 눈이었다. "니만은 이 애비를 나뿐 사람이라고 생각지 말거래이."

나는 아버지 말에 울컥 눈물이 솟았다. 목이 메었다. 아버지 말이 거짓말이래도 좋았다. 어쩜 당신이 심심풀이로, 이유도 닿지 않는 줄 뻔히 알면서 해보는 희떠운 소리일 수 있었다. 그러나 잠시 뒤, 아니 내일, 아니 먼 훗날, 그때 내가 당신을 욕하게 될지라도 지금은 아버지가 지은 모든 죄를 용서해주리라고, 그럴 수밖에 없다고 나는 다짐했다. 당신 이외 어느 누구도 나에게 아비지가 될 수 없기 때문이었다.

제 7 장

경상남도 김해군 진영읍이라면 군청 소재지는 아니지만 부산과 마산 중간 지점에 위치한 좋은 지리적 여건으로 전국 읍 단위에서는 일찍이 시골 땟물을 벗은 소읍이다. 교통망을 보더라도, 72년 정부가 주도한 새마을 사업이 시작되기 전 이미 진영평야 일부를 안고 있는 이점으로 길이 사통팔달로 짜여 후미진 산촌을 제외하곤 리까지 버스나 트럭이 들랑거렸다. 자녀 교육열은 물론, 일찍 근교 농업 수익성에 눈을 떠 과수·채소·약용 식물을 재배하여 소득 증대가 다른 농촌에 비해 높다. 듣고 보는 안목 있고 돈푼깨나 만지니 소비 성향이 높아 사람들 씀씀이가 헤프다. 더욱 요즘같이 월부 장수가 판을 치니, 읍민 성향을 눈치 빠르게 간파하는 치들이 장사꾼이다. 그들은 트인 길을 따라 농촌 사람들 살림살이에 실용품이든 호사품이든 가리지 않고 온갖 잡동사니를 몰고 시골 구석구석까지 파고든다. 삼륜차에 각종 전기 제품을 싣고, 요긴한 생필품은 오토바이로, 그것도 미처 못 갖춘 행상은 자전거나 손수레 편으로, 또 이고 지고 밀려들어 구변 좋은 입심으로, 도회 사람에 비해선 들빨린 촌사람들 넋을 호린다. 웬만하게 사는 농가는 우선 보리 수확 때 선금 걸고 추수 때 완불하는 절부(節賦) 형식으로 텔레비전부터 들여앉히고, 형편이 안 닿는 집은 선풍기·전기밥통 하나쯤은 갖추었다. 이런 읍내 실정을 일 년에 한두 차례씩 만나는 갑득이로부터 들어 대충 간추리고 있으므로, 나는 닷새마다 서는 읍내 장이 예전보다 시들할 줄 알았다. 시골장이란 교통이 불편한 전시대 유물로, 물물 교환을 위주로 하여 발전되어왔다는 생각 탓이다. 이제 진영읍은 재래의 시골 형태에서 탈피하여 중소 도시로 변모하는 과정에 있기에 앉아 있어도 장사꾼이 몰려들고, 새마을 공판장도 리 단위마다 들어섰으니 굳이 닷새장을 상업 수단의 날로 고집할 필요가 없다. 그런 내 생각은 오산이었다. 웬걸, 장날 장터마당은 내 예측보다 훨씬 붐벼 퇴근 무렵 서울 종로바닥을 방불케 한다. 장꾼은 제 발로 걷는다기보다 뒤나 옆사람에 떠밀려다녀야 할 형편이고, 사고 팔 물건이 뭐 그리 많은지 북새판을 이루어 흥청거린다. 그들 사이로 어깨에 힘깨나 있는 치는 오토바이를 타고, 한쪽은 경운기까지 밀고 들이닥쳐 클랙슨 소리를 울려댄다. 장사치들은 제가끔 휴대용 확성기를 통해 악을 쓰며 팔 물건을 외쳐댄다.

"선생님, 알 만하지예. 시골장이 남대문 시장 뺨 치는 이 흥청거리는 꼴 좀 보이소." 치모가 길을 열며 말한다. 그는 목에 수건을 걸치고 보릿짚모자를 썼다.

"정말 생각 밖인걸. 요즘은 농사철인데도 이게 웬 사람들이야. 농촌에 일손 모자란다는 말도 빈말이군." 뒤따라오는 현구를 잃을세라 돌아보며 내가 말한다. 현구는 시골장 구경에 정신이 없다.

"젊은이들이 너남없이 도회지로 빠지니 집중 노동력이 필요한 한철에는 일손이 모자라기도 하지예. 선생님이 고향에 계실 때보다 늘어난 인구는 가외로 치고 소비자는 왕이란 자본주의 경기가 이곳 진영까지 밀리닥쳤다 봐야지예. 이 사람들 떼거리 좀 보이소. 꼭 바겐 세일 내건 백화점 같잖습니껴. 사고 팔 게 없어도 푼돈이나 넣고 구경삼아 몰려들 나오는 기 요즘 장터 풍경임더. 동네 유지입네 하는 치들은 작부 있는 식당에서 맥주병도 까고, 그것저것도 못 되는 축들은 가겟술집에 눌러붙어 도회지 맹랑한 소문이나 입씨름하고…… 미장원에 한분 가보이소. 읍내 장터가 그래도 파만지 먼지 좀 낫게 한다고 촌 아낙네들이 나들이 나와 줄을 섭니더. 작년 겨울에는 부츤가 유행되어 처녀들은 죄다 살 한 가마 돈이나 되는 목 긴 구두 신고 댓겼지예. 또 그 사람들이 장에 나오면 예전처럼 십 리 이십 리 길 타박타박 걸어 나오는 줄 압니껴? 택도 없습니더. 편한 걸 어찌나 좋아하는지 너나없이 버스지예. 그것도 차시간 놓쳐 미처 몬 타면 오십 원씩 기름값을 추렴해서 경운기에 콩나물 시루처럼 빼곡이 몰려 타고 나옵니더."

빈손으로 가기도 뭣하여 내가 선물용 법주 한 병을 사자 그것을 치모가 들고, 우리 셋은 배도수씨댁으로 가는 참이다. 배도수씨 단감밭 과수원은 장터 위 선달바우산 초입에서부터 중턱을 덮었다. 나는 배도수씨를 만나지 않는 상태로 상경하게 되기를 바랐으나, 배도수씨가 아침에 삼촌댁으로 사람까지 보내왔던 것이다. 점심 식사나 같이 하자는 초대였다. 그렇게 되니 내가 그분에게 결례를 했거나 그분을 특별히 기피할 이유가 없는데 애써 피할 까닭 또한 없었다. 이제 서울로 올라가면 언제쯤 고향에 걸음할는지 모르는 마당에 초대를 냉담하게 거절한 채 떠나고 싶지 않았다.

"아버지, 저기 좀 봐요." 현구가 한쪽을 손가락질한다. 사람들이 모였고, 무슨 연고를 파는 약장수가 쇳소리로 재담을 떨고 있다. "아버지, 구경 좀 해요?"

"뭘, 태권도로 병이나 박살내겠지."

"그걸 구경 좀 하잔 말예요."

"우릴 청한 분이 기다리시는데 그럴 시간 없어."

우리는 울긋불긋한 플라스틱 용기를 늘어놓은 노천 그릇점을 지나 옷감점으로 들어선다.

"이 기지로 말할 것 같으모 올봄까지 전량 보세 가공 수출품으로 맨들어져 미국·일본에 수출해서 연간 오십만 달라으 외화를 벌어들였심더. 그러나 풍기섬유 주식회사가 전자업에 손을 대서 파산되는 바람에 부득불 재고분을 생산 원가 그대로 국내 시판하게 된 기다 이 말씀임더. 자, 상표 한분 확인해보이소. 어데 한글이 있는가예. 몽땅 꼬부랑 글자 아닌교. 거기 앉은 아줌마, 한분 땡기보소. 오 할 화학 섬유에 순면 오 할임더. 땀 잘 받고, 질기고, 불에 강하고, 다리미질 필요읎고, 그냥 북북 빨아 훨훨 털어 입으모 됩더. 요즘같이 천장 모르고 물가 뛰는 거 보소. 찬바람 불모 배로 오릅더. 그러이께 종잇값에 그저 드리는 고급 기지, 자, 이 기회에 혼수감으로 한 불씩 장만들 하이소……" 해수욕장에서 볼 수 있는 차양 큰 여자용 모자를 쓴 사내가 휴대용 확성기를 들고 외쳐댄다. 외치는 장사꾼은 그 사람만 아니다. 여기저기 숨넘어가게 질러대는 고함에 귀가 멍멍할 정도다. 마치

유혈전에 돌입한 권투 구경하는 관중이나 사이키 음악을 들어야 귀가 즐거운 젊은이들처럼 장꾼들은 그 소란을 오히려 즐긴다. "선생님, 고등학교 국어 교과서에 「메밀꽃 필 무렵」이란 소설 있지예. 그 소설 보면 장꾼들 얘기가 나오는데 메밀꽃이 소금을 뿌리듯 핀 달 밝은 밤에 산길 따라 나귀 방울 소리와 함께 걷는 목가적인 풍경이 안 있습니껴. 그런데 요즘 장꾼은 어떤 줄 압니껴? 이 장에서 저 장으로 몇십 리 밤길 걷는 줄 알면 큰코 다칩니더. 요즘은 파장 되면 장꾼들은 트럭 편으로 다음 장 물건을 부쳐뿌립니더. 이튿날 아침에 빈 몸으로 버스 타고 장에 나가보면 자기 자리에 벌써 물건이 도착돼 있는 기라예." 치모가 말한다.

우리는 사양길로 접어들어 파리 날리는 갓전과 소쿠리전을 지난다. 예전에는 갓전 옆에 으레 담뱃대 늘어놓은 장꾼과 가죽신 파는 갓바치들이 있게 마련이고 그 옆에는 조선 종이와 도부용 벽지가 나란히 전을 차렸는데, 이제 그런 전은 볼 수 없다. 시골 사람도 궐련 피우니 담뱃대는 아예 없어져버렸고, 갓바치와 종이전은 점포 안으로 옮겨앉았다. 우리는 장터를 벗어나 골목길로 들어선다. 골목길도 흙 한 점 없고 시멘트로 덕지덕지 포장되었다. 한참을 걸어올라가자 공동 우물터가 나선다. 오 년 전 내가 고향에 들렀을 때만도 장터마당 주변 집들이 모두 그 우물물을 식수로 썼으므로 우물 구덕 직경만도 오 미터가 가까웠는데, 이제 우물은 개조되어 평범한 소형 우물로 변했고 사람이 없다. 주위로 해바라기꽃만 멀죽이 서서 큰 머리를 떨구고 있어, 폐허 같다. 이제 집집마다 자가 수도가 마련되었다. 토담 넘어 새어나온 이야기가 아낙네와 처녀들 입을 통해 깨소금같이 뿌려져 늘 맑은 웃음이 그치지 않던 우물 주변 풍경도 한갓 옛 이야기가 되고 말았다.

과수원 푸른 철문이 저만큼 보이는 외길로 접어들자, 우리 발소리를 들었는지 여러 마리 개들이 짖어댄다. 개 짖는 소리에 놀란 현구가 내 옆에 붙어선다. 길 왼쪽으로 과수원 탱자나무 울타리가 둘러쳐졌고, 오른쪽으로 개량종 소나무가 늘어서서 우리는 마치 숲의 터널을 지나가는 기분이다. 우리가 열려진 대문까지 가자, 인기척을 먼저 알고 배도수씨가 걸어나온다.

"이렇게 힘든 걸음해주셔서 감사합니다." 활짝 웃으며 배도수씨가 내 손을 덥석 잡는다. 하얗게 센 머리칼에 시원한 모시 적삼이 어울린다.

치모는 보릿짚모자를 벗어 배도수씨에게 인사하곤 눈이 말똥한 현구에게, 개가 묶였으니 괜찮다고 말한다. 배도수씨는 아름드리 밤나무에 매여 짖는 셰퍼드와 토종견을 한 차례 꾸짖곤 넓은 마당을 질러 안채 골기와 고옥으로 우리를 안내한다. 배도수씨가 내게 삼촌 별세에 따른 위로의 인사말을 몇 마디 건넬 때, 안채 부엌에서 아낙네가 우리 쪽으로 온다. 아사 치마저고리 차림의 반듯한 이목구비가 한눈에 보아도 배도수씨 처 조씨가 틀림없다. 그네도 이제 흰 머리카락이 섞였다.

"어서들 오십시오." 조씨가 치마 앞에 손을 모두고 내게 다소곳이 머리 숙인다. 백정 자식이 문벌 있는 집안 종부로부터 예우를 받는 게 아무리 세월이 변했다지만 나로선 송구스럽다. 조씨는 나보다 십 년은 손위다. 얼결에 대답을 못 하고 내가 허리부터 꺾자, 조씨가 말한다. "말씀 자주 들었습니다만, 연전에 뜻하지 않게 바깥어르신 때문에 고생까지 하시구……"

“뭘요, 이거 면구스러워 어디……”

“무슨 겸양의 말씀을.” 배도수씨가 내 말을 받는다.

“아주머님, 이거 김선생님이 사오신 겁니더.” 치모가 들고 있던 법주병을 조씨에게 건넨다.

“뭘 이런 걸 다 사오시구……” 조씨가 쭈뼛대며 상자를 받는다. 친정이 서울이라 경상도로 시집온 지 삼십 년이 되어도 말투는 아직 위쪽 억양이다.

“방보다 저 포도나무 덩굴 밑이 한결 시원할 겝니다. 우선 저기서 땀이나 식히지요.” 배도수씨는 벽돌로 지은 큰 창고 옆 지반 높은 데로 우리를 이끈다. 거기에 정자는 있지 않으나 포도나무 줄기가 하늘을 가려 그늘을 내렸고, 대나무 식탁과 등의자 몇 개가 놓였다. 익은 포도가 주렁주렁 달린 게 문득 육사의 시 「청포도」를 연상시킨다. 육사기 흰 손수건을 준비해놓고 손을 맞듯 그런 마음으로 배도수씨가 나를 맞는 마음은 아닐 것이다. 아니, 그런 생각을 하는 내 자신이 우스갯거리다. 내가 배도수씨에게 각별한 손이 될 수 없듯, 육사도 그 시에서의 손은 일제의 압박에 풀려 해방될 그날의 은유다. 그런 비유를 끌어들인다면 배도수씨는 하얀 돛단배 타고 올 통일의 날을 기다리며 이 포도나무를 가꾸는지도 모른다.

“자, 앉으시지요.”

배도수씨 말에 나는 하찮은 공상에서 깨어난다. 등의자에 앉자 아래쪽으로 장터마당 한 부분이 내려다보인다. 거기, 사람들의 움직임에 따라 흩어지고 섞이는 알록달록한 옷이 색맹을 판별하는 책자를 볼 때처럼 어지럽다. 철길 너머로 훤하게 트인 진영벌도 한눈에 들어오고 물통걸 버즘나무숲도 멀리로 보인다.

그 너머 낙동강 쪽에 눈을 주자, 어느덧 내 눈이 유등 쪽에 머문다. 외할머니가 생각난다. 외삼촌이 약식재판 끝에 야학당패와 함께 여래 골짜기에서 총살당하자, 낙동강 황톳물에 몸을 던졌다던 외할머니의 얽은 얼굴이 떠오른다. 외숙모는 졸지에 서방을 잃고 시어머니마저 물귀신이 되자, 여섯이나 되는 올망졸망한 식솔을 거느리고 지긋지긋한 시댁을 떠나 강 건너 명례 친정으로 가버렸다 했다. 이제 할머니가 되었을 외숙모가 살았는지 죽었는지, 그 아래 외사촌들도 모두 청장년이 되었을 텐데, 나는 여태껏 그들 뒷소식을 모른다. 그 사건 이후 양쪽 집은 소식이 끊어져버렸다.

감나무숲을 흔들며 산을 타고 내려온 바람이 한 차례 귓불을 훑는다. 가슴을 찌르는 슬픔을 애써 누르며, 나는 배도수씨를 본다. 치모가 열내어 배도수씨에게 무엇인가 설명하고 있다. 들어보니, 마산 알루미늄 상표 공장에 다니다 사고로 숨진 여래리에 사는 소쿨댁 맏아들 사건을 이야기하는 중이다. 조잡한 작업 환경에 따른 독극물 중독사가 분명하므로, 치모는 내일 아침 통근차 편에 소쿨댁과 함께 마산 그 알루미늄 상표 공장으로 내려가 고소 송장을 만들겠다고 말한다. 배도수씨가, 유가족측의 시체 인도 거부건과 공의에게 시신 해부를 의뢰하는 문제에 따른 조언으로 화제가 일단락된다.

"과수 재배도 쉬운 일이 아니겠지만, 전원 생활이 부럽습니다."
나는 과수원을 둘러보며 화제를 돌려잡는다. 노년 생활에 바랄게 있다면 이곳이야말로 낙원이 아닐까, 할 정도로 자연에 묻혀 사는 배도수씨 생활이 부러운 만큼, 이런 자족함에 한 가닥 불쾌감이 작용함도 숨길 수 없다. 공산주의가 무엇인지 제대로 알지 못했던 아버지나 외삼촌은 스물아홉 해 전에 죽고, 그 무리의 이론적 지도자였던 배도수씨는 지금 펄펄 살아 대한민국 땅을 딛고 내 앞에 앉아 있는 현실을, 다 제가끔 타고난 팔자 소관으로 미루어버리기엔 세상이 너무 불공평하다. 글은 기성명(記姓名)만 알면 족하다느니, 흰 것은 종이요 검은 것은 글자니라 하며 껑중거렸던 아버지와 외삼촌이 거창한 사상 문제에 뛰어들어 죽었다는 사실은 한마디로 비극 중의 희극이요, 희극이라기엔 너무 비극적인 종말이었다.

"그런 말씀 들으면 저야 아무런 할말이 없습니다. 지난 일을 생각하면 자결이라도 해야 마땅하겠지요. 더욱 제 노력은 하나 보태지 않고 이런 과수원까지 차지한 마당에서야……" 자격지심에선지 배도수씨의 숫기없는 목소리다.

"정말 아이로니칼하지예. 공산주의 운동에 이십 년 넘이 투신한 직업적 혁명가의 말로치곤 부르좌 생활입니더. 체 게바라 같은 인물을 보더라도 말입니더." 치모가 팔짱을 끼고 껄껄 웃는다. 그의 부친 이중달씨 역시 그 희생자인 마당에 배도수씨가 듣기엔 비양거림인데 치모 얼굴은 천진스럽게 밝다. 그는 이미 배도수씨의 전향에 따른 죽은 자들에 대한 배신과 오늘의 선택받은 자족한 삶까지 넉넉한 마음으로 용서했는지도 모른다. "배선생님, 한마디 더 하겠습니다만, 자본주의가 이런 점에서 좋지예? 전향해서 이십여 년 만에 빈털터리로 고향에 돌아와보니 이미 처형당했을 줄 알았던 반동분자 처는 자기 몫 선친 유산을 고이 지키며 자식 둘을 대학 공부까지 끝마쳐놓았다, 이런 부조리한 현실 말입니더."

"자네 자꾸 그렇게 면박주긴가? 그러잖아도 면목 없는 차에."

배도수씨가 민망한 듯 말하며 입가에 미소를 띤다.

"이거 제 말이 너무 심했나예?" 치모가 나를 본다. "사실 그래 예. 배선생님이 문밖 출입 안 하시는 이유도 바로 그런 속죄의 뜻이 있지예. 나머지 생애는 늘 여분 인생이라 안 합니껴."

배도수씨를 거들고 나서는 치모의 말투로 보아 두 사람 사이 가 허물없는 사제지간처럼 잘 어울려 보인다.

"내가 대운을 타고났다기보다, 부모님 덕분이지." 침통한 목소 리처럼 배도수씨 표정이 어둡다. "불효한 죄인이 있다면 나보다 더한 사람도 그리 흔치 않을 게야."

배도수씨가 부친 배주사를 두고 하는 말이다. 그해 폭동 때 유 등 외삼촌이 그쪽 소작인을 선동하여 배주사네 집에 불을 지른 뒤, 하루 만에 폭동이 진압되자 배주사는 맏아들 도수씨 때문에 중병의 몸으로 지서를 들랑거렸다. 맏아들은 폭동 주모자였고 둘째아들은 그 폭동의 범법자를 다루는 판사였기에 배주사는 그 와중에서 심적 곤욕을 치렀다. 내가 아버지와 헤어져 봉화산에 서 내려오던 날, 배주사는 간성혼수(肝性昏睡)에서 끝내 깨어나 지 못하고 숨을 거두었다.

"배선생님 막내제씨가 한얼학교 이사장으로 계시다 물러났다는 소식은 들었는데, 지금 어떻게 지내시는지요?" 폭동 직전에 혼 례식을 올렸던 도찬씨를 두고 내가 묻는다.

"학교는 다른 사람한테 넘기고 지금은 처가가 있는 마산서 작 은 공장을 경영하지요. 목공예 수출품을 취급한답니다. 이렇게 되니 결국 고향에 남은 형제는 서뿐이시요. 어떻게 보면 제가 고 향을 버릴 사람이었는데, 거꾸로 된 셈이랄까요."

"그렇군요. 바로 밑 제씨 판사분은 서울 사시다 육이오 때 납치

당했잖습니까?"

"제가 일본서 조총련에 관여할 때 저쪽에서 초급 중학교 선생 한다는 소문도 있고, 숙청당해서 함북 어디 탄광에 있다는 얘기도 들리더니, 민단으로 전향한 후론 그 소식마저 끊기고 말았습니다."

조씨가 수박 화채 그릇을 소반에 담아 내온다. 유리 그릇 네 개를 탁자에 놓자, 나는 그 그릇 하나를 비울 임자가 없어졌음을 안다. 이 녀석이 어딜 갔을까 하고 주위를 살피니 현구가 창고 옆 탱자 울타리에 붙어서 있다. 현구는 팥알만한 푸른 탱자를 열심히 따 모은다. 내가 현구를 부르자 녀석이 양손에 탱자를 한 움큼 들고 달려온다.

"식사 준비됐는데 어디에 차릴까요?" 조씨가 남편에게 묻는다.

"아주머니, 머 여게가 좋잖습니껴?" 치모가 말한다.

"그래도 어디 여기서야. 안채 대청에 준빌 하구려." 배도수씨가 아내에게 이른다. 얼음 띄운 화채를 마시다 그는 문득 생각난 듯 내게 묻는다. "참, 한충구 형님 소식 더러 듣습니까?"

배도수씨가 말한 한충구 선생은 내가 은인이라 부를 만한, 내 객지 생활 출발에 도움을 준 분이다.

"작년에 고혈압으로 쓰러졌다 일어나신 후 겨우 마당 출입하는 정도시지요. 지금은 소사 쪽에서 양계하는 큰아드님댁에 은거하고 계십니다. 자주 찾아뵈어야 도린데 근년에는 신정에 세배차 한 번씩 들르는 정돕니다."

"삼 년 전인가, 서울 간 길에 한 번 뵐 땐 건강이 좋으셨는데?"

"어떻게 된 사인데예? 배선생님과 김선생님이 함께 알고 있는 타지 사람이라면 재일동포 진필제말고 또 누굽니껴?" 치모가 화제에 빠질세라 끼여든다.

"다 그렇게 알 만한 사이지." 배도수씨가 말꼬리를 접으며 의자에서 일어난다. 그는 따온 탱자알을 탁자에 늘어놓고 수를 세어 주머니에 넣는 현구에게 말한다. "현구라 했지? 그놈 영특하게 생겼다. 자, 가자. 배고플 텐데 점심 먹어야지."

"김선생님, 어떻게 된 겁니껴? 혹 그 당시 배선생님과 같이 좌익 운동했던 분 아닙니껴?" 뒤처져 안채 쪽으로 걸으며 치모가 내게 묻는다.

"왜? 자네 부친과 무슨 친분이 있을까 묻나?"

"그럴란지 모르잖습니껴? 어무임마저 아부지에 대해 함구하시니 제가 그 시절 자료를 애써 모을라 캐도 삼십 년이 다된 마당이니 어데 증인이 나서야지예. 자식된 도리로 그분의 생애 정돈 꼭 제 손으로 엮어놓고 싶심더."

"내가 알기론 한선생님은 그런 운동과 전혀 관계 없는 분이셔. 자네 부친과 그분은 일면식도 없는 사이였고." 배도수씨와 현구가 저만큼 앞서 걷기에 나는 걸음을 멈춘다. 돌계단 옆으로 휘어진 소나무 그늘에 내가 주저앉자, 치모도 옆에 앉았다. "자네한테 뭐 참고거리가 될는지 모르지만, 내 그 시절 얘길 몇 마디 해줌세."

"그럼 봉기 전 얘기가 되겠습니껴?" 치모가 한 손을 턱에 괴고 진지한 얼굴로 나를 건너다본다.

"한선생님 얘기가 곁들자면 아무래노 그 사선이 실패한 후가 되겠지. 사건 전엔 나 역시 아무도 몰랐으니깐. 배선생님이나 자네 부친도 고향 어른이니깐 얼굴만 안달 뿐 내가 소년적이었으니 한마디 말도 나누질 못했지." 나는 주머니에서 담배를 꺼내어 한 개비를 입에 문다. 성냥불을 붙여 연기를 내뿜는다. "그때가 내 나이 만 열네 살로 초등학교 오학년 때였지만 학교도 늦게 입학한 데다 중간에 쉬기도 했기에 요즘으로 치면 중학교 일 이학년쯤 되나. 하여간 폭동이 실패로 끝나자 나도 부친을 따라 봉화산 깊은 골짜기로 들어가 사흘인가 빨치산 생활을 경험한 적 있었지. 그해 이월, 유엔한국위원회 입국을 반대하여 남로당 서울 시당은 남한의 동조 세력에게 입산 투쟁을 선동했지. 공산당 불법화에 묶여 비합법 지하 투쟁을 하던 좌파 상당수가 '이·칠 구국 투쟁'을 전개한다는 명목으로 오대산·태백산·지리산으로 들어가 빨치산 투쟁에 나서게 됐어. 깊은 산이라면 그런 무리가 해방구를 설정하고 잠복할 때이기도 했지. 그 사람들을 두고 평지 우익 쪽은 공비·입산자·빨갱이라 부르고, 어느 쪽도 아닌 민간인은 산사람·야산대라 부르고, 좌익 쪽은 유격대·빨치산·해방군으로 불렀지. 그 사람들 생활이란 게 뭐 따로 있겠나. 낮에는 두더지처럼 굴속에서 지내며 공산주의 소양 교육을 익히다 밤이면 총이나 연장 챙겨들고 살쾡이처럼 마을로 내려와 먹거리 챙겨가는 생활이 전부였지. 진영 지방도 배도수 선생을 필두로 열댓이 봉화산으로 들어갔어. 내가 입산한 그땐 마침 장마철이라 줄곧 비가 따루어 밤에도 모두들 꼼짝못하고 지내더군. 폭동에 실패한 뒤끝이라 대원들 사기도 땅에 떨어져, 죽든 살든 자수하는 게 낫다고 제 집 찾아 마을로 내려간 대원도 있었으니깐."

"봉기 후 그땐 몇 명쯤 됐는데예?"

"봉기 끝에 산으로 숨어들어간 사람이 열댓 남짓했고, 먼저 들어와 그 생활 하던 이들이 예닐곱 돼서, 서른이 채 못 됐지."

"제 아부지도 물론 있었겠구먼예?" 치모가 마른침을 삼키며 다 그친다.

"그럼. 자네 부친은 그들 중 과격한 극렬분자였다고나 할까. 지금 생각해보면, 자네 부친은 새로운 세계는 반드시 혁명에 의해서만 성취된다 믿었고, 그 혁명의 구체적인 실행 수단은 폭력의 힘을 빌릴 수밖에 없다고 주장한 것 같아. 사실 그 당시 남한은 난장판이었지. 한 해에 물가가 배 이상 치솟고, 도시는 실업자 투성이고, 농촌 경제는 일제말 못잖게 피폐했어. 미국 원조에 힘입어 떼부자가 생기는가 하면 친일 분자가 득세했으니, 좌파 중 폭력 혁명의 남조선 해방론 주장도 만만찮았다고 봐. 자네 부친은 요즘 세계 곳곳에서 테러를 벌이는 적군파나 극좌파와 비슷한 발상법을 갖고 있었다고 할까."

"엥겔스 견해보다 마르크스 이론을 좇은 셈이군예?"

"하여간 사람이 여간 맵지 않았어. 자네 부친이 심부름을 시켜 양식을 구하러 내가 오추골까지 한 차례 다녀오기도 했더랬지. 나야 아직 소년이었으니 남의 눈에 특별히 의심받을 리 없어 그런 심부름시키기엔 적격이었지. 새벽에 자네 부친이 산 밑까지 데려다주고, 나 혼자 무서움도 없이 삼십 리 가까운 산길을 걸어 오추골엔 낮참에 도착됐나 했어. 빗발도 그쳐 하늘이 맑게 트였는데 그때의 그 신선한 산골짜기 경치란, 참말 도화경이었다네."

"그때 어무임을 만난 게로군예? 그리고 배선생님이 유격대 대장이었고예?"

"음. 부대장격은 장태문 선생과 자네 부친이었구."

"저들끼리 내분이 있었다는 얘기를 들었는데예?"

"내분이라고까지 말할 순 없지만 다툼이 좀 있었지. 양식 조달이 어렵게 되고 모두 사기가 꺾이자 월북하자는 쪽이 생긴 게지. 월북파 대표가 장선생이었다면 자네 부친은 잔류파 대장격이었어. 자네 부친은, 남조선을 해방시키는 날까지 빨치산 투쟁을 전개하며 어떠한 역경도 이겨나가겠다고 우겼으니깐."
"그럼, 배선생님은예?"
"중간 노선쯤 됐을까. 그러나 대구 폭동, 밀양모직 폭동 사건 등에 관계했다 번번이 좌초만 겪게 되자 무력 봉기에 회의를 느껴 탈진 상태였던 모양이라. 남한이 폭력으로 공산 혁명 목표를 달성하기엔 여건이 성숙되지 않았다고 판단한 게지. 그래서 자금 조달차 서울을 다녀오겠다는 개인적인 의견을 내세워 배선생도 봉화산을 떠나는 쪽에 끼이게 됐어."
"그 결과 장선생은 월북했고, 아버진 육이오가 터질 때까지 남로당 선(線)을 찾아 지리산으로 들어가 빨치산으로 남고, 배선생님은 서울서 도일(渡日)을 결심한 거로군예?"
"그뒤 구체적인 얘긴 나도 모를 수밖에. 산에서 내려오고 말았으니깐. 그러나 결과론적으론 아마 그렇게 됐겠지."
"그럼 그 한선생님이란 분과 관계는예?"
"자네 부친이나 산사람들과 관계는 없지만, 내 삶의 도정에 중요한 분이시지." 나는 반쯤 피우다 남은 담배를 땅바닥에 버리고 발로 비벼끈다.
"허허, 무슨 밀담이 그렇게 재미있어 안 들어오는가. 음식 다 식겠는걸." 안채 축담에서 배도수씨가 우리 쪽을 보고 외친다.
"이거 참, 얘기가 제대로 풀릴라 카는데……" 치모는 혁만 찰 뿐 엉덩이를 들지 않는다.

어차피 꺼낸 이야기라 나도 결론을 서두른다.

"나 혼자 읍내로 내려오는 날, 결국 두 패로 갈라지게 된 게야. 북상하는 쪽엔 내 부친과 배선생을 포함해서 모두 열둘이었고, 잔류하는 쪽은 수가 더 많았지. 운명이란 묘한 거여서, 배선생이 아니었담 나는 곱다시 아버지 손에 끌려 북으로 향할 뻔했어. 온전히 넘어갔을지 아버지처럼 중간에서 죽었을는지 모르지만 말야……"

"내 아들은 델고 가야 됩더, 북조선에서 씩씩한 핵맹가로 키우고 싶심더" 하고 아버지는 말했다. 텁석부리 수염에 소총을 어깨에 메고 아버지는 나를 놓지 않겠다는 듯 내 손을 잡았다. 무식쟁이 나 같은 빨치산말고 배동무나 장동무같이 똑똑한 인물로 키워 진짜 인민의 영웅을 만들고 싶다고, 아버지는 둘러선 무리를 보고 외쳤다. 하늘은 다시 비가 쏟아지려는지 구름이 무겁게 실려 있었다. 한 차례 천둥이 우지끈 깨어졌다. "김동무, 글쎄 뜻은 장하지만 아직 갑수 나이로선 무리라니깐. 천 리 넘는 험한 산길을 걸어야 하는데 오히려 짐이 된단 말이오. 벼랑도 타야 하고 강도 건너야 하고, 그것도 밤중에만 장정(長征)해야 하는 길 아니오. 하루만 걸으면 발바닥이 갈라 터질 텐데, 동무가 업고 가겠소?" 배도수씨가 말했다. "읍내로 내리가도 이 늠은 집도 절도 읎는데 가다가 죽더라도 오히려 우릴 따라붙는 기 낫지 않습니껴?" 아버지가 말했다. 장태문 선생이 둘 사이에 끼여들었다. "양식 조달하자면 야간 기습도 해야 하는데 갑수를 데리고 다닌다는 게 아무래도 무릴 것 같아요." 나는 울먹이는 얼굴로 장선생 옆에 선 주신례 선생만 보고 있었다. 이럴 때 내 편이 되어줄 사람은 주선생님밖에 없다는 듯 그런 조마조마한 마음이었다.

어무이가 지서에 갇혔는데 내가 우째 아부지 따라 갑니껴? 갑득이도, 실성한 또출이할무이도 내삐리고 나는 몬 갑니더, 하는 말이 입 속에 맴돌았으나 참새 새끼처럼 가슴만 띌 뿐 입술이 떨어지지 않았다. 그런 나를 대신해서 주선생님이, 갑수는 내가 데리고 읍내로 내려가겠어요, 하고 한마디쯤 해줬으면 싶었다. 주선생은 머리만 숙이고 있을 뿐 아무 말이 없었다. 아버지와 헤어짐이 안됐지만 아버지 한 사람과 같이 있으려 남은 가족은 물론 읍내 모든 사람과 헤어질 수 없다고 나는 생각했다. 나는 끝내 울음을 터뜨리고 말았다. 하루를 풀줄기와 칡만 씹어 뱃속이 쓰라려 내 울음이 더욱 질펀했다.

"……그래서 배선생님이 내게 소개 편지 한 장을 써준 게야. 부산 광복동에서 서점을 내고 있는 한충구 형님을 찾아가봐. 그분은 동경서 공부할 때 같이 자취했던 형 되는 분인데, 내 말이라면 너 하나는 거둬줄 게다. 그래서 나는 혼자 다시 읍내로 내려오게 된 게지."

"장태문 선생은 물론, 그 애인이란 여선생도 결국 월북길을 택한 거로군예?"

"그랬지. 주신례 선생은 사실 공산주의자가 아니었으나, 장선생을 따라 험난한 길을 나선 셈이지."

"아버님은 전쟁이 나자 인민야전군 정치위원으로 다시 남한으로 내려와 경북 안강 전투에 참전했고, 그해 가을 퇴각하는 인민군 따라 태백산맥 타고 월북했고예.

"그건 나도 모르는걸. 자네가 어떻게 아나?"

"오추골 당숙님이 그러시더군예. 아버님이 휴전되던 해 오추골로 재잠입하여 집 마루 밑에 숨어 있을 동안 그런 이력을 두고 대화를 나누었던 모양입디더."

"그렇담 사실이겠지. 오추골로 잠입하고 한 달 만인가 체포됐으니깐."

"김선생님, 그럼 장선생 모친분도 잘 아시겠구먼예?" 치모가 화제를 바꾼다.

"물금댁을 알다마다. 이웃에 살았는데."

"그 할머님이 진영에 계십니더."

"그래? 연세가 팔순이 가까울 텐데?"

"아직 정정합니더. 통일할머니라모 여기 오래 사신 분은 다 알지예."

"통일할머니라니?"

"남북 통일 돼서 아들 살아 돌아올 때까지 안 죽는다고 노래삼아 늘 말씀하시니깐예. 배선생님이 일주일에 한 번 꼴로 통일할머님을 초대해서 함께 식사하며 위로를 베풀지예. 선생님, 나중 내려가시는 길에 한분 뵈올랍니껴? 철하 딸네 집에 계십니더."

"딸네 집이라면 태분이누님이로군. 바깥분은 뭘 하는데?"

"대창학교 선생입니더."

"장선생도 모교 선생이셨으니 물금댁이 사위를 아들 보듯 하겠구면."

우리 움집과 장태문 선생 아래채가 불타던 그해 여름 어느 날, 외아들 이름을 목놓아 부르며 땅을 치던 물금댁이 떠오른다. 스물하나에 청상이 되어 아들 하나 믿고 살던 물금댁이 팔순이 된 지금까지 그 아들을 기다리며 눈 감지 못하고 있다는 사실이 새삼스레 내 마음에 아프게 닿는다. 그와 더불어 월북의 길을 택한 장태문 선생과 장선생과 함께라면 죽음까지 같이 나누겠다고 따라나섰던 주신례 선생의 길동그란 얼굴이 눈앞에 삼삼히 밟힌다. "선생님, 지하고 마 읍내로 내리가입시더. 방학 끝나모 또 공부 갈치야지예? 학생들이 선생님 얼매나 좋아하는데예." 내가 읍내로 내려오려 길을 나서며 주선생에게 마지막 말을 건넸을 때, "아니다. 난 이제 돌아갈 수 없어. 갑수야, 약속이 틀린다만 너만 내려가거라. 어디 가든 공부는 해야 한다. 낮에 일하면 야학교라도 꼭 나가" 하며, 주선생은 처음으로 내 머리를 쓰다듬어 주었다. 나는 울었고 주선생도 울었다. 주선생이 장선생을 따라 갈 길이 어떤 길인지 몰랐지만, 나는 주선생이 장선생을 얼마만큼 사랑하나를 어렴풋이 깨달았다. 왜 엄마와 아버지는 저런 사랑을 할 수가 없을까 하고 불현듯 생각하기도 했다. "선생님, 그라모 선생님은 저 북쪽에 가도 선생님 되겠네예?" 나는 손등으로 눈물을 씻으며 주선생을 쳐다보았다. 풀어져내리는 부슬비에 주선생의 흐트러진 머리칼이 젖어 있었다. "살아가며 절대 우는 아이가 돼선 안 돼. 마음 단단히 가져야지" 하며 그윽한 눈길로 나를 건너다보던 주선생의 속눈썹 짙은 맑은 눈을 나는 그뒤 오랫동안 잊지 못했다. 부산에서 한선생 책점 점원으로 있을 때나, 육이오전쟁 뒤 한선생님 처남 되는 분과 함께 경남 해안 지방 장터로 떠돌며 이야기책 나부랭이를 팔러 다닐 때도, 휴전 뒤 한선생이 상경하자 그를 따라 서울로 올라와 동대문 6가 책전거리에 정착하게 되었을 때도, 나는 한가할 적이면 주선생의 그 서늘한 눈과 선생이 하신 다짐말을 떠올리곤 했다. 그러면 코끝이 시큰해지고 알 수 없는 그리움이 배고픔처럼 가슴에 저려왔다. 한선생 소개로 지금 몸담고 있는 우민출판사 편집실 사환 겸 보조원으로 일하게 되었을 땐 내 나이도 스물을 넘겨 여자를 생각할 적

이 있었다. 그러면 주선생 그분 얼굴만 떠올라 내 여인상은 주선
생으로 못박혔으니, 살아 있다면 이제 쉰은 되었을 나이인데 그
여인은 도무지 늙지 않은 모습으로 지금도 내 마음 한쪽에서, 이
제 얼굴도 아슴한 콩뜰이 모습과 함께 애틋이 숨쉰다.

"세월이 너무 흘러 이제 서로 얼굴은 못 알아보시겠지만 통일
할머님도 김선생님 보시면 무척 반가워할 겁니더."

"그럴 테지. 우리는 다 그 시절 그늘을 지니고 사는 사람이니
깐. 그럼 그 얘긴 그쯤 하고 점심 먹도록 하지. 모두 기다릴 텐
데." 나는 엉덩이를 털며 일어선다.

대청마루에 차려진 음식상은 진수성찬이라 할 만큼 풍성하다.
갖가지 풋나물 반찬은 물론 불고기 접시에 닭 백숙까지 올랐다.
재작년에 담근 머루주 곁들여 우리는 이런저런 담소를 나누며
식사를 한다. 예전 가난하던 시절이 떠올라선지 나는 구미가 당
기지 않고, 이런 성찬을 대접할 수 있는 배도수씨 지금 위치가
사촌 논 사면 배 아프다는 속담처럼 못마땅하다. 내가 배도수씨
로부터 이런 대접을 받을 손이 아니란 생각은 들지만, 그를 피하
기보다 만난 걸 후회할 마음은 없다. 그는 나에게 부담감을 주지
않고 겸손하다. 그러나 그의 그 겸손마저 가식으로 느껴졌으니,
그 폭동 당시에 죽은 많은 얼굴이 식사하는 도중에도 간단없이
떠오르기 때문이다.

우리 부자와 치모가 배도수씨댁을 나설 때, 조씨는 대나무 광
주리에 풋감을 소복이 담고 따로 집에서 담근 머루주 됫병을 내
게 선물로 건넨다. 풋감이지만 진영 특산 단감이므로 지금 먹어
도 떫지 않다면서, 조씨는 감 한 알을 현구 손에 쥐어준다. 배도
수씨 부부는 탱자나무 울타리가 끝나는 데까지 우리 일행을 배

웅한다.

"잘 가요. 정 안 드는 고향이겠지만 이제 김선생 나이도 올라가는 인생길이라기보단 내려가는 길목에 섰으니 자주 내려오시구." 배도수씨는 예의 부드러운 미소를 띠며 내 손을 잡는다. "치모 부친이나 김선생 부친, 또 그 당시 지서 윤주임 유가족, 그외 많은 분들께 두루 미안하우. 내 간절한 기도가 저승 그곳까지 닿을지 모르지만, 난 그런 마음으로 삽니다. 생전에 통일이되면 그들 원도 풀릴 테지만 그게 어찌 희망대로……"

말끝을 흐리는 배도수씨의 눈에 그늘이 진다. 그는 말 못 할한 덩이 설움이나 괴로움을 애써 참고 있다. 나야말로 그를 용서할 입장이 아니지만, 그의 삶을 더 증오할 수만은 없다고 생각한다. 또한 그는 나를 한충구씨에게 소개해준 장본인이기도 하다.

"아주머니, 방학 때 진영엔 내려오면 과수원에 놀러 와도 되죠?" 현구가 감 광주리를 든 채 조씨에게 묻는다.

"그래. 언제라도 좋지."

"시골이 다 좋지만 과수원이 너무 좋아요. 시골이 이렇게 좋은줄 여지껏 몰랐어요."

"너도 아버님처럼 고향이 시골이었으면 좋겠구나."

"그래요. 이사 오면 여기서 살고 싶어요. 저 들판에도 뛰어다니고, 매미도 잡고 멱도 감고……"

"오늘 저녁 기차로 떠난다니 너무 일찍 올라가게 돼서 섭섭하겠구나."

"정말 그래요. 방학을 여기서 다 채웠으면 좋겠는데."

조씨는 빙긋 웃으며 현구의 머리를 쓰다듬어준다. 이제 배도수씨도 현구를 보며 웃고 있다. 두 사람의 웃는 모습이 닮은 데

336

다 잘 어울려 보인다. 한 쌍의 다정한 비둘기 같은 초로의 부부가 늦게나마 행복을 되찾은 데 대해 나는 부러워하거나 시샘할 까닭이 없다. 48년 폭동으로 이쪽 편에 의해서든 저쪽 편에 의해서든 죽거나 헤어진 상태에서 오늘을 살고 있는 많은 고향 사람들, 지울 수 없는 그 시절의 상처를 제가끔 안고 사는 그들의 염원이 하늘에 닿아, 신은 한 가정을 선택하여 만남을 베풀었는지 모른다. 그런 뜻이라면 이제 어느 누구도 이 가정의 행복을 파괴할 수 없으며 그래서도 안 된다. 그렇게 수긍하자 찌무룩하던 내 마음이 홀가분하다. 나는 배도수씨 부부와 작별 인사를 나눈다. 그들은 우리가 언덕길을 다 내려갈 때까지 한 쌍 원앙처럼 나란히 서서 지켜본다.

"배선생님은 예전 아는 분 경조사 외는 문밖 출입을 안 하신답니더. 죄인이라 고향 사람들 뵙기 부끄럽다는 거지예. 아마 그렇지 않담 오늘 저녁 선생님 상경하실 때 역에 전송 나올 낀데……" 공동 우물터까지 내려오자 치모가 말한다.

"이제 까마득한 얘긴데, 그러실 것까지야 없잖겠어. 그 당시 유족도 대부분 흩어지고, 남아 있다 해도 그런 사실조차 잊었을 텐데. 지금에 와서 누가 누굴 원망하려고." 말은 그렇게 하지만 내 목소리는 허탈하다.

"그렇긴 하지예. 배선생님이 봉기 주모자라 해도 그걸 배선생님 잘못이라곤 말할 수 없으니깐예. 그 당시는 시대가 그렇잖았습니꺼." 치모가 말을 바꾼다. "저녁 드시고 차 타실 낀데, 통일할머님 한분 뵈옵지예?"

"그렇게 하지. 그러자면 또 잠시 괴로운 시간을 보내야겠군."

"허허, 이거 제가 자꾸 선생님 옛 상처를 긁어 안됐습니더." 치모는 목에 걸쳤던 수건으로 땀을 닦는다.

　현구를 삼촌댁에 남겨두고 치모와 나는 소방서를 거쳐 지서 쪽으로 내려간다. 예전에 잿빛 단층 시멘트 건물이던 지서는 이층 건물로 증축되었고, 옆 공터까지 사들여 터가 훨씬 넓다. 예전 담장은 없어졌고 지서 앞에는 화단이 마련되었다. 하나뿐이던 게시판도 세 개로 늘어났다. 정문 앞 초소도 목조 건물이 아닌 비치 파라솔 형태의 간이 초소다.

　"제 어무이나 통일할머님은 지금도 이 지서 앞은 절대로 안 지내댕깁니더. 길을 둘러 가는 한이 있더라도 말입니더." 치모가 지서 앞을 지나며 말한다.

　어머님이 생각난다. 작년에 고혈압으로 쓰러지기 전까지 어머님 역시 경찰서나 파출소 앞을 지날 때면 딴전 피우듯 눈길을 다른 데 두는 버릇이 있다. 순경을 볼 때도 마찬가지다. 얼굴이 경직되고 공연히 두려움에 떨곤 했다. 그 시절 내가 봉화산에서 내려왔을 때, 그때까지 어머니는 지서에 갇혀 고초를 당했고, 실성한 또출이할머니는 어디로 떠나가버렸는지 장터마당 주변에서 자취를 감춘 뒤였다. 내가 들쥐 꼬락서니로 삼촌 집에 들어서자 갑득이만 울음 터뜨리며 나를 맞았다. 이튿날, 나는 삼촌에게 부산 광복동 한충구씨 서점 주소를 남기고 나 홀로 부산행 기차에 올랐다. 그뒤 나는 꼭 한 달 만에 광복동 그 서점에서 어머니와 재회의 기쁨을 나눌 수 있었다. 보퉁이 든 초라한 행색으로 어머니는 서점 안을 기웃거리다 총채로 책꽂이 먼지를 털던 나를 보았다. 지서에서 풀려난 길로 곧장 부산으로 왔다는 어머니의 얼굴은 병기가 완연했다. 검누른 남빛 얼굴은 부었고 푸석한 머리카락이 반쯤 빠져버려 털을 뽑다 만 닭 보듯 흉했다. 그날 저녁,

어머니와 나는 천옥이누나를 찾아나서, 서면 미군 집에서 우리 세 식구는 다시 한 차례 목놓아 울 기회를 가졌다. 친옥이누나는 가슴병이 나았는지 혈색이 좋았고, 살도 도톰히 올라 세련된 도시 처녀로 변해 있었다. 이튿날부터 어머니는 자갈치시장 밥집에 다시 일터를 구했기에 우리 식구는 헤어져야 했다. 돈을 모아 언젠가 방 한 칸 얻게 되면, 그래서 갑득이를 불러올릴 그날까지 제가끔 일터에서 참고 살기로 세 식구는 굳게 다짐했다. 전근 가는 미군을 따라 누나가 경기도 오산으로 떠나지 않았더라도 이듬해 봄에 우리는 방 한 칸을 구해 갑득이를 부산으로 불러올릴 수 있었을 것이다. 오산으로 누나가 떠나던 겨울 어느 날, 눈을 보기 힘든 항도 부산 거리에 백설이 푸짐하게 날렸다. 붉은 스카프를 머리에 두른 채 미군 지프에 올라앉아 손을 흔들던 누나를 본 게 마지막이었다. 오산으로 올라간 누나는 자신을 식모로 고용했던 미군 중사에게 몸을 버렸고, 끝내 그 미군 중사로부터 버림을 받았다. 누나는 갈 곳 없는 그곳에서 미군 상대 위안부로 전락해버리고 말았다. 육이오전쟁이 나던 해, 아무래도 죽을 것만 같다는 누나의 눈물 자국이 얼룩진 편지를 들고 엄마가 오산으로 올라갔을 때, 이미 누나는 폐인이 되어 있었다. 담배를 피우고 술을 마시고, 밤낮으로 그 육중한 미군을 품에 받는 생활이 누나의 폐를 다시 악화시켰던 것이다. 누나의 죽음은 아무도 확인하지 못했다. 육이오전쟁의 피란길에 피를 쏟다 못해 어느 산자락 잡초 속에서 숨을 모두었다는 소식만, 누나와 함께 피란 나온 피란민이 어머님께 누나가 남긴 편지를 전해줘 알려졌을 뿐이었다. 아버지 죽음도 그랬다. 소백산맥을 타고 북상하기로 계획을 짜고 서북 방향으로 길을 떠난 빨치산 무리가 함안 작대산 부근에서 전경대와 맞부딪쳤는데, 그때 생포되어 진영으로 송치되어온 빨치산 입을 통해 아버지의 죽음이 읍내에 알려졌을 뿐이다. 퇴로를 뚫어 다른 동지를 먼저 탈출시키고 마지막 남은 둘이 전경대에 포위되어 대치하자, 하나는 이미 싸움에 승산이 없음을 알고 손 들어 포로를 자청했다 한다. 그러나 아버지는 품고 다니던 소 잡던 칼로 스스로 목을 찔러 자결했다는 것이다. 갑득이는 내가 맡아 공부시키겠다는 말에 곁들여 그 소식을 삼촌 편지를 통해 듣고도, 어머니와 나는 아버지 기일에 제사를 지내야 한다는 생각을 차마 할 수 없었다. 내가 서울로 올라가 어머니를 모셔올 때까지 우리 세 식구는 뿔뿔이 흩어져 살았던 것이다. 그 따위 짐승 같은 애비한텐 제사 지내줄 필요도 없다는 어머니의 완강한 반대가 있었지만, 아버지 제사를 모시기 시작하기는 내가 결혼한 뒤 현구를 보고부터였다. 그때서야 가정이 겨우 안정을 찾기도 했지만, 이제 나도 아비가 된 마당에 어찌 아버지 혼을 모시지 않을 수 있겠느냐는 강한 그 무엇이 어머니 의견을 꺾었고, 객사한 날짜를 대충 짚어 기일을 삼았던 것이다.

철길을 건너기 전 나는 상점에 들러 천 원짜리 큰 박하사탕 봉지와 수박 한 덩이 산다.

블록 담장에 지붕은 슬레이트로 개량한 집 앞에서 치모는 걸음을 멈춘다.

"이 집입니더." 치모가 먼저 반쯤 열린 외짝 대문을 밀며 마당으로 들어간다. "강선생님 계십니껴?"

치모 뒤를 따라 나도 마당으로 들어서니, 대청에 선풍기를 켜놓은 채 누웠던 노파가 기우뚱 몸을 일으킨다.

"누구고?" 노파가 간잔지런한 눈을 빠끔히 열며 우리를 바라본

다. 곰삭은 헐렁한 러닝 셔츠에 풀기 없는 단속곳 차림의 노파가
바로 물금댁이다. 나는 하얗게 센 머리칼이며 쪼그락진 얼굴에
서 스물아홉 해 전 물금댁 모습을 쉽게 떠올릴 수 없다. 여윈 작
은 몸매와 하얀 머리칼을 보며, 그분이 그 사이 저렇게 늙었구
나, 누구나 늙으면 저렇게 다시 한번 모습이 바뀌는 걸까, 하고
흘러가버린 세월만 잠시 따졌을 뿐이다.
　"할머님, 다들 어디 갔어예?" 치모가 수박을 마루에 놓으며 큰
소리로 묻는다.
　"오냐, 꼬추대장 유복자로구나." 물금댁이 치모를 알아보곤 내
게 눈을 준다. "애비는 고감(교감) 댈라는 교육받으러 대처에 나
갔고 에미는 장에 갔데이." 물금댁은 애써 기억을 더듬는 듯 맑
은 눈길을 내 얼굴에서 거두지 않는다.
　"저, 김갑숩니다. 할머님, 옛날 활터 밑에 살 때 소 잡던 김삼
조, 그분 큰아들이 접니다." 내가 말한다. 치모가, 할머닌 귀가
어두우니 큰 소리로 말하이소, 하여 나는 같은 말을 되풀이한다.
　"소 잡던 짐삼조라?" 물금댁이 생각을 간추리듯 주름 잡힌 입
을 벌린다. 캄캄한 입 안에는 틀니만 반짝인다.
　"할머님예, 장태문 선생이 그 일할 때, 같이 일했던 김삼조씨
안 있습니껴?" 치모가 주석을 단다.
　그제서야 물금댁은 나를 기억해낸 모양이다. 갑자기 눈동자가
빛나더니 마루 끝으로 엉금엉금 기어나온다.
　"아이구, 그래 인자 알겠데이. 니가, 갑순가? 안 올라오고 거게
서 멀 하고 섰노?" 물금댁은 저승꽃 꺼멓게 핀 손으로 사탕 봉지
를 쥔 내 손을 덥석 잡는다. "이 불쌍한 것아…… 그래, 그때 애
비를 서럽게 잃가뿔고……" 물금댁은 부들부들 떨며 눈물 글썽

한 눈으로 목멘 하소연부터 늘어놓는다. "인자 이래 일등 신사가
돼서 고향이라고 와바도 산천은 똑같제? 읊는 사람마 읊고……"
"할머님, 그만 고정하십시오." 신을 벗고 마루에 올라앉으며,
혹 새겨듣지 못할세라 내가 큰 소리로 말한다. "그래도 할머님은
아직 정정하십니다. 근력도 좋으신 것 같고요."
"그래 보이나? 나는 안죽 더 산데이. 더 살고말고. 통일될 그날
까지 살 끼데이. 그런데 갑수야, 요새 신문에 무신 좋은 소식 읇
더나? 멫 년 전에 이북서 여게로 사람들이 내리오고 여게 사람도
올라갔다는 그런 소식 같은 거 말이데이."
"칠십이년, 남북 적십자 회담 때를 얘기하는 겁니더." 치모가
내게 말한다. "저 말은 선생님말고도 누구나 붙잡고 물으시는 소
리지예. 재일동포 성묘단이 내한하는 텔레비전 프로만 보면 막
무가내 통곡을 쏟으신답니더."
"뭐 신통한 소식은 없습니다만, 쉬 통일이 되겠지요. 할머님은
그때까지 틀림없이 사실 겁니다." 실현 가능성이 있든 없든 나는
이렇게 말하지 않을 수 없다.
"그래. 나는 내 아들 만낼 때꺼정 살라고 새북마다 정한수 떠다
놓고 칠성님께 빈다. 이날입때까지 하루도 걸러본 적 없데이. 내
아들 태문이 살아 돌아올 때까지 나는 눈 몬 감는데이. 절대로
몬 감고말고." 물금댁은 그물진 주름을 타고 뺨으로 흘러내리는
눈물을 훔친다. 저승꽃 핀 깡마른 손이 떨린다.
"제 어무임이 그 시절 화제를 묵비권으로 넘겨짚는다면 할머님
은 지나친 다변이지예. 하루 식사가 고양이 묵는 양보다 더 적은
데 기억력도 좋고 정정하신 이유가 바로 저 집념입니더. 아들 만
나지 못할 거라는 부정적 절망이 아니라, 반드시 만나겠다고 스

물아홉 해를 하루같이 산 긍정적인 저 바램…… 선생님, 그렇게
생각지 않습니껴?"

손수건을 꺼내어 핑글 도는 눈물을 훔치며 나는 머리를 끄덕
인다. 나는 무슨 말로써 물금댁을 위로해야 할지 대답할 말을 찾
지 못한다. 나는 목이 메인다.

"그래, 객지서 고상 많체? 보자 하이 너거 삼촌 죽었다고 내리
왔구나. 인자 증말 그 시절 사람은 다아 죽었데이. 시월은 빈한
기 읎는데 하나 둘 저승 사자가 다아 데불고 갔데이. 그런데 우
리 태문이는 안 돌아오이…… 이날입적까지 안 돌아와…… 옛
날 복스런 그 처자 선상하고 아들딸 놓고 깨소금같이 잘사는지.
지는 이 늙은 홀에미가 얼매나 보고 싶겠노. 사시장철 둥근 달마
뜨모 그 달 보고 이 에미 생각고 얼매나 울어쌌겠노. 그 계수나
무 옥도끼로 찍어내고 금도끼로 찍어내서 천년 만년 에미 모시
고 살겠다던 내 자슥새끼야…… 대를 이살 아들은 거게서 놓았
는지…… 태문아, 태문아! 안죽까지 내 제사는 지내지 마라. 태
문아. 금이야 옥이야 키운 태문아!" 물금댁 목소리가 소용돌이
치는 물굽이처럼 울음 속에 잠겨든다. 물금댁은 물코를 훌쩍이
며 뜨덤뜨덤 말을 잇는다. "배주사 아들도 이십 년 만에 살아 돌
아왔는데, 우리 자슥 태문이는 안 돌아오이……"

기어코 물금댁은 깡마른 어깻죽지를 들썩이며 아이처럼 소리
쳐 통곡한다. 물금댁의 울음을 어떻게 달래야 할는지 나는 모른
다. 이런 종류의 가슴 타는 하소연이라면 오히려 멀리 도망가고
싶은 마음이다. 도망간다고 이 통곡이 내 마음에서 자취 없이 떠
나버릴 것 같지 않다. 같이 실컷 울어줘버리자 하면서도, 나는
손수건으로 눈 주위만 훔칠 뿐 입술을 다물고 있다.

"할머님, 제가 할머님 좋아하는 통일 노래 부르께예, 그만 그치시이소." 치모가 물금댁 여윈 어깨를 다정히 감싸안으며 말한다. 그는 물금댁 귀에 입을 가까이하여 낮은 목소리로 노래를 부른다. 그의 목소리도 음정이 고르지 못하다.

"우리의 소원은 토옹일 꿈에도 소원은 토옹일……" 치모 노랫소리가 높아갈수록 물금댁 울음 소리는 차츰 진정된다.

기차가 천천히 승강장을 떠나자 전송 나왔던 추노인·갑득이·종철이·종호·치모, 종철이 형제 아이들이 함께 손을 흔든다. 성대하다면 성대한 전송이다. 나와 현구는 차창 밖으로 얼굴을 내밀고 마주 손을 흔든다.

노을에 비낀 고향이 차츰 내 눈앞에서 빠르게 흘러간다. 이제 언제쯤 나는 다시 고향을 찾게 되는지 알 수 없다. 차창 밖으로 지나가는 여래리와 선달바우산이 눈앞에 스쳐간다. 숙모가 돌아가시면 그때쯤 내려오게 되는지, 어쩌면 영원히 고향을 찾지 못할는지도 모른다. 내가 고향을 버렸으므로 내려올 이유를 구태여 만들 필요는 없다. 그러나 고향을 떠나 산 스물아홉 해 동안 나는 하루도 고향을 잊어본 적 없다. 치모 말처럼 고향을 잊으려 노력해온 만큼 이곳은 나로 하여금 더욱 잊지 못하게 하는 어떤 힘을 지니고 있었다. 그 점을 그 시절 폭동의 상처라 해도 좋고 굶주림이라 해도 좋다. 그런 이유를 떠나서라도 고향은 오늘의 나를 있게 한 모태가 된 것만은 사실이다. 인간은 누구나 두 군데 고향을 가질 수 없으므로 나는 객지의 햇살과 비와 눈발 속에 떠돌면서도 뿌리만은 언제나 고향에 내리고 살아왔다.

산 위에 걸린 쌘구름이 노을빛에 물들었다. 노을은 산과 가까운 쪽일수록 찬란한 금빛을 띠고 있다. 가운데는 벌겋게 타오르는 주황색, 멀어질수록 보라색 쪽으로 여리어져, 노을을 단순히 붉다고 볼 수만은 없다. 자세히 보면 그 속에는 여러 가지 색이 섞여 있음에도 사람들은 노을을 단순히 붉다고 말한다. 핏빛만이 아닌, 진노란색, 옅은 푸른색, 회색도 노을에 섞여 있다. 그런데도 사람들은 무엇인가 한 가지로 뭉뚱그려 말하기를 좋아한다. 문득 아버지와 헤어져 봉화산에서 내려온 저녁이 생각난다. 장마 뒤끝이라 노을이 아름다웠다. 폭동의 잔재도 소멸되고, 백태도 기수도 죽고 없는 텅 빈 장터마당에서 절름발이 미송이만 홀로 종이 비행기를 날리고 있었다. 제대로 걷지 못하기에 하늘로 날고 싶은 꿈을 키우던 병약한 미송이가 그날따라 날려올리는 종이 비행기는 유연하게 포물선을 그리며 노을빛 고운 하늘을 맴돌았다. "갑수야, 저 노을 있제? 저 노을꺼정 이 비행기가 날아올라간데이. 내 태우고 말이데이." 미송이가 웃으며 말했다. 그는 노을에 힘차게 종이 비행기를 띄워보냈다. 미송이가 그렇게 날으는 희망을 키우는 만큼, 그의 눈에 비친 하늘은 어둠을 맞는 핏빛 노을이 아니라 내일 아침을 기다리는 오색찬란한 무지갯빛일 터이다.

　지금 노을진 차창 밖을 내다보는 현구 눈에 비친 아버지 고향도 반드시 어둠을 기다리는 상처 깊은 고향이기보다, 내일 아침을 예비하는 다시 오고 싶은 아버지 고향일 수 있으리라.

비극의 각성과 수용*
──김원일의 『노을』

김 병 익

I

　　김원일의 『노을』은 그 시점이 일인칭으로 전개되고 있으며 그
구조가 29년의 시차를 두고 과거와 현재가 장에 따라 엇갈리고
있다는 특징을 우선 보여준다. 일인칭 소설이 새삼스러울 것은
물론 없지만 김원일의 대부분의 창작이 삼인칭으로 서술되어 있
음을 상기할 때, 더욱이 이 소설의 두번째 특징인 구조적 특이성
과 결부시킬 때, 그것은 적어도 이 작가에게 매우 시사적인 의미
를 드러낸다. 일인칭 소설은 주지되다시피 주관적인 관점으로
진술되는 것이며, 따라서 내향적이고 자기 폐쇄적이며 심할 경
우 자기 고백적이다. 그것은 삼인칭 소설이 객관적이며 자기 개
방적이고 설혹 작가 자신을 소설 속으로 투입시킬 경우에라도

---

　*이 글의 인용된 부분은 초판본을 기준으로 한 것입니다.

346

그 주체는 가능한 한 객체화되려 하는 것과 대조적이다. 시점을 삼인칭으로 할 때 작가는 관찰하고 기록하며 재구성하는 데 대해 일인칭 소설에서는 반성하고 음미하며 진술한다. 반드시 그런 것은 아니겠지만 한 작가가 하나의 소재를 소설로서 형상화할 때 시점을 어떻게 잡느냐에 따라 그 주제는 따라서 내면화될 수도 있고 객관화될 수도 있으며, 작품으로 만들어야 할 경우가 있는 반면 재구성에의 의욕을 크게 가하지 않고서도 만들어지는 경우도 있다. 만드는 작품이란 작가가 객관적 소재에 상상력을 작용시켜 하나의 소설 구조로 형상화시킨다는 것을 뜻하며, 만들어지는 작품이란 잠재된 상상력에 의해 하나의 소재가 그 자체의 생명력을 얻어 발전하는 것을 말한다. 삼인칭 소설은 주체까지도 관찰의 대상으로 분리시켜 객관의 세계에 투입시킴으로써 하나의 완결된 구조로 만들고 있는 것이며 일인칭 소설은 외부 세계까지 주체의 내면 속으로 용해시켜 일인칭의 주관 안에서 부분화되어가며 하나의 작품으로 만들어지고 있다. 따라서 삼인칭 소설은 작가의 작의(作意)가 지나치게 노출될 수 있으며 일인칭 소설은 작가의 자아가 강하게 드러날 수 있다.

김원일의 『노을』이 일인칭 시점으로 만들어지는 소설 쪽을 택했다는 것은 그에게 다음 두 가지 의미를 갖게 한다. 하나는 그가 그의 단편들이 흔히 지니고 있는 만드는 작품으로서의 작위성이 거의 극복되고 있다는 점이다. 작위성이 강하다는 것은 작품으로서의 완벽한 육화를 못 이루고 있다는 약점을 시사하고 있는데 사실 실존주의의 영향이 뚜렷하게 보이는 그의 첫 창작집 『어둠의 혼』 속에 수록된 초기작들이나 현실 폭로적인 의도가 다분한 그의 두번째 창작집 『오늘 부는 바람』 속의 많은 작품

들은 작가의 작의가 분명해지는 그만큼 소설적 허점을 많이 품
고 있었다. 이 두 권의 창작집에서 가장 뛰어난 단편인 「어둠의
혼」이 일인칭의 시점을 갖고 성공하고 있다는 것은 바로 같은 소
재를 확대한 『노을』에 해당되는 평가이기도 하다. 이 두 장·단
편은 똑같이 ‘나’의 체험을 진술하며 그 진술 속에 이미 내면화
된 외부 세계까지를 내포시킴으로써 만들어지는 소설로서의 탁
월한 형상화에 도달하고 있는 것이다. 김원일의 이러한 성취는
두번째 의미, 즉 이 소설이 자기 고백이라는 심증을 굳혀준다.
단편 「어둠의 혼」과 장편 『노을』에서 아버지와 아들의 사회적·
지적 신분은 달라져 있지만 빨치산으로 폭동을 일으킨 아버지는
죽고 그 엄청난 사건이 아들의 생애에 극적인 계기가 된다는 설
정은 똑같이 취해지고 있다. 이 소설들이 자서전적인가 아닌가
하는 문제는 작품의 평에 직접적인 관련을 맺는 것은 아니다. 그
러나 김원일의 작품들, 특히 『어둠의 혼』의 초기작들을 이해하
는 데에는 적지 않은 구실을 할 것이다. 필자는 그의 초기작들에
빈번하게 나타나는 자살·고문·강간·정신병 등등의 극적인
사건들이 이 작가가 살인 지향적 동기를 갖고 있음을 주목한 바
있는데 이 동기가 이루어진 것은 물론 학살된 아버지의 주검을
통해서일 것이다. 더욱이 『노을』과 같은 경우 한 작가의 개인적
체험은 결코 한 개인의 특수한 경험으로 그치지 않는다. 시대와
사회가 가령 식민지적 피폐라든가 6·25의 처참함에서처럼 개인
의 역사와 내면에 깊은 충격을 가할 때 그 체험은 우리의 현대사
적 체험으로 발전하며 그 개별성은 집단의 그것으로 확대된다.
『노을』이 보여주고 있는 김원일의 체험은 그와 비슷한 체험, 특
히 부역자를 아버지로 둔 많은 사람들과의 공통된 체험인 것이

다.

　『노을』은 40대 중반의 출판사 중견 사원이 된 '나'의 현재와 그의 29년 전의 소년 시절의 교차로 진행된다. 1, 3, 5, 7 장이 곧 현재 시제이고 나머지 2, 4, 6장이 과거인데 현재든 과거든 그 계절은 여름의 며칠 간이다. 즉 숙부가 별세했다는 전보를 받고 귀향하여 장례를 마치고 상경하는 사흘 간과, 정부가 수립될 즈음의 남로당 폭동이 준비되고 착수되었다가 실패한 나흘 간의 이야기가 이 소설의 전부이다. 이처럼 과거와 현재의 한 단면을 상관성을 가중시키면서 장에 따라 교차시키는 수법은 독창적이라고까지 말하기는 어렵겠지만 매우 흥미로운 것임은 틀림없으며, 더구나 이 『노을』에서는 이 작품을 이해하는 데 상당히 중요한 역할을 담당한다. 그것은 다음 두 개의 각도에서 설명될 수 있다. 29년이란 긴 시간을 차단시키고 과거의 며칠과 현재의 며칠을 관련시킨다는 것은 과거의 그 극적인 사건이 현재에도 깊은 상관 관계를 맺고 있다는 것, 좀더 적극적으로 표현하자면 과거의 현재성을 시사하고 있다는 것이다. 이미 중산층의 사회적 신분을 획득한 나이로 소년 시절의 상처를 벌써 이겨냈어야 할 주인공이 실제로는 여전히, 혹은 잠재적이지만 더 깊이 과거의 사건에 구속되어 있고 그로부터 억압받아왔다는 것을 이 소설은 그 구조 자체를 통해 확인시켜주는 것이다. 아마 이런 설명은 김원일 자신에게만 해당되는 것은 아닐 것이다. 우리의 사회적·문화적 혹은 정치적 상황은 30년 전의 상처를 씻어내지 못한 채 오히려 더욱 덧나버린 그 상처를 어루만지며 괴로워하고 있다. 『노을』의 주인공은 바로 그 덧나고 있는 상처의 응어리이다. 그는 아주 잊어버렸고 이미 떠나 있다고 생각해온 그 상처가 여전히 자기의 현실과 내부에서 움직거리며 쑤셔대고 있음을 그의 삼촌의 죽음과 29년 만의 귀향을 통해 새삼 발견한다. 그리하여 그 상처는 잊어버리거나 도피해야 할 것이 아니라 극복해야 할 것임을 깨닫는다. 이러한 각성의 과정이 이 소설에서는 두 개의 평행선이 긋는 클라이맥스의 궤적으로 진행되고 있음으로 해서 매우 극적인 상승 효과를 유발한다. 제1장과 제2장의 현재와 과거의 도입부에서 침착하게 예비된 사건은 29년 전 진영이란 작은 도시의 남로당 폭동과 그것의 광적인 실패 끝에 얻어지는 소년의 이 세계에 대한 혼란에의 각성, 그리고 그 혼란을 자기 것으로 주체화하여 상처로부터 극복되는 현재의 각성으로 끝난다. 앞엣것은 상처를 입은 경악으로서의 각성이며 뒤엣것은 그 상처를 치유하는 극복으로서의 각성이다. 아마 이 두 개의 각성은 한 인간이 세계를 인식하고 지향하는 삶의 궤적을 통해 얻을 수 있는 두 차례의 충격일 것이다. 『노을』은 과거와 현재의 병행적인 진행 구조를 통해 이 각성의 효과를 중첩적으로 고양시킨다. 그것은 각성의 보편적인 두 단계가 한 소설의 평면에서 이원적인 차원의 접합으로 상승되고 있기 때문이다(이런 예를 우리는 재오스트레일리아의 한국인 작가 김동호〔金東濠〕씨가 1974년에 발표한 『암호 *Password*』란 소설에서 찾아볼 수 있다. 이 소설은 중앙아시아의 한 가상국에서 벌어지고 있는 내란에 한 중국 지식인이 뛰어들기 시작한 이후의 사건들과, 그러기 전의 그의 과거가 장이 바뀜에 따라 번갈아 진행되다가 그의 피살로 끝난다. 그 과정이 크레셴도와 데크레셴도의 음악적 효과에 따라 전개·종식되고 있다).

시점의 일인칭과 과거·현재의 병행이라는 구조는 이 소설에 접근하는 데 있어 두 개의 시선을 제공한다. 하나는 이 『노을』의 소재를 이루는 남로당 폭동이 역사적 혹은 이념적 사건으로 다루어지기보다 하나의 극적인 사건으로 이해되기를 요청하고 있다는 것이다. 정부 수립 전후에서 빈발했던 공산주의자들의 폭동은 한두 해 후의 6·25와 그 사상적 측면에서 별로 다르지 않으며 아마도 연속된 사건으로 보아 무방할 것이다. 그리고 홍성원이 대작『남과 북』에서 성공적으로 묘사했던 것처럼 6·25와 그 전의 남로당 폭동을 한국 현대사를 지배하는 중심 동기로서 그 의미와 의의를 부여해줄 수 있을 것이다. 그러나 김원일은 그 같은 의미와 의의의 부여에 적극적으로 나서지 않는다.『노을』의 폭동이 사상이나 이념, 정치와 전쟁의 역사적 의미를 전혀 이해할 수 없는 소년의 관점을 통해 묘사하고 있고 그 폭동에 해석을 가해줄 수 있는 어른들도 무식하고 소박한 사람들이라는 점에서, 더욱이 29년 후 그 사건을 회상하는 중년의 주인공을 통해서도 그 역사적 사건에 대한 시대적·정치적·이념적 설명을 가하지 않고 있다는 점에서 작가의 이런 태도는 뚜렷이 나타난다. 따라서『노을』에서의 사상 폭동은 역사적인 혹은 지적인 해석으로부터 방치된 채 그 사건의 성격은 평면적으로 서술되고 전개된다. 따라서『노을』에서 사상 분쟁이나 좌우익의 실력 충돌 혹은 6·25까지를 우리 현대사의 탐구 과제에 대한 하나의 실마리로 끌어들이려 한다면 이 작업은 회의적인 결과로 낙착되고 말 것이다. 이 작품은 이런 측면에서는 기대되지 않는다.

그러나 작가의 의도와 주제는 사상 폭동 또는 6·25의 역사성에 대한 해명에 있지 않은 것 같다. 오히려 우리가『노을』을 정확하게 읽어나간다면 이 소설의 주제가 한 극적인 사건에서 인식될 수 있는 세계상의 혼란과 그에 대한 한 인간의 정서적 반응

에 있음을 발견할 수 있을 것이다. 굶주림과 야만스런 아버지로
부터 받는 학대, 그러나 용기 있고 충직스러운 소년 시절의 '나'
와 넉넉하고 안정된 생활 기반 위에, 그러나 소심하고 안이해진
중년의 '나' 사이에는 엄청난 거리가 있다. 『노을』은 그 엄청난
거리가, 이 소설에서는 공백 상태로 벌어져 있는 그 거리가 14세
의 어린이가 목격하고 체험한 엄청난 극적 사건으로 이어지고
있음을 보여주는데 그 극적 사건이 우리가 앞에서 지적한 두 개
의 각성을 촉발한다. 따라서 아버지가 선봉이 된 빨치산의 폭동
그리고 그와 직접적인 관련은 없지만 그에 연루된 현재 혹은 최
근의 사건들이 그 각성의 계기를 이룩하는 내면의 뿌리가 된다.
이 소설은 객관적인 문체로 시종하고 있지만, 그래서 작가의 관
점은 외부의 사건 진행에 초점을 맞추고 있는 것으로 보이지만
전체적인 구조와 흐름은 이 소설의 축소판으로서 주관적 서술을
하고 있는 단편 「어둠의 혼」과 동질의 것이다. 즉 빨치산 폭동이
란 외적 사건은 그에 관련된 아버지의 활동과 죽음과 더불어 주
인공의 성장 속에 내면화되었고 그의 과제는 성장기에 가졌던
이 역사적 사건의 충격과 상처로부터 어떻게 해방될 수 있는 가
라는 문제였다.

  그러나 이렇다 해서 『노을』을 이 관점으로만 이해한다는 것은
아마 편협한 일이 될 것이다. 왜냐하면 이 소설의 '나' 갑수가
체험한 사건은 갑수 혼자만의 것이 아니며 어떤 형태로든 6·25
또는 그와 유사한 난리를 겪은 모든 세대의 그것이기 때문이다.
가령 소년기의 전란 체험이 오늘의 우리 소설 문학에 빈번하게,
근래 더욱 갑작스레 나타나는 것에서 우리는 심상치 않은 징조
를 느낀다. 홍성원의 「기찻길」, 이문구의 『관촌수필』, 한승원의

『앞산도 첩첩하고』, 전상국의『바람난 마을』들이 그렇다. 이들은 십대의 6·25 체험과 그것의 전쟁·학살·보복·굶주림·이별 등 등의 혼란의 목격을 회상함으로써 이 골육상쟁의 이념 전쟁이 남긴 깊은 상처를 돌이켜 내보이고 있다. 한 세대가 공통적으로 현실의 처참한 충격을 통해 고통의 낙인을 찍힌다는 것, 그것은 6·25 그 자체의 비극보다 더 큰 비극일 것이다. 더구나 더 비극 적인 것은『관촌수필』『바람난 마을』의 주인공들은『노을』의 갑 수처럼 부역자의 아들들이라는 점이다. 그들은 그래서 이중의 수난을 당하며 그 고통의 각인은 현재의 상황에서 더욱 깊고 쓰 라리게 박혀 있는 것이다. 이들이 이중의 고통스러운 각인을 의 식하며 드러내보인다는 것은 따라서 중첩된 6·25 콤플렉스에의 진통을 의미한다. 이들이 갈수록 덧나는 묵은 상처를 정당하게 치유할 수 있는가 어떤가 하는 문제는 우리의 정치적 문맥과 결 부되는 것이기도 하지만 곧 우리의 정신사적 지양이 가능한가 어떤가의 여부로 발전될 것이다.『노을』의 내상(內傷)도 이런 관 점에서 접근할 때 오늘의 우리의 6·25 콤플렉스란 정신적 위상 과 깊은 관련을 맺고 있으며, 주인공 갑수의 비극이 현대사를 수 난 의식에서 수용하려는 우리 자신의 불구적인 정서를 대변해주 고 있음을 납득하게 된다. 그는 세계를 혼란 그 자체로 인식하는 우리의 위축된 한 모습을 보여주는 것이며 그의 각성은 따라서 우리의 각성으로 확산될 수 있는 그것일 것이기 때문이다.

Ⅱ

『노을』의 전주 소곡(前奏小曲)이 될 단편 「어둠의 혼」은 일본 에서 대학을 중퇴하고 사상 전향을 하여 해방 후 빨치산이 된 인

텔리 아버지와 그의 조숙한 아들인 소년 갑해를 중심으로 도망 다니는 남편을 전혀 이해할 수 없이 호구에만 급급한 어머니와 백치인 누이, 알찬 여동생, 그리고 학자풍의 이모부와 식당을 경영하는 이모 등의 부수 인물이 등장한다. 이야기는 1948년의 남로당 폭동에 연관되어 아버지는 숨어다니고 가족들은 굶주림에 지치다가 주인공 갑해가 체포되어 처형당한 아버지의 시체를 보는 것으로 끝난다. 여기서 작가 김원일의 시선은 자상하고 유식한 아버지가 가족을 돌보지 않고 바람처럼 쫓겨다니는 이해할 수 없는 모습을 통해, 그리고 그의 무참한 주검을 통해 이 세계의 부조리를 발견하는 내면의 격동으로 모아지고 있다. 이 소년 갑해에게 가장 싫은 색깔은 보라색이다.

대추나무 뒤편 하늘은 벌써 짙은 보라색이다 나는 보라색을 싫어한다. 손톱에 들이는 봉숭아물도, 닭벼슬 같은 맨드라미꽃도, 코스모스의 보라색 꽃도 다 싫다. 어머니의 젖꼭지 색깔까지도 싫다. 보라색은 어쩐지 아버지의 하는 일을 떠올리게 해주고 어머니의 피멍든 얼굴을 생각나게 한다. 보라색은 또 말라붙은 피와 같고 깜깜해질 징조를 보이는 색깔이다. 옅은 보라에서 짙은 보라로, 그래서 야금야금 어둠이 모든 것을 잡아먹다가 끝내 깜깜한 밤이 온다는 것은 참으로 무섭다. 이 세상에 밤이 없는 곳이 있다면 나는 늘 그곳에서 살고 싶다. 나는 빛 속에 함께 끼여 놀고 싶고, 또 빛 속에서 자고 싶다. 그러나 아버지는 어둠 속에서 총살당할 것이다. (「어둠의 혼」)

끝내 아버지의 총살로까지 이어가게 만드는 보라색은 김원일에게 아마 원초적인 색깔일 듯하다. 그리고 이 색깔이 주는 연상은 심리적인 동기의 순서로 보아 '아버지의 하는 일'과 '어머니의 피멍든 얼굴'에서 시작하여 보라색깔의 꽃을 싫어하는 것과 어둠 및 죽음에의 공포로 번져간다. 이 보라색은 그리하여 어른이 된 주인공에게 과거의 사건과 그 상처를 회상·확인시켜주는 근원색이 된다.

관악산은 이미 그늘져 침침한 회청색을 띠고 있었다. 그 뒤로 아직도 끓고 있는 더위와 어울려 자줏빛 노을이 가라앉고 있다. 그러자 그 마른 핏빛 노을이 가물가물 먼 기억의 실마리를 집어내어, 잊으려 지우고 지워온 깊은 상처를 새로이 긁었다. 어느 사이 러닝 셔츠를 적신 땀은 식은땀으로 차갑게 살에 닿았다. 등줄기를 찌르는 그 찬 기운 때문만도 아닌데 나는 한차례 어깨를 떨었다. 비로소 강한 통증이 뒷골을 쳤다. 시야가 뿌옇게 흐려왔다. (『노을』 제1장)

보라색이 가지고 온 통증은 소년 시절 그가 보랏빛 노을에 걸고 간절하게 품어온 소망의 좌절에 대한 절망의 회상일 것이다.

서산마루를 가득 채우며 노을은 붉게 번지고 있었고, 수백 마리의 갈가마귀떼가 어지럽게 원을 그리며 노을 속 깊이 사라져가고 있었다. 대장간의 불에 달군 시우쇠처럼 붉게 피어난 노을을 보자 엄마를 만나 가슴 뛰던 기쁨도 어느덧 사그라지고, 나는 그만 노을에 몸을 던져 한줌 재로 사위어버리고 싶을 만큼 못 견디게 울적했다. 죽고 싶었다. 죽음이 두렵기는커녕 죽는 순간이 지극히 평안할 것만 같았다. 나는 타박타박 걸으며 혼잣말로 외쳐보았다. 아, 노을이 곱다. 아부지는 밉다. 아부지가 노을색이라면 엄마가 하늘색일까. 그러면 두 가지 색을 보태모 보라색이 되겠지. 그런데 엄마나 아부지는 왜 합쳐지기를 싫어하노. 노을은 죽고 싶도록 저렇게 아름다운데 말이다. (『노을』 제4장)

아름다운 보라색임에도 불구하고 그것이 싫고 무서운 것은 보라색이 하늘색을 연상시키기보다 죽음의 핏빛, 공포의 어둠을 생각키우기 때문이다. 작품 『노을』은 과연 이 핏빛과 어둠빛으로 뒤덮인 광란과 살육의 세계를 과거로 갖고 있다. 백정인 아버지는 먹기 싫은 소의 생피를 마시게 했고 그것을 만류하는 어머니는 아버지에게 매를 맞아 핏빛 멍이 들었으며 그 아버지는 폭동의 선봉장인, 삼촌과 외삼촌은 거기에 말려들어간 '빨갱이'였고, 시뻘겋게 열이 오른 아버지는 도수장에서 '반동'들을 피범벅으로 만들었다. 갑수는 어둠 속에서 아버지의 모의를 엿듣다가 정신을 잃도록 구타당했으며 한밤중의 총소리와 방화와 비명들을 듣고 보았으며 또 비 오는 한밤중에 아버지에게 끌려 빨치산의 산속으로 들어간다. 『노을』의 시대야말로 추서방이 탄식하는 것처럼 "시상이 어수선한 기 우째 해방 전보다 더 숭숭한"(제2장) 시절이었고 중년의 갑수가 회상하는 것처럼 "세상이 온통 미쳐"(제5장)버린 때였으며 또출이할머니가 "피 묻은 대빗자루"(제2장) 꿈으로 전조를 주는 살육의 시대였던 것이다.

「어둠의 혼」에서의 지식인인 아버지는 『노을』에서 일자무식의 백정이 되었고 장남 갑수는 머리에 부스럼을 인 열등생이 되었다. 어머니는 아버지의 학대에 못 이겨 폐병 환자인 딸과 부산으로 도망쳤고 여름방학을 앞둔 갑수와 갑득 형제에게는 굶주린 배를 채우는 것이 가장 중요한 일이었다. '개썹조'란 별명을 들는, 잔인하고 흉포한 아버지는 어느 사이 빨갱이가 되어(그가 어떻게 해서 빨갱이가 되었는가에 대한 설명이 『노을』에는 전혀 나타나지 않으며 이것은 이 소설의 작은 약점이 되고 있다), 대지주의 장남 배도수, 초등학교 교사 장태문, 고추대장의 별명을 가진 이중달, 수리조합 허서기 등과 함께 남로당의 모의에 참여한다. 배도수의 동생 결혼식 잔치에 포식을 하고 숨어들어온 어머니를 외가에서 만나 한껏 기대에 부풀었던 날 밤 갑수는 밀고자의 혐의를 입고 아버지로부터 혹독한 매질을 당하고 졸도했다가 깨어나면서 드디어 폭동이 일어났음을 알게 된다. 절뚝거리는 몸으로 일일천하의 빨갱이 세계와 그것의 광분을 보며 그는 아버지를 그들 세계로부터 빼내려고 갖은 애를 썼다. 졸음과 육체의 아픔이 뒤섞인 몽환 상태에서 지서와 학교의 인민 재판과 도살장에서의 아버지의 광적인 고문 모습을 천천히 놀며 목격하고 그 장면들을 가슴 깊이 기록하는 일상적인 배회(이 부분은 필자에게 도스토예프스키의 『백치』에서 므이쉬킨 공작이 간질 발작을 예감하며 거리를 배회하는 인상적인 장면을 연상시킨다) 끝에 경찰의 반격으로 빨갱이들의 덧없는 패주를 그는 목격한다. 빨치산이 되어 식량을 구하러 온 아버지에 끌려 갑수는 장태문의 애인 주신례와 함께 산으로 들어갔으나 진압군에 견디지 못한 빨치산들의 분열로 그는 하산, 배도수 소개로 부산으로 떠난다. 배도수 자신은 서울을 거쳐 일본으로 밀항했고 장태문은 월북했으며 이중달은 여전히 빨치산으로 숨었고 갑수의 아버지는 경찰에게 체포되기 직전 자살했다는 후문이다. 이렇게 해서 폭동은 진압되고 빨갱이는 패널했으며 갑수는 30년의 세월 동안 "잊으려고 지우고 지워" 왔으며 "근면과 검소함과 학구열"로 어엿한 직장을 얻고 자기 집을 마련하여 한 안락한 중산층이 되었다. 그러나 삼촌의 죽음, 그리고 그보다 2년 전에 있었던 진필제 사건은 그 자신이 여전히 30년 전의 그 '깊은 상처'를 짊어지고 있음을 깨닫는다.

　　이데올로기라는 것이 무엇인가. 아버지의 시대와는 달리 그런 쪽과는 담을 쌓고 살려는 나에게까지 남북의 극단적인 대치 상황이 그렇게 가깝게 영향력을 미칠 줄이야 미처 몰랐던 것이다. 서로 책상 하나를 가운데 두고 설왕설래를 하는 정전 회담의 장면을 텔레비전이나 신문에서 더러 볼 때는 남의 일같이만 여겨졌던 분단의 아픔이, 현실로서 나의 와해된 의식을 새로이 휘저을 줄 나 역시 예측하지 못했던 일이었다. (『노을』 제3장)

이것은 갑수에게만 해당된 것은 아니다. 살아남은 그 모두가 '그때'에 찍힌 낙인을 지우지 못하며 그 그물 속에서 살고 있었다. 이제는 백정의 신세를 면한 추노인은 부산의 아들 집에서 살기를 거절하고 여전히 고향에 살면서도 과거의 이야기는 되떠올리지 않으려 하고 이중달의 미망인은 유복자인 치모의 극성스런 요구에도 남편에 대해 일체 함구하고 있으며 장태문의 어머니 물금댁은 월북한 아들이 돌아올 통일을 보기 위해 죽을 수 없는 '통일할머니'가 되었다. 누구보다도, 폭동의 주모자였던 배도수는 일본에서 민단으로 전향, 귀국해서는 '죄인이 된' 심정으로 은거하고 있었다. 역사의 아이러니는 그러나, 그들에게 일생의 십자가로 안겨준 폭동의 이념인 공산주의에 대해 아버지를 비롯한 많은 희생자들은 거의 순진무구했다는 점에 있다. 더 정확히 말하면 그들은 공산주의는커녕 이념이니 사상이니 하는 것에 전

혀 백치 상태였다. '혁명의 영웅'이 뭐냐는 아이들의 질문에 폭
동자 중 한 사람은 "난도 잘 몰라. 높은 사람이 그런 말을 해쌌
응게 나도 흰소리 해보능 기지"라고 어이없는 대답을 하며 읍을
일단 장악하자 아버지는 "읍장 집이 내 집 되고 저 들판에 곡식
이 내꺼 한가지다. 얼씨구 조오타"(제6장)고 환성을 올리며 삼촌
은 추서방의 지적대로 목숨을 보전하기 위해 "이 핀도 될라 카다
가 저 핀도 될라 카다가…… 지가 무신 광대라고"(제6장) 갈팡질
팡한다. 이들은 그러므로 사상가가 아니라 사상의 희생물일 뿐
이다. 희극이면서 동시에 비극인 것은 배도수의 안락한 말년에
대조되는 것처럼 그 사상 폭동의 제물이 엉뚱한 상대로 바뀌어
있었다는 점이다.

　　공산주의가 무엇인지 제대로 알지도 못했던 외삼촌이나 아버지는
28년 전에 죽고 그 무리들의 이론적인 지도자였던 배도수씨는 지금
펄펄 살아 대한민국 땅을 딛고 내 앞에 앉아 있다는 이 현실을 다 제
가끔 타고난 팔자소관으로 미루어버리기에는 세상이 너무나 불공평
하다 아니할 수 없었다. 글은 기성명(記姓名)만 알면 족하다느니, 흰
것은 종이요 검은 것은 글자니라, 하며 껑충거렸던 아버지와 외삼촌
이 거창한 사상 문제에 뛰어들어 죽었다는 사실은 한마디로 비극 중
의 희극이요, 희극이라기엔 너무나 비극적인 종말이었다. (『노을』
제7장)

　　중년의 갑수가 깨끗한 노년을 보내고 있는 배도수를 보며 느
끼는 이러한 감회는 6·25를 체험한 사람들에게도 새삼스레 받아
들여질 사상전의 아이러니이다. 그러나 작가에게 보다 절실한

것은 이 아이러니가 가능하게 된 시대의 광기일 것이다. 학교에서 벌어지고 있는 인민 재판을 보면서 소년 갑수가 일제 말기, 전쟁 체제에 광분하고 있던 "그 시절과 지금이 무언가 비슷하게 느끼"(제6장)게 한 그 광기 말이다. 『노을』에서 적극적으로 등장하는 인물 중 유일하게 온건한 중용의 입장을 취하는, 지식인의 면모를 갖춘 추노인이 갑수에게 그의 아버지를 가리켜 한, "너거 애비는 미친갱이다. 미쳐도 보통 미친 기 아니다. 〔……〕 그 꼬라지를 보면 아무리 친아부지라 카지마는 니가 두번 다시 니 애비를 안 볼라 칼 끼다. 니 애비는 지금 짐승만도 못한 개잡놈이다"(제6장)라는 외침은 아마 그 시대의 그 무대에 대고 한 증언일 것이다.

무엇을 때려부수는지 난장판을 벌이고 있는 도수장 안으로 나는 쑥 들어섰다. 밝은 데 있다가 갑자기 들어갔기 때문에 눈앞이 캄캄했다. 그런데 나는 우선 아버지의 얼굴을 보기 전에 확 끼얹어오는 이상한 냄새에 코를 벌름했다. 숨을 들이쉴 수 없을 만큼 느끼하고 역겨운 피냄새였다. 그러자 컴컴했던 도수장 안이 조금 밝아지며, 우선 내 눈에 들어찬 것은 추서방의 말처럼 내가 실신하기에 족할 만한 끔찍한 광경이었다. 〔……〕 죽창이 목을 차고 나갔는지 복숭아뼈에서는 아직도 끈적한 피가 줄을 잇고 있었고, 늘어진 두 팔을 타고 뚝뚝 떨어지는 피와 합쳐 땅바닥은 온통 피바다였다.

광기로 빚어진 이 "온통 피바다"의 세계에서 갑수가 할 수 있는 일은 아무것도 없었다. 어머니가 돌아와 같이 살기를 바라는 마음, 아버지와 어머니가 다시 만나 화합하기를 바라는 소망, 빨갱이로부터 아버지를 빼내고 혹은 "죽거나 감옥에 들어가거나 사라져버릴" 상태를 만류해보려는 열망은 모두 산산이 부서져버릴 뿐이었다. 그러나 이 광기와 혼란의 세계에서 소년 갑수가 얻어낸 것이 있었다. 추서방이 예언한 것처럼 "평생 대갈통 속에 남아 있을 그 언선시럽은 시체"(제6장)의 모습이 그 하나이며 "지금은 아버지가 지은 모든 죄를 용서"(제6장)해주자는 아버지에의 사랑이다. 그 전율스런 '시체'는 이 세계를 바라보는 작가의 눈이 되면서 줄기차게 그의 의식의 구석에서 그를 뒤쫓아오는 것이 되며 소년으로서는 조숙한 아버지에의 '용서'는 성인에로의 각성의 동기가 되면서 작가가 끈질기게 찾아다니는 화해의 심리를 이룬다. 『노을』의 과거 부분이 이 "언선시럽은 시체"를 발견하는 안티테제라면 현재 부분은 용서해줄 아버지를 찾는 진테제가 될 것이다.

III

　『노을』의 무대인 진영읍이 30년 동안에 상당한 변화를 겪는 것처럼 그 주인공들도 많이 변모하고 있다. 갑수가 소년 시절의 고향을 둘러보며 확인한 것은 거리의 모습만이 아니다. 주민들의 얼굴이 바뀐 것처럼 그의 주변의 많은 사람들도 제각각의 삶을 찾아 변하고 있었다. 그 변화의 가장 핵심적인 점은 그들 모두가 공간적인 고향뿐 아니라 정신적인 고향을 떠나 있다는 것이다. 갑수 자신은 물론이거니와 동생 갑득, 추노인의 아들, 배도수의 동생이 모두 진영을 떠나 대구·부산·마산에서 각각의 생활을 확장하고 있고 갑수의 사촌들도 고향을 뜰 궁리를 하고 있다. 이들은 나아가 자신들이 백정의 자식이라는 것을 남과 자

식에게 알리지도 않으며 그 스스로들 자신의 출신을 기억하려고
하지 않는다. 그것은 백정이라는 천민의 역사에 대한 부끄러움
만은 아닐 것이다. 이미 중산층으로 굳어진 자신들의 현재의 신
분을 확인하기 위한 이유도 매우 클 것이다. 여하튼 대지주의 아
들인 노년의 배도수가 백정의 아들을 집으로 초청하여 정중하게
대접할 정도까지 되었다. 이처럼 고향을 떠난다는 것은 특히 갑
수에게 단순한 세월의 변화에 떠 흘렀기 때문이 아니다. "내 스
스로 고향을 버리기로 작정한 지 오래"인 그는 그것이 자기 과거
로부터의 탈출, 따라서 옛날의 상처로부터 벗어나는 것이라고
생각되기 때문이다. 그는 "어릴 적 고향 시절과 부딪치려 하기보
다는 오히려 외면하려" 하는 것 같다는 치모의 비판에 이렇게 말
한다.

> 자네가 직접 경험해보지 않은 상처니깐 아마도 자가 처방이란 명
목으로 쉽게 치료한 후 이제 나를 임상 실험해보겠다는 투가 아냐?
더욱 나는 자네와는 신분이 다른 백정의 자식이네. 신분을 안 따지
는 세상이 됐다? 자네들이야 안 따질는지 모르지만 난 천대와 멸시
를 받으며 컸어. 그걸 병이라 부를 수 있다면, 고향에만 오면 그 후
유증이 재발한다네. (『노을』 제5장)

이런 고향 탈출 의지에 반항하여 오히려 고향에 뛰어든 사람
이 고추대장의 유복자 치모이다. 소설의 어느 주인공보다 건강
한 인격으로 묘사되고 있는 그는 진영의 고등학교를 겨우 졸업
하고 1년 쉰 다음 서울공대에 너끈히 합격하여 다니다가 데모에
뛰어들어 제적당했다. 그는 서울에서의 취직 알선과 보다 장래

성 있는 장사에의 권유를 뿌리치고 시골에서 자전거를 끌며 생선 장사를 한다. 그러나 그의 목적은 물론 장사에 있지 않다. 무식하고 억울한 농민들의 대변자가 되어 일을 대리해주고 또 상태를 개선시키는 데 힘을 다한다. 그의 신조는 "내 눈으로 세상 물정이나 분별 있게 파악하고, 옳고 참된 일이라면 만인이 모른 체 넘어가도 나 혼자 부딪쳐 조금씩 밝은 사회로 개선해나가는 데 보탬이 돼야"(제5장) 한다는 것이다. 그것은 전통 있는 출판사의 책임 있는 자리를 맡고 있는 갑수와 대조적인 삶의 태도이다. 이 두 사람에게 있어 가장 대립적인 점은 갑수가 고향으로부터 도망치려는 데 대해 치모는 더욱 고향의 뿌리를 붙잡으려는 데에 있다. 그는 어머니와 주변 사람, 혹은 갑수에게까지 그 비극적인 사건, 그 사건에서 상기할수록 불리해질 자기 아버지의 이야기를 캐묻는다. 그는 그 사건과 자기 아버지가 비극이었기 때문에 사랑한다는 극히 긍정적인 입장을 취하고 있다. 치모는 도피하려는 갑수에게 말한다.

　　그러나 피맺힌 상처라 해도 인자 와서 그걸 우짜겠습니껴. 그 상처를 자가 처방으로 치료할 수밖에 없고, 나아가서는 그 비극을 사랑하도록 노력해야 되잖겠습니껴? (『노을』 제5장)

이 극적이고 긍정적인 운명애, 비극의 주체화를 통한 자기 구제는 홍성원의 6·25 대하소설 『남과 북』의 두 남녀 주인공의 다음 대화를 연상시킨다.

　　"이건 절대로 전쟁 탓이 아닙니다."

“물론이에요. 전 전쟁을 차츰 사랑하기 시작했어요.”
“이 땅에서 전쟁이 일어난 건, 이 땅이 전쟁을 필요로 했기 때문입니다.”
“맞아요! 아무리 비참해두 우린 이 전쟁을 우리의 것으로 소화해야 해요.”
“도망쳐봤자 소용이 없습니다. 전쟁의 주인은 우리니까요.” (제5권, p. 391)

한국 전쟁을 남의 것이 아니라 자기의 것으로 받아들이며 그것으로부터 도피하는 것이 아니라 자신의 운명으로 사랑할 때 이 전쟁의 비극은 진실로 극복될 수 있다는 이 대화는 『노을』의 치모에게 그대로 재현된다. 그리고 이것은 매우 중요한 의식상의 변모다. 진정한 비극은 자기에게 닥쳐온 고통 그것이라기보다 그것을 자기의 책임과 사랑으로 받아들이지 않으려는 우리 자신의 태도에 있다. 비극을 사랑하라, 그러면 그 운명은 자기의 것이 되리라는 니체적인 사상이 6·25의 콤플렉스에 짓눌려 스스로부터 도망치려 하는 한국인의 사유 속에 싹트기 시작한 것이다. 치모는 자신의 상처를 되찾으면서 과거의 애수로부터 탈출함으로써 그 상처의 현재적 치유법을 몸소 실천하고 있는 극히 희망찬 존재이다. 갑수는 이런 치모의 태도에 도움을 받으며 도망치려 했지만 사실은 그 고향에 대한 그리움을 더욱 간절히 지녀온 자신의 실상을 깨닫는다.

고향을 떠나 산 스물여덟 해 동안 나는 하루라도 고향을 잊어본 적이 없었다. 치모의 말처럼 고향을 잊으려고 노력해온 만큼 이곳은 나로 하여금 더욱 잊지 못하게 하는 어떤 힘을 지니고 있었다. 그것을 좌익 폭동의 상처라고 해도 좋고 굶주림이라 해도 좋다. 그러나 그런 이유를 떠나서라도 오늘의 나를 있게 한 모태가 된 것만은 사실이었다. (『노을』 제7장)

고향에 돌아와서 자신의 뿌리를 발견하고 그 뿌리가 굳게 대지에 박혀 있음을 확인하는 것은 매우 커다란 감동을 안겨준다. 이러한 주제는 전상국의 단편 「맥(脈)」에서도 강력한 인상을 갖고 나타난다. 여기에는 어떤 논리적 설득이나 집요한 사유를 반드시 필요로 하는 것은 아니다. 뿌리의 발견과 확인은 그 자체가 상징하는 생명력처럼 원초적이고 본능적인 것이기 때문이다. 그것은 고향 상실자——오늘의 우리 인구 대다수가 정서적으로 육체적으로 뿌리뽑혀 떠돌아다니는——의 근원적인 지향이다. 고향에 근거를 갖는다는 것은 그래서 갑득의 말처럼 "어데든지 제 농토가 있다는 생각을 하면 마음이 든든한" "큰 위로"를 갖게 한다.

『노을』의 주인공 갑수는 29년 동안 도피하려 했던 고향에 돌아와서 그 삼촌의 장례를 치르는 가운데 그가 '용서'하고 사랑할 '아버지'를 도로 찾았다. 아버지를 다시 찾았다는 것, 즉 고향을 고향으로 받아들일 준비가 되었다는 것은 과거의 비극과 치욕, 굶주림과 학대, 고향이 자기를 떠밀었던 그 모든 허물을 따뜻하게 받아들이고 사랑할 수 있게 되었다는 것을 뜻한다. 이것은 갑수의 두번째 각성이며 이 혼란과 야만의 세계에 대한 능동적인 화해의 진테제이다. 이제 우리는 이 불행한 땅에 사랑과 미래에의 기대로 우리 자신을 뿌리박을 계기를 획득하는 것이

다. 이때 노을은 죽음과 공포, 어둠과 피멍을 연상시키는 색깔이
아니다. 그것은 좀더 즐겁고 행복한 꿈이 날고 새 빛이 밝게 빛
나리라는 전조의 색깔이 될 수 있는 것이다. 김원일의『노을』이
마지막으로 보여주고 있는 노을은 물론 6·25 콤플렉스를 극복하
려는 우리의 노을일 수도 있을 것이다.

그의 눈에 비친 하늘은 분명 어둠을 맞는 핏빛 노을이 아니라 내
일 아침을 기다리는 오색 찬란한 무지개빛이리라. 그와 마찬가지로
지금 차창 밖을 내다보고 있는 현수의 눈에 비친 아버지의 고향도
반드시 어둠을 기다리는 그런 상처 깊은 고향이기보다는 내일 아침
을 예비하는, 다시 오고 싶은 고향일 수도 있으리라. ▨

기억의 굴레를 벗는 통과 제의

홍 정 선

I

　김원일의 『노을』은 내가 지금까지 읽은, 인간과 이념의 관계를 다룬 소설들 중 가장 뛰어난 소설의 하나이다. 해방 직후의 풍경을 그린 소설은 많지만, 이 작품이 지닌, 누구도 쉽게 흉내 낼 수 없는 치밀한 사실성과 그 사실성이 전달하는 생생하고 묵직한 감동에 필적할 수 있는 소설은 거의 없다. 그리고 이 소설이 성취한 이 같은 탁월함 때문에 나는 부끄럽기 짝이 없다. 그것은 이 소설에 대한 나의 비겁한 태도 때문이다. 이 소설은 적어도 나에게는 지난 시절 내가 한 사람의 평론가로서 얼마나 무책임하게 살아왔는가를 뼈저리게 환기시키는 가장 아픈 상처의 하나이다.

　나는 80년대 내내 나와 가까웠던 상당수의 진보적 평론가들이 이 작품에 대해 악평하는 것을 말없이 방치해왔다. 그들이 『노을』을 지나치게 반공주의적인 시각을 드러낸 작품이라고 일언지하에 평가절하해버리거나 술자리의 가벼운 안주거리로 삼아 무책임한 난도질을 일삼을 때 나는 그 같은 행위를 침묵으로 승인했다. 이 뛰어난 소설의 본질적 가치와는 무관한 자의적이고 시류적인 평가들에 대해, 그 시절 나는 시대적 분위기와 동떨어진 사람으로 간주되는 것이 두려워서, 그러한 왜곡된 평가의 득세를 말없이 승인하며 살았었다. 그런 태도는 분명히 나의 비겁함 혹은 무책임함의 표현이었다. 그러므로 나는 뒤늦게나마 이 글을 내 과오에 대한 한 줄 참회록으로 만들 필요성을 통감하고 있다.

II

김원일의 『노을』은 서울을 떠나 과거의 기억이 담긴 진영을 향하는 것으로 시작해서 진영을 떠나 현재의 거주지인 서울을 향하는 것으로 끝나는 소설이다. 그리고 이 두 떠남 사이에 포괄된 몇 일 되지 않는 시간이 소설의 전체 내용을 이루고 있다. 이런 점에서 이 소설은 언뜻 김만중의 『구운몽』에 방불한 격자소설의 구조를 갖추고 있는 것으로 판단해버릴 수도 있다. 현재의 시점에서 시작해서 다시 현재로 돌아오는 것으로 끝나는 방식이라든가, 짧은 여행 기간이 소설 길이의 대부분을 차지한다든가, 대면을 회피했던 과거의 기억들과 마주치고 돌아온 주인공은 그 이전과 다른 상태로 변화되어 있는 점 같은 것들이 그렇게 유사성을 느끼도록 만들 가능성이 있다. 그러나 이런 유사성을 느끼는 사람들은 작품을 정밀하게 따져가며 읽는 전문적인 소수의 사람에 지나지 않을 것이고 대부분의 사람들은 방금 말한 한두 가지 외형적인 유사성에도 불구하고 실제로는 이 두 소설에서 거의 비슷함을 느낄 수 없을 것이다. 그것은 꿈과 현실의 세계가 별개의 세계로 확실하게 단절되어 있는 구운몽과는 달리『노을』에서는 과거와 현재가 결코 단절될 수 없는 하나의 세계로 끈끈하게 연결되어 있기 때문이다. 다시 말해『구운몽』에서는 구조상으로도 격자 구조 안의 이야기와 밖의 이야기가 서로 다른 시간의 차원으로 선명하게 구분되어 상호 간섭이 불가능하지만『노을』에서는 두 떠남 사이에 포괄된 과거의 시간과 현재의 시간이 29년 동안의 격절에도 불구하고 결코 나와 분리된 타인의 시간으로 바뀔 수 없는 까닭이다.

  김원일의『노을』은 구성상으로 볼 때 두 개의 시간이 교차하는 방식으로 이루어져 있다. 해방 직후라는 시간적 배경과 그로부터 29년의 세월이 흐른, 현재라는 또 다른 시간적 배경이 바로 그것이다. 그리고 이 두 시간적 배경은 진영과 서울이라는 두 개의 공간에 대응하면서 김갑수라는(유년 시절의 나) 소년과 출판사의 중견 간부인 현재의 나를 소설 속에 등장시키게 된다. 따라서 이 소설은 두 개의 시간에 대응하는 두 인물을 가지고 있는 셈이며, 두 인물로 대변되는, 오랫동안 기억의 저 편에 유폐시켜 놓았던 '유년의 나'와 그 '유년의 나'와 만나는 것을 기피했던 '현재의 나'가 화해를 향한 시소 게임을 벌이는 것으로 구성되어 있다. 이렇게 볼 때 이 소설이 현재의 시점에서 과거의 기억이 담긴 장소로 여행을 떠나는 것으로 시작하여, 29년 전에 떠났던 그곳에서 힘들게 과거와의 고통스런 드잡이질을 하는 것으로 내용을 만들어나가는 것은 구성에 합치되는 자연스러운 흐름이라고 할 수 있다.

　그리고 김원일의 『노을』은 이와 같은 자연스러운 흐름으로 우리나라 장편소설 중 가장 모범적이라고 할 수 있는 짜임새를 우리 앞에 선보이고 있다. 소설의 전체적인 구성은 물론이고 세부적인 사건과 행위의 묘사에 이르기까지 작가는 어느 곳 하나 어긋남이 없게 모든 것을 배치하고 있는 것이다. 이 사실은 예컨대 과거의 기억을 갑자기 몰고 오는 전보, 그 기억의 고통스러움을 미리 상징적으로 암시하는 핏빛 노을, 떨칠수록 끈끈함으로 달라붙는, 기억 속의 계절로 이어질 여름 더위 등 이 소설의 첫머리에 등장하는 모든 것들이 이후의 이야기 전개와 긴밀한 관계를 맺고 있는 데에서 잘 알 수 있다. 이처럼 작가는 과거와 현재를 이어주는 연결 고리들을 용의주도하게 소설 속에 배치하면서 소설을 이끌어나가고 있다. 그뿐만이 아니다. 작가의 섬세하고 치밀한 주의력은 진영 일대의 당시 풍광과 인물들에 대한 묘사는 물론이고, 그 묘사를 수행하는 '유년의 나'가 드러내는 심리와 언어, 거기에 담긴 세계 인식과 사고 방식 등에 이르기까지 소설의 모든 부면에 빈틈없이 스며들어 있다. 그래서 한번 소설 속에 발을 들여놓으면 마치 우리 자신이 해방 직후라는 실제의 시간과 공간 속에서 벌어지는 일과 대면하고 있는 듯한 생동감을 주고 있다. 김원일의 『노을』은 이런 측면에서 분명히 우리 소설이 도달한 '리얼리즘의 승리'의 한 측면을 보여준다.

　김원일의 『노을』은 고향에서 날아온 "금일삼촌별세급하향"이라는 한 장의 전보로부터 시작한다. 어느 날 갑자기 날아온 전보, 그 전보는 주인공의 유년기를 체험으로 기억하는 피붙이가 고향에는 이제 더 이상 존재하지 않는다는 사실을 알려준다. 그 기분을 소설은 "묵은 괴로움이 삭아지는 쓸쓸함"과 "한 줄기 시원한 소나기라도 맞은, 마음 개운함"의 이중적 감정으로 표현하고 있다. 그것은 주인공에게 고향이 한사코 대면을 기피하고 싶은 두려운 장소/기억이면서 그런 노력만큼이나 머릿속에 잊을 수 없는 기억으로 또아리를 틀고 들어앉은 곳이기 때문이다. 주인공은 이렇게 말하고 있다. "그러나 고향을 떠나 산 스물아홉 해 동안 나는 하루도 고향을 잊어본 적 없다"고. 또한 이렇게도 말하고 있다. "고향을 잊으려 노력해온 만큼 이곳은 나로 하여금 더욱 잊지 못하게 하는 어떤 힘을 지니고 있었다"고. 그렇다면 도대체 어떤 기억이 주인공으로 하여금 잊을 수 없는 기억을 두고 한사코 잊어버리려는 무망한 노력을 하게 만드는 것일까? 그것을 알기 위해 우리는 주인공이 지닌 기억의 심연을 들여다볼 필요가 있다.

그제서야 내 마음 저 아래, 결코 남에게 보이고 싶지 않은 묵혀둔 얼굴 하나가 비를 만난 지렁이처럼 꿈틀대며 몸을 뒤척이더니 내 마음을 휘저었다. 평소에도 나는 그 얼굴을 두려워했다. 아니, 나는 그 얼굴을 잊으려 노력했다 말해야 옳았다. 핏줄로서 연민을 느끼며 잊으려 노력해온 그 얼굴은 다름아닌 아버지 모습이었다. (106)

이러한 주인공의 고백에서 알 수 있듯 가장 끔찍하고 두려운 이미지로 기억 속에 자리잡고 있는 것은 아버지의 얼굴이다. 그 얼굴은 주인공이 29년 전 어느 여름날 "개만도 몬한 자슥⋯⋯" 이라고 욕설을 내뱉었던 얼굴이며, "죽어뿌려. 총알 맞아 뒈져부려! 이제 우리 앞에 영영 사라져뿌려!"라고 소리쳤던 얼굴이다. 그런 아버지의 얼굴이기 때문에 "결코 남에게 보이고 싶지 않은 묵혀둔 얼굴"이다. 그 얼굴과 대면하기 위해 고향인 진영으로 떠나는 주인공의 심정은 온몸에 찬 기운이 돌 정도로 두렵고 힘들다.

앞을 막아선 산에 눈을 준다. 관악산은 이미 그늘져 침침한 회청색을 띠고 있다. 그 뒤로 아직도 끓는 더위와 어울려 자줏빛 노을이 가라앉는 참이다. 그 핏빛 노을이 먼 기억의 실마리를 집어내어, 잊으려 지워온 깊은 상처를 새로이 긁는다. 어느 사이 땀에 젖은 러닝셔츠가 차갑게 살에 닿는다. 그 찬 기운 탓이 아닌데, 나는 한차례 어깨를 떤다. 비로소 강한 통증이 뒷골을 친다. 눈앞이 뿌옇게 흐려 보인다. (11)

주인공의 기억 속에서 아버지는 교육이나 윤리에 의해 순치되고 제어받는 인간이 아니라 원초적인 본능에 따라 움직이는 인간이다. 배가 고프면 먹어야 하고, 욕망이 생기면 배설해야 하며, 돈이 생기면 도박에 몰두하는, 가족의 생계나 안위는 안중에도 없이 거의 자신의 생물학적 본능에 따라 움직이는 인간이 아버지이다. 배가 고프면 으르렁거리고 포만감에 잠기면 온순해지는 짐승처럼 그렇게 행동하는 사람, 타인과 세계에 대한 진지한 이해 위에서 행동의 옳고 그름을 판단하는 것과는 상관없는 사람, 자기 기분에 따라 아내와 자식을 아무렇게나 개 패듯 두들겨 패는 사람이 아버지이다. 기억 속의 아버지는, 백정이라는 신분과 '개삼조'라는 별명이 말해주듯, 사회의 주류에서 밀려난, 손가락질 받는 변두리 인간이며 그럴수록 더욱더 본능의 광포함을 가족과 세계를 향해 드러내는 원초적 인간이다.

주인공의 유년기는 이러한 아버지가 휘두른 가공스런 폭력으로 온통 점철되어 있다. 주인공뿐만이 아니다. 다시는 기억조차 하고 싶지 않은 아버지의 이미지에 시달리는 것은 주인공의 어머니 역시 마찬가지이다. 아버지의 폭력에 대한 어머니의 증오와 공포 또한 얼마나 컸던지 "어머니에게 아버지는 골수에 맺힌 원수"가 될 정도이다. 한때 살을 섞고 자식까지 낳으며 같이 살았던 사람을 두고 '골수에 맺힌 원수'라고 생각할 정도로 주인공 가족에게 있어 아버지의 이미지는 폭력의 대명사였던 것이다.

그런데 소설에서 이 원초적인 본능적 성격의 아버지가 휘두른 폭력은 가족을 향한 폭력으로만 끝나지 않는다. 사회의 변두리에서 가난을 어쩔 수 없는 운명처럼 받아들이며 인간망종으로 살아가던 아버지가 어느 날 공산주의자가 되어 그 폭력성을 그를 '개삼조'라고 부르며 차별하고 손가락질하던 세상을 향해 폭발시킨 것이다. 그리고 바로 여기에 『노을』의 의미심장함이 있는 것이다. 주인공은 그의 아버지가 공산주의자가 된 사정을 우리 앞에 다음과 같은 아버지의 말로 대신해주고 있다.

갑수야 인제 쪼매마 있어바라. 애비가 구루마에 살 수십 가마를 져다 날을 테이게. 그라고 이런 돼지우리 같은 집에서 안 살게 될 끼데이. 짐삼조 동무가 근사한 기와집에서 내 보란 듯 떵까떵까하미 안 사는가 두고 바라. 물론 니도 중핵교에 턱 들어가서 사지 기지로 옷 한 불 짜악 빼입게 될 끼고 말이데이. (74)

이렇듯 주인공의 아버지는 자신의 처지가 어느 날 갑자기 180

도 바뀔 수 있다는 환상을 품고 공산주의자가 되었다. 밑바닥 천
민 백정인 자신을 '개삼조'가 아니라 '김삼조 동무'라고 인간적
으로 불러주는 것에 감격해서, 인간말자로 취급받던 그가 '혁명
의 영웅'으로 떠받들리는 것에 신이 나서, 운명처럼 생각했던 가
난을 벗어버리고 보란 듯이 세상 사람 위에 군림할 수 있다는 희
망에 넋이 빠져서 열렬한 공산주의자가 된 것이다. 다시 말해 그
는 이 세상의 모순을 논리적으로 이해하고 그것을 극복할 수 있
는 이성적 대안으로 공산주의를 선택한 것이 아니라, 해방 이후
좌익에 동조했던 노동자와 농민들 대부분이 그랬듯이, 지극히
본능적이고 정서적인 차원에서 공산주의자가 된 것이다. 따라서
그가 공산주의 세상을 다음과 같은 모습으로 이해하는 것은 당
연한 일이다.

> "삼조행님, 행님은 공산주이가 먼지 제대로 알기나 해예? 제대로
> 알고 사람을 소 쥑이드키 쥑이나 말임더."
> "모른다, 와. 부자와 가난뱅이 차밸 읎어지는 시상이 되고, 양반
> 상늠 차밸 않고, 똑같이 일하고 똑같이 나나 묵는다 카는 기 공산주
> 의라는 것쯤은 안다. 배선상도 장선상도 내한테 똑같은 말을 배아줬
> 다. 와, 내 말 틀리나?" (278)

그리하여 주인공의 아버지는 한편의 말을 빌리면 '혁명의 영
웅'이 되어, 또 다른 편의 시각을 빌리면 인간백정이 되어 반동
들을 처단하는 칼날을 무자비하게 휘두르는 사람이 된다(『노을』
에서 유년의 나에 비친 아버지의 반동 처단 장면은 정신을 혼미하게 만
들 정도로 끔찍하고 참혹한 장면이지만 작가는 끝까지 이 장면을 생생

하게 그려서 이데올로기의 부추김을 받은 한 인물의 절정에 이른 광포
함을 냉정하게 증언하고 있다). 그리고 이때의 충격은 주인공으로
하여금 아버지를 영원히 용서할 수 없는 존재로 규정하는 결정
적 요인이 된다.

이렇게 어느 날 날아온 한 장의 전보가 다시 추체험하게 만드
는 주인공의 아버지 상은 단순하게 폭력적인 아버지의 이미지로
만 끝나지 않는다. 그 아버지는 1948년 여름에 주인공이 생사의
기로에 서서 겪었던 이데올로기이며 우리가 살고 있는 분단된
이 세상과 동일한 것이다. 그렇기 때문에 주인공이 유년의 기억
을 극복하는 것은 쉽지 않다. 분단된 현실 속에서, 이데올로기의
대립이 여전히 맹위를 떨치는 세상 속에서 그 기억의 극복이 쉽
지 않기 때문에 주인공이 본능적으로 할 수 있는 것은 철저히 정
치적인 문제와는 담을 쌓고 사는 일이다. 아버지에 대한 기억으
로부터 어떤 식으로건 벗어나서 생존의 뿌리를 내리고 과거의
모든 기억을 지워버리는 일이다. 그러나 그 기억은 세상 때문에
그렇게 쉽게 지워지지 않는다. 사소한 일에도 온 가족이 화들짝
놀라서 "하루종일 전전긍긍"하거나, 바람이 문풍지를 울리는 소
리에도 잠을 설치며 "48년 여름 시절의 악몽에 시달려야" 하는
상태로 여전히 살아 있다. "아버지 시대와 달리 그런 쪽과 담을
쌓고 살려는 나에게까지 남북의 극단적인 대치 상황이 그렇게
가깝게 영향력을 미칠 줄 나는 미처 몰랐다"는 주인공의 말처럼
이데올로기는 항상 그의 주변을 어른거리고 있다.

김원일의 『노을』은 이처럼 고향/기억으로 상징되는 이데올로
기 콤플렉스와의 싸움이며, 고향/기억과 정면으로 맞서서 견딜
수 있는 상태에 도달하기까지의 기록이다. 이런 점에서 주인공

이 보여주는 기억의 여행은 주인공이 유년의 기억으로부터 자유
로운 어른이 되기 위한 통과 제의일 뿐만 아니라 우리 모두가 지
난 시절의 삶의 실체와 편견 없이 마주서기 위한 제의적 절차이
기도 한 것이다.

　　지금 노을진 차창 밖을 내다보는 현구 눈에 비친 아버지 고향도
　반드시 어둠을 기다리는 상처 깊은 고향이기보다, 내일 아침을 예비
　하는 다시 오고 싶은 아버지 고향일 수 있으리라. (345)

이처럼 우리가 이 소설에서 깨달아야 할 것은 지금과 같은 분
단 현실에도 불구하고 우리는 우리가 살아온 지금까지의 대립의
역사를 이미 끝난 것으로 만드는 고통스런 작업을 시작해야 한
다는 사실이다. 김현의 말처럼 소설의 주인공이 아직도 살아 있
는 유년의 기억을 이미 끝나버린 기억으로 만들기 위해 노력하
듯이 우리 역시 아직 끝나지 않은 이데올로기의 대립을 끝난 것
으로 생각하는 노력을 시작해야 하는 것이다. 그래야만 이데올
로기의 대립 문제는 극복될 수 있다.

Ⅲ

김원일의 『노을』은 이데올로기에 휩쓸린 사람들의 모습과 그
후유증의 치유 방식을 다루고 있는 소설이지 이데올로기 자체를
다루고 있는 소설은 아니다. 그럼에도 사람들은 이 작품이 종종
이데올로기 자체의 문제를 이야기하는 것처럼 반공소설이다, 아
니다 하며 논란을 벌인다. 김원일의 『노을』이 말하고자 하는 것
은 어떤 이데올로기가 그 자체로 좋다 나쁘다 하는 그런 차원의

이야기가 아니다.

『노을』이 보여주고 있듯이 우리나라의 이데올로기 투쟁은 사실 이데올로기 자체와는 관계가 먼 사람들이 이데올로기의 하수인이 되어 설친 것에 문제가 있는 것이다. 따라서 그가 비판하는 것은 이데올로기가 소설 속의 아버지와 같은 인물을 추동할 때 나타나는, 마치 아편을 주입당한 사람처럼 이데올로기의 어떤 측면이 사람들로 하여금 제정신을 잃고 설치게 만든 측면, 그리고 인간을 위해 만들어진 이데올로기가 인간을 끔찍한 공포의 대상으로 만들어버리는 모습일 따름이다.

이런 점에 주목할 때 김원일의 『노을』이 우리들에게 말해주고 있는 첫번째 교훈은 우리가 지닌 이데올로기 콤플렉스의 상당 부분은 현재 현실적으로 남북이 대립하고 있는 처지에서만 비롯되는 것이 아니라는 사실이다. 그것의 상당 부분은 특정 이데올로기에 대한 개인적 호오(好惡)의 감정에 못지않게, 『노을』이 소년의 시선을 빌려 정확하게 보여주는 것처럼, 이데올로기가 당대의 모순을 부추겨서 만들어낸, 인간들의 예측할 수 없는 광기에 대한 두려움에서 비롯된다고 나는 생각한다. 따라서 우리가 지닌 이데올로기 콤플렉스의 상당 부분은 역사적 경험에 의거한 것이며, 그것을 『노을』은 아버지의 행위에 대한 주인공의 공포를 통해 생생하게 말해주고 있다. 이런 역사적 경험이 적어도 우리 기성 세대들에게는 완강히 자리잡고 있는 것이다. 그래서 형성된 일반적 동의, 즉 어떤 독재도 무질서보다는 낫다는 심리 상태가 해방 후 몇 차례의 좌익 폭동과 6·25 전란시의 상호 보복 과정을 경험하면서 사람들의 의식 속에 깊이 자리잡게 되었고 그것이 반공을 빙자한 독재 체제를 우리나라에서 오랫동안 가능하게 만들었을 것이다.

김원일의 『노을』이 말해주는 두번째 교훈은 우리가 과거의 이데올로기적 대립을 어느 한 쪽을 무조건 미화하거나 증오하는 태도로는 그것을 극복할 수 없다는 사실이다. 중요한 것은 『노을』처럼 숨김없이 진실을 말하는 것이다. 그 시절 이데올로기가 어떤 종류의 사람들을 어떻게 행동하게 만들었는지를 솔직하게 이해하고 받아들일 때 우리는 지난 역사와 올바른 대면을 할 수 있다. 이 점은 『노을』에서 긍정적인 인물로 그려지고 있는 치모라는 젊은 청년에 대한 긍정적 묘사에서 엿볼 수 있다. 아버지 세대의 문제에 정면으로 맞서면서 그것을 현실 속에서도 당당하게 풀어나가는 치모는 이 소설에서 가장 적극적인 인물이며 작가가 기대하는 미래형의 인물인 것이다. ▨